論壇 13

中共「十八大」政治繼承
持續、變遷與挑戰

Chinese Communist's 18th Party Congress and Political Succession:
Continuities, Changes and Challenges

徐斯勤、陳德昇 主編

本書出版感謝

 國立臺灣大學中國大陸研究中心
Center for China Studies, National Taiwan University

籌畫與贊助

編者序

　　中共將於2012年秋冬之際，召開五年一度的「第十八次全國代表大會」（以下簡稱「十八大」）。這次會議的重點在於：政治繼承與權力交班，因此政治權力核心成員的甄補、派系與權力鬥爭的運作和妥協，以及政策發展取向與變遷，皆是海內外關注的焦點。

　　這本論文集，是2011年臺灣與大陸海外學者研討論文修訂與匯編而成。本書主要區分為三大部分，第一部分為政治繼承與菁英甄補，重點分析與解讀中共菁英甄補理論、條件與人選預測；第二部分為人事、幹部與外交政策動向，主要探討中央與地方之互動趨勢、黨員幹部政策和心態變遷，有助於對基層黨員結構和內涵之觀察；第三部分為解放軍人事和挑戰，其中包括習近平權力運作格局、解放軍之策略與可能面臨之挑戰。

　　中共的菁英政治研究，近年由於相關運作日益制度化、規範化，以及透明度漸有提高，而邁入新的研究議程和知識發展階段。但是，權力分配機制，畢竟因為其政體的既有屬性尚未徹底改變，而仍舊存在黑箱作業，甚至與民主化背道而馳的作法，因而仍易引發政權合法性的質疑，以及增加政治不穩定的風險。

　　近年來，中共高層政治菁英進行定期的大規模甄補前，皆須重新整頓中央與地方諸侯間的關係，以樹立領導權威。江澤民時期有北京市委書記陳希同遭整肅，胡錦濤時期於「十七大」之前有上海市委書記陳良宇遭懲

處。這些發展，顯示出中央與地方之權力互動關係，呈現階段性之張力與挑戰。在這方面，近期最受大眾矚目的，則是政治局委員、重慶市委書記薄熙來遭撤職，這已對中共「十八大」的權力格局產生實質影響與衝擊。

本書能如期完成，必須特別感謝奕鳴、華璽與至穎三位同學校對，以及編輯出版部門通力合作，願和大家共同分享學術知識積累與交流的喜悅。

徐斯勤、陳德昇
2012／6／20

目　錄

（三）解放軍人事與挑戰

作者簡介（按姓氏筆畫排序）

丁學良

美國哈佛大學社會學博士，現任香港科技大學社會科學部終身教授。主要研究專長為：比較資本主義、國家與社會關係、發展與現代化、社會史。

孔裕植

政治大學東亞研究所博士，現任韓國外國語大學校中國語大學講師。主要研究專長為：兩岸關係、東北亞國際政治經濟、中國大陸政治。

王嘉州

政治大學東亞研究所法學博士，現任義守大學公共政策與管理學系副教授。主要研究專長為：兩岸關係、中共中央與地方關係、兩岸政治發展比較。

由冀

澳洲國立大學博士，現任澳洲新南威爾斯大學社會科學與國際關係系教授。主要研究專長為：中國領導政治、外交政策、兩岸關係、解放軍。

胡偉星

美國馬里蘭大學政治學博士，現任香港大學政治與公共行政學系副教授。主要研究專長為：中國對外關係、中美關係、亞太國際關係、兩岸關係。

唐文方

　　美國芝加哥大學政治學博士，現任美國愛荷華大學政治學與國際問題研究講座教授。主要研究專長為：政治治理、政治行為、中國政治社會變遷、社會調查方法。

寇健文

　　美國德州大學奧斯汀校區政治學博士，現任政治大學東亞研究所所長。主要研究專長為：中共政治、政治菁英、政治繼承、比較共黨政治。

康埈榮

　　政治大學東亞研究所博士，現任韓國外國語大學校研究產學協力團團長兼國際地域大學院中國學系主任。主要研究專長為：中國政治經濟學、中國大陸政治、韓中關係、兩岸關係。

張國城

　　澳洲國立新南威爾斯大學社會科學與國際關係博士，現任台北醫學大學通識中心助理教授。主要研究專長為：國際關係理論、國家安全與軍事事務研究、兩岸關係與中國研究。

陳奕伶

　　政治大學東亞研究所博士生，現為政治大學東亞研究所博士候選人。主要研究專長為：比較政治、兩岸社區治理、中國大陸黨政、基層選舉。

陳陸輝

　　美國密西根州立大學政治學博士，現任政治大學選舉研究中心主任。主要研究專長為：政治行為、民意調查、研究方法、政治社會化。

陳德昇

政治大學東亞研究所博士，現任政治大學國際關係研究中心第四所研究員。主要研究專長為：中國政治發展、地方治理、台商研究、兩岸經貿關係。

黃信豪

政治大學政治學研究所博士，現任台灣師範大學公民教育與活動領導學系副教授。主要研究專長為：政治學方法論、菁英與大眾政治行為、政治文化與政治發展。

鄭大誠

英國赫爾大學政治學博士，現任台灣科技大學通識中心兼任助理教授。主要研究專長為：台美中關係、國防政策、共軍研究、核武戰略。

薄智躍

美國芝加哥大學政治學博士，現任新加坡國立大學東亞研究所資深研究員。主要研究專長為：中國政治、中共菁英政治、兩岸關係、中美關係、國際關係理論。

含義重大和非重大的中共「十八大」：
國內的和國際的視角*

丁學良

（香港科技大學社會科學部教授）

今天跟各位所講的主題，是從我們做學術研究第三者的角度，來觀察中共「十八大」會有什麼重大的趨勢，也有可能會有令人失望的後果。因為這中間帶有很大的猜測性或預測性，我直接從讓我印象深刻的一篇文章談起，這篇文章啟發了我。1970年11月，當時蘇聯一個很有名的年輕學者，寫了一篇文章，那篇文章後來翻譯成英文，題目就是：蘇聯能否延續到1984年？他寫這篇文章時，蘇聯的國力正為世界所注目。他寫文章的半年之前，蘇聯海軍舉行歷史上最大規模的演習。這次海軍演習的範圍之廣，是任何國家的海軍在和平時期所未見的，六個月以後蘇聯學者這篇文章，並翻譯成英文，在全世界引起爭議，之後這位作者就被抓了。今天這個題目我試圖擺脫非常樂觀或悲觀的語言，以我能力所及來講述。

我以旁觀者的立場，站在「十八大」的可能含義來講，我觀察中國到現在為止發展的模式，在「十八大」以後有無可能發生比較大的變化。中國到現在為止發展的模式，有很多人總結。我把它總結成，由三個重要的

---

* 此為2011年3月26日「中共『十八大』政治繼承：持續、變遷與挑戰」研討會主題演講的口述記錄稿整理，非經作者親自編校。

支點構成的鐵三角。這個鐵三角最高的一點，稱為核心的列寧主義，包含很多內容，最核心一點，是共產黨一黨執政，一黨執政是不允許被挑戰的。不許被挑戰，體現在法律的條款，和共產黨會不斷的提醒潛在的批評者或挑戰者，共產黨應該永久執政下去，永久是沒有時間限制的。雖然列寧主義有些東西被共產黨使用，有時被修改，有時被放棄，但是「共產黨永遠執政」這點，是列寧主義最核心的，也是中國發展模式鐵三角上面最重要的一點。

　　中國發展模式的第二個支點，我把它稱為具有中國特色的社會控制系統。其來源非常豐富，一個來源可以追溯到世界上第一個共產黨，蘇聯在列寧或史達林時期所發展出來的治理模式、手段或機制，也進入了中華人民共和國的控制系統。第二個重要的來源是來自中國兩千多年帝制、專制封建傳統的控制模式，有的是經得起時間考驗的，有的是與時俱進。第三個來源是中華人民共和國在毛澤東時期所發展出來的一套社會控制模式。這三個很重要來源的社會控制手段或辦法，在中國1970年代末改革開放後，在新的國內和國際情勢下遭遇很多挑戰，中國共產黨發展出一套把以前這些三大來源，在完全新的不計任何後果的條件下，進行到系統的或持續的現代化之改進。這套具有中國社會特色的控制系統，在當今世界上，不是最嚴格的，但也不是最靈活的，如同美國那般靈活。不過，這在所有一黨執政的國家中，在不斷開放的經濟或社會系統下，能夠面對長時間的挑戰，可以相當有效地保持對社會控制的體系。這是中國發展模式之間的第二大支點，也是鐵三角的第二支點。

　　鐵三角構成中國模式的第三個支點，我把它稱之為政府操控的市場經濟。政府操控的市場經濟，對我們在座的每一個人都不陌生，因為這種操控機制，在整個東亞做得最早的，也相當成功的，就是日本。日本在戰前和戰後，都是這個很基本的模式。我們也知道台灣在幾十年以前開始的工業化、現代化發展模式，也是屬於大家族取向的模式；還有南韓、新

加坡，皆是如此。中國大陸是這種模式的後來者，政府操控的程度，與東
亞的其他經濟體比較，操控的程度、方式，還有幕前或幕後的配合都不太
一樣。因為有了三個支點所構成的中國模式的鐵三角，在過去二十多年以
來，中國在內部和外部很多的危機衝擊之下，內部和外部的很多觀察家都
有許多悲觀的預言。縱使面臨很多的挑戰，但中國模式基本上還是能有效
地持續至今。這並非說中國模式沒有付出代價，恰恰相反。只是說鐵三角
所帶來的綜合代價，在中國社會內部就不斷地被指出來，在海外也不斷地
被學者提及。中國模式，像這樣的鐵三角模式，在2008年下半年的金融危
機之前，就有非常強烈的聲音，不斷鼓吹中國模式應該進行重要的調整。
但因為2008年的全球金融危機，以及此危機帶給中國大陸嚴重的衝擊，至
於衝擊到何種程度，不同的統計數字有不同說法。但是衝擊的力度、面向
之廣，到現在都還看得到。因為有了這個衝擊，本來人們所期待的中國模
式，在運作未遇到重大危機前即進行積極或正面的調整，在大陸此期待並
未實現，因此在中國國內招致很多的批評。

　　現在很多人，包括我本人，就以這個中國模式的鐵三角來觀察，中共
在「十八大」開完會後是否有重大的變化？無論是朝哪個方向，可能會變
得更符合自由主義者的期待，也可能會變得更朝保守主義者的方向調整，
這些是價值取向，我不想做太多的描述。無論是朝自由主義方向，或是保
守主義方向的重大調整，都可稱為「十八大」的重大含義舉措。在我看
來，最有可能進行重要調整的是鐵三角的第三個支點，即政府操控的市場
經濟。有一些跡象表明，在中共體制內部的很多專家學者，甚至包括重要
的官員都體認到或意識到，中國需要調整二十年以來的發展模式，我們都
知道它有很多增長的來源，我稱之為增長的三個輪子。其中，有一個輪子
變得越來越小，有一個輪子變得越來越弱，第三個輪子被迫變得越來越
大，這三個輪子的不協調，致使中國經濟增長趨緩。

　　第一個輪子是中國國內居民私人消費占國內生產毛額（GDP）的比
重。從1978年到2009年間，基本上是持續地下降，最低的時候大約占GDP

的36%左右。居民的私人和家庭消費的比例指標，中國是全世界經濟體內所占比例最低的經濟體，這點招致人民批評，也造成很嚴重的後果。在這點上，要如何做出重要的調整，以提升國民消費占GDP的比重，以及刺激中國經濟增長的小輪子變得大一點，變得更有力一點，像這樣的調整，可以在我們的期待之內。中國經濟增長的第二個輪子是出口的拉動，在過去幾年來遭遇很多衝擊，也有過很多壓力。隨著全球市場景氣不再，發達國家大都陷入公共和私人的嚴重債務困境，此驅動輪會面臨越來越大的阻力。因此，在出口拉動這點上，經濟調整的可能性益趨困難，在我看來稍微要低於提升居民消費方面的可能性。因為世界經濟出口的可能性對中國大陸來講，是有很多的用戶市場。即使在來源市場遇到很多阻力，但西歐的市場仍會逐步拓展其他地區的市場。中國出口的市場會碰到很多的機會，相對於世界出口的比率重心，進口能否再占有相當大的比重，或某些時候是否會有更大的比重，仍是其未來追求的重點和目標。而且千萬不要忘記這一點，亦即剛才兩個輪子，提升國內居民消費和出口帶動，第一個提升公民消費這點，對於維持政權穩定性，所占的比重遠遠高於出口所占之比重，也就是說其政治的附加價值是好得多的。

　　第三個輪子則是在過去幾十年來，中國靠基本建設、基本大項目的投資，帶動中國整體經濟GDP的增長，近年來在中國國內也招致越來越多的批評。在這點上它是否能主動去調整？我覺得不是那麼樂觀。因為這牽涉到過去政府非常基本的利益，這些利益都不是在完全價值中立的情況下做出來的。如果能看到以投資帶動GDP的輪子上，最近變小一點，這個絕對不是它主觀的選擇，而是因為其他兩個輪子相對大一點，所帶來的相對比重下降，而這不會是中共在宏觀經濟政策方面的活動目標。

　　因此，中國模式在「十八大」後進行調整比較大的機會，可能是鐵三角的第三個支點。那麼中國模式鐵三角的第二個支點在「十八大」後會不會有重要的調整？亦即具有中國社會特色的控制系統，這點在中國國內或國際上也是每天都引起爭議的。我們都知道中國2011年剛公布的預算中，

社會維穩的預算已經超過國防預算，當然公布的預算是否是真正的預算，這永遠在爭論。我們只能依據公布出來的預算，社會維穩預算是6200億，已經超過國防預算。如果把地方政府不是在預算之列，遇到特殊狀況才會劃入社會維穩來看，具有中國特色的控制系統，已經成為中國政府常規性或突發性的財政內日益增大的負擔。我們都知道，國內或海外的報刊，這些年來中國大陸常規性的紀念日和重大的慶典活動如世博會等，上面所採取的安檢防衛措施，人們每次都說已經到頂了，但到了下一次，卻又給予民眾再次訝異的機會。我想台灣很多的旅遊者恐怕也都能感受到這點。例如：世博會辦得像反恐電影一樣，廣州亞運辦得就像內戰和戒嚴一樣。然後，北京要把在北京常規的手機用戶，做一個統一信息平台，以便追蹤人民訊息的流量。另外用在交通的管制系統上，中國也動員沿海最龐大的大眾城市，沿海城市的監控鏡頭系統是由深圳市第一個實行的，其他城市可能也會跟進。

　　總之，中國具有特色的社會控制系統會不會進行重要的調整？我認為其可能性比鐵三角的第三個支點要低一些。就是因為現代的中國共產黨當政者，很顯然的在一個持續不斷的估計，在危機或動盪的參照細項下，會有所衡量中國應該採取何種行動。每一次本來中共中央決定進行改革，可惜因為遺憾發生了，例如顏色革命。本來中共中央決定進行某種改革，可惜因為辦奧運不得不……所有這種事件，沒有人敢說這明年、後年不發生類似的事情，每一種類事情，都會給予更多的控制來維持社會穩定的利益集團正式的或宣傳上的理由，這是我對具有中國特色的社會控制系統要進行調整的信心較低的原因。

　　我們也知道，前陣子在北非與中東發生的變動後，胡錦濤說要發展、改善社會管理系統。社會管理系統並不是要放棄社會控制明的或暗的手段，用張德江的說法，就是盡可能用人民幣的辦法去解決人民的內部矛盾。這方面可能會多一點。但是他會不會用這點去取代明的、暗的、嚴格的社會管控？中國模式的第一個支點，鐵三角的最高支點，也就是不容挑

戰的列寧式執政。國內外的評論與期待每年都不斷，每次大會的時候期待
聲音就更高了。會不會政治改革？或是政治改革怎樣？最高支點進行重大
改變的可能性是最低的。這麼說吧，我用很簡單的圖形去說明。上面是國
家政權，下面是社會與民間，有人說中共在「十八大」會不會朝毛澤東的
模式，甚至背離，這種可能性的確是存在的，但是不會像老的毛澤東模
式，而是像改進的毛澤東模式。

　　既有的中共模式和社會維穩，會通過好幾個方法，例如以人民幣方式
解決人民內部矛盾，常規性地在防制內部腐敗的問題。如果再往前邁進的
話，現在可能看起來是出於期待，中國每年3月的「兩會」（「人大」、
「政協」）上面，兩會對一些基本政策的辯論能否常規化和公開化？而
且我認為在這方面做點事情，並不會動搖共產黨一黨執政的政治結構，
同時又能改善和社會的關係，但這是我們的願望。能做到哪一種程度，
我本人並未有很大的信心。如果再往前走一點，公民社會和非政府組織
（NGO）應該要放大一點，政府、民間與社會的關係又更多一點，然後
再帶來的後果，就是促進開放。如果有了NGO和媒體的開放的話，即便
執政的共產黨，並不是要支持腐敗，其後果也可能會達到反制腐敗的制度
效果。在我看來，如要促進有效的改善和制度化的話，應該要透過法律系
統的相對獨立，再增強一點，但不可能完全脫離政府的控制。現在有可能
指望的話，還有黨內民主化，究竟是回到全世界共產黨黨內民主的哪一
種水平？我覺得1924年1月以前蘇聯共產黨的模式便已經到頂了。若能到
1924年前蘇聯共產黨黨內民主化的水平，很快幾個月就不得不開放到1921
年蘇聯共產黨黨內民主化水平，不用幾個月就會到1919年以前的蘇聯共產
黨黨內民主化的水平。屆時，政治改革就會變成擋不住的潮流，不管共產
黨願不願意或者願意怎麼來，這後果都擋不住。所以在我看來，所有這些
東西中，我最看重兩個步驟，一個步驟是兩會功能的上升，例如辯論常規
化，以及黨內民主化緩慢，但堅定不移地推進。這是我目前最看重，且關
心的國家與社會關係的部分。

政治繼承與菁英甄補

中共菁英政治繼承探討：
權力轉移的制度化

薄智躍

（新加坡國立大學東亞研究所資深研究員）

摘要

　　如何提出一個既有解釋力，又有一定預測力的理論框架，一直是國際學術界在研究中國菁英政治的兩大難題之一。美國哥倫比亞大學教授黎安友1970年代曾經提出派系理論，試圖用派系之間的鬥爭和平衡來解讀中國菁英政治；芝加哥大學教授鄒讜則認為：中國菁英政治的最大特點是「贏者通吃」（winner-take-all）。本文嘗試提出一種新的理論模式——「制度化模式」。根據這種模式，由於菁英政治的制度化趨勢，職位變得十分重要。政治菁英之間權力鬥爭的結果不再是「贏者通吃」，而是權力平衡；而權力轉移也開始出現一種新的模式——「胡錦濤模式」。習近平的接班有可能會按照「胡錦濤模式」來進行。

關鍵詞：兩線安排、世代更替、權力轉移制度化、權力平衡、胡錦濤模式

壹、前言

在研究中國菁英政治的領域中，有兩大難題長期困擾國際學術界。一是缺乏一個既有解釋力，又有一定預測力的理論框架。美國哥倫比亞大學教授黎安友（Andrew Nathan）1973年在《中國季刊》（*China Quarterly*）上發表文章，提出一個派系理論模式。[1] 他的理論起點是有別於團體關係（corporate ties），建立在兩人之間、以利益交換為目的之「個人利益關係」（clientelist ties）。一對一對的個人利益關係，以各種各樣的方式結成關係網，從而對政治施加影響。他把以個人利益關係為基礎的關係網稱為派系（factions），把派系分為簡單派系（simple factions）和複雜派系（complex factions）。他把派系政治的十五個特點分為三大類，然後試圖從派系政治的角度來分析中國菁英政治。他的基本看法是中央一級的政治以派系鬥爭為主，省市一級的派系鬥爭是間歇性的，基層政治基本上是非派系的。

芝加哥大學教授鄒讜認為：黎安友的貢獻在於，在一個新的理論層次上重新討論中共菁英政治，但對於他的具體結論基本不認同。[2]首先，鄒讜認為「派系」的概念不準確，應當換成「非正式組織」（informal groups）。因為問題的核心在於非正式組織與正式結構（formal structure）之間的關係，而「複雜派系」只是在官僚組織周圍形成的非正式組織之一種形式。在某些情況下，平行關係與上下關係一樣重要；更重要的是，非正式的組織和過程，有可能轉換為正式的組織和過程；其次，鄒讜不同意黎安友有關派系可以基本獨立於官僚結構約束的看法，認為正

---

[1] Andrew J. Nathan, "A Factionalism Model for CCP Politics," *The China Quarterly,* No. 53 (January~March 1973), pp. 34~66.

[2] Tang Tsou, "Prolegomenon to the Study of Informal Groups in CCP Politics," *The China Quarterly,* No. 65 (March 1976), pp. 98~114.

式的官僚結構和正式的政治體系，對非正式組織因時、因正式結構的能量和正當性、因非正式組織的大小和能力，而有各種不同的約束；第三，鄒讜不同意黎安友有關派系之間相對平衡的說法，認為中共政治的一個基本前提，是一個組織或組織聯盟可以決定性地擊敗它的主要對手，並將之置於死地。

《中國雜誌》（*China Journal*）分別於1995年和2001年專門匯集兩組文章，探討中國菁英政治的理論問題，這些文章後來又以一本書《中國政治的本質：從毛澤東到江澤民》[3] 的形式出版。這部著作彙集研究中國政治問題專家的代表作，文章各有千秋，但觀點各異，很難形成共識。在此，鄒讜把他的觀點進一步發揮，提出一個「贏者通吃」（winner-take-all）模式。[4] 他的結論是：

> 中國菁英之間的權力鬥爭──無論是最高權力的爭奪還是比最高權力低一級的鬥爭──在不確定的時期內總是以一方全勝或另一方全敗而告終。這不僅僅是中共政治的特點，也是整個二十世紀中國政治的特點。[5]

鄒讜的理論後來又被他的學生──波士頓大學教授傅士卓（Joseph Fewsmith）加以發揮，應用到二十一世紀中國菁英政治的演變中。[6] 但學

---

[3] Jonathan Unger ed., *The Nature of Chinese Politics: From Mao to Jiang* (Armonk, New York: M.E. Sharpe, 2002).

[4] Tang Tsou, "Chinese Politics at the Top: Factionalism or Informal Politics? Balance-of-Power Politics or a Game to Win All?" in Jonathan Unger ed., *The Nature of Chinese Politics: From Mao to Jiang* (Armonk, New York: M.E. Sharpe, 2002), pp. 98~159.

[5] Tang Tsou, "Chinese Politics at the Top: Factionalism or Informal Politics? Balance-of-Power Politics or a Game to Win All?" pp. 98~159.

[6] Joseph Fewsmith, "The Sixteenth National Party Congress: The Succession that Didn't Happen," *The China Quarterly,* No. 173 (March 2003), pp. 1~16.

術界並沒有就此形成共識。[7]

　　另外一個長期困擾國際學術界的難題是，缺乏對中國菁英政治權力分布有一個完整而準確的描述。美國加州大學聖地牙哥分校教授謝淑麗（Susan Shirk）曾經提出一個論點，認為鄧小平通過打「省牌」來推動中國改革，因為省級領導在中共中央委員會中占有很大比例，[8] 但她並沒有對中共中央委員會的構成進行系統分析。必須強調，真正完整的描述應當包括制度性和非制度性（即派別性）兩個方面。

　　關於中國菁英政治的權力分布，本文作者已經在最近幾年的著作中進行初步的嘗試，[9] 這裡不再重複。本文的重點是在2005年提出的「權力平衡」理論基礎上，進一步闡述權力轉移制度化的具體含義。本文將討論權力轉移的歷史演變、權力轉移制度化的理論框架，以及「胡錦濤模式」與習近平的接班。

貳、權力轉移的歷史演變

　　中共高層權力轉移歷經「兩線安排」和「世代更替」兩種模式的演變。「兩線安排」最早由毛澤東提出，在鄧小平時期進一步演化，而「世代更替」是鄧小平的獨創。

---

[7] 本文作者就曾提出一個不同的模式。見Zhiyue Bo, "Political Succession and Elite Politics in Twenty-First Century China: Toward a Power-Balancing Perspective," Issues & Studies, Vol. 41, No. 1 (March 2005), pp. 162~189.

[8] Susan L. Shirk, *The Political Logic of Economic Reform in China* (Berkeley, CA: University of California Press, 1993).

[9] Zhiyue Bo, *China's Elite Politics: Political Transition and Power Balancing* (Singapore: World Scientific, 2007); Zhiyue Bo, *China's Elite Politics: Governance and Democratization* (Singapore: World Scientific, 2010).

一、「兩線安排」模式

「兩線安排」模式分兩種：[10] 一種是毛式「兩線安排」，一種是鄧式「兩線安排」。毛澤東在1950年代提出，中央領導分為兩線：「一線」負責黨內外的日常工作，由劉少奇、周恩來、鄧小平主持；「二線」負責思考重大理論問題，主要是毛澤東本人。這一議題首先在1952年8至9月間的中央政治局會議上正式提出。1956年中共「八大」正式採納「兩線安排」的建議，為毛澤東專門設立一個中共中央榮譽主席的位置。1956年9月26日通過的《中國共產黨章程》第三章第三十七條明確提出：「中央委員會認為有必要的時候，可以設立中央委員會名譽主席一人。」[11]

毛澤東似乎是打算分兩步走，先辭掉國家主席，然後再辭去黨的主席。根據胡喬木的回憶，「毛澤東提出不再擔任國家主席，最先是1956年夏天在北戴河一個會議談到的，參加會議的有幾十人，大家認為可行。毛還談到辭去黨的主席，大家認為將來適當時機可行，但暫時還不行。」[12] 1957年4月30日，毛澤東在約集各民主黨派負責人和無黨派民主人士在天安門城樓上談話時，向民主黨派人士表示到二屆「人大」一定辭去國家主席。毛澤東說：瑞士有七人委員會，總統是輪流當的，我們幾年輪一次總可以，逐步採取脫身政策。毛澤東講了下屆「人大」選舉國家主席時不提名他個人之意見，當時民主黨派負責人多想不通。1957年5月1日，陳叔通、黃炎培聯名寫信給劉少奇委員長和全國「政協」主席、國務院總理周恩來，提出不同意見，認為在國家鞏固和台灣解放之前（毛澤東預計要十五至二十年）之前，最高領導人還是不變動為好。5月5日，毛澤東看了信寫了批語，認為：

---

[10] 詳細內容見：Zhiyue Bo, *China's Elite Politics: Political Transition and Power Balancing*, pp. 2~46.

[11] 「中國共產黨章程（1956年9月26日『八大』通過）」，新華網，http://news.xinhuanet.com/ziliao/2002-03/04/content_2391956_3.htm。

[12] 尚定，胡喬木：在毛澤東身邊工作的20年（北京：人民出版社，2005）。

可以考慮修改憲法。主席、副主席連選時可以再任一期，但第一任主席有兩個理由說清楚可以不連選：一、中央人民政府主席加上人民共和國主席任期已滿八年，可以不連選；二、按憲法制定時算起，可連選一次，但不連選，留下四年，待將來如有衛國戰爭一類重大事件需要我出任時，再選一次，而從1958年起讓我暫擺脫此任務，以便集中精力研究一些重要問題（例如在最高國務會議上以中共主席或政治局委員資格，在必要時我仍可以做主題報告）；這樣，比較做主席對國家利益更大，現在雜事太多，極端妨礙研究問題；現在黨內高級領導同志對此事想通的多了起來，而黨外人士因為交換意見太少，想不通的還多，因此，有提出從容交換意見的必要。[13]

毛澤東建議劉少奇召集一次有一百人左右參加的政治局會議，展開討論一次，取得同意，並要求將黃、陳的信和他的批註印發給中央委員、候補中央委員、黨的八屆全國代表，各省、市、自治區黨委及所有全國人大代表、所有全國「政協」委員。

毛澤東在1958年1月寫的《工作方法六十條（草案）》，又專門提到他不再擔任國家主席一職的事情。第六十條的全文內容如下：

（六十）今年9月以前，要醞釀一下我不做中華人民共和國主席的問題。先在各級幹部中間，然後在工廠和合作社中間，組織一次鳴放辯論，徵求幹部和群眾的意見，取得多數人的同意。這是因為去掉共和國主席這個職務，專做黨中央主席，可以節省許多時間做一些黨所要求我做的事情。這樣，對於我的身體狀況

---

[13] 毛澤東，「關於不再當下屆國家主席的批語」（1957年5月5日），建國以來毛澤東文稿，第六冊（北京：中央文獻出版社，1992），頁457~461。

也較為適宜。如果在辯論中群眾發生抵觸情緒，不贊成這個建
議，可以向他們說明，在將來國家有緊急需要的時候，只要黨有
決定，我還是可以出任這種國家領導職務的。現在和平時期，以
去掉一個主席職務較為有利。關於這個請求，已經得到中央政治
局以及中央和地方許多同志的同意，認為這是一個好主意。所有
這些，請向幹部和群眾解釋清楚，免除誤會。[14]

1958年11月28日至12月10日，中共第八屆中央委員會在湖北武昌召開
第六次全體會議，會議通過《同意毛澤東同志提出的關於他不做下屆中
華人民共和國主席候選人的建議的決定》。[15]經過毛澤東的修改，[16]《決
定》於1958年12月18日在《人民日報》發表。第二屆全國人民代表大會第
一次會議於1959年4月18日至4月28日在北京召開，會議選舉劉少奇為中華
人民共和國主席，宋慶齡、董必武為中華人民共和國副主席，朱德為全國
「人大」常委會委員長。[17]

1961年，毛澤東又明確提出，他有可能從黨的主席位置退下來，讓
劉少奇繼承。1961年9月，當來訪的英國陸軍元帥蒙哥馬利（Bernard Law
Montgomery）問到誰是毛澤東的繼承人時，毛澤東回答：「很清楚，是
劉少奇，他是我們黨的第一副主席。我死後，就是他。」蒙哥馬利接著
問：「劉少奇之後是周恩來嗎？」毛澤東回答：「劉少奇之後的事我不

---

[14] 毛澤東，「工作方法六十條（草案）」（1958年1月），建國以來毛澤東文稿，第七冊（北
京：中央文獻出版社，1992），頁64。

[15] 「中國共產黨第八屆中央委員會歷次全體會議」，新華網，http://news.xinhuanet.com/
ziliao/2003-01/20/content_697524_2.htm。

[16] 毛澤東，「對同意毛澤東不做下屆國家主席候選人的決定稿的批語和修改」（1958年12月8
日、9日），建國以來毛澤東文稿，第七冊（北京：中央文獻出版社，1992），頁633~635。

[17] 「第二屆全國人大歷次會議」，新華網，http://news.xinhuanet.com/ziliao/2002-02/20/
content_283397.htm。

管。」[18]

關於這一段歷史，時任外交部辦公廳副主任的熊向暉有更為詳細的記錄。號稱中共情報工作「後三傑」之首的熊向暉，曾經作為中共秘密黨員在國民黨將軍胡宗南的身邊潛伏十三年，為中共提供大量情報，毛澤東稱讚他一人可以頂幾個師。熊向暉在1961年9月21日向周恩來總理彙報時提出，有跡象表明，蒙哥馬利想探詢毛主席的繼承人是誰。他可能認為，毛主席百年之後，中國不能保持穩定。[19]蒙哥馬利在訪問包頭、太原、延安、西安、三門峽等地時，除了問「你最擁護誰，你最聽誰的指揮」之外，還會問「除毛主席外，你最擁護誰，你最聽誰的指揮」。他還就中國古代帝王的繼承傳統、英國的王位繼承法、蘇聯的繼承問題，與熊向暉進行討論。

在第二天熊向暉向毛澤東彙報時，毛澤東談了他的看法。他說：

> 在延安，我們就注意這個問題，1945年「七大」就明朗了。當時延安是窮山溝，洋人的鼻子嗅不到。1956年開八大，那是大張旗鼓開的，請了民主黨派，還請了那麼多洋人參加。從頭到尾，完全公開，毫無秘密。八大通過新黨章，裡頭有一條：必要時中央委員會設名譽主席一人。為什麼要有這一條呀？必要時誰當名譽主席呀？就是鄙人。鄙人當名譽主席，誰當主席呀？美國總統出缺，副總統當總統。我們的副主席有五個，排頭的是誰呀？劉少奇。我們不叫第一副主席，他實際上就是第一副主席，主持一線工作。劉少奇不是馬林科夫。前年，中華人民共和國主

18 逄先知、金沖及主編，毛澤東傳：1949~1976，（下）（北京：中央文獻出版社，2003），頁1173。

19 熊向暉，「毛澤東主席對蒙哥馬利談『繼承人』」，外交部外交史研究室編，新中國外交風雲（北京：世界知識出版社，1990），頁51。

席改名換姓了，不再姓毛名澤東，換成姓劉名少奇，是全國人民
代表大會選出來的。以前，兩個主席都姓毛，現在，一個姓毛，
一個姓劉。過一段時間，兩個主席都姓劉。要是馬克思不請我，
我就當那個名譽主席。[20]

　　但實際上，毛澤東至死都沒有讓出黨主席的位置。國家主席劉少奇
1969年被折磨至死，毛澤東的親密戰友林彪[21]在國家主席存廢問題上，與
毛澤東發生衝突，最終乘飛機出逃，死於他鄉。毛式「兩線安排」始終未
能得到實現。

　　1970年代末，鄧小平重新回到政治舞台。由於「文革」的耽誤，老一
代革命家許多都已上了年紀。鄧小平提出要建立黨和國家領導人的退休制
度，而作為過渡，先成立一個顧問委員會。在1980年8月18日《黨和國家
領導制度的改革》一文中，鄧小平提出「讓比較年輕的同志走上第一線，
老同志當好他們的參謀，支持他們的工作」。[22]一方面，幹部領導職務終
身制要廢除，「任何領導幹部的任職都不能是無限期的。」[23]另一方面，
中共中央正在考慮設立一個顧問委員會，「可以讓一大批原來在中央和國
務院工作的老同志，充分利用他們的經驗，發揮他們的指導、監督和顧問
的作用。」[24]

　　根據中共「十二大」修改後的《黨章》第三章第二十二條規定：

---

[20] 外交部外交史研究室編，前引書，頁54~55。

[21] 「中國共產黨第九屆中央委員會第一次全體會議公報」，新華網，http://news.xinhuanet.com/
ziliao/2007-10/11/content_6863409.htm。

[22] 鄧小平，「黨和國家領導制度的改革」，鄧小平文選，第二卷（北京：人民出版社，
1983），頁321。

[23] 鄧小平，前引書，頁321~322。

[24] 鄧小平，前引書，頁339。

　　黨的中央顧問委員會是中央委員會的政治上的助手和參謀。
中央顧問委員會委員必須具有四十年以上的黨齡、對黨有過較大
貢獻、有較豐富的領導工作經驗、在黨內外有較高聲望。

　　中央顧問委員會每屆任期和中央委員會相同。它的常務委員
會和主任、副主任，由中央顧問委員會全體會議選舉，並報中央
委員會批准。中央顧問委員會主任必須從中央政治局常務委員會
委員中產生。中央顧問委員會委員可以列席中央委員會全體會
議；它的副主任可以列席中央政治局全體會議；在中央政治局認
為必要的時候，中央顧問委員會的常務委員也可以列席中央政治
局全體會議。

　　中央顧問委員會在中央委員會領導下進行工作，對黨的方
針、政策的制定和執行提出建議，接受諮詢；協助中央委員會調
查處理某些重要問題；在黨內外宣傳黨的重大方針、政策；承擔
中央委員會委託的其他任務。[25]

　　從1982年成立到1992年取消的十年間，中央顧問委員會對於中共政治
的演變發揮很大作用。兩任總書記都是在中顧委的直接參與下被解職的，
胡耀邦1987年1月不再擔任總書記一職，趙紫陽也於1989年5月失去中共總
書記一職。

二、「世代更替」模式

　　1989年「六四」之後，鄧小平重新思考權力繼承模式，提出一個新的
模式：「世代更替」模式。1989年5月31日同李鵬和姚依林談話時，鄧小
平提出「世代更替」的概念。他把中共歷史上成熟的領導分為兩代，提出

---

[25] 「中國共產黨章程（1982年9月6日『十二大』通過）」，新華網，http://news.xinhuanet.com/
ziliao/2002-03/04/content_2558860_3.htm。

要建立一個新的第三代領導。[26]

　　1989年6月16日，鄧小平在同幾位中央負責人談話時進一步指出，中國共產黨應當建立起第三代的領導集體。他把從1935年到1989年的中共領導集體分為兩代。第一代領導集體是由毛澤東、劉少奇、周恩來、朱德、任弼時、陳雲、鄧小平、林彪等組成；第二代是中共「十一屆三中全會」建立起來的新的領導集體。鄧小平認為，每一個領導集體都要有一個核心。他說：

　　　　任何一個領導集體都要有一個核心，沒有核心的領導是靠不住的。第一代領導集體的核心是毛主席。因為有毛主席做領導核心，「文化大革命」就沒有把共產黨打倒。第二代實際上我是核心。因為有這個核心，即使發生了兩個領導人的變動，都沒有影響我們黨的領導，黨的領導始終是穩定的。進入第三代的領導集體也必須有一個核心，這一點所有在座的同志都要以高度的自覺性來理解和處理。要有意識地維護一個核心，也就是現在大家同意的江澤民同志。開宗明義，就是新的常委會從開始工作的第一天起，就要注意樹立和維護這個集體和這個集體中的核心。[27]

　　第一代和第二代的領導核心是歷史原因形成的。毛澤東的權威是通過中國共產黨的實踐過程中樹立起來，鄧小平也是通過他在長期實踐中，尤其是在毛澤東之後推動改革開放而樹立起自己的威望。而第三代領導集體的核心，則需要通過制度化來樹立他的權威。因此，他應該集黨、政、軍

---

[26] 鄧小平，「組成一個實行改革的有希望的領導集體」（1989年5月31日），鄧小平文選，第三卷（北京：人民出版社，1993年10月），頁296~301。

[27] 鄧小平，「第三代領導集體的當務之急」（1989年6月16日），鄧小平文選，第三卷（北京：人民出版社，1993年10月），頁310。

最高領導職務於一身。首先，他應當是中共中央總書記；其次，他也應當是國家主席；再次，他應當是軍委主席。

　　關於為什麼要選江澤民做總書記，在《鄧小平文選》中沒有明確交代。1989年5月16日，中共中央總書記趙紫陽和中央軍委主席鄧小平分別接見來訪的蘇聯共產黨總書記戈巴契夫（M.S.Gorbachev）。5月31日，鄧小平同李鵬和姚依林談話時，建議他們「能夠很好地以江澤民同志為核心」[28]。

　　根據《天安門文件》（*The Tiananmen Papers*），趙紫陽5月18日寫了一封「致政治局常委和鄧小平同志」的辭職信，但在楊尚昆的勸阻下沒有發出。[29]當天上午，八老（鄧小平、陳雲、李先念、彭真、鄧穎超、楊尚昆、薄一波、王震）、政治局常委（李鵬、喬石、胡啟立、姚依林），以及中央軍委領導人（洪學智、劉華清、秦基偉）決定在北京實行戒嚴，趙紫陽缺席。趙在5月19日凌晨四點鐘到天安門廣場看望學生，這是他最後一次公開露面。5月21日，八老在鄧家開會，決定開除趙紫陽，並提議讓江澤民接任總書記一職。[30]5月23日，江澤民從上海到北京，楊尚昆、李鵬、喬石、姚依林一起接見他，然後楊尚昆又單獨跟他做了把萬里留在上海的交代。[31]最後，八老於5月27日晚在鄧小平家開會，決定用江澤民取

---

[28] 鄧小平，「組成一個實行改革的有希望的領導集體」（1989年5月31日），鄧小平文選，第三卷（北京：人民出版社，1993年10月），頁301。

[29] Zhang Liang (compiler), Andrew J. Nathan and Perry Link eds., *The Tiananmen Papers: The Chinese Leadership's Decision to Use Force Against Their Own People—In Their Own Words* (New York: Public Affairs, 2001), pp. 200~201.

[30] Zhang Liang (compiler), Andrew J. Nathan and Perry Link eds., *The Tiananmen Papers: The Chinese Leadership's Decision to Use Force Against Their Own People—In Their Own Words*, pp. 256~266.

[31] Zhang Liang (compiler), Andrew J. Nathan and Perry Link eds., *The Tiananmen Papers: The Chinese Leadership's Decision to Use Force Against Their Own People—In Their Own Words*, pp. 277~279.

代趙紫陽。李先念最早推薦江澤民，陳雲贊同，鄧小平同意，其他人沒有意見。陳雲建議鄧小平代表八老，同留任的政治局常委交代一下。[32] 於是乎，就有了5月31日的談話。

當然，鄧小平選擇領導人有他的標準。主要有兩條：第一，新的領導人必須是一個改革者，要堅持改革開放的政策。[33] 他強調，改革開放政策幾十年不變，要繼續貫徹執行「十一屆三中全會」以來的路線、方針、政策，連語言都不變。他說，「『十三大』政治報告是經過黨的代表大會通過的，一個字都不能動。」[34] 第二，新的領導人必須要堅持四項基本原則，反對資產階級自由化。[35]

從表面上看，江澤民符合這些標準。改革初期，上海的改革落後於其它地區。1985年中共中央把芮杏文和江澤民派到上海做書記和市長，就是讓他們去推動上海的改革。儘管江澤民在任期間並沒有突出的政績，但他可以看作是一個改革派。另外，江澤民反對資產階級自由化也顯得十分堅定。他下令讓當時中國最自由的《世界經濟導報》停刊整頓，並奉命把時任全國「人大」常委會主任萬里留在上海，使其不能回北京就戒嚴令召開「人大」常委會討論。但實際上，江澤民是根牆頭草，是個見風使舵的人。不過，至少在當時看來，江澤民是中共中央總書記的一個合適候選人。

那麼，如何說明江澤民是軍委主席的合適候選人呢？江澤民沒有一天的從軍經歷，很難用他的經歷來證明他符合擔任軍委主席的標準。在這個

---

[32] Zhang Liang (compiler), Andrew J. Nathan and Perry Link eds., *The Tiananmen Papers: The Chinese Leadership's Decision to Use Force Against Their Own People—In Their Own Words,* pp. 308~314.

[33] 鄧小平，「組成一個實行改革的有希望的領導集體」（1989年5月31日），鄧小平文選，第三卷（北京：人民出版社，1993年10月），頁300。

[34] 鄧小平，前引書，頁296。

[35] 鄧小平，前引書，頁299。

問題上，鄧小平使用一個沒有邏輯的邏輯。江澤民是合格的總書記，所以他也是合格的軍委主席。1989年5月31日，鄧小平在同李鵬、姚依林談話中提到，「新的領導班子已經建立了威信，我堅決退出，不干擾你們的事。」[36] 他9月4日寫了辭職信，11月9日正式退休。[37] 1989年11月12日在會見參加中央軍委擴大會議全體同志的時候，鄧小平說：「軍委領導更換了人。我認為，以江澤民同志為核心的黨中央，是我們全黨做出的正確選擇而確定的。他是合格的軍委主席，因為他是合格的黨的總書記。」[38]

最後，1993年3月，江澤民接任國家主席，成為黨、軍、政一把手。在江澤民之前，國家主席不過是個虛職，一般由德高望重的老一輩革命家擔任。1983年國家主席一職恢復後，由時任中共中央政治局常委李先念擔任。李先念任滿一屆，時任中共中央政治局委員楊尚昆於1988年接任。江澤民以總書記、軍委主席之身兼任國家主席，使國家主席一職的權威恢復到毛澤東在1954年到1959年的狀況。

為了使新的一代人真正發揮作用，老的一代應當退出。1992年中共「十四大」決定取消中顧委。[39]

參、權力轉移制度化的理論框架

本文作者於2005年曾提出一個「權力平衡」模式，作為解釋中共政治權力轉移、預測未來政治菁英變動的理論框架。其理論核心是政治制度

---

[36] 鄧小平，前引書，頁301。

[37] 「鄧小平退休內情，當面提議軍委主席人選」，新華網，http://news.xinhuanet.com/book/2007-12/12/content_7234763.htm。

[38] 鄧小平，「會見參加中央軍委擴大會議全體同志時的講話」（1989年11月12日），鄧小平文選，第三卷（北京：人民出版社，1993年10月），頁334。

[39] 「『十四大』關於中顧委工作報告的決議」，新華網，http://news.xinhuanet.com/ziliao/2007-10/11/content_6862863.htm。

化，而政治制度化主要表現在兩個方面。其一，「職位權威」（authority of position）的恢復和建立；其二，「專業權威」（authority of expertise）的恢復和建立。「職位權威」建立的第一個結果是「無職無權」。在這點上，江澤民和鄧小平就有很大差別。鄧小平可以「無職有權」，1992年以一個普通黨員的身分「南巡」，國家主席楊尚昆陪同、軍委秘書長楊白冰保駕護航，各省大員紛紛響應。江澤民無職就無權，一旦卸任總書記，江澤民在黨的事務上就不再有發言權。所以，他拚命把軍委主席一職保留下來，以便發揮作用。「職位權威」建立的第二個結果是「有職有權」。有些學者認為，中共在「十六大」並沒有真正實現權力轉移，胡錦濤有其名，無其實。而「權力平衡」模式認為，由於「職位權威」的建立，胡錦濤有其名就有其實。他擔任中共中央總書記一職，就成為中共最高領導人；擔任國家主席，就是國家元首；擔任軍委主席，就是三軍統帥。

　　「專業權威」並不是一定指建立在專業知識上的權威，而實際上是「職位權威」的延伸，其具體含義是「有什麼職有什麼權」。例如，江澤民是軍委主席，那麼他在軍事問題上就最有權威，至於他是否真正懂軍事倒在其次。相對而言，鄧小平時期職、權並非簡單一一對應。所以，在中共「十二大」之後，儘管鄧小平的職務是軍委主席，但他實際上起的是黨主席的作用。而在中共「十六大」之後，江澤民是軍委主席，他起的作用也是軍委主席。換句話說，「專業權威」也可以指政治菁英之間的分工。因而，也可以解讀為「不同的職位有不同的權力」。

　　作為一種微觀理論，黎安友的「派系理論」有助於瞭解任何政治體制中派系形成的基礎和機制。但作為一種分析中共菁英政治的框架，黎安友的「派系理論」存在兩大不足。一是過分偏重派系集團的非正式性，而忽略了正式組織結構對於派系集團的重大制約。二是只看到派系之間的暫時平衡，而忽略了派系鬥爭一邊倒的結果。「制度化模式」作為一種宏觀理論，不注重政治菁英之間的個人關係，而是把正式的組織機構放在首位。

這種模式也強調權力平衡，但是強調的是正式職位之間的平衡，而不是派系之間的平衡。

鄒讜提出的「贏者通吃」模式是建立在兩個基本假設上。一個是政治鬥爭是零和遊戲，鬥爭的結果必然是我贏你輸。用他的話說，就是一方全贏、另一方全輸。而政治鬥爭之所以是零和遊戲，其根本在於政治權力是不可分的，只存在你有還是我有的問題，不存在你多還是我多的問題。而「制度化模式」認為，政治權力是可分的，因為有政治分工；既然有政治分工，必然會出現權力的不同分布。其結果將不再是我贏你輸，而是某種權力平衡。

肆、「胡錦濤模式」與習近平的接班

「胡錦濤模式」是鄧小平最初建立，在實踐中逐步形成的一種權力過渡模式。「胡錦濤模式」分為兩個階段：

第一階段為培養階段，分四步走。首先，未來的接班人進入政治局常委；第二，擔任中央黨校校長；第三，成為國家副主席；第四，進入中央軍委成為第一副主席。胡耀邦曾經擔任過黨的最高領導職位，他於1981年6月至1982年任中共中央主席，1980年2月至1987年1月任中共中央總書記，但他沒有擔任過中央黨校校長、國家副主席、軍委副主席。趙紫陽於1987年1月至1989年6月任中共中央總書記，1987年11月至1989年6月兼任中央軍委第一副主席。江澤民於1989年6月任中共中央總書記，1989年11月任中央軍委主席，1993年3月任國家主席，他沒有經過培養階段。

胡錦濤是中共歷史上第一位經歷培養階段全過程的領導人。他於1992年10月中共「十四大」進入政治局常委，1993年接任中央黨校校長，1998年3月擔任國家副主席，1999年進入中央軍委任第一副主席。

第二階段為繼承階段，分三步走。第一，接任中共中央總書記；第

二，接任國家主席；第三，接任軍委主席。胡錦濤於2002年11月在中共「十六大」上當選為中共中央總書記，開始繼承階段。2003年3月當選為國家主席，2004年9月在「十六屆四中全會」上當選為中共中央軍委主席。至此，繼承階段結束，胡錦濤順利接班，成為新一代領導人的核心。

習近平似乎是最高領導人的接班人。習近平於2007年10月進入政治局常委，並排在以前認為是胡錦濤接班人的李克強之前，因此，普遍認為他有可能是胡錦濤的接班人。從2007年10月至2010年10月，習近平完成作為未來接班人的培養階段。2007年10月進入政治局常委，排列第六；2007年12月從曾慶紅手中接任中央黨校校長；2008年3月當選為國家副主席；2010年10月在中共「十七屆五中全會」上進入中央軍委擔任第一副主席。

如果順利的話，習近平將在2012年接任中共中央總書記，2013年擔任國家主席，2014年或晚些時候接任軍委主席。

伍、結論

針對長期困擾國際學術界在中國菁英政治研究方面缺乏理論框架的難題，本文試圖提出一個既有解釋力，又有一定預測力的理論框架。文章介紹哥倫比亞大學教授黎安友和芝加哥大學教授鄒讜的最初嘗試，描述中共高層權力轉移的兩種歷史模式（「兩線安排」和「世代更替」），解釋以政治制度化為核心的「權力平衡」模式，提出「胡錦濤模式」，從「胡錦濤模式」來觀察習近平的接班。

黎安友的派系理論模式試圖從派系的角度來分析中共菁英政治。他把以個人利益關係為基礎的關係網稱為派系，並且把派系分為簡單派系和複雜派系，還對派系政治的特點分門別類，加以介紹。但是，他的理論對於當時（文化大革命）的菁英政治沒有任何實際指導意義。而且這一理論局限於非正式的關係，而對正式組織結構對派系關係的影響估計不足。鄒讜

提出「贏者通吃」的觀點，抓住了中共菁英政治在非制度化下運行機制的本質。但是，這一理論忽視了權力平衡的可能性。

「制度化模式」認為，由於政治制度化的結果，職位變得十分重要。「職位權威」的恢復和建立產生兩個直接後果。一是「無職無權」，一是「有職有權」。由於政治制度化，退休下來的官員一般來說是既無職、又無權，而上任的新官有了職位就有了權力。「專業權威」的恢復和建立也產生兩個直接後果。一是「有什麼職有什麼權」，一是「權力平衡」。由於政治分工，政治權力也變得可分；而不同政治菁英之間擁有不同的權力必然造成一種權力平衡。

「胡錦濤模式」作為一種權力過渡模式由兩個階段所組成。培養階段分四步走：政治局常委，中央黨校校長，國家副主席，中央軍委第一副主席。繼承階段分三步走：中共中央總書記，國家主席，軍委主席。未來最高領導人習近平已經按照「胡錦濤模式」完成了培養階段。他是否能夠按照同樣的模式繼承黨、政、軍的最高領導權還有待觀察。

參考書目

一、書籍及期刊

尚定，胡喬木：在毛澤東身邊工作的20年（北京：人民出版社，2005）。

逢先知、金沖及主編，毛澤東傳：1949~1976，下（北京：中央文獻出版社，2003）。

熊向暉，「毛澤東主席對蒙哥馬利談『繼承人』」，外交部外交史研究室編，新中國外交風雲（北京：世界知識出版社，1990）。

毛澤東，建國以來毛澤東文稿，第六冊（北京：中央文獻出版社，1992）。

_____，建國以來毛澤東文稿，第七冊（北京：中央文獻出版社，1992）。

鄧小平，鄧小平文選，第二卷（北京：人民出版社，1983）。

_____，鄧小平文選，第三卷（北京：人民出版社，1993年10月）。

Bo, Zhiyue, "Political Succession and Elite Politics in Twenty-First Century China: Toward a Power-Balancing Perspective," *Issues & Studies,* Vol. 41, No. 1 (March 2005), pp. 162~189.

_____, *China's Elite Politics: Political Transition and Power Balancing* (Singapore: World Scientific, 2007).

_____, *China's Elite Politics: Governance and Democratization* (Singapore: World Scientific, 2010).

Fewsmith, Joseph, "The Sixteenth National Party Congress: The Succession that Didn't Happen," *The China Quarterly,* No. 173 (March 2003), pp. 1~16.

Liang, Zhang (compiler), Andrew J. Nathan and Perry Link eds., *The Tiananmen Papers: The Chinese Leadership's Decision to Use Force Against Their Own People—In Their Own Words* (New York: Public Affairs, 2001).

Nathan, Andrew J., "A Factionalism Model for CCP Politics," *The China Quarterly,* No. 53 (January~March 1973), pp. 34~66.

Shirk, Susan L., *The Political Logic of Economic Reform in China* (Berkeley, CA: University of California Press, 1993).

Tsou, Tang, "Prolegomenon to the Study of Informal Groups in CCP Politics," *The China Quarterly,* No. 65 (March 1976), pp. 98~114.

_____ , "Chinese Politics at the Top: Factionalism or Informal Politics？Balance-of-Power Politics or a Game to Win All？" in Jonathan Unger ed., *The Nature of Chinese Politics: From Mao to Jiang* (Armonk, New York: M.E. Sharpe, 2002), pp. 98~159.

Unger, Jonathan ed., *The Nature of Chinese Politics: From Mao to Jiang* (Armonk, New York: M.E. Sharpe, 2002).

二、新聞報導

「中國共產黨章程（1956年9月26日『八大』通過）」，新華網，http://news.xinhuanet.com/ziliao/2002-03/04/content_2391956_3.htm。

「中國共產黨章程（1982年9月6日『十二大』通過）」，新華網，http://news.xinhuanet.com/ziliao/2002-03/04/content_2558860_3.htm。

「中國共產黨第八屆中央委員會歷次全體會議」，新華網，http://news.xinhuanet.com/ziliao/2003-01/20/content_697524_2.htm。

「中國共產黨第九屆中央委員會第一次全體會議公報」，新華網，http://news.xinhuanet.com/ziliao/2007-10/11/content_6863409.htm。

「第二屆全國人大歷次會議」，新華網，http://news.xinhuanet.com/ziliao/2002-02/20/content_283397.htm.。

「鄧小平退休內情，當面提議軍委主席人選」，新華網，http://news.xinhuanet.com/book/2007-12/12/content_7234763.htm。

「『十四大』關於中顧委工作報告的決議」，新華網，http://news.xinhuanet.com/ziliao/2007-10/11/content_6862863.htm。

改革開放時期中共黨政菁英的結構與輪替：
回顧與前瞻

黃信豪

（台灣師範大學公民教育與活動領導學系副教授）

摘要

　　本文從菁英理論出發，以「菁英輪廓」與「菁英循環」兩個面向呈現改革開放時期，中共黨政正部級以上菁英群體持續與演變的特色。即使近年來外界關注到中共菁英日益具備高學歷、專業技術等多元化特質，但本文指出其結構與輪替的演變，將彰顯出黨持續維繫專政的措施與手段：(1)在菁英結構上，中共菁英多元化的趨勢，隨著職務階層與黨、政部門而存在先後差異；(2)在菁英輪替上，在正部級越早通過黨職歷練者，則越快晉升至領導人；同時黨職菁英的流動率也低於政府菁英。菁英輪廓與循環所彰顯的意涵，不但從理論上提供觀察中共政治演變軌跡的視野，也為即將召開的中共「十八大」人事改組提供新的觀察面向。

關鍵詞：菁英輪廓、菁英循環、制度化、「十八大」、量化分析

壹、前言

在政治制度化的趨勢下，外界普遍認為2012年中共「十八大」將推動第五代領導人接班。在現任九位政治局常委中，七位常委將因超齡因素而退休，而習近平、李克強兩人則分別被看好接班胡錦濤、溫家寶，建立下一個十年的「習李體制」。基於政治體制較不透明的特性，政治菁英（以下簡稱菁英）主題的探索，成為外界試圖瞭解中國大陸政治運作與政策產出相當重要的切入點。以此，菁英向來就是中國研究的主要焦點之一，相關議題亦累積相當豐碩的研究成果。

誰是統治者？為何他們能成為統治菁英？中共菁英的集體特徵為何？有哪些演變趨勢？大致來說，相關文獻已回應這些菁英研究的核心議題，並提供基本圖像。就菁英甄補來看，中共菁英政治中的「非正式關係」與改革開放後的「制度化趨勢」皆是學者關注的焦點。「非正式關係」的討論，主要延續「極權主義」與「派系政治」的理論脈絡，強調領導人與菁英之間從屬、平行等私人關係在選拔菁英時所發揮的效果。[1] 例如「秘

---

[1] 關於中共派系政治的定義與特色，包括從派系到非正式政治的理論演化，請見Andrew J. Nathan, "A Factionalism Model for CCP Politics," *China Quarterly*, No. 53（January 1973）, pp. 34~66; Tang Tsou, "Prolegomenon to the Study of Informal Group in CCP Politics," *China Quarterly*, No. 65（March 1976）, pp. 98~119; Tang Tsou, "Chinese Politics at the Top: Factionalism or Informal Politics? Balance-of-power or a Game of Win All?" In Jonathan Unger ed., *The Nature of Chinese Politics: From Mao to Jiang*（New York: M. E. Sharpe, 2002）, pp. 97~160。另外，Dittmer也從菁英的權力來源（bases of power），依不同的權力格局分為非正式的個人權威（informal personal authority）與正式的制度權力（formal institutional power），見Lowell Dittmer, "Bases of Power in Chinese Politics: A Theory and an Analysis of the Fall of the 'Gang of Four'," *World Politics*, Vol. 31, No. 1（October 1978）, pp. 26~60。至於中共派系庇護關係的成因，可見Lowell Dittmer and Yu-shan Wu, "The Modernization of Factionalism in Chinese Politics," *World Politics*, Vol. 47, No. 4（July 1995）, pp. 467~494。

書幫」、「太子黨」、「清華幫」、「共青團」等特殊團體。[2] 而自1980
年代開始，中共菁英選拔制度的向上延伸與落實，也引起學者的關注。[3]
「十五大」時，喬石依領導人所達成的退休年齡共識，也建立了黨領導人
層級屆齡離退的先例。以此，「任期制」與「年齡限制」成為最受關注
的幹部輪替制度性規範。除了離退外，「階梯式生涯發展規律」、「年
齡」、「省級領導幹部經驗」等面向，也在制度化的脈絡下成為學者討論
中共菁英晉升的具體指標。[4] 除了菁英甄補議題之外，學者也關心中共菁
英的集體特徵，試圖以此來捕捉黨內菁英互動與可能的政策產出。按比較
研究的脈絡，菁英群體的「紅」與「專」是最受到關注的群體特徵，包括
專業技術官僚的崛起、黨務幹部與技術官僚的二元共治，以及黨有系統的

---

[2] 關於領導人政治秘書的角色，Li與Pye認為領導人與秘書可說是最為緊密的人際關係，同
時他們也分析「十三大」政治局委員曾經具有秘書身分領導人的仕途發展，見Wei Li and
Lucian W. Pye, "The Ubiquitous Role of the Mishu in Chinese Politics," *China Quarterly,* No. 132
（December 1992）, pp. 913~936。至於清華幫的討論，可見Cheng Li, "University Networks
and the Rise of Qinghua Graduates in China's Leadership," *The Australian Journal of Chinese
Affairs,* No. 32（July 1994）, pp. 1~30。而共青團出身領導菁英的仕途發展，則請參見寇健文，
「胡錦濤時代團系幹部的崛起：派系考量vs.幹部輸送的組織任務」，遠景基金會季刊，第8卷
第4期（2007年10月），頁49~95。

[3] 1982年中共中央提出正部級職務一般不超過65歲，副部級職務不超過60歲的年齡規範，
同時在八二憲法中也率先對國家領導人級職務提出任期規定。關於進一步的制度演變過
程，可見寇健文，中共菁英政治的演變：制度化與權力轉移1978~2010（台北：五南出版社，
2010），頁269~274的整理。

[4] Cheng Li, "After Hu, Who?—China's Provincial Leaders Await Promotion," *China Leadership
Monitor no. 1*（Spring 2002）, http://media.hoover.org/sites/default/files/documents/clm1_CL.pdf；
寇健文，「邁向權力核心之路：1987年以後中共文人領袖的政治流動」，政治科學論叢，
第45期 （2010年9月），頁1~36；Hsin-hao Huang, "Institutionalizing Political Entry into the
CCP Politburo: A Qualitative Comparative Analysis," 69th *Annual Conference of Midwest Political
Science Association* (Chicago, Illinois: MPSA, March 31, 2011)。

栽培專業人才，皆是探討中共菁英持續與變遷的相關論述。[5]

　　即使相關文獻已對菁英相關議題提出豐富的描繪，然而，這些研究大都從中共的個案出發，較少將所發現的經驗趨勢置於比較政治的研究脈絡中。事實上，菁英在一國政治變遷的過程中扮演相當重要的角色。許多研究顯示，民主化或政權轉型發生的關鍵，在於菁英是否能彼此協商並建立共同得以遵循的制度。[6] 如何適當地探討菁英未來將走向分裂或維持利益、立場一致的可能性，已成為解釋一國發展路徑，乃至於預測未來政體走向相當重要的切入點。在此脈絡下，菁英結構與群體特徵的持續與演變便成為受關注的焦點。一國菁英的組成與特徵屬性，不但反映政治運作與

---

[5] 關於專業技術官僚的菁英取代論，可見Cheng Li and Lynn White, "Elite Transformation and Modern Change in Mainland China and Taiwan: Empirical Data and the Theory Technocracy," *China Quarterly,* No.121（March 1990）, pp. 1~35; David Bachman, "The Limits on Leadership in China," *Asian Survey,* Vol. 32, No. 11（November 1992）, pp. 1046~1062；關於紅、專菁英分立的論述，則可見Xiaowei Zang, *Elite Dualism and Leadership Selection in China*（New York: Taylor & Fransic, 2004）; Xiaowei Zang, "Technical Training, Sponsored Mobility, and Functional Differentiation: Elite Formation in China in the Reform Era," *Communist and Post-Communist Studies,* No. 39（February 2006）, pp. 39~57；至於菁英贊助的觀點，則可見Bobai Li and Andrew G. Walder, "Career Advancement as Party Patronage: Sponsored Mobility into the Chinese Administrative Elite, 1949~1996," *American Journal of Sociology,* Vol. 106, No. 5（March 2001）, pp. 1371~1408。

[6] 例如Rustow將政權轉型的過程區分為「準備期」、「決定期」與「適應期」三個階段，並強調菁英在這三個階段裡所扮演的不同角色，見Dankwart A. Rustow, "Transition to Democracy: Toward a Dynamic Model," *Comparative Politics,* Vol. 2, No. 3（April 1970）, pp. 337~363；O'Donnell則對執政菁英與反對菁英的互動提出更具體的分析框架。他們將菁英區分為政權中的改革派與強硬派，以及反對勢力的溫和派與激進派等四類，同時認為促成民主轉型最有利的方式，是讓政權中的改革派與反對陣營的溫和派結盟，以致在維持國家統一基礎上漸進推動自由化與民主化，見Guillermo O'Donnell, Philippe C. Schmitter, and Laurence Whitehead eds., *Transitions from Authoritarian Rule*（Baltimore: The John Hopkins University Press, 1986）。

政策偏好，也反映政治變遷，特別是政權演變的軌跡。[7]

　　基於上述動機，本文將從比較菁英理論出發，將改革開放時期中共菁英群體演變的軌跡置於比較政治，特別是政權屬性的脈絡中。除前言外，第二節將從古典菁英理論出發，說明如何從菁英輪廓與菁英循環來呈現一國菁英群體的特徵，並界定中共菁英在改革開放時期可能的演變方向。第三、四節則分別就菁英輪廓、菁英循環為主題，呈現改革開放時期中共菁英政權的持續與演變。除了以這些經驗趨勢回饋菁英理論外，第五節也從菁英互動與群體特徵，討論中共「十八大」可觀察之處及其內蘊之意涵。最後，則提出結論與討論。

貳、菁英與政權特性：菁英理論的觀點

　　早在二十世紀初期，Mosca、Michels與Pareto等人便對少數人掌握權力的「菁英現象」提出原理論述。[8]在菁英論者眼中，社會權力分配的不均、菁英獨占權力是一種普遍性的現象。正因為如此，一國若能存在一個穩定、有效的「菁英流動」機制便相當重要──各社會階層的組成分子能垂直向上流動，皆有機會獲得政治階層中的職位。以此，菁英群體方能隨著新血加入而活化（renewal），國家亦能進入穩定發展的階段。在如此的脈絡下，相較於強調民主政體中菁英獨占權力的現象，近年來學者更重視民主政體下菁英群體的特性。

---

[7] Moshe M. Czudnowski, "Toward a Second Generation of Empirical Elite and Leadership Studies," in Moshe M. Czudnowski ed, *Political Elites and Social Change: Studies of Elite Roles and Attitudes* (DeKalb, Illinois: North Illinois University Press, 1983), pp. 243~255.

[8] Robert D. Putnam, *The Comparative Study of Political Elites* (Englewood Cliffs, New Jersey: Prentice-Hall, Inc., 1976), pp. 2~4.

一、菁英群體：一個理論類型的建立

假定我們同意菁英地位與現象普遍性的存在，那麼，觀察者該從哪些面向看待一國菁英群體的特徵？這些特徵又如何與政體特性產生關聯？經驗上來看，菁英是一國各個社會成分的集合體，並代表所有成員行使管理之責。因此，相較於全體社會分子，菁英組成特徵上的代表程度便是相當重要的指標。[9] 除了如此的「菁英分殊化」（elite differentiation）外，另一個觀察的焦點是「菁英團結度」（elite unity）。當菁英彼此享有相似的信念、價值，對規範具有同等認同的程度，同時互動上能廣泛地吸納彼此的意見，那麼將表示該國菁英具有高度的團結度與凝聚力。菁英分殊化與菁英團結度將構成一國「菁英輪廓」（elite configuration）的樣貌。[10]

除了以菁英輪廓來界定群體特徵外，另一個結構的面向是菁英循環（elite circulation）。相較於強調社會階層的「流動」，菁英循環指的是不同職位菁英的輪替型態。按Higley與Lengyel的界定，輪替型態可從模式（mode）與範圍（scope）兩個面向來加以區辨。在模式上，菁英繼承的「速度」是漸進或快速、一次性的？「方式」是和平或劇烈的？就「範圍」上，是否僅有主要政治職位菁英由次等階層菁英替代？還是整體菁英階層廣泛的被替換？透過以上輪廓與循環的經驗面向，Higley與Lengyel將不同國家的菁英群體區分成「共識型菁英—典型式循環」、「碎裂型菁英—再生式循環」、「意識型態型菁英—替代式循環」、「分立型菁英—準替代式循環」等四種理論上的類型（ideal type），如下表一所示：

---

[9] Fredrik Engelstad and Trygve Gulbrandsen eds., *Comparative Studies of Social and Political Elites* (Oslo: Institute for Social Research, 2006), pp. 1~8.

[10] 本節理論類型的討論，主要來自John Higley and György Lengyel, "Elite Configurations after State Socialism," in John Higley and György Lengyel eds., *Elites after State Socialism* (Lanham, Md.: Rowman & Littlefield, 2000), pp. 1~21。

表一：菁英輪廓與菁英循環：菁英群體的理論類型

		菁英團結度	
		強	弱
菁英分殊化	廣泛	模式：和平、漸進；範圍：廣、深 　　輪廓：共識型菁英 　　循環：典型式循環	模式：和平、漸進；範圍：狹隘、淺 　　輪廓：碎裂型菁英 　　循環：再生式循環
	狹隘	模式：快速、劇烈；範圍：廣、深 　　輪廓：意識型態型菁英 　　循環：替代式循環	模式：快速、劇烈；範圍：狹隘、淺 　　輪廓：分立型菁英 　　循環：準替代式循環

資料來源：來自Higley與Lengyel，見John Higley and György Lengyel, "Elite Configurations after State Socialism," in John Higley and György Lengyel eds., *Elites after State Socialism*, pp. 1~21，筆者進一步整理。

　　Higley與Lengyel進一步地將這四種菁英群體的理論類型，賦予政權特性上的對照意義。首先，當菁英具相似的價值信念，同時具廣泛的社會代表性（即分殊化特徵）時，則單一的意識型態將不會是凝聚這些菁英的主要來源，取而代之的是對政治體系與制度規範的共同尊重。以此，這類型屬「共識型菁英」，他們將對「輪替規則」存在一定程度的共識（例如定期競爭性選舉）。在循環面向上，漸進、和平的甄補模式，以及廣泛的甄補範圍是此類型菁英體制的特性。基於穩定的民主體制，菁英的政治資本雖然能夠累積，但任何職位都將因定期改選而出現輪替的現象。在能夠廣泛地更替社會菁英進入政治階層下，如此的菁英群體將會相當活化（renewal）。以此，該型態亦為古典菁英論者規範上最理想的菁英流動模式，為典型式循環。基於上述的特性，Higley與Lengyel將「共識型菁英—典型式循環」界定為民主已鞏固政體下的菁英群體特性。

　　其次，當菁英間團結度較強，但結構上卻沒有廣泛的分殊程度，則表

示此類菁英通常享有相似的價值信仰，甚至存在指導性的意識型態，屬於「意識型態型菁英」。一般來說，在意識型態指導下，此類菁英群體多透過政治組織滲透到國家社會的每一環節，使得群體無結構與社會代表的分殊化出現。在這樣的情況下，此類菁英型態的循環，大多經由革命、暴力或脅迫等非制度的方式，全面或一次性更換既有掌權者。以此，此類型的菁英群體存在於共產極權國家，或仍深具前朝制度遺緒後共黨國家。

再者，若菁英群體廣泛地代表社會上不同次團體，同時這些菁英團結度與凝聚力較低時，屬「碎裂型菁英」。此類型的群體，菁英間信任感通常較低。在輪替上，為了自身的生存，職務更替往往出現「大風吹」的彼此交換方式。換句話說，掌握權力與社會資源者仍是相同一群人。因此，在模式上，雖然呈現和平、漸進的方式，但流動範圍狹隘地局限於既有菁英，屬於「再生式流動」。在如此的環境中，由於菁英之間尚未達成價值、信念或規範的共識，因此Higley與Lengyel將「碎裂型菁英—再生式循環」界定為國家處於民主制度剛建立或未鞏固的情境下。最後，當菁英群體呈現團結度與分殊化程度皆低的型態，屬於「分立型菁英」。此類型的菁英群體通常呈現層峰之間彼此敵對的狀態。正因為如此，在輪替的過程中，雖然經常出現劇烈、突發性的特性，然而輪替的對象大都以權力層峰為主。這類型的菁英群體，大都出現在威權國家，特別是蘇丹型（sultanistic）政體下。

二、中共菁英的持續與演變：一個跨時的觀察

上述所探討菁英群體的類型提供一個比較研究的框架。那麼，我們如何以此討論中共的個案？雖然中共至今仍抱持「四項基本原則」，但如前所述，內部菁英繼承已初步克服極權政體無法「和平轉移權力」的結構性缺陷。這意味著中共菁英的確已建立某種程度和平的輪替共識。在此基礎上，進一步釐清中共菁英的演變走向對理解中國大陸未來的政治發展便有

其重要性。以此，上述的菁英類型便提供適當的觀察視角。即使Higley等人所論述的是純粹的理論類型，也沒有提出明確的分類指標（如到何種程度，菁英分殊化可稱為「廣泛」？）。但該分類實提供分析者得以透過觀察菁英群體的變遷，來捕捉一國政權特徵的演變方向。

　　首先，作為一個集合體或組織，菁英群體的演變將更受到前一個狀態的制約。[11] 因此，我們必須先釐清中共菁英群體的初始狀態。在極權主義的政體特徵下，由於存在著指導意識型態以及滲透至社會各領域、階層的列寧式政黨，故黨菁英通常具有相當高的凝聚力；另一方面，菁英代表社會的分殊程度皆相當有限。同時統治者也往往透過意識型態動員，來整肅與自己立場不同的政敵。因此，團結度高、分殊化低之「意識型態型菁英」及快速劇烈之「替代式循環」，是共黨國家菁英體制的原始特徵。以中共的例子來說，由於毛澤東時期始終處於以階級鬥爭為綱的革命動員階段，[12] 故我們可以將改革開放前中國大陸的菁英結構與政權狀態，歸類為「意識型態型菁英—替代式循環」。

　　那麼，中共菁英群體可能的演變路徑為何？如前所述，改革開放時期中共政治制度化有明確向上延伸的趨勢。相關研究也發現，中共菁英不但發展出「階梯式生涯發展規律」，同時職務任滿率也明顯提高。[13] 以此，如Higley等人所定義的，菁英循環模式將從原先的「快速劇烈」逐漸轉向「和平漸進」方式。按表一的分類，當原先「意識型態型菁英—替代式循環」具有和平漸進的循環模式時，則有兩種可能的演變走向。第一，建立

---

[11] 如同Szelényi等人強調的，菁英群體的演變將是一種路徑依賴（path-dependent）式的漸進性演變而非驟然性（revolutionary）的變革，見Iván Szelényi and Szonja Szelényi, "Circulation or Reproduction of Elites during the Postcommunist Transformation of Eastern Europe: Introduction," *Theory and Society,* Vol. 24, No. 5（October 1995）, pp. 621~622。

[12] Lowell Dittmer, *China's Continuous Revolution: The Post-Liberation Epoch, 1949-1981*（Berkeley: University of California Press, 1987）, pp. 1~11.

[13] 寇健文，中共菁英政治的演變：制度化與權力轉移1978~2010，頁269~309的整理。

和平、漸進的輪替模式後，若中共菁英之間能維持高度團結度，同時存在廣泛全面的輪替範圍時，那麼菁英群體的特色將從原先的「意識型態型菁英—替代式循環」走向具有「共識型菁英—典型式循環」的特色；第二，雖然建立和平、廣泛的甄補規則，但菁英的共識程度卻降低，同時輪替範圍集中於特定少數，大多數的菁英仍是再生型循環，那麼「碎裂型菁英—再生式循環」將是中共菁英另一個可能的演變方向。[14] 而決定兩者演變方向最關鍵的差異，在於菁英團結度以及輪替幅度的不同。

　　必須強調的是，即使朝向共識型菁英演變，並不意味著本文主張中共將走向民主轉型。更重要的是，透過菁英演變方向的評估，我們將得以對中共政治演變的軌跡與當前政權性質，提出具有菁英理論意義的評估。基於共識型菁英類型具有規範上政治穩定的意涵，因而Higley等人將其歸類為民主穩固體制下的菁英群體特色。就本文所探討的中共改革開放時期的脈絡下，若有更多證據顯示改革開放以來中共菁英更朝向「共識型菁英」演變，那麼我們或許可以認為中共持續當前體制狀態的可能性也較高。相反地，如果我們發現更多證據顯示中共走向「碎裂型菁英」的可能性將較高，即菁英團結度有降低的趨勢，同時輪替幅度有其限制，那麼，中共將可能出現菁英分裂或衝突的危機。為了進一步釐清上述菁英演變的軌跡，在下兩節中，作者將分別就菁英輪廓與菁英循環的面向，提出中共改革開放時期的經驗趨勢。

---

[14] 值得補充的，Szelényi等人針對後共黨國家政體轉型後的菁英流動，曾提出「再生」與「循環」的對立命題。前者指的是原有共產政體菁英的優勢地位，並不會因為政權轉型的環境而產生改變；後者則主張新政治體系的建立將產生新興菁英。進一步的論述與這些國家的比較，可見Iván Szelényi and Szonja Szelényi, "Circulation or Reproduction of Elites during the Postcommunist Transformation of Eastern Europe: Introduction," pp. 615~638。

參、中共菁英輪廓：以職務為分析單位

如何認定中共菁英的演變特徵？基本上，以「職務」為觀察焦點是最典型的方式。[15]本文接下來將呈現中共改革開放時期菁英組成的演變趨勢與整體圖像。本文將時間範圍鎖定在1978至2008年黨、政部門正部級（含以上）領導菁英。而為了同時觀察黨、政部門菁英組成概況，觀察的時間點為各屆「人大」、「政協」會後。為了更聚焦於有意義的菁英輪廓演變趨勢，這裡本文將集中探討性別、族裔、籍貫地、入黨年齡、年齡、專長學科等個人基本條件與政治、專業憑藉。[16]

表二首先呈現整體菁英圖像的持續與演變。在性別方面，中共菁英男性的比例相當穩定（約96%至97%）。另外，具少數族裔背景者則有微幅增加的趨勢。漢族的比例從1978年的95.5%降至1998年的91.1%，少數民族比例在該年達8.9%，但至2008年又小幅下降至6.6%。在「八二黨章」強調女性與少數民族的幹部選拔下，可以發現「族裔多元」的幹部建設在高層菁英裡或許展現些許成效，但是女性比例則幾乎無明顯增加的趨勢。其次，在籍貫地方面，來自華北地區的菁英在1990年代趨勢相對較不穩定（1978年為25.5%，2003年為13.7%，2008年為19.0%），呈現趨勢增加的地區則是來自東北（從1978年的1.8%到2008年的12.2%）與華東地區（從1978年的31.8%到2008年的42.2%），至於來自中部地區菁英比例則出現下降的現象（從1978年的24.5%到2008年的10.9%），而來自華南、西南、西北等地區的比例則相對穩定。大體來說，約略四成的黨政菁英多來自於發展程度較高，同時也是經濟中心的華東省分。再者，在年齡部分，

---

[15] 除了職位分析外，另兩個界定菁英的途徑為聲望與決策分析，請見Robert D. Putnam, *The Comparative Study of Political Elites*, pp. 15~19。

[16] 進一步的資料建置、研究方法與分析結果，可見黃信豪，「有限活化的中共菁英循環：黨政領導菁英組成的跨時考察」，中國大陸研究，第53卷第4期（2010年12月），頁1~33。

表二：黨政菁英基本特徵的演變：1978～2008

變項	類別	年度						
		1978/3	1983/6	1988/4	1993/3	1998/3	2003/3	2008/3
性別	男	97.3%	96.2%	97.7%	96.5%	97.3%	97.4%	96.0%
	女	2.7%	3.8%	2.3%	3.5%	2.7%	2.6%	4.0%
族裔	漢族	95.5%	93.0%	92.4%	93.7%	91.1%	93.4%	93.4%
	非漢族	4.5%	7.0%	7.6%	6.3%	8.9%	6.6%	6.6%
籍貫地	華北地區	25.5%	21.2%	17.4%	18.2%	13.7%	13.2%	19.0%
	東北地區	1.8%	4.5%	7.6%	9.8%	11.0%	13.2%	12.2%
	華東地區	31.8%	37.2%	35.6%	42.7%	44.5%	40.8%	42.2%
	中部地區	24.5%	14.7%	15.9%	16.8%	15.1%	17.1%	10.9%
	華南地區	4.5%	4.5%	9.1%	2.8%	4.1%	2.6%	2.7%
	西南地區	4.5%	11.5%	7.6%	7.0%	6.2%	3.3%	4.1%
	西北地區	7.3%	6.4%	6.8%	2.8%	5.5%	9.9%	8.8%
年齡	平均數	63.6	64.2	60.6	60.4	59.8	59.3	60.0
	標準差	6.0	7.7	7.4	5.4	5.3	4.1	4.8
入黨年齡	平均數	20.3	19.3	19.7	21.7	24.2	26.0	24.7
	標準差	3.9	3.1	3.5	5.9	6.6	6.3	5.1
專長學科	自然科學	2.7%	2.5%	7.6%	9.1%	8.9%	8.6%	6.0%
	技術工程	0.0%	6.3%	24.2%	30.8%	30.8%	28.3%	23.8%
	經濟、貿易與管理	0.9%	2.5%	3.8%	5.6%	8.9%	11.2%	21.2%
	社會科學與法律	0.0%	0.6%	1.5%	4.2%	4.8%	10.5%	16.6%
	人文學科	0.9%	3.2%	4.5%	5.6%	13.0%	18.4%	14.6%
	其他	24.1%	22.8%	15.9%	10.5%	7.5%	9.2%	11.3%
	無	71.4%	62.0%	42.4%	34.3%	26.0%	13.8%	6.6%

說明1：非漢族包括滿、蒙、藏、回、壯、苗、維、朝鮮、侗、土家族、彝族、納西族等少數
　　　民族。

說明2：華北地區包括河北、北京、山西、內蒙古、天津等省市；東北地區包括遼寧、吉林、
　　　黑龍江等省分；華東地區包括江蘇、上海、浙江、山東、福建、安徽等省市；中部地
　　　區包括湖南、湖北、河南、江西等省分；華南地區包括廣東、廣西、海南；西南地區
　　　包括重慶、四川、貴州、雲南、西藏等地；西北地區則是陝西、寧夏、甘肅、青海、
　　　新疆等地。

資料來源：本研究自行整理。

雖然1983年較1978年平均年齡略微增加（63.6歲到64.2歲），但在幹部制度規範的確立與落實下，黨政菁英的平均年齡不但自1980年代呈現逐屆下降的「年輕化」趨勢，標準差也逐漸降低。這也表示幹部年齡的「梯隊建設」發揮一定的效果，讓相同級別領導菁英的年齡差異逐漸縮小。[17] 總的來說，個人基本特徵的分析，顯示中共幹部在「少數族裔」、「年輕化」有相對明顯的演變趨勢，至於籍貫地、性別的差異則較為有限。

接著，本文將就政治憑藉進行趨勢分析。在比較菁英研究中，入黨年齡或黨齡是相當重要的變項。可以理解的是入黨年齡越輕的菁英，經過多年黨組織生活所累積的政治資本、關係與政治技巧將越高。[18] 結果顯示，改革開放後中共菁英平均「入黨年齡」隨時間有越來越高的趨勢，從20.3歲到24.7歲。這顯示改革開放後中共的確選拔部分黨資歷相對較淺的成員。然而，值得注意的是，從個人生命歷程度來看，成年初期便加入黨的菁英候選人，仍是中共晉用的主要對象。

最後，就專業憑藉上，相關研究皆顯示中共菁英有明顯的專業化趨勢。在此，本文將進一步呈現「專長學科」的演變趨勢。[19] 結果顯示具「自然科學」、「技術工程」專長者在1980年代末期被大量的重用（1983年兩者分別為2.5%與6.3%，1998年兩者總和已達39.7%），而具「經貿管理」、「社科法律」專長的領導幹部，則是在1990年代中期開始受到中共高層的拔擢。其中，「經貿管理」者在1988年僅為3.8%，但至2008年已達五分之一強（21.2%）；具「社科法律」專長者則是從1993年的

---

[17] 「梯隊建設」的官方規範首見於1983年10月中央組織部發出《關於建立省部級後備幹部制度的意見》。其該意見對副部級以上職務後備幹部的人數與條件進行明確的規定，請見「中共中央組織部關於建立省部級後備幹部制度的意見」，人民網，2007年11月18日，http://cpc.people.com.cn/GB/64162/71380/71387/71591/4855020.html。

[18] 「入黨年齡」與「入黨年數」是相反的測量。當入黨年齡越輕，則在相同年紀的幹部裡入黨年數將越高。

[19] 「專長學科」主要記載具有大學本科以上學歷者的主修科目。

4.2%提升至2008年的16.6%；而「人文學科」專長者成長的趨勢與「經貿管理」、「社科法律」菁英的趨勢則相當類似（1993年的5.6%至2008年的14.6%）。大體來說，1993年經貿管理、社科法律與人文學科菁英僅占全體高官的15.4%，1998年則提升至26.7%，至2008年更超過半數（52.4%）。

　　總的來說，上述的趨勢大致顯示，中共菁英輪廓在改革開放時期出現些許分殊化的趨勢：特別是年輕化、入黨年齡變得較高以及專長更為多元。那麼，不同階層、職位是否有特殊的演變趨勢？接下來本文以入黨年齡與專長學科比較不同職務的輪廓演變趨勢。圖一顯示入黨年齡的趨勢比較。其中顯示，1988年前中共領導菁英的入黨年齡並無明顯的職務差異。至1980年代末期後，這三類菁英的平均入黨年齡差異方開始顯現。1993年政府部門菁英平均入黨年齡為23.2歲，至2003年則增加至27.0歲，而2008年又小幅下降至25.4歲。相較黨領導幹部而言，政府菁英的黨資深程度仍是最低的（即入黨年齡高）。至於黨務部門菁英黨齡的級別差異則於90年代中期後才開始體現，但進入二十一世紀後又逐漸縮小，至2008年黨領導人與黨正部級幹部皆為23.9歲。總的來說，若入黨年齡意涵著個人與黨關係的密切程度，那麼不同級職菁英平均黨齡的先後差異，或許顯示中共甄補新血時，不但具有維持政治忠誠的考量（入黨年齡普遍較低），同時亦有不同職務的考量：政府部門是先於黨務部門，同時層級較低職務（正部級）也是先於層級較高職務（領導人級）。

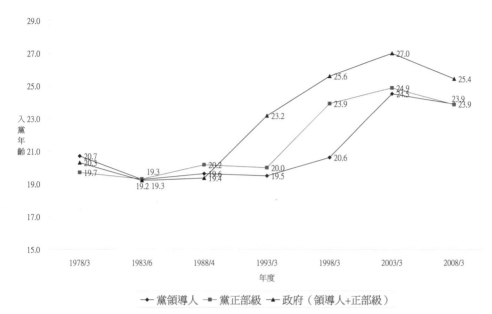

資料來源：本研究自行整理。

圖一：黨政菁英的比較趨勢圖：入黨年齡

　　而中共如此黨務、領導人菁英輪替滯後（lagged）的現象，也反應在專長的趨勢比較上。如下圖二呈現的，1983年起大量技術官僚被甄補進入中共的黨政領導部門。雖然各級職菁英擁有科技專長的比例皆呈現逐年增加的趨勢，然而，1993年後政府部門甄補技術官僚的趨勢則逐漸下降，從1993年最高點的55.7%，小幅下降到2008年的48.1%。至於黨領導人技術官僚的趨勢轉折則出現在1998年，從70.8%下降至2008年的57.1%。黨正部級的演變趨勢則不同於黨領導人與政府部門菁英，呈現逐年上升的趨勢，從1993年至2008年比例增加了一倍之多（21.4%至52.4%）。如果我們同意菁英階層地向上晉升特性以及中共以黨領政的基本原則，那麼從趨勢差異來看，1990年代前部分任職於政府的科技、財經專長菁英，在1993年後應被選拔至黨務部門任職，使得黨技術官僚的比例增加趨勢也滯後於政府部門。

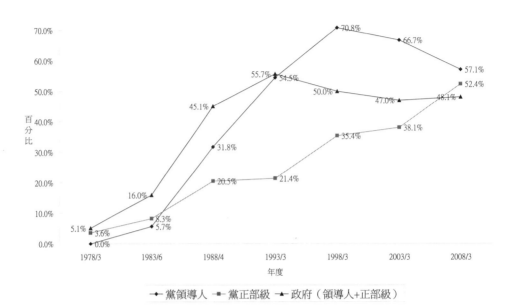

資料來源：本研究自行整理。

圖二：黨政菁英的比較趨勢圖：自然科學、技術工程與財經專長

肆、中共菁英仕途發展：以個人為分析單位

　　上節的分析透露改革開放時期中共菁英群體似乎有更為多元的趨勢，然而，當進一步檢視不同職務的集體特徵演變時，則可發現中共甄補新血時，不但存有維持政治篩選的考量，同時亦有不同職務重要性的考量。為了更進一步釐清其菁英甄補思路的內涵，本文接下來將呈現「個人仕途發展」的經驗趨勢。舉例而言，即使我們發現中共菁英隨著改革開放進程具有越來越多元的趨勢，如年齡降低、專長多元等，但這些菁英是否能長久出任領導職務？甚至快速晉升為核心菁英？還是他們在短期內不斷被更替？這些關乎菁英「仕途旅程」的課題，必須以個人為觀察焦點方能進一步釐清。

　　因此，接下來本文將提出以個人為分析單位的經驗趨勢。[20] 在資料部分，本文設定在1978年3月至2008年3月全國「人大」、「政協」會後，所有曾任黨政正部級領導職務之菁英。[21] 首先，下圖三顯示的是所有菁英在出任黨政正部級職務後的仕途發展概況。當菁英晉升到正部級職務後，其可能的仕途發展為「晉升至領導人」或「正部級離退」兩者互斥的結果。就晉升或離退的結果而言，在有效個案700人中，約有16.0%的比例最終將晉升至黨政領導人，而有超過八成的比例則是在正部級職務離退。

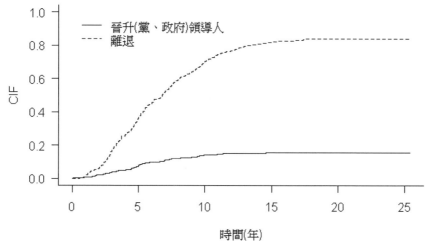

時間（年）	2.5	5.0	7.5	10.0	12.5	15.0
晉升領導人（黨、政）	0.030	0.079	0.119	0.141	0.151	0.156
離退	0.100	0.373	0.566	0.705	0.784	0.821

資料來源：本研究自行整理。

圖三：菁英晉升與離退的累積增益函數

[20] 進一步的資料建置、研究方法與分析結果，可見黃信豪，「晉升，還是離退？中共黨政菁英仕途發展的競爭性風險分析」，台灣政治學刊，第13卷第1期（2009年6月），頁161~224。

[21] 黨政領導正部級職務包括國務院各部部長、省長（自治區、直轄市）、中央紀律檢查委員會副書記、中共中央各部部長、省（自治區、直轄市）委書記。

　　透過不同事件發生的時間統計，我們可以進一步瞭解中共菁英仕途發展（晉升、離退）的所需時間。如圖三表示的，當時間為0，則所有事件（晉升領導人、正部級離退）累積發生機率亦為0。隨著菁英任黨政正部級職務的時間增加，便開始出現晉升、離退等事件增加的機率。在「晉升領導人」事件中，中位數為0.08（全部總和為0.16），累積時間約略超過5年左右（五年的累積機率為0.079）。這表示在所有得以晉升至黨、政府領導人職務的菁英中，有半數發生在其出任黨政正部級職務的5年之內。至於「離退」事件的機率中位數則是0.42，大約落在菁英任職5至7.5年之間的累積機率（5年的累積機率是0.373，7.5年則是0.566）。這顯示改革開放以降，中共多數正部級領導菁英能夠晉升，或在原級職離退的時間約在5至7年左右。如此的仕途發展趨勢，在時間約10年過後，則個別累積機率的增加幅度也相當有限。如此的總體趨勢意味著當菁英晉升至正部級職別後，5至7年將是決定他們能否進一步晉升，或是在原級別離退的重要關鍵。這項研究發現，相當符合中共多數領導職位的五年一任的任期。可以預期的是，1990年代中期後黨領導人亦形成70歲離退之隱性規範，因此第一個完整任期的正部級職務表現，將對這些菁英能否晉升權力核心職務產生重要影響。

　　那麼，不同屬性菁英的仕途發展有何差異？分析結果如下表三所示。首先，就個人背景上，在其他條件不變的情況下可以發現，年齡越高的領導菁英，則晉升至黨領導人的風險率也顯著越低；另外，就正部級離退上，在控制其他因素的影響後，年齡越高則於原級別職務離職的風險率也顯著越高。換句話說，年紀越大者越難被中共選拔為黨、政府領導人，也難長久任職於原級別領導職務。這意味著改革開放以來的年齡規範，就平均而言的確已落實在黨領導人層級的菁英選拔上。另外，這項結果的另一個意義在於，隨著時間累積的「資深制」應不是選拔黨政領導人的主要考量因素。

表三：黨政菁英仕途發展的競爭性風險分析模型

	晉升領導人		正部級離退	
	係數	標準誤	係數	標準誤
女性	0.70	0.48	-0.02	0.33
少數族裔	0.33	0.43	-0.12	0.20
年齡	-0.08	0.02***	0.10	0.01***
政治性				
入黨年齡	-0.02	0.02	0.00	0.01
正部級黨職				
黨職出身	1.10	0.27***	-0.67	0.12***
2.5年以下	1.68	0.36***	-1.24	0.27***
5年以下	0.68	0.40+	-0.85	0.17***
5年以上	0.80	0.44+	-0.94	0.22***
專業性				
研究生以上	0.23	0.29	-0.46	0.19*
科技財經專長	0.27	0.26	-0.07	0.12
社科法、人文專長	0.06	0.33	-0.22	0.17
個數（人）	695			

說明：***表 $p < .001$，**表 $p < .01$，*表 $p < .05$，＋表 $p < .1$（雙尾檢定）。
資料來源：本研究自行整理。

　　其次，在專業憑證方面，當控制其他條件後，菁英的專業性條件對晉升領導人則無任何重要性的影響。專業條件對區辨中共菁英在領導人的晉升上並無顯著貢獻。至於正部級離退事件上，則呈現研究生以上學歷者離職風險率顯著較低的現象。當菁英具有高學歷，那麼其在正部級職位將能任職較久。再者，就政治憑藉上，與年齡相似的是，在其他條件不變下，黨齡因素雖然係數方向符合預期（入黨年齡越大離職風險率越低），但未

達統計上顯著水準。這表示黨齡因素在其他條件考量下，對於中共高層菁英仕途發展並沒有顯著的幫助。如此的現象可能在於各級職務年齡規範限制下，黨資深程度如前所述非中共選拔高層幹部的主要考量指標，而是他們被選入菁英階層的「入場資格」。因而這些高層黨政領導菁英的入黨年齡變異其實有限。[22]在菁英大都為成年初期便加入黨的情況中，中共應具有其他的甄補標準來選拔領導人。

　　最後，能夠較具體解釋中共菁英仕途發展差異的因素為「黨職經歷」。當菁英第一個正部級職務為黨務部門，以及進入正部級後在2.5年內取得黨職經歷，則他們晉升至黨領導人風險率皆顯著越高。這表示當菁英能越早通過前一個層級政治條件的篩選，則越早得到下一輪晉升的機會。這顯示中共菁英甄補應具有一連串黨職經歷的要求，對這些幹部進行逐級的政治審查與忠誠檢核，以確保其遵守政治路線。至於仕途發展僅止於正部級職務者，相較（正部級）無黨職經歷菁英而言，無論任何時間出任黨職，則其離退的風險率皆顯著較低。這表示出任黨職菁英的流動率低於政府職務菁英。這反映了黨職菁英由於黨的專政考量，需要較高的人事穩定率。值得注意的是，上述的趨勢在改革開放時期相當一致，並無隨著不同領導人時期，而出現系統性的差異。

伍、中共菁英的持續與演變：反思與前瞻

　　前兩節分別按菁英輪廓與菁英循環面向，提出改革開放時期中共菁英群體的演變趨勢。就菁英輪廓上，可以發現改革開放時期中共菁英有些許分殊化的趨勢：如少數族裔增加、年齡提高、入黨年齡降低、專業多元化等；然而，這些趨勢將隨著職務階層與黨、政部分而存在著先後差異。如

---

[22] 根據筆者的統計，在改革開放後晉升至黨領導人的菁英裡，平均入黨年齡為21.8歲，標準差為5.07；至於正部級離退的領導幹部平均入黨年齡則是22.0歲，標準差為6.28。

此依職務重要性甄補差異所蘊含中共維持專政考量的思維，也反映在菁英的仕途發展上。在菁英循環部分，在正部級越早通過黨職歷練者，則越快晉升至領導人；同時黨職菁英的流動率也低於政府菁英。

　　那麼，如何評估中共菁英群體的演變方向？如第二節所指出，在中共政治制度化的趨勢下，若菁英之間能維持團結度且存在廣泛全面的輪替範圍時，那麼菁英群體的特色將從原先的「意識型態型菁英—替代式循環」走向「共識型菁英—典型式循環」；反之，若團結度降低，且輪替範圍較為狹小時，則傾向走向「碎裂型菁英—再生式循環」。上兩節的討論顯示，即使中共菁英隨著時間變得更為多元，即似乎有全面性的輪替，但在層級較高與黨職上，黨卻顯露出維持嚴謹的政治篩選考量。這意味著菁英「團結度」與「凝聚力」的維持，應是中共菁英改革開放時期幹部甄補制度的建設重點之一。[23]在這樣的脈絡下，核心職務能維持依政治憑藉進行菁英甄補，確保黨內高層菁英間一定的團結度；同時黨又依各項政策需要吸納各領域專才參與國家建設，以維持一定程度的統治有效性與代表性。以此，中共菁英群體的演變似乎融合「典型式循環」與「再生式循環」的特點：黨一方面強調菁英與領導體制輪替與吸納多元菁英的重要性，具有典型式循環的特色；另一方面，黨在核心職務部分也強調菁英間共同的政治憑藉，即甄補相似的菁英以凸顯「再生」的特色，藉此維持黨的執政地位。從如此兼顧「變」與「不變」的菁英群體演變特色來看，短期內我們似乎很難期待中共黨內出現大規模的立場衝突。

　　在回應菁英群體的理論類型後，那麼，我們如何評估即將到來的中共「十八大」，特別是基於改革開放時期中共菁英的演變趨勢？首先，制度化趨勢在「十八大」是否能延續，甚至進一步的加強？此為相當值得關注的面向。包括已受到外界關注的「屆齡離退」是否再一次落實？「七上八

---

[23] 如鄧小平、陳雲等領導人提出的「幹部四化」要求中，與黨中央路線一致的「革命化」為核心要求。

下」（68歲）的畫線是否進一步調整？政治局常委會如何組成與職務分工？事實上，除了離退規範之外，自「十六大」政治局常委會從七人增加至九人後，其分工與執掌便已相當固定。從菁英互動的角度來看，倘若我們可發現如此的權力格局已成為黨內菁英高度認可的潛規則，抑或出現新的制度規範，那麼，在領導菁英共識進一步加強的情況下，可預期的是，未來中共高層人事更替的可預測性將會大幅提高。

其次，從菁英特徵來看，另一個值得關注的焦點是「十八大」中央委員會的組成。隨著第五代領導人的崛起，學者注意到新一代菁英似乎出現一定程度的區域代表、功能代表與利益代表差異。如李成將第五代領導人大致區分為上海幫／太子黨結盟，以及團派兩個次團體。在分析群體特徵後，他發現前者大多熟悉外貿、金融與銀行事務，並在沿海省分或都市累積工作經驗；而後者的團派菁英大多熟悉黨務宣傳與組織工作，同時過去的領導經驗以內陸省分與農村為主。[24] 那麼如此可能的二元菁英態勢，是否反應在「十八大」的菁英組成上？倘若如此，那麼，未來是否可能逐漸浮現政治、經濟等政策路線的實質討論或歧異？進一步影響中共菁英的團結度？這些問題也相當值得關注。

除了菁英互動與菁英群體本身，從派系與次團體的角度來看，胡錦濤是否能延續影響力則是另一個值得觀察之處。首先，在「十六大」胡錦濤接班時，江澤民並未立即釋出軍權，而是到2004年9月「十六屆四中全會」方交出軍委主席一職。由於中共權力交替制度與相關規範尚未全面確認，因而出現如此過渡性接班的現象。然而，可以預期的是，當過渡性權力接班時間越長，則菁英之間因權力之爭而出現衝突的可能性將越大。以此，過渡性的權力接班是否也將複製在「十八大」上？抑或胡錦濤將一次

---

[24] 請見Cheng Li, "Will China's 'Lost Generation' Find a Path to Democracy?" in Cheng Li ed., *China's Changing Political Landscape: Prospects for Democracy* (Washington, D.C.: Brooking Institution Press, 2008), pp. 98~117。

性地全面退出黨政軍領導職位？其次，具共青團背景的幹部是否仍具有其晉升優勢？基於胡錦濤時期具團派領導經歷的幹部大量晉升，因而外界關注到團派菁英的影響力。那麼，當胡錦濤交班後，共青團是否仍是新一代領導人鞏固權力中心的來源？抑或第五代領導人擁有獨特裙帶的支持基礎？這些關乎派系政治演變的議題亦是值得關注之處。

　　上述這些面向，包括菁英互動、菁英群體特徵與派系政治等，事實上與本文所強調的菁英理論皆有高度的關聯性：包括未來制度化的發展趨勢、菁英群體所顯露出的組成特色，以及派系的相關議題，皆具體地影響中共未來菁英團結度的維持。因此，2012年「十八大」並不僅是中共一次權力交班的例行性會議，其結果將更深刻地影響中共政權未來可能的發展方向。

陸、結論

　　本文主要從比較菁英理論出發，嘗試以菁英群體的類型來捕捉改革開放時期中共菁英群體持續與演變的特色與軌跡。透過「職務」以及「個人仕途發展」的趨勢觀察，本文發現改革開放時期中共菁英群體的確出現些許分殊化的趨勢；然而，這些多元趨勢將隨著職務階層與黨、政部分而存在著先後差異。而如此依職務重要性甄補差異所蘊含中共維持專政考量的思維，也反映在菁英的仕途發展上。以此，本文認為中共菁英群體的演變融合「典型式循環」與「再生式循環」的特點：黨一方面強調菁英與領導體制輪替與吸納多元菁英的重要性，具有典型式循環的特色；另一方面，黨在核心職務部分也強調菁英間共同的政治憑藉，即甄補相似的菁英以凸顯「再生」的特色，藉此維持黨的執政地位。從如此兼顧「變」與「不變」的菁英群體演變特色來看，短期內我們似乎很難期待中共黨內出現大規模的立場衝突。

　　理論上，菁英團結度的高低不但影響一國菁英群體的特色，也深刻影響其未來政治發展的走向。學者因此大都同意政治菁英的協商與建立制度，為民主化或政權轉型出現的關鍵因素。以此，本文也從菁英互動、菁英群體特徵與派系政治等面向，探討中共「十八大」除了第五代領導人接班外值得被關注的議題。這些彰顯菁英團結度高低的相關議題，不但深刻地凸顯出中共過去的發展經歷，也影響中國大陸在現今的軌道上能夠如何繼續向前邁進。

　　必須強調的是，本文所討論的菁英類型，畢竟仍屬於一個理論上的分類。關於菁英之間如何產生妥協或如何維持團結度，未來仍需要更多經驗證據，特別是第一手訪談資料來加以驗證。具體來說，當菁英的背景日趨多元，他們會在維持權力地位與兼具共同利益的考量下，同意以維繫既有體制的運作，抑或是在不同的價值觀下出現可能衝突的因子？這些進一步關乎領導人行為動機的解釋，甚至於預測的課題，仍有待相關研究加以探索。

參考書目

一、中文部分

「中共中央組織部關於建立省部級後備幹部制度的意見」，人民網，1983年10月5日，http://cpc.people.com.cn/GB/64162/71380/71387/71591/4855020.html。

寇健文，「胡錦濤時代團系幹部的崛起：派系考量vs.幹部輸送的組織任務」，**遠景基金會季刊**，第8卷第4期（2007年10月），頁49~95。

＿＿＿＿＿，「邁向權力核心之路：1987年以後中共文人領袖的政治流動」，**政治科學論叢**，第45期（2010年9月），頁1~36。

＿＿＿＿＿，**中共菁英政治的演變：制度化與權力轉移1978~2010**（台北：五南出版社，2010）。

黃信豪，「晉升，還是離退？中共黨政菁英仕途發展的競爭性風險分析」，**台灣政治學刊**，第13卷第1期（2009年6月），頁161~224。

＿＿＿＿＿，「有限活化的中共菁英循環：黨政領導菁英組成的跨時考察」，**中國大陸研究**，第53卷第4期（2010年12月），頁1~33。

二、英文部分

Bachman, David, "The Limits on Leadership in China," *Asian Survey,* Vol. 32, No. 11 (November 1992), pp. 1046~1062.

Czudnowski, Moshe M., "Toward a Second Generation of Empirical Elite and Leadership Studies," in Moshe M. Czudnowski ed., *Political Elites and Social Change: Studies of Elite Roles and Attitudes* (DeKalb, Illinois: North Illinois University Press, 1983), pp. 243~255.

Dittmer, Lowell, "Bases of Power in Chinese Politics: A Theory and an Analysis of the Fall of the 'Gang of Four'," *World Politics,* Vol. 31, No. 1 (October 1978), pp. 26~60.

＿＿＿＿＿, *China's Continuous Revolution: The Post-Liberation Epoch, 1949-1981* (Berkeley: University of Califorina Press, 1987).

＿＿＿＿＿ and Yu-shan Wu, "The Modernization of Factionalism in Chinese Politics," *World Politics,*

Vol. 47, No. 4 (July 1995), pp. 467~494.

Engelstad, Fredrik and Trygve Gulbrandsen eds., *Comparative Studies of Social and Political Elites* (Oslo: Institute for Social Research, 2006).

Higley, John and György Lengyel, "Elite Configurations after State Socialism," in John Higley and György Lengyel eds., *Elites after State Socialism* (Lanham, Md.: Rowman & Littlefield, 2000), pp. 1~21.

Huang, Hsin-hao, "Institutionalizing Political Entry into the CCP Politburo: A Qualitative Comparative Analysis," 69th *Annual Conference of Midwest Political Science Association* (Chicago, Illinois: MPSA, March 31, 2011).

Szelényi, Iván and Szonja Szelényi, "Circulation or Reproduction of Elites during the Postcommunist Transformation of Eastern Europe: Introduction," *Theory and Society,* Vol. 24, No. 5 (October 1995), pp. 615~638.

Li, Bobai and Andrew G. Walder, "Career Advancement as Party Patronage: Sponsored Mobility into the Chinese Administrative Elite, 1949~1996," *American Journal of Sociology,* Vol. 106, No. 5 (March 2001), pp. 1371~1408.

Li, Cheng and Lynn White, "Elite Transformation and Modern Change in Mainland China and Taiwan: Empirical Data and the Theory Technocracy," *China Quarterly,* No. 121 (March 1990), pp. 1~35.

Li, Cheng, "University Networks and the Rise of Qinghua Graduates in China's Leadership," *The Australian Journal of Chinese Affairs,* No. 32 (July 1994), pp. 1~30.

_____, "After Hu, Who?—China's Provincial Leaders Await Promotion," *China Leadership Monitor no. 1* (Spring 2002), http://media.hoover.org/sites/default/files/documents/clm1_CL.pdf.

_____, "Will China's 'Lost Generation' Find a Path to Democracy?" in Cheng Li ed., *China's Changing Political Landscape: Prospects for Democracy* (Washington, D.C.: Brooking Institution Press, 2008), pp. 98~117.

Li, Wei and Lucian W. Pye, "The Ubiquitous Role of the Mishu in Chinese Politics," *China Quarterly*, No. 132 (December 1992), pp. 913~936.

Nathan, Andrew J., "A Factionalism Model for CCP Politics," *China Quarterly*, No. 53 (January 1973), pp. 34~66.

O'Donnell, Guillermo, Philippe C. Schmitter and Laurence Whitehead eds., *Transitions from Authoritarian Rule* (Baltimore: The John Hopkins University Press, 1986).

Putnam, Robert D., *The Comparative Study of Political Elites* (Englewood Cliffs, New Jersey: Prentice-Hall, Inc., 1976).

Rustow, Dankwart A., "Transitions to Democracy: Toward a Dynamic Model," *Comparative Politics*, Vol. 2, No. 3 (April 1970), pp. 337~363.

Tsou, Tang, "Prolegomenon to the Study of Informal Group in CCP Politics," *China Quarterly*, No. 65 (March 1976), pp. 98~117.

_____, "Chinese Politics at the Top: Factionalism or Informal Politics? Balance-of-Power or a Game of Win All?" in Jonathan Unger ed., *The Nature of Chinese Politics: From Mao to Jiang* (Armonk, New York: M. E. Sharpe, 2002), pp. 97~160.

Zang, Xiaowei, *Elite Dualism and Leadership Selection in China* (New York: Taylor & Fransic, 2004).

_____, "Technical Training, Sponsored Mobility and Functional Differentiation: Elite Formation in China in the Reform Era," *Communist and Post-Communist Studies*, No. 39 (February 2006), pp. 39~57.

中共「十八大」政治局人選：
分析與預測*

寇健文
（政治大學政治系、東亞所教授兼東亞所所長）

摘要

　　近年來，中共高層新老交替已經朝著制度化的方向發展。根據這個觀點，本文歸納「十三大」以來各屆領導班子甄補特性的演變。本文首先歸納分析1987年以後五十七位文職政治局常委、政治局委員（含政治局候補委員）在政治流動上的特徵，如年齡限制、政治局委員資歷、中委會資歷、年齡優勢、省級黨政一把手資歷、交流經驗等等。為瞭解這些因素在中共領導人甄補過程中的影響，本文將這些因素歸類為晉升領導人的基本條件或加分條件，以「十七大」為例進行測試。最後，本文據此推估2012年可能擔任政治局委員的人選和政治局常委的人選。

關鍵詞：中共、政治流動、政治菁英、政治局委員、政治局常委

---

*　本文曾投稿刊登於政治科學論叢第45期，原文章標題為「邁向權力核心之路：1987年以後中共文人領袖的政治流動」，感謝台灣大學政治學系同意授權轉載出版。為維持原文的完整性，所有內容均未變動，僅增加一個註釋，說明薄熙來免兼重慶市委書記對其仕途發展的影響。

壹、前言

　　早期外界大都從非正式關係的角度探討中共政治繼承的議題，並曾在派系的用法與內涵、派系產生的原因、派系鬥爭的結果三方面出現精采的辯論。[1] 儘管「扈從關係」——派系的基礎——很難直接觀察到，許多學者分析同鄉、同事、校友、家族等等非正式的人際關係網絡，探討這些關係網絡對菁英流動與決策的影響。[2] 不過，近來更多文獻轉而強調制度因素在領導人流動過程中的影響力，包括年齡限制、任期限制、階梯式晉升規律、省級地方歷練等等。[3] 大體而言，這些文獻認為自1990年代中期以後，制度因素對中共領導人新老交替的重要性日增。非制度因素固然仍具

---

[1] 相關文獻整理見寇健文，中共菁英政治的演變（台北：五南圖書公司，2005），頁18~27。

[2] 關於同事部屬關係（秘書幫、團派），請詳見Wei Li and Lucian W. Pye, "The Ubiquitous Role of the *Mishu* in Chinese Politics," *China Quarterly*, No. 132（December 1992）, pp. 913~936；寇健文，「胡錦濤時代團系幹部的崛起：派系考量vs.幹部輸送的組織任務」，遠景基金會季刊，第8卷第4期（2007年10月），頁49~95。關於同校關係（清華幫），請詳見Cheng Li, "University Networks and the Rise of Qinghua Graduates in China's Leadership," *Australian Journal of Chinese Affairs*, No. 32（July 1994）, pp. 1~30。關於家族關係（太子黨），見Murray Scot Tanner and Michael J. Feder, "Family Politics, Elite Recruitment, and Succession in Post-Mao China," *Australian Journal of Chinese Affairs*, No. 30（July 1993）, pp. 89~119; Zhiyue Bo, "Princeling Generals in China: Breaking the Two Career Barriers?" *Issues & Studies*, Vol. 42, No. 1（March 2006）, pp. 195~232。直到最近，還有學者認為同事關係足以影響各省取得國有銀行貸款的多寡。Victor Shih, "Factions Matter: Personal Networks and the Distribution of Bank Loans in China," *Journal of Contemporary China*, Vol. 13, No. 38（February 2004）, pp. 3~19。

[3] 關於年齡限制、任期限制、階梯式晉升規律的分析，請詳見寇健文，中共菁英政治的演變，頁190~197。關於省級領導人歷練的重要性，見Zhiyue Bo, "The Provinces: Training Ground for National Leader or a Power in Their Own Right?" in David M. Fineistein and Maryanne Kivlehan. Armonk, eds., *China's Leadership in the 21st Century: The Rise of the Fourth Generation*（New York: M.E. Sharpe, 2003）, pp. 66~117。關於中共走向制度化的討論，見寇健文，「中共與蘇共高層政治的演變：軌跡、動力與影響」，問題與研究，第45卷第3期（2006年5月~6月），頁39~75。

有影響力，但只能在制度因素的框架下產生作用。

　　早期研究共黨國家的學者曾經指出，政治繼承是共黨國家共通的體制缺陷。[4] 當中共高層的政治甄補出現固定模式和發展趨勢，實際上反映出統治菁英內部對權力分配的遊戲規則已形成共識，致使政治繼承出現「有限的預測性」。這不代表菁英共識不會破裂，也不代表政權能免於社會挑戰，但有助於外界瞭解中共政權的穩定性。基於上述理由，本文有意呈現近二十年來中共領導人甄補特性的演變，同時以所得結果評估2012年的人事異動。我們希望提出習近平、李克強、李源潮、王岐山、薄熙來等人以外的可能接班人選，並且讓分析過程能符合「相互主觀」（intersubjectivity）的要求。[5]

　　本文歸納「十三大」以來各屆領導班子甄補特性的演變，進而討論演變趨勢對政權穩定的意涵。本文首先歸納分析1987年以後五十七位文職政治局常委、政治局委員（含政治局候補委員，全文皆同）在政治流動上的特徵，如年齡限制、政治局委員資歷、中委會資歷、年齡優勢、省級黨政一把手資歷、交流經驗等等，並將這些因素歸類為晉升領導人的基本條件或加分條件。其次，以「十七大」的實際甄補結果測試篩選標準的正確性，再推估2012年可能擔任政治局委員的人選和政治局常委的人選。因軍職和文職領導人晉升路徑與模式不同，軍職政治局常委和政治局委員（共八人）排除在本文討論範圍。[6] 本文使用的幹部簡歷資料均來自人民網、新華網、官方出版的人名錄、中共政治菁英資料庫等公開資料，時間至2010年6月為止。

---

[4]　關於早期學者們對這個問題的相關討論與各共黨國家政治繼承的實例分析，請詳見寇健文，中共菁英政治的演變，頁46~54。

[5]　「相互主觀」意指若多數人同意某件事物存在，我們就把這件事物視為客觀存在。見李美華等譯，社會科學研究方法上冊（第八版）（台北：時英出版社，1998），頁65。

[6]　這八位將領是十四屆的劉華清和楊白冰，十五屆的遲浩田和張萬年，十六屆的曹剛川和郭伯雄，十七屆的郭伯雄和徐才厚。除劉華清為政治局常委外，其餘均為政治局委員。

　　本文受到幾個研究限制的影響。首先，由於缺少或無法有系統地蒐集、分析相關資訊，政績表現、健康情形、關係網絡等已知重要因素並未納入分析。健康情況對幹部生涯發展影響甚鉅，但相關資料一般不公開。幹部在政績表現、關係網絡兩方面的優勢，在某種程度上已經反映在早期的晉升速度與任職種類。[7] 但這兩個因素在正部級幹部晉升為領導人過程中是否發揮「臨門一腳」的影響，卻因缺少可靠的資料、無法準確測量而放棄。

　　其次，某些未知的重要因素可能沒有納入分析。舉例來說，中共規劃領導班子配置時究竟考慮哪些因素？性別？族裔？專長？還有沒有其他因素？到目前為止仍不夠清楚。此外，在「十八大」前，中共仍可能拔擢副部級中委會成員出任正部級黨政職務，但本文無法現在就把他們列入分析對象。最後，中共領導人交替的制度仍在演進中，新規範的出現會導致本文基於歸納法得出的結論出現誤差，如過去曾經發生領導人的退休年齡從70歲降至68歲。這些缺點是本文在方法上無法克服的限制。雖不一定造成評估結果出現結構性偏差，但一定會增加誤差的範圍。為瞭解這些限制對本文預估的影響，本文在提出「十八大」可能出現的政治局常委和政治局委員之前，先根據本文提出的基本條件和加分條件篩選「十七大」領導班子的組成人選，以便和實際選出的名單對照。

　　本文針對下列重點進行探討。第一個部分描述中共高層決策體制的演變歷程。第二個部分根據過去二十年的甄補模式，分別討論晉升政治局委員需要的中委會資歷、正部級職務歷練、年齡要求三個特徵。第三個部分則把焦點放在地方經歷與交流經驗兩方面。第四部分根據前兩節的分析，歸納出評估十八屆政治局委員的三個基本條件和七個加分條件。同時以

---

[7] 在制度化的影響下，幹部缺少適當歷練便無法晉升領導人。若要刻意提拔某些幹部進入政治局或政治局常委會，必須先安排他們擔任重要的省部級黨政職務，並縮短晉升所需時間。因此，仕途發展路徑已經包含這兩個因素的影響。

「十七大」為例進行測試，再預估「十八大」連任或新任政治局委員的可能人選。第五個部分歸納晉升政治局常委的甄補特徵，包括政治局委員歷練、年齡要求、地方經驗與交流經驗。接著，第六個部分根據這些特徵，同樣先以「十七大」為例進行測試，再評估十八屆政治局常委的可能人選。

貳、中共高層決策體制的演變：政治局常委會和政治局

政治局及其常委會是中共的最高決策中心，實施「集體領導與個人分工相結合的制度」。1976年9月以前，高層決策體制從集體領導的雛形逐步走向毛澤東個人領導，毛澤東死後，決策體制從個人領導逐漸轉回集體領導模式。1980年代的集體領導是以鄧小平為主，陳雲、李先念、葉劍英等革命元老為輔的寡頭協商模式，正式職務並不影響他們的決策權力，因此此時的政治局及其常委會不一定是最高決策中心。1990年代中期以後革命元老先後死亡，政治局及其常委會才成為真正的決策中心，集體領導也逐漸制度化。

在1949年以前，中共領導體制已經開始走向個人領導。[8] 建政以後，毛澤東權力更加集中。最明顯的例證就是毛澤東可以不出席政治局會議，但政治局的決定必須有毛澤東的同意，方能落實。[9] 毛澤東死後，無人能承續他的個人權威。黨內高層出現數次路線上、權力上的嚴重衝突，如華

---

[8] 延安整風（1942年2月至1945年4月七大召開）之後，決策權向毛澤東個人集中。1943年5月共產國際解散，制約毛澤東權力的唯一機構消失，毛澤東權力在1944年5月六屆七中全會上定於一尊。見陳麗鳳，中國共產黨領導體制的歷史考察（1921~2006）（上海：人民出版社，2008），頁120~124；劉松福，「集體領導如何演變為個人獨斷——中共延安整風前後黨內高層決策體制之變遷」，當代中國研究（美國），第2期（2008），頁142~159。

[9] 席宣、金春明，文化大革命簡史（北京：中央黨史出版社，1996），頁35~36。相關例證見胡偉，政府過程（杭州：浙江人民出版社，1998），頁225~226、228~229。

國鋒與鄧小平之間、鄧小平和陳雲之間等，但集體協商在高層決策過程中的重要性，隨著暴力程度降低而增加。1977年十一屆政治局常委會由華國鋒、葉劍英、鄧小平、李先念、汪東興組成。隨著凡是派大權旁落，陳雲被增選為政治局常委，決策協商主要集中在葉劍英、鄧小平、李先念、陳雲四人之間，而鄧小平逐漸獲得政治局及其常委會的多數支持，[10] 成為高層決策者之首。直到1987年「十三大」前，鄧小平的最高領導人身分，以及鄧小平、陳雲、李先念三人協商決策的領導方式仍然相當穩定。[11] 他們還可透過文件圈閱批示或電話指示影響中央書記處決策。[12] 同時，革命元老年事已高，對於改革開放的速度與幅度見解也不同，1980年代以前的決策多由元老透過非正式會議決定，政治局不常開會。[13] 由於總書記胡耀邦和總理趙紫陽在決策過程中的角色，不如三位革命元老，此時的集體領導是建立在領導人個人權威之上，與其擔任的職務無關，人治色彩較高。

　　1987年鄧小平等元老退出政治局，由趙紫陽、李鵬、喬石、姚依林、胡啟立等人組成常委會。中共修改黨章並制定黨內法規，釐清政治局常委會、政治局和中央書記處三個機構的功能。1987年11月政治局通過《十三屆中央政治局工作規則（試行）》、《十三屆中央政治局常務委員會工作規則（試行）》、《十三屆中央書記處工作規則（試行）》，使集體領導

---

10 薛慶超，革故與鼎新：紅牆決策（北京：中共中央黨校出版社，2006），頁168~171。

11 趙建民、劉松福，「改革開放以來中共中央最高領導及決策體制之變遷」，遠景基金會季刊，第8卷第1期（2007），頁62。1985年葉劍英因身體狀況退出第一線領導崗位，致使協商機制中的人數減少。

12 吳國光，趙紫陽與政治改革（台北：遠景出版事業公司，1997），頁22~23；阮銘，中共人物論（紐澤西：八方文化企業公司，1993），頁38~39；李銳，「耀邦去世前的談話」，當代中國研究（美國），第4期（2001），頁23~45。

13 李銳，「耀邦去世前的談話」，頁36~37；吳國光，趙紫陽與政治改革，頁306；A. Doak Barnett, *The Making of Foreign Policy in China: Structure and Process* (Boulder, Colorado: Westview Press, 1985), pp. 10~11.

14 陳瑞生、龐元正、朱滿良主編，中國改革全書（1978~1991）：政治體制改革卷（大連：大連出版社，1992），頁37。

開始走向制度化。[14] 根據相關文獻，政治局常委會、政治局的職權都可分為「政策決定權」和「人事決定權」兩類，兩機構在職權方面的主要差異在於：前者著重於「日常、緊急的重大政策」，後者則偏向決定「非日常、非緊急的重大政策」，致使前者開會頻率遠高於後者。[15] 當時鄧小平等元老仍在幕後掌權，政治局及其常委會都不是最高決策中心，但這些法規奠定日後集體領導制度的基礎。

「十三大」同時將中央書記處的決策功能取消，確立政治局及其常委的決策地位。在1980年「十一屆五中全會」上，中共恢復中央書記處，實行「集體領導，分工負責」的制度。中央書記處有四種功能：一、負責為政治局及其常委會討論、決定問題做事先準備；二、處理中央的日常工作事項；三、負責組織起草用中央名義發布的一般性黨務工作文件；四、辦理政治局及其常委會交代的其他事項。[16] 由此可見，此時的中央書記處具有決策權。「十三大」後，中央書記處改為政治局及其常委會的「辦事機構」，內部運作則調整為「首長（總書記）負責，分工辦事」。[17] 由此可

---

[15] 趙建民、劉松福，「改革開放以來中共中央最高領導及決策體制之變遷」，頁69。關於政治局常委會和政治局的職權和運作規範，見寇健文，「中共與蘇共高層政治的演變：軌跡、動力與影響」，頁48~49。

[16] 中共中央組織部編，中國共產黨組織工作教程（北京：黨建讀物出版社，2006），頁40。

[17] 趙建民、劉松福，「改革開放以來中共中央最高領導及決策體制之變遷」，頁65。

[18] 根據黨章規定，中央書記處在政治局及其常委會的領導下，處理黨政軍日常事務，總書記主持中央書記處工作。這種作法有助於加強中央領導機構的聯繫，提高書記處的工作效率和權威，使重大黨政事務能夠得到及時處理。同時，中央書記處承擔著大量日常性事務，在指導和監督各項工作、制定執行具體政策、加強黨的建設等方面，發揮領導職能。見李林，「中共中央書記處組織沿革與功能變遷」，中共黨史研究，轉載於中國選舉與治理，2007年3月15日，http://www.chinaelections.org/NewsInfo.asp?NewsID=116746；李海文，「中共中央書記處的由來及職權」，領導文萃，引述自新華網，2009年1月29日，http://big5.xinhuanet.com/gate/big5/news.xinhuanet.com/theory/2009-01/29/content_10732688.htm。在內部運作上，書記處書記按照職責分工，分管政治局及其常委會交辦的各項工作。中央書記處處理黨的日常工作，如登錄、收發、管理領導人的批示與領導人之間的公文往返，記錄所有黨內高層

見，中央書記處已被定位為政治局及其常委會的幕僚單位。[18]

　　政治局常委屬於「國家級正職」，地位均高於政治局委員和政治局候補委員。政治局常委會人數並無硬性規定，近二十年來的慣例約為五人至九人（表一）。擔任常委前須經相當歷練，特別是政治局委員、中央書記處書記、副總理、國務委員等黨政資歷。政治局名義上的地位高於政治局常委會，但開會頻率遠低於政治局常委會，實際權力也比較小。1992年「十四大」之後，政治局全體人數介於二十二人至二十五人之間，相對穩定。部分政治局委員同時擔任正部級職務，但其職權高於一般正部級幹部，所需資歷也比較深。政治局候補委員列席政治局會議，無投票權，排名也列在政治局委員之後，但兩者級別均屬於「國家級副職」。

　　1990年代中期以後，革命元老干政的現象逐漸消失，政治局及其常委會與中央書記處，始能按照黨章及黨內法規開始運作。同時，江澤民和胡錦濤因權力基礎遠不及鄧小平深厚，必須更仰賴制度性協商，僅能以「同儕中的第一人」（first among equals）自居。中共高層人事同時越來越穩定，除了陳希同（1995年）和陳良宇（2006年）兩位政治局委員之外，無人在屆中被罷黜。接下來，本文歸納過去二十年政治局常委和政治局委員（含政治局候補委員）的集體特徵。

會議內容，分類並上呈下級黨政部門的公文給分管的領導人審閱，並根據批示確定後面的工作。一切文件、決定不是經書記處下發，都不算是作為黨的文件和決定，下級黨組織可不執行，領導人若越過書記處而向下級發令，只能認定為個人行為。見作者不詳，「中共中央書記處書記是個什麼職位啊？」，SOSO問問，無刊登時間，http://wenwen.soso.com/z/q55948713.htm?rq=190270697&ri=4&uid=0&ch=w.xg.llyjj，2010/2/10。因此，中央書記處恢復設立之後，該機構常務書記幾乎都是由政治局常委擔任，也是總書記接班人熟悉全國事務的關鍵。

表一：1982年以後中共領導班子成員異動情形

屆別	職務	姓名	備註
十三大 1987/11	常務委員	趙紫陽（免職）、李鵬、喬石、胡啟立（免職）、姚依林、江澤民（增選）、宋平（增選）、李瑞環（增選）	1.1989年6月十三屆四中全會增選江澤民、宋平、李瑞環為常委，免去趙紫陽、胡啟立常委、委員職務。
	委員	萬里、田紀雲、江澤民、李鐵映、李瑞環、李錫銘、楊汝岱、楊尚昆、吳學謙、宋平、胡耀邦、秦基偉【軍職】	
	候補委員	丁關根	
十四大 1992/10	常務委員	江澤民、李鵬、喬石、李瑞環、朱鎔基、劉華清【軍職】、胡錦濤	1.1993年2月譚紹文病逝。 2.1994年9月十四屆四中全會增選黃菊為委員。 3.1995年9月十四屆五中全會開除陳希同的黨籍，撤銷黨內外職務
	委員	丁關根、田紀雲、李嵐清、李鐵映、楊白冰【軍職】、吳邦國、鄒家華、陳希同（免職）、姜春雲、錢其琛、尉健行、謝非、譚紹文（病逝）、黃菊（增補）	
	候補委員	溫家寶、王漢斌	
十五大 1997/9	常務委員	江澤民、李鵬、朱鎔基、李瑞環、胡錦濤、尉健行、李嵐清	1.1999年10月謝非病逝。
	委員	丁關根、田紀雲、李長春、李鐵映、吳邦國、吳官正、遲浩田【軍職】、張萬年【軍職】、羅幹、姜春雲、賈慶林、錢其琛、黃菊、溫家寶、謝非（病逝）	
	候補委員	曾慶紅、吳儀（女）	
十六大 2002/11	常務委員	胡錦濤、吳邦國、溫家寶、賈慶林、曾慶紅、黃菊（病逝）、吳官正、李長春、羅幹	1.2007年6月黃菊病逝。 2.2007年7月政治局開除陳良宇黨籍、撤銷公職。2007年10月十六屆七中全會確認。
	委員	王樂泉、王兆國、回良玉（回族）、劉淇、劉雲山、吳儀（女）、張立昌、張德江、陳良宇（免職）、周永康、俞正聲、賀國強、郭伯雄【軍職】、曹剛川【軍職】、曾培炎	
	候補委員	王剛	
十七大 2007/10	常務委員	胡錦濤、吳邦國、溫家寶、賈慶林、李長春、習近平、李克強、賀國強、周永康	
	委員	王剛、王樂泉、王兆國、王岐山、回良玉（回族）、劉淇、劉雲山、劉延東（女）、李源潮、汪洋、張高麗、張德江、俞正聲、徐才厚【軍職】、郭伯雄【軍職】、薄熙來	
	候補委員	無	

參、晉升政治局委員的特徵（一）：中委會資歷、正部級職務、年齡要求

自1980年代中共推動幹部年輕化政策以後，年齡就成為幹部退休或晉升的一項決定性因素。其次，年齡因素必定反映在政治局委員、政治局常委的群體特徵上。同時，隨著權力鬥爭的激烈程度降低，中共高層政局逐漸穩定，幹部晉升隨之出現「循序漸進，按部就班」的階梯式晉升規律。擔任政治局委員前，先擔任過中委或候補中委，以及正部級職務；擔任政治局常委前，先擔任政治局委員或政治局候補委員。[19] 由此觀之，中委會資歷、正部級職務也是中共領導人的群體特徵之一。最後，中國大陸幅員遼闊，領導人必須面對複雜的情勢，做出正確判斷。據此，在不同省分或部委擔任領導幹部可說是磨練接班人選，擴大他們視野的最佳方式。在接下來的兩節中，本文分別從中委會資歷、正部級職務、年齡要求、地方經歷、交流經驗等不同面向，分析「十三大」至「十七大」間的中共中央領導人的甄補特徵。

一、中委會資歷（中委或候補中委）

中委會由國家機器各系統包括黨政軍企等各部門的領導人組成，中委會資歷就成為政治菁英向上流動的基本資歷。[20] 在1987年以後迄今的五十一位新任政治局成員中，只有譚紹文、曾慶紅兩人未先具備中委會資歷就進入政治局，比例為3.9%，其餘四十九人（96.1%）均已擔任過中委

---

[19] 寇健文，中共菁英政治的演變，頁212~220。

[20] 根據慣例，中委、候補中委的主要來源包括：黨和國家領導人；中共中央直屬機關、國務院各部委部長（主任）；解放軍各總部、各兵種、各大軍區、軍事院校軍事和政工正副首長；省委正副書記、正副省長；副省級市或重要地級市黨委書記；重要人民團體與大型國有企業主要負責人。

或候補中委數年。[21] 譚紹文是「六四事件」後的第二波人事安排，並非計畫內的調動。[22] 如今擔任政治局委員的地方一把手，都是由具有中委會資歷的幹部調任，恐不會出現譚紹文案例。[23] 此外，曾慶紅的例子也不易再現。中央辦公廳負責主要領導人的秘書、後勤等工作，包括醫療、保安、通信、檔案等日常事務。該職務往往由最高領導人的親信擔任，而且經常擔任政治局委員或候補委員。根據1978年以後的經驗，中央辦公廳主任就職數年後，會在下一次黨大會進入政治局，如溫家寶、曾慶紅、王剛。任職期間未遇到黨大會，或任職數個月就適逢黨大會，便暫時不進入政治局。前者如姚依林、喬石、王兆國，後者如胡啟立、令計劃。[24]

同時，在期中增補政治局成員的情形下，才可能挑選本次黨大會首度當選中委的幹部升任。此外，絕大多數政治局委員都先擔任中委（通常為五年以上）後才進入政治局，只擔任一屆候委就成為政治局成員的人很少。這些例外包括朱鎔基、李嵐清、吳邦國、陳良宇、王剛、李源潮、汪

---

[21] 本文提到「新任」時，均排除在「十三大」連任的十二屆政治局常委或政治局委員。他們是趙紫陽、萬里、田紀雲、楊尚昆、胡耀邦、吳學謙等六人。若十二屆政治局委員在「十三大」當選政治局常委，如李鵬、喬石、胡啟立、姚依林，因有職級晉升，被納入分析範圍。

[22] 譚紹文在1987年為天津市委副書記，無緣進入十三屆中委會，並在1988年5月任天津市政協主席，是天津為數不多的正部級幹部。六四事件之後，原天津市委書記兼市長李瑞環升任政治局常委。1989年9月譚紹文出任天津市委書記，直到1992年「十四大」方有機會進入中委會。因此出現第一次進入中委會的時候，就出任政治局委員的例外情形。

[23] 近年中共已經採取措施讓重要職務由具有中委會成員身分幹部擔任。如「十六大」的時候黃華華以廣東省委副書記、廣東省常務副省長當選中委，2003年1月他就當選省長。再如江蘇省委書記回良玉當選十六屆政治局委員，2003年3月出任國務院副總理，十六屆候補中委李源潮則由江蘇省委副書記、南京市委書記職務調升省委書記。

[24] 曾慶紅1989年隨江澤民進京，出任中央辦公廳副主任，1993年3月晉升中央辦公廳主任。他在「十四大」的時候只是副部級幹部，沒有進入中委會。「十五大」時，他以中央辦公廳主任身分當選中委，並出任政治局候補委員、中央書記處書記。

洋等七人，占五十一位新任政治局委員之中有中委會資歷的13.7%。

最後，極少數中委已經擔任中央書記處書記和國務委員。這兩個職務是國家級副職領導人，與政治局委員級別相同，又是重要的黨政職務。在1990年代後期以後，除非仕途中斷（如芮杏文和嚴明復），或出身紀檢和政法系統（如任建新、何勇），擔任中央書記處書記的領導人，若在下一次黨大會召開時仍未超齡（63歲），就會出任政治局委員（如溫家寶）。國務委員亦同，如羅幹（當時為58歲）在1993年當選國務委員，1997年當選政治局委員。

根據上述分析，本文歸納出下列特徵：一、中委會資歷是晉升政治局委員的重要資歷。首度當選政治局委員的領導人當中，接近全數都先擔任過中委或候補中委數年，只有在極少數情況下才會出現例外。二、中委晉升為政治局委員的可能性遠高於候補中委。首度當選政治局委員時，絕大多數領導人已經具有數年中委資歷，但僅有候補中委資歷的幹部仍有些許機會當選政治局委員。因此，中委資歷對晉升政治局委員應該具有加分效果，但既非必要條件，也非充分條件。三、非紀檢和政法系統中，年紀較輕的中央書記處書記和國務委員都會進入下一屆政治局。雖然前例不多，但可視為晉升政治局委員的一項充分條件。

二、正部級職務歷練

接下來，本文從正部級職務歷練分析晉升政治局委員的路徑。「十三大」到「十七大」之間，所有五十一位新任政治局成員均先擔任正部級職務，才進入政治局，顯示階梯式晉升規律的強度。2007年6月中共召開黨員領導幹部會議，就可新提名為十七屆政治局組成人員預備人選進行民主推薦。會中胡錦濤指出，列入預備人選的年齡條件是63足歲以下正部長級幹部和軍隊正大軍區職幹部，並要充實一些1950年代出生的年輕同志，以形成合理的梯次結構。[25] 由此可見，正部級職務歷練已經是晉升政治局委

員的必要條件。同時，除譚紹文一人是在天津市政協主席職務上取得正部級級別之外，其他五十人都是在黨務或政府系統工作時成為正部級幹部，比例高達98%。這顯示級別雖然相同，但職務重要性不同，也會影響幹部進入政治局的機會。

　　此外，擔任正部級職務不足五年就晉升政治局委員（以下簡稱為「快速晉升」）的人數呈現下滑趨勢。十三屆至十五屆首次當選政治局委員的領導人當中，至少有三分之一左右屬於「快速晉升」，顯示幹部年輕化政策造成第三梯隊幹部快速升遷（表二）。自十五屆開始，「快速晉升」的比例大幅下滑。主因在於部分領導人相當年輕就出任正部級職務，但非最快晉升政治局委員，正部級歷練無形中被拉長。「快速晉升」的比例驟降到十六屆的15.4%，再降到十七屆的12.5%。相對的，擔任正部級職務五年以上的比例，從1990年代的65%左右增加到2000年代的85%以上。這顯示2000年以後正部級幹部晉升政治局委員所需的平均時間，要比1990年代長。

表二：新任政治局委員的正部級歷練時間

	十三屆	十四屆	十五屆	十六屆	十七屆
4年以下	42.9%(3)	35.7%(5)	33.3%(2)	15.4%(2)	12.5%(1)
5年以上	57.1%(4)	64.3%(9)	66.7%(4)	84.6%(11)	87.5%(7)
總數	100.0%(7)	100.0%(14)	100.0%(6)	100.0%(13)	100.0%(8)

註：軍系政治局委員未納入分析，十三屆的人數不包含連任的政治局委員。1989年晉升為政治局常委的江澤民、李瑞環、宋平納入十三屆新任政治局委員的人數。越級晉升政治局常委的領導人納入新任政治局委員計算。以下各表皆同。

---

25 劉思揚、孫承斌、劉剛，「為了黨和國家興旺發達長治久安──黨的新一屆中央領導機構產生紀實」，新華網，2007年10月24日，http://news.xinhuanet.com/newscenter/2007-10/24/content_6931498.htm。

　　根據上述分析，本文得出以下兩個結論：一、正部級黨政職務是晉升政治局委員的必要條件。幹部若不具備正部級黨政職務經歷，沒有角逐政治局委員的基本資格。同時，政治局委員的正部級職務歷練，幾乎都不是「人大」、「政協」系統職務。二、相對於歷練時間不到五年的幹部，正部級職務歷練時間在五年以上的幹部更具有進入政治局的競爭優勢。但由於近十年來仍有一成多的正部級幹部「快速晉升」為政治局委員，五年以上正部級資歷雖是重要的加分條件，但並非充分條件，也不是必要條件。

三、年齡要求

　　1980年代初期中共推動幹部年輕化之後，年齡就成為幹部任免的關鍵。超齡幹部退出第一線黨政領導崗位，轉往「人大」、「政協」、群眾團體「發揮餘熱」，或完全退休。在1990年代後期，幹部退休的年齡延伸至領導人。「十五大」建立政治局委員、軍委委員70歲劃線離退的先例，在「十六大」獲得確認，並於「十七大」確定把退休年齡降到68歲。[26]

　　在1997年以前，換屆改選時都有超過70歲的領導人連任或新任政治局委員（表三）。如十三屆的姚依林（70歲）、萬里（71歲）、楊尚昆（80歲）、宋平（70歲）、胡耀邦（72歲），另有趙紫陽一人年滿68歲。1989年增補三名政治局常委中，宋平是超過70歲的新人。十四屆政治局成員之中，年齡最大的是喬石（68歲）。十五屆政治局成員中，江澤民（71歲）一人超過70歲，年齡介於68至69歲的成員共有李鵬（69歲）、朱鎔基（69歲）、錢其琛（69歲）、田紀雲（68歲）、丁關根（68歲）五人。十六屆、十七屆所有政治局成員的年齡都在68歲以下，無一例外，顯示68歲劃線退休的原則已經定型。

---

[26] 寇健文，中共菁英政治的演變，頁151~155、159~162。

表三：政治局全體成員的當選年齡

		十三屆	十四屆	十五屆	十六屆	十七屆
新任	70歲以上	29.4%(5)	0.0%(0)	4.5%(1)	0.0%(0)	0.0%(0)
	68~69歲	5.9%(1)	4.8%(1)	22.7%(5)	0.0%(0)	0.0%(0)
	64~67歲	5.9%(1)	28.6%(6)	18.2%(4)	21.7%(5)	39.1%(9)
	60~63歲	23.5%(4)	38.1%(8)	18.2%(4)	52.2%(12)	34.8%(8)
	59歲以下	35.3%(6)	28.6%(6)	36.4%(8)	26.1%(6)	26.1%(6)
總數		100.0%(17)	100.0%(21)	100.0%(22)	100.0%(23)	100.0%(23)

註：本表數據包括政治局常委和政治局委員，但扣掉各屆軍職政治局委員。實際上，軍職政治局委員的年齡多半偏高。如十三屆的秦基偉（73歲）、十四屆的劉華清（76歲）、楊白冰（72歲），十五屆的張萬年（69歲）、遲浩田（68歲）。十六屆以後軍職或文職政治局委員無人超過68歲。

年齡因素不只是領導人退休的決定因素，也成為晉升領導人的重要關鍵。近來晉升政治局委員的最高年齡也逐漸形成，以63歲劃線，超齡者無緣晉升，連任者不在此限（表四）。從「十五大」起，新任政治局成員的當選年齡就很少超過63歲，僅一人例外（十六屆的曾培炎）。[27] 十七屆新任政治局委員的當選年齡須在63歲以下，更是中共刻意降低政治局新人年齡的結果。[28] 此外，自「十五大」之後，各屆政治局新人的年齡結構出現變化，不到60歲的新人始終占全體初任者的五成多，與過去模式不同。這顯示比晉升政治局委員的最高年齡——63歲——小約5歲或更年輕的幹

[27] 軍方成員一直是各屆政治局中年齡較高的人，但不在本文分析範圍內。十三屆超過70歲而首度當選政治局委員的劉華清（常委）、楊白冰兩人皆為軍方將領。十四屆軍方出身的政治局委員年齡依舊偏高，張萬年（69歲）、遲浩田（68歲）的年齡遠高於文職政治局委員。十五屆軍系政治局委員曹剛川（67歲）是所有政治局委員中年齡最長的人。另一位軍系政治局委員郭伯雄只有60歲，與過去相比，已經是很年輕。十六屆軍系政治局委員徐才厚（64歲）還是所有新人中年齡最長的人。十七屆軍方政治局委員均為連任。

[28] 劉思揚、孫承斌、劉剛，「為了黨和國家興旺發達長治久安——黨的新一屆中央領導機構產生紀實」。

部，要比60多歲的幹部具有年齡上的競爭優勢。每逢單數屆則會出現59歲以下新人比例非常高的現象，如十五屆的83.3%和十七屆的75.0%。2007年中共就新任政治局委員可能人選進行民主推薦時，也特別強調要「充實一些1950年代出生的年輕同志，以形成合理的梯次結構」。[29] 這都顯示中共為落實梯隊接班，大量讓接班人選進入政治局熟悉工作，以便部署下一屆政治局常委的世代交替。

表四：新任政治局委員的當選年齡

		十三屆	十四屆	十五屆	十六屆	十七屆
新任	70歲以上	14.3%(1)	0.0%(0)	0.0%(0)	0.0%(0)	0.0%(0)
	68~69歲	0.0%(0)	0.0%(0)	0.0%(0)	0.0%(0)	0.0%(0)
	64~67歲	0.0%(0)	28.6%(4)	0.0%(0)	7.7%(1)	0.0%(0)
	60~63歲	42.9%(3)	42.9%(6)	16.7%(1)	38.5%(5)	25.0%(2)
	59歲以下	42.9%(3)	28.6%(4)	83.3%(5)	53.8%(7)	75.0%(6)
總數		100.1%(7)	100.1%(14)	100.0%(6)	100.0%(13)	100.0%(8)

註：總數一列括弧中的第一個數字是該屆政治局新人總數。

　　根據上述分析，本文歸納出下列結論：一、自「十六大」以後，低於劃線離退年齡（68歲）已成為領導人連任的基本條件。因無人例外，甚至可說年齡因素是領導人連任的必要條件。政治局委員以年齡劃線退休的規定已經制度化，政治局常委也受到此一年齡限制的拘束，尚未屆齡的領導人則通常（但非必然）可以連任。總書記應當也受拘束，但尚無實際案例。二、近年來，63歲年齡劃線已成為幹部晉升政治局委員的必要條件。自1997年「十五大」起，政治局委員首度進入政治局時，幾乎全都在63歲

---

[29] 劉思揚、孫承斌、劉剛，「為了黨和國家興旺發達長治久安——黨的新一屆中央領導機構產生紀實」。

以下，僅一人例外，「十七大」時更正式以63歲作為年齡要求。三、比晉
升政治局委員的最高年齡——63歲——小約5歲或更年輕的幹部，要比60
多歲的幹部具有年齡上的競爭優勢。但這種年齡優勢並非晉升政治局委員
的充分條件或必要條件。

肆、晉升政治局委員的特徵（二）：地方經歷、交流經驗

一、地方經歷：省級黨政一把手

接下來，本節討論「十三大」以後各屆政治局委員的省級黨政一把手
歷練。改革開放三十多年來，省級領導人的重要性日益增加。省級領導人
需要面對社會經濟實體的整體運作，處理經濟發展、失業問題、政治穩
定、社會福利等問題，所以省級行政經驗（省委書記、省長）提供訓練國
家領導人的絕佳機會。[30] 副部級的省委副書記、副省長固然是省級重要領
導人，但其決策權遠低於省委書記和省長，政績表現也不夠明確。因此，
本文把政治局委員的地方歷練局限在正部級的省委書記或省長兩項職務
上，副部級的地方歷練均未納入分析範圍之內。

表五：新任政治局委員曾擔任省級黨政一把手的比例

	十三屆	十四屆	十五屆	十六屆	十七屆
有省級一把手歷練	71.4%(5)	57.1%(8)	50.0%(3)	76.9%(10)	87.5%(7)
無省級一把手歷練	28.6%(2)	42.9%(6)	50.0%(3)	23.1%(3)	12.5%(1)
總數	100.0%(7)	100.0%(14)	100.0%(6)	100.0%(13)	100.0%(8)

註：部分政治局委員同時擔任省級黨委書記，但任職時間都比出任政治局委員要早一年以上。

---

[30] Cheng, Li "After Hu, Who? –China's Provincial Leaders Await Promotion," *China Leadership Monitor,* No. 1（Winter 2002）, pp. 1~3.

　　自2002年起，省級黨政一把手歷練的重要性快速提升。根據本文統計的數據，若以每屆全體政治局人員為計算範圍，具有省級一把手歷練的比例，從十三屆的52.9%、十四屆的47.6%、十五屆的50.0%，提高到十六屆的69.6%，再升高到十七屆的82.6%。另一個證據則是新任政治局委員缺少地方經歷的人數下降很多。「十五大」以後，新人中缺少省級一把手歷練的比例最高為十五屆的50%，逐漸降到十七屆的12.5%（見表五）。

　　此外，具有省級一把手經驗的政治局委員都有省委書記資歷，無一例外。若缺少省委書記或中央部委首長的經歷，省長無法直接晉升為政治局委員。這顯示省委書記和省長雖然都是正部級幹部，但省委書記資歷對進入政治局的競爭優勢遠高於省長資歷。

　　根據上述分析，本文歸納出下列特徵：一、省級黨政一把手的經歷已經成為晉升政治局委員的重要競爭優勢。二、省委書記資歷又比省長更重要，可成為另外一個加分條件。不過，由於沒有地方領導經驗的幹部，仍有少量晉升政治局委員的機會，這兩種競爭優勢並非充分條件或必要條件。

二、交流經驗：省際交流、部門交流、中央與地方交流

　　幹部交流制度主要指領導幹部在上下級機關之間、地區之間、地區與部門之間、黨政之間，以及沿海與內地、經濟比較發達與相對落後地區之間進行交流。[31] 政治局的決策攸關全國大局，成員對於全局性問題的判斷與決策經驗非常重要。領導人若在不同單位歷練過，有助擴大視野和強化多元思考的能力。因此，近年來中共非常重視幹部交流的重要性。1990年中共中央發布《關於實行黨和國家領導幹部交流制度的規定》，開始建立幹部交流的制度，並於1994年「十四屆四中全會」重申幹部交流的重要

---

[31] 李民，「交流制度：培養幹部的一種好形式」，學習時報，轉載於人民網，2007年5月15日，http://www.china.com.cn/xxsb/txt/2007-05/15/content_8254898.htm。

性。2006年8月中共頒布《黨政領導幹部交流工作規定》，規定幹部交流可以在地區之間、部門之間、地方與部門之間、黨政機關與國有企業、群眾團體之間進行。[32] 2009年11月30日中共中央組織部長李源潮指出，有計畫地安排年輕幹部到艱困地區、關鍵崗位交流，以培養執政、應對能力。讓年輕幹部在充滿艱難任務、重大事件、重大自然災害等情境下接受考驗。[33] 根據中共制定幹部交流制度的作法，中共刻意培養幹部的專長與歷練，自然有助於增加幹部日後晉升的機會。[34]

根據前述內容，本文把交流經驗區分為「省際交流」、「部門交流」、「中央地方交流」三種。「省際交流」是指擔任過兩個省分以上的黨政一把手（省委書記或省長），若先後擔任同一個省分的省長和省委書記並不算是「省際交流」。「部門交流」是指在兩個以上中共中央或國務院所屬機構、全國性群眾團體、大型國有企業擔任正部級職務。「中央地方交流」則指分別在中央機構（包括黨政部門、全國性群眾團體、大型國有企業）和省級黨政領導機構擔任過正部級職務。

從表六可以看出，在新任政治局成員中，有交流經驗的比例自十四屆的28.5%逐漸增加，到十七屆時已達75%。這顯示交流經驗的重要性確實增加。不過，交流經驗雖代表幹部的競爭優勢，但並非必要條件或充分條件。其次，若以各類交流比重的變化來看，涉及「省際交流」、「中央地

---

[32] 「授權發布：黨政領導幹部交流工作規定」，新華網（北京），2006年8月6日，http://big5.xinhuanet.com/gate/big5/news.xinhuanet.com/politics/2006-08/06/content_4926453.htm。

[33] 李玉梅，「李源潮就幹部人事制度改革答記者問」，新華網（北京），2009年12月1日，http://big5.xinhuanet.com/gate/big5/news.xinhuanet.com/politics/2009-12/01/content_12569901.htm。

[34] 中央書記處書記、國務委員均為國家級副職，因已另外討論，不列入計算。部分幹部同時擔任國家級副職和正部級職務，如政治局委員和北京市委書記。這些正部級職務都被納入計算。若國家級正職領導人兼任正部級職務，因該正部級職務已經無助於領導人晉升，均排除在外。全國人大和全國政協非實權單位，其副手（副委員長和副主席）、秘書長資歷不列入考量。

方交流」的各種交流組合的比重多半呈現增加趨勢，涉及「部門交流」的比重則呈現下降趨勢。改革開放後各省的自主性增加，加上中央會針對沿海、內陸不同地區提出各自的重點發展項目，因此歷練不同省分一把手使得幹部的視野與能力更加完整。最後，擁有兩種交流經驗的幹部，並未比一種交流經驗的幹部更具有晉升優勢。自十五屆以後，具有一種交流經驗的比例至少在五成以上，兩種交流經驗的比例至多只有兩成五。

表六：新任政治局委員的正部級交流經驗

政治局所有成員	十三屆	十四屆	十五屆	十六屆	十七屆
無	42.9%(3)	71.4%(10)	50.0%(3)	38.5%(5)	25.0%(2)
省際交流	0.0%(0)	0.0%(0)	33.3%(2)	23.1%(3)	25.0%(2)
部門交流	14.3%(1)	21.4%(3)	16.7%(1)	7.7%(1)	0.0%(0)
中央地方交流	28.6%(2)	0.0%(0)	0.0%(0)	23.1%(3)	25.0%(2)
省際交流與部門交流	0.0%(0)	0.0%(0)	0.0%(0)	0.0%(0)	0.0%(0)
省際交流與中央地方交流	0.0%(0)	7.1%(1)	0.0%(0)	0.0%(0)	25.0%(2)
部門交流與中央地方交流	14.3%(1)	0.0%(0)	0.0%(0)	7.7%(1)	0.0%(0)
合計	100.1%(7)	99.9%(14)	100.0%(6)	100.1%(13)	100.0%(8)

　　根據上述分析，本文歸納出下列特徵：一、省級地方經驗是晉升政治局委員的有利條件，呼應前述省級一把手是晉升領導人加分條件的觀點。二、交流經驗雖有助於幹部晉升為政治局委員，但兩種以上交流經驗並未比一種交流經驗更有競爭優勢。這表示適當交流經驗有助於日後晉升，但過多交流經驗不利於晉升。此因中共厲行幹部年齡限制，過多交流經驗通常代表幹部在正部級職務任職過長，將使其喪失年齡上的競爭優勢。

伍、測試十七屆政治局委員與預估十八屆政治局委員可能人選

　　根據前面兩節歸納出的甄補特徵與趨勢，配合當前的局勢，本文整理出一些指標，用來評估2012年十八屆政治局委員的可能人選。這些指標分為兩類，第一類為三項「基本條件」。幹部必須符合這些條件，方能取得當選政治局委員的基本資格，不合乎這些條件的幹部則喪失機會，亦即必要條件。另一類指標為「加分條件」。幹部符合加分條件的數量越多，競爭優勢越強。然而，除領導人資歷（擔任國務委員和中央書記處書記）是充分條件以外，其餘加分條件既非充分條件亦非必要條件。缺少部分加分條件的幹部並非毫無機會進入政治局。

一、基本條件

1. 基本條件一（中委會資歷）：十八屆政治局委員將從十七屆中委和候委中挑選。因違法亂紀或負起政治責任，辭去中委職務或其他黨政職務的幹部喪失晉升政治局委員的機會。

2. 基本條件二（正部級黨政職務歷練）：「十八大」召開時，新任政治局委員將從正部級黨政幹部（包含擔任副部級職務，但享受正部級待遇的幹部）中挑選。擔任副部級黨政職務、正部級「人大」、「政協」職務的幹部無晉升政治局委員的可能性。

　　說明：1992年以後僅十四屆的譚紹文一人例外，但他是1989年天安門事件後的第二波人事異動，屬於特殊情況。當前中共政局尚稱穩定，應無破例的需要，故擔任正部級「人大」、「政協」職務的幹部無晉升政治局委員的機會。

3. 基本條件三（年齡限制）：「十八大」召開時，超過68歲（1944年以前出生）的十七屆政治局委員喪失連任資格，未超過68歲者

可以連任。對於目前不是政治局成員的中委會成員來說，64歲（1948年以前出生）以上就喪失晉升政治局委員的機會。63歲以下（1949年以後出生）則符合新任政治局委員的年齡要求。

說明：1997年以後僅十六屆的曾培炎一人例外，首度當選政治局委員時已經超過64歲。2007年中共明訂以63歲作為新任政治局委員推薦人選的審查標準，故可將不超過63歲視為晉升政治局委員的必要條件。

二、加分條件

1. 加分條件一（副國級黨務或政府經歷）：只要未超齡，已擔任中央書記處書記或國務委員職務，但非政治局成員的中委，必會進入政治局。

   說明：此加分條件為晉升政治局委員的充分條件。其餘加分條件雖代表競爭優勢，但均非充分條件或必要條件。

2. 加分條件二（中委資歷）：十七屆中委比十七屆候補中委更有機會晉升為十八屆政治局委員。

3. 加分條件三（年齡優勢）：58歲以下的中委會成員（1954年以後出生）比59至63歲（1949年至1953年出生）的成員更有可能晉升政治局委員。

4. 加分條件四（正部級年資）：「十八大」召開時，已在正部級職務歷練五年以上的中委會成員，比歷練時間在四年以下的成員，更有機會進入政治局。

5. 加分條件五（省級一把手歷練）：「十八大」召開時，已擔任過省級黨政一把手的中委會成員，比沒有這項歷練的成員，更可能進入政治局。

6. 充分條件六（省委書記歷練）：擔任過省委書記的幹部比只擔任

過省長的幹部更有機會晉升政治局委員。

7. 加分條件七（交流經驗）：「十八大」召開時，已有交流經驗的中委會成員比缺少交流經驗的成員更有機會晉升政治局委員。

　　在評估「十八大」政治局委員的可能人選之前，本文先以十六屆中委會為對象，依照本文建立的篩選標準，推估「十七大」人事布局的「預測名單」，並核對與「實際當選名單」的差別（表七）。測試結果發現，除劉延東「出人意料」當選政治局委員之外，其餘十七屆連任或新任政治局委員均在「預測名單」之上。習近平和李克強兩人滿足「領導人資歷」之外的全部（六項）加分條件，是典型的政治局委員熱門人選。由此可見，本文前面得出的篩選標準應有一定程度的合理性，儘管誤差範圍還不能進一步縮小。

　　本文接著根據三個基本條件，篩選十七屆204位中委和167位候補中委。在2012年「十八大」召開時，習近平、李克強兩位政治局常委可望順利連任，李源潮、王岐山、俞正聲、張高麗、薄熙來、汪洋、張德江、劉雲山、劉延東等九人則是低於68歲的政治局委員。按照過去經驗，他們可能連任政治局委員。其餘七位政治局常委和七位政治局委員都將屆齡退休。

　　在非政治局委員的中委會成員中，扣掉軍系成員六十四人、司法系統成員一人，因案被捕或免職的四人之後，[35] 擔任過正部級黨政職務，而且在2012年「十八大」召開時年齡在63歲以下的中委共有五十七人，候補中委有二十一人（到2010年6月為止）。換言之，只有這七十八人角逐十八屆政治局委員的機會。

---

[35] 于幼軍被剝奪中委資格，由王新憲遞補，孟學農（中委）、康日新（中委）、吳顯國（候委）曾因犯錯而被免職，四人毫無機會晉升政治局委員。

表七：以十七屆政治局委員為例的評估測試

姓名	測試結果	實際情況	說明
周永康	可能連任政治局委員或晉升政治局常委	晉升政治局常委	• 在2007年「十七大」召開之際，均為63歲以下的十六屆政治局委員或候補委員。超過68歲者（吳儀、曾培炎、張立昌）、健康不佳者（張立昌）或受黨紀司法處分者（陳良宇）均未連任。
賀國強			
俞正聲		連任政治局委員	
張德江			
劉　淇			
劉雲山	可能連任政治局委員		• 劉雲山在2002年首度當選政治局委員時，沒有省級黨政一把手資歷，亦無任何交流經驗。按照本文的篩選標準，他在「十六大」時並非政治局委員的熱門人選，與「十七大」劉延東的情況類似。
回良玉			
王　剛			
習近平	新任政治局委員熱門人選	新任政治局常委	• 滿足「領導人資歷」之外的全部（六項）加分條件者共四人。
李克強			
李源潮		新任政治局委員	• 滿足「領導人資歷」之外的五項加分條件者共二十一人。 • 滿足「領導人資歷」之外的四項加分條件者共七人，無人晉升政治委員。
張高麗			
王岐山			
薄熙來			
汪　洋			
劉延東	非政治局委員熱門人選	新任政治局委員	• 滿足「領導人資歷」之外三項加分條件以下者為非熱門人選。

接下來，本文利用七個加分條件評估這七十八位十七屆中委會成員的競爭優勢。由於「副國級黨務或政府經歷」一項加分條件是充分條件，滿足此條件者預期必定成為十八屆政治局委員。滿足越多其他加分條件的人，競爭優勢越強，但不必然進入政治局（表八）。首先，王滬寧和令計劃兩人均為現任中央書記處書記，屬於國家級副職領導人，與政治局委員的級別相同，並分別擔任中央政策研究室主任和中央辦公廳主任兩個職務。由於他們在2012年「十八大」的時候都未滿63歲，按過去經驗應可進

入政治局。此外，共有五人滿足其他六項加分條件，十人滿足五項加分條件，十一人滿足四項加分條件，這二十八人將成為十八屆政治局新任委員的主要來源。

當然，他們並不會全部都晉升政治局委員，端視本文未納入的因素而定。舉例來說，楊傳堂是中共長期培養的邊區大員，但2005年底因腦溢血一度辭去官職，返回北京養病，未必能夠晉升政治局委員。又如中共若認為「十八大」是第五代領導人全面接班的時機，並無歷練第六代領導人的急迫性，條件傑出的孫政才、胡春華、周強等1960年代出生的幹部就不需要立即進入政治局。

只滿足三項加分條件或更少加分條件的人共有五十位，晉升政治局委員的可能性相對較低。他們大都是省長和國務院部委首長中正部級職務經歷較為單一、資淺的菁英，包含十七位省長和二十餘位國務院部委首長，如剛當選青海省省長的駱惠寧和公安部常務副部長（正部級）的楊煥寧。

表八：十八屆政治局委員可能人選的競爭優勢評比

		領導人資歷	中委資歷	年齡優勢	正部級年資	省級一把手資歷	省委書記歷練	交流經驗
可能連任	習近平	略						
	李克強	略						
	李源潮	略						
	王岐山	略						
	俞正聲	略						
	張高麗	略						
	薄熙來	略						
	汪洋	略						
	張德江	略						
	劉雲山	略						
	劉延東	略						
可能新任	滿足領導人資歷條件 王滬寧	○	○	○	○	X	X	X
	令計劃	○	○	○	○	X	X	X
	滿足其他六項加分條件 楊傳堂	X	○	○	○	○	○	○
	趙樂際	X	○	○	○	○	○	○
	胡春華	X	○	○	○	○	○	○
	孫政才	X	○	○	○	○	○	○
	周強	X	○	○	○	○	○	○
	滿足其他五項加分條件 王珉	X	○	X	○	○	○	○
	孫春蘭	X	○	X	○	○	○	○
	吉炳軒	X	○	X	○	○	○	○
	盧展工	X	○	X	○	○	○	○
	劉奇葆	X	○	X	○	○	○	○
	張春賢	X	○	X	○	○	○	○
	韓長賦	X	○	○	○	○	X	○
	宋秀岩	X	○	○	○	○	X	○
	張寶順	X	○	X	○	○	○	○
	袁純青	X	○	X	○	○	○	○
	滿足其他四項加分條件 郭庚茂	X	○	X	○	○	X	○
	張慶黎	X	○	X	○	○	○	○
	王君	X	○	X	○	○	X	○
	姜異康	X	○	X	○	○	○	X
	強衛	X	○	X	○	○	○	X
	楊晶	X	○	X	○	○	X	○
	韓正	X	○	○	○	○	X	X
	王正偉	X	○	○	○	○	X	X
	張慶偉	X	○	○	○	X	X	○
	郭聲琨	X	X	○	○	○	○	X
	徐守盛	X	○	X	○	○	○	X

陸、政治局常委的甄補特徵：政治局委員資歷、年齡要求、地方經驗、交流經驗

一、政治局委員資歷

　　討論完十八屆政治局可能人選之後，本文接著分析政治局常委的甄補特徵。自「十三大」起，政治局委員資歷已是晉升政治局常委的重要條件（見表九）。先具有政治局委員資歷數年，之後才晉升常委者約占全體新任政治局常委的83.3%。1987年以後至2007年，未先單獨歷練政治局委員（或政治局候補委員），直接擔任政治局常委的領導人分別是「十四大」的朱鎔基、胡錦濤，以及「十七大」的習近平、李克強，占16.7%。由於這些人都是例外情況，因此必須分析出線的原因。

　　1992年中共召開「十四大」，鄧小平為安排身後布局，基於培養總理和總書記接班人的緣故，提拔朱鎔基、胡錦濤兩人。[36] 朱鎔基原為上海市市長，被鄧小平安排為總理接班人選。他在1991年上調北京，擔任國務院副總理（國家級副職），稀釋李鵬在國務院的保守力量。胡錦濤是鄧小平為了確保改革派繼續掌控總書記大位，而採取的「隔代指定」，讓他從正部級的西藏自治區委書記越級晉升為政治局常委。2007年中共「十七大」，習近平、李克強兩人跳過政治局委員台階，首次當選政治局常委。當時中共曾舉行黨政領導幹部會議，就新任政治局委員預備人選進行民主推薦。會中胡錦濤特別提出要甄補1950年代的優秀幹部，讓領導班子形成

---

[36] 另外，鄧小平還提拔劉華清擔任政治局常委。劉華清在就任常委前也未曾擔任過政治局委員，但因屬軍人，並未納入分析。劉華清的軍中資格甚老，原已準備退休，鄧小平為了幫助江澤民鞏固軍權，特別重用他。他退休之後，軍中將領無人擔任過政治局常委，可見他的特殊性。劉華清和朱鎔基均非前一屆政治局委員，但都已擔任過「國家領導人副職」。前者原為軍委副秘書長，等同軍委委員級別，1989年以後還擔任軍委副主席。

合理的年齡結構。由此可見，甄補習近平和李克強兩人也是為了培養總書記和總理接班人選。[37]

同時，中共在1980年代經常期中調整中央領導班子，增補成員。自1994年9月「十四屆四中全會」增選黃菊為政治局委員後，不再增補政治局委員已有十六年，足見中共維持領導班子穩定的趨勢。政治局常委在1989年之後也不再出現其中增補的現象。

根據上述討論，本文歸納出兩個結論：一、自1980年代後期以後，政治局委員（或政治局候補委員）資歷已成為晉升政治局常委的重要資歷，只有在培養總書記和總理接班人選時才可能出現例外。二、自1990年代中期以後，期中增選政治局委員的情形已不再出現，故新任政治局常委幾乎都是從前一屆政治局委員中產生。

表九：新任政治局常委的政治局委員資歷

	十三屆	十四屆	十五屆	十六屆	十七屆
無政治局委員歷練	0.0%(0)	100.0%(2)	0.0%(0)	0.0%(0)	50.0%(2)
有政治局委員歷練	100.0%(7)	0.0%(0)	100.0%(2)	100.0%(8)	50.0%(2)
合計	100.0%(7)	100.0%(2)	100.0%(2)	100.0%(8)	100.0%(4)

註：十四屆政治局常委劉華清因係軍人，不納入分析。下同。

二、年齡要求

依照前面關於新任政治局委員年齡要求的討論，換屆改選時，政治局

---

[37] 這兩個職務的接班人選可以「越級晉升」，其他常委人選卻不能越級，是解決「年齡限制」與「進階規律」彼此矛盾的方法。中共以年齡限制保持第一線幹部相對年輕，但「進階規律」又要求幹部必須在重要職級擔任領導職務，每一個「台階」都消耗數年時間，致使領導人不一定年輕。因此，當中共要培養總書記和總理接班人選時，就可能出現「越級晉升」的現象，以便讓接班人在比較年輕的時候就開始練習領導人的角色，擔任領導人後還能任職十年左右。

委員的年齡必須低於68歲，此為連任或晉升政治局委員的必要條件。政治局常委也是政治局委員，因此適用前述年齡限制，如「十六大」時李瑞環（1934年9月生）退出政治局常委會，「十七大」時羅幹（1935年7月生）、吳官正（1938年8月生）、曾慶紅（1939年7月生）退出常委會。不過，新任政治局委員年齡應在63歲以下的規定並未適用在新任政治局常委身上。「十七大」的周永康（1942年12月生）、賀國強（1943年10月生）當選常委時都已經年滿64歲。

　　此外，「十八大」正逢十年一次的中央領導班子世代交替，新選出的常委多數要能任職兩屆十年，以維持領導班子的穩定性。[38] 舉例來說，1992年「十四大」選出的七位政治局常委中，有擔任總書記和總理等職務的五人在1997年「十五大」上連任，連任比例高達71%。2002年「十六大」選出的政治局九位常委中，包括總書記和總理在內的五人在2007年「十七大」連任，連任比例也有56%。因此，在年齡上，能夠擔任兩屆十年常委的菁英將具有競爭優勢，構成一項加分條件。但因過去部分領導人只擔任一屆政治局常委，如姚依林（十三屆）、尉健行、李嵐清（十五屆）、曾慶紅、吳官正、黃菊（十六屆）等人，十七屆選出的周永康、賀國強基於年齡因素，應該也只能擔任一屆，合乎擔任兩屆十年的年齡並非晉升政治局常委的必要條件或充分條件。

　　根據上述討論，本文歸納出三個結論：一、超過68歲的政治局常委將退休，不再尋求連任。二、新任政治局常委的年齡得高於63歲，不受到新任政治局委員63歲以下的約束。三、在年齡上能夠擔任兩屆十年政治局常委的菁英，比不具備此條件的菁英更具有競爭優勢，但此競爭優勢並非必

---

[38] 領導人在位期間約十年左右。見寇健文，「權力轉移與『梯隊接班』機制的發展」，丁樹範主編，胡錦濤時代的挑戰（台北：新新聞文化公司，2002），頁67；寇健文、黃霈芝、潘敏，「制度化對中共菁英甄補之影響：評估十七大政治局的新人選」，東亞研究，第37卷第2期（2006年7月），頁19。

要條件或充分條件。

三、地方歷練：省委書記

　　從1987年到2007年之間，新任政治局常委曾任省級黨政一把手的比例都維持在50%以上，而且在十四屆和十七屆達到100%（表十）。與之相較，新任政治局常委具有地方一把手歷練的比例，約與新任政治局委員相同。雖然有少數常委未擔任過省委書記或省長，但比例相當有限。十三屆七位新任常委中，四位具有地方經驗，李鵬、喬石、姚依林則沒有。十五屆兩位政治局常委中，一位有地方歷練，另一位（李嵐清）則無地方領導經驗。十六屆八位首任政治局常委中，溫家寶、曾慶紅、羅幹無地方一把手的經歷，是1990年代以後人數最多的一屆。不過，「十七大」選出的四位新任政治局常委全部都有地方經歷。此外，除胡啟立（十三屆）一人之外，所有具有地方一把手經驗的政治局常委全數擔任過省委書記，足見省委書記在仕途晉升過程中的重要性確實高於省長。基於上述分析，本文歸納出一個結論：省委書記是新任政治局常委的重要資歷，有助於提高其競爭優勢，但並非必要條件或充分條件。

表十：新任政治局常委曾擔任省級黨政一把手的比例

	十三屆	十四屆	十五屆	十六屆	十七屆
有省級一把手歷練	57.1%(4)	100.0%(2)	50.0%(1)	62.5%(5)	100.0%(4)
無省級一把手歷練	42.9%(3)	0.0%(0)	50.0%(1)	37.5%(3)	0.0%(0)
總數	100.0%(7)	100.0%(2)	100.0%(2)	100.0%(8)	100.0%(4)

註：十四屆的劉華清為軍人，未納入計算。

四、交流經驗：省際交流、部門交流、中央與地方交流

　　從表十一可以得知，1987年以後各屆新任政治局常委絕大多數都有

交流經驗，比例高達91.3%。以各屆來看，除十六屆曾經出現75%以外，其餘各屆均為100%，這個比例遠高於政治局委員的交流經驗（最高只有75%）。由此可見，政治局常委管理的事務較政治局委員更廣泛，交流經驗對晉升政治局常委的重要性隨之提高，高過晉升政治局委員的重要性。十六屆兩位沒有交流經驗的新任政治局常委分別是吳邦國和黃菊，均為上海市委書記出身、上海幫成員。此外，各屆新任政治局常委擁有兩種交流經驗的比例，和擁有一種交流經驗的比例並不穩定，因此擁有兩種交流經驗並不構成競爭優勢。此與分析政治局委員交流經驗的結論相同。基於上述分析，本文歸納出兩點特徵：一、省委書記是新任政治局常委的重要資歷，但不算是必要條件或充分條件。二、交流經驗類別的多寡對於晉升政治局常委沒有影響。

表十一：新任政治局常委正部級職務的交流經驗

	十三屆	十四屆	十五屆	十六屆	十七屆
無	14.3%(1)	0.0%(0)	0.0%(0)	25.0%(2)	0.0%(0)
省際交流	0.0%(0)	0.0%(0)	0.0%(0)	37.5%(3)	25.0%(1)
部門交流	42.9%(3)	0.0%(0)	50.0%(1)	37.5%(3)	0.0%(0)
中央地方交流	28.6%(2)	0.0%(0)	0.0%(0)	0.0%(0)	0.0%(0)
省際交流與部門交流	0.0%(0)	0.0%(0)	0.0%(0)	0.0%(0)	0.0%(0)
省際交流與中央地方交流	0.0%(0)	50.0%(1)	0.0%(0)	0.0%(0)	50.0%(2)
部門交流與中央地方交流	14.3%(1)	50.0%(1)	50.0%(1)	0.0%(0)	25.0%(1)
總數	100.0%(7)	100.0%(2)	100.0%(2)	100.0%(8)	100.0%(4)

柒、測試十七屆政治局常委與預估十八屆政治局常委可能人選

　　根據過去政治局常委晉升的集體特徵，配合現狀，本文綜合整理出一些基本條件和加分條件，用來評估2012年十八屆政治局常委的可能人選。

一、基本條件

1. 基本條件一（政治局委員資歷）：十八屆政治局常委將從十七屆政治局常委或政治局委員中挑選。

    說明：由於習近平和李克強兩人已為接班人選，只要他們的健康情形良好，又未犯大錯，他們在「十八大」應會連任政治局常委。同時，在沒有「培養接班人」因素的干擾下，政治局委員的「台階」因素將是決定性因素。

2. 基本條件二（年齡限制）：「十八大」召開時，習近平和李克強兩人應會繼續連任政治局常委。年滿68歲（1944年以前出生）的十七屆政治局常委和政治局委員無法連任或晉升政治局常委，67歲以下（1945年以後出生）的政治局委員則仍保有晉升機會。

二、加分條件

1. 加分條件一（年齡優勢）：「十八大」召開時，年齡在62歲（1950年以後出生）以下的十七屆政治局委員晉升常委的機會，比63歲至67歲之間（1945年至1949年出生）的政治局委員來得大。

2. 加分條件二（地方歷練）：「十八大」召開時，具有省級黨政一把手歷練的十七屆政治局委員，比沒有此經歷的委員更有晉升政治局常委的機會。此處所說的一把手經驗特別指擔任省委書記。

3. 加分條件三（交流經驗）：「十八大」召開時，具有正部級職務
   交流經驗的十七屆政治局委員比沒有交流經驗的委員，更具有晉
   升政治局常委的機會。

在進行預估「十八大」可能當選的政治局常委之前，本文依舊以
「十七大」人事布局為例進行測試。表十二顯示，除了習近平和李克強是
基於培養總書記和總理接班人選的需要，越級晉升，未先單獨歷練政治局
委員以外，其餘連任或新任的政治局常委都在「預測名單」當中。換言
之，本文建立的篩選標準確實有相當的準確性，但誤差還有努力縮小的空
間。

表十二：以十七屆政治局常委為例的評估測試

姓名	評估測試	實際結果	說明
賈慶林	可能連任政治局常委	連任政治局常委	・超過68歲者（羅幹、吳官正、曾慶紅、黃菊）、健康不佳者（黃菊）均未連任。
吳邦國			
溫家寶			
胡錦濤			
李長春			
周永康	新任政治局常委熱門人選	新任政治局常委	・滿足三項加分條件者為俞正聲。未晉升常委。 ・滿足兩項加分條件者共四人。未晉升常委的兩人為張德江和劉淇。 ・未超過68歲、健康不佳或受黨紀司法處分的政治局委員均連任。
賀國強			
習近平	非政治局常委熱門人選	晉升政治局常委	・基於培養總書記和總理接班人選的需要，未先單獨歷練政治局委員，屬於「越級晉升」。 ・滿足一項加分條件者為王樂泉、王兆國、回良玉、劉雲山四人，未滿足任何條件者為王剛。均未晉升政治局常委。
李克強			

　　測試完之後，本文根據兩個基本條件，篩選十七屆二十五位政治局常委和政治局委員。2012年「十八大」召開時，習近平、李克強兩位現任政治局常委將續任，李源潮、王岐山、俞正聲、張高麗、薄熙來、汪洋、張德江、劉雲山、劉延東等九人則是低於68歲的政治局委員。按照過去經驗，他們之中的多數或全體都可以連任政治局委員。其餘七位政治局常委和七位政治局委員都將屆齡退休。

　　目前可能的變數是中共在2012年之前增補政治局委員。不過，自1994年增補黃菊（先出任上海市委書記）為政治局委員之後，迄今已經多年未出現這類例子。儘管2009年傳出「十七屆四中全會」可能會增補中央書記處書記、中央辦公廳主任令計劃為政治局候補委員，[39] 事後證明並無人事增補議案。因此除非「十七屆五中全會」增補政治局委員，否則擔任十八屆政治局常委的人選應該都是現任政治局委員。[40]

　　接下來，本文據此評定剩下來的十一位領導人，呈現其競爭優勢。從表十三中可以顯示，劉雲山和劉延東（女）兩人最不具備晉升政治局常委的競爭優勢。他們長期在單一部門工作（一為中央宣傳部，一為中央統戰部），既缺少年齡優勢，也缺少地方黨政一把手歷練和交流經驗。若十八屆政治局常委會仍為九人規模，李源潮、汪洋、王岐山、張高麗、張德江、俞正聲、薄熙來等七人都非常可能同時在2012年晉升政治局常委。[41]如果常委會人數縮減，則需再增加其他變項，以便區隔他們之間的競爭優劣所在。

---

[39] 王曼娜，「傳中共十七屆四中全會為十八大政局做準備」，中央社（網路版），2009年8月26日，http://www.cnanews.gov.tw/mnd/mndread.php?id=200908260169。

[40] 2010年下半年召開的中共十七屆五中全會將是一個觀察中共高層人事甄補的指標點。

[41] 2012年2月重慶市副市長王立軍出走美國駐成都總領事館，3月薄熙來免兼重慶市委書記。由於薄熙來涉及王立軍事件中背後可能的違法亂紀情事，再加上行事不與中央保持一致，捲入左右路線爭議，他進入政治局常委會的機會已經大減。

表十三：十八屆政治局常委可能人選的競爭優勢評比

		姓名	年齡優勢	地方歷練	交流經驗
連任		習近平	略		
		李克強	略		
新任	滿足三項加分條件	李源潮	○	○	○
		汪洋	○	○	○
	滿足兩項加分條件	王岐山	X	○	○
		張高麗	X	○	○
		張德江	X	○	○
		俞正聲	X	○	○
		薄熙來	X	○	○
	未滿足任何加分條件	劉雲山	X	X	X
		劉延東	X	X	X

捌、結論

　　近年來，許多文獻轉強調年齡限制、任期限制、階梯式晉升規律、省級地方歷練等制度因素，在領導人流動過程中的影響力。這些文獻不否認非制度因素的角色，但認為1990年代中期以後，制度因素對中共政治繼承的重要性越來越大，非制度因素只能在制度因素的框架下發揮作用。這個發展導致中共高層人事更替出現某種程度的預測性。根據這個觀點，本文歸納「十三大」以來五十七位政治局常委和政治局委員（含政治局候補委員）的甄補特徵後，得出預估政治局委員的三個基本條件和七個加分條件，以及預估政治局常委的兩個基本條件和三個加分條件。這些條件內容涵蓋年齡要求、政治局委員資歷、中委會資歷、省級黨政一把手資歷、交流經驗等等不同面向。

　　本文進而指出，習近平、李克強兩人應該會在「十八大」連任政治局常委，新任政治局常委的可能人選為習近平、李克強、李源潮、王岐山、俞正聲、張高麗、薄熙來、汪洋、張德江等九人。劉延東、劉雲山兩人晉升常委的機會相對較低，除非有本文未涵蓋在內的因素對晉升常委有關鍵性的影響。「十八大」有機會連任的十七屆政治局委員為前述十一人。新任政治局委員的可能人選包括王滬寧、令計劃、趙樂際、王珉、孫春蘭、吉炳軒、盧展工、劉奇葆、張春賢、韓長賦、宋秀岩、張寶順、袁純青、郭庚茂、張慶黎、王君、姜異康、強衛、楊晶、韓正、王正偉、張慶偉、郭聲琨、徐守盛等二十四人。若以目前政治局二十五人的規模來看，他們之中約有十四人將進入十八屆政治局。楊傳堂、胡春華、孫政才、周強四人的條件也很好，但其於本文未納入分析的不同原因，如健康情況、梯隊接班部署等，在2012年當選政治局委員的機會相對較低。

　　為了檢驗本文找出的甄補特徵是否合理，本文特別先以「十七大」中共高層人事異動為例進行測試，結果發現，雖然「預估名單」的人數是實際當選人數的四倍，但只有劉延東不是「預估名單」的熱門人選，實際上當選政治局委員。習近平、李克強在「預估名單」中是新任政治局委員的熱門人選，但實際上越級晉升政治局常委。除此之外，其餘「十七大」連任或新任的政治局常委、政治局委員均在「預估名單」當中，預估的職位也吻合。這個結果也加強了本文對「十八大」人事更替預估的信心。

　　這種制度化帶來的高層人事更替的「有限的預測性」代表什麼意義呢？如同近年來強調中共走向制度化的文獻影射的，本文認為這代表中共統治菁英雖然無法預先確定權力競逐的結果，但對政權體制存續和權力分配的遊戲規則已經享有高度共識。部分研究民主鞏固的學者曾指出，「菁英共識」（elite consensus）的存在與否，是民主轉型階段和民主鞏固階段

最大的不同。[42] 依照這個邏輯觀察中共政治走向，外界恐怕較難冀望中共
仿效蘇聯、東歐多國的轉型經驗，因統治菁英內部分裂而導致民主化。[43]
同樣的，當外界在探討所謂的「中國模式」的時候，也應該把一手壓制異
議人士，防止社會出現反對派菁英，另一方面統治菁英又能形成共識的弔
詭現象，一併納入討論的範圍內。不過，此種共識只意味著統治菁英內部
對於權力分配的遊戲規則形成共識，不代表這個共識未來不會遭到破壞，
也不代表國家就能免於社會挑戰。

---

[42] Lowell Field and John Higley, "National Elites and Political Stability," in Gwen Moore ed.,
Research in Political and Society: Studies of the Structure of the National Elite Groups, vol.1
(Greenwich, Connecticut: JAI Press, 1985), p.4; John Higley and Michael G. Burton, "The Elite
Variable in Democratic Transitions and Breakdowns," *American Sociological Review,* Vol. 54, No.
1 (February 1989), p. 20; Michael Burton, Richard Gunther, and John Higley, "Introduction:
Elite Transformations and Democratic Regimes," in John Higley and Richard Gunther eds., *Elites
and Democratic Consolidation in Latin America and Southern Europe* (New York: Cambridge
University Press, 1992), pp. 3~13; Lowell Field, John Higley, and Michael G. Burton, "A New
Elite Framework for Political Sociology," *Revue Europeenne des Sciences Sociales,* Vol. 28, No.
88 (1990), pp. 149~182; John Higley and György Lengyel, "Introduction: Elite Configuration after
State Socialism," in John Higley and György Lengyel eds., *Elites after State Socialism: Theories
and Analysis* (Lanham, Maryland: Rowman & Littlefield, 2000), p. 5.

[43] 關於統治菁英分裂是政權轉型重要關鍵的論點，見吳玉山，共產世界的變遷：四個共黨政權之
比較（台北：東大圖書公司，1995）；Adam Przeworski, *Democracy and the Market: Political
and Economic Reforms in Eastern Europe and Latin American* (New York: Cambridge University
Press,1991)。事實上，自1992年以後，中共內部雖有政策歧見與權力鬥爭，但已無路線衝
突。以目前情勢來看，若非社會爆發嚴重事故，導致統治菁英對回應社會挑戰的策略出現
嚴重分歧，否則中共走向菁英分裂的可能性相對較低。幾個可能的引爆點如貧富差距加
大、幹部腐敗嚴重、族裔衝突惡化等等。

參考書目

一、中文部分

作者不詳，「中共中央書記處書記是個什麼職位啊？」，SOSO問問，無刊登時間，http://wenwen.soso.com/z/q55948713.htm?rq=190270697&ri=4&uid=0&ch=w.xg.llyjj，2010/2/10。

王曼娜，「傳中共十七屆四中全會為十八大政局做準備」，中央社（網路版），2009年8月26日，http://www.cnanews.gov.tw/mnd/mndread.php?id=200908260169。

中共中央組織部編，中國共產黨組織工作教程（北京：黨建讀物出版社，2006）。

阮銘，中共人物論（紐澤西：八方文化企業公司，1993）。

李林，「中共中央書記處組織沿革與功能變遷」，中共黨史研究，轉載於中國選舉與治理，2007年3月15日，http://www.chinaelections.org/NewsInfo.asp?NewsID=116746。

李民，「交流制度：培養幹部的一種好形式」，學習時報，轉載於人民網，2007年5月15日，http://www.china.com.cn/xxsb/txt/2007-05/15/content_8254898.htm。

李銳，「耀邦去世前的談話」，當代中國研究（美國），第4期（2001），頁23~45。

李美華等譯，社會科學研究方法上冊（第八版）（台北：時英出版社，1998）。譯自 Earl Babbie, *The Practice of Social Research* (Belmont, California: Wadsworth Publishing Company).

李海文，「中共中央書記處的由來及職權」，領導文萃，引述自新華網，2009年1月29日，http://big5.xinhuanet.com/gate/big5/news.xinhuanet.com/theory/2009-01/29/content_10732688.htm。

吳玉山，共產世界的變遷：四個共黨政權之比較（台北：東大圖書公司，1995）。

吳國光，趙紫陽與政治改革（台北：遠景出版事業公司，1997）。

胡偉，政府過程（杭州：浙江人民出版社，1998）。

席宣、金春明，文化大革命簡史（北京：中央黨史出版社，1996）。

寇健文，「權力轉移與『梯隊接班』機制的發展」，丁樹範主編，胡錦濤時代的挑戰（台北：新新聞文化公司，2002），頁53~72。

_____，中共菁英政治的演變（台北：五南圖書公司，2005）。

_____，「中共與蘇共高層政治的演變：軌跡、動力與影響」，**問題與研究**，第45卷第3期
（2006），頁35~79。

_____，「胡錦濤時代團系幹部的崛起：派系考量vs.幹部輸送的組織任務」，**遠景基金會季
刊**，第8卷第4期（2007），頁49~95。

寇健文、黃霈芝、潘敏，「制度化對中共菁英甄補之影響：評估十七大政治局的新人選」，**東
亞研究**，第37卷第2期（2006年7月），頁1~38。

陳瑞生、龐元正、朱滿良主編，**中國改革全書（1978~1991）：政治體制改革卷**（大連：大連出版
社，1992）。

陳麗鳳，**中國共產黨領導體制的歷史考察（1921~2006）**（上海：人民出版社，2008）。

趙建民、劉松福，「改革開放以來中共中央最高領導及決策體制之變遷」，**遠景基金會季刊**，
第8卷第1期（2007），頁53~86。

劉松福，「集體領導如何演變為個人獨斷──中共延安整風前後黨內高層決策體制之變
遷」，**當代中國研究（美國）**，第2期（2008），頁142~159。

劉思揚、孫承斌、劉剛，「為了黨和國家興旺發達長治久安──黨的新一屆中央領導機構產
生紀實」，**新華網**，2007年10月24日，http://news.xinhuanet.com/newscenter/2007-10/24/
content_6931498.htm。

薛慶超，**革故與鼎新：紅牆決策**（北京：中共中央黨校出版社，2006）。

二、英文部分

Barnett, A. Doak, *The Making of Foreign Policy in China: Structure and Process* (Boulder, Colorado:
Westview Press, 1985).

Bo, Zhiyue, "The Provinces: Training Ground for National Leader or a Power in Their Own
Right?" in David M. Fineistein and Maryanne Kivlehan. eds., *China's Leadership in the 21ˢᵗ
Century: The Rise of the Fourth Generation* (Armonk, New York: M.E. Sharpe, 2003), pp.
66~117.

_____, "Princeling Generals in China: Breaking the Two Career Barriers?" *Issues & Studies,* Vol.
42, No. 1 (March 2006), pp. 195~232.

Burton, Michael, Richard Gunther, and John Higley, "Introduction: Elite Transformations and Democratic Regimes," in John Higley and Richard Gunther eds., *Elites and Democratic Consolidation in Latin America and Southern Europe* (New York: Cambridge University Press, 1992), pp. 1~37.

Field, Lowell and John Higley, "National Elites and Political Stability," in Gwen Moore. ed., *Research in Political and Society: Studies of the Structure of the National Elite Groups, vol.1* (Greenwich , Connecticut: JAI Press, 1985), pp. 1~44.

Field, Lowell, John Higley, and Michael G. Burton, "A New Elite Framework for Political Sociology," *Revue Europeenne des Sciences Sociales,* Vol. 28, No. 88 ([k1]1990), pp. 149~182.

Higley, John and Michael G. Burton, "The Elite Variable in Democratic Transitions and Breakdowns," *American Sociological Review,* Vol. 54, No. 1 (February 1989), pp. 17~32.

Higley, John and György Lengyel, "Introduction: Elite Configuration after State Socialism," in John Higley and György Lengyel eds., *Elites after State Socialism: Theories and Analysis* (Lanham, Maryland: Rowman & Littlefield, 2000), pp. 1~21.

Li, Cheng, "University Networks and the Rise of Qinghua Graduates in China's Leadership," *Australian Journal of Chinese Affairs,* No. 32 (July 1994), pp. 1~30.

_____, "After Hu, Who? –China's Provincial Leaders Await Promotion," *China Leadership Monitor,* No. 1 (Winter 2002), pp. 1~3.

_____, "A Landslide Victory for Provincial Leaders," *China Leadership Monitor,* No. 5 (Winter 2003), pp. 69~83.

Li, Wei and Lucian W. Pye, "The Ubiquitous Role of the *Mishu* in Chinese Politics," *China Quarterly,* No. 132 (December 1992), pp. 913~936.

Przeworski, Adam, *Democracy and the Market: Political and Economic Reforms in Eastern Europe and Latin American* (New York: Cambridge University Press,1991).

Shih, Victor, "Factions Matter: Personal Networks and the Distribution of Bank Loans in China," *Journal of Contemporary China,* Vol. 13, No. 38 (February 2004), pp. 3~19.

Tanner, Murray Scot and Michael J. Feder, "Family Politics, Elite Recruitment, and Succession in Post-Mao China," *Australian Journal of Chinese Affairs,* No. 30 (July 1993), pp. 89~119.

誰是明日之星？
中共中央候補委員的政治潛力分析[*]

陳陸輝
（國立政治大學選舉研究中心特聘研究員兼主任）

陳德昇
（國立政治大學國際關係研究中心第四研究所研究員）

陳奕伶
（國立政治大學東亞研究所博士候選人）

摘要

　　本研究從年齡、學經歷等各項指標，分析中共第十七屆中央候補委員的政治潛力。本研究認為，當中共政治菁英甄補的過程更加制度化，對於中共未來政治走向的觀察，應該延伸到對中央候補委員的分析。這些今日的候補委員，有很多人可能是明日政壇的閃亮之星。因此，透過系統性地觀察與統計分析，有助於解讀中共領導人政治甄補路徑、偏好與趨勢。

關鍵詞：中共中央委員、中共候補中央委員、政治潛力、制度化、政治
　　　　菁英甄補

――――――――――
[*] 本文的完成得力於國立政治大學邁向頂尖大學計畫，以及國科會「一百年社經變遷下的責任政治：從比較觀點看大陸的基層治理（子計畫：選舉與大陸基層治理，主持人：陳陸輝教授）」（100-2420-H004-017-MY3）的部分經費支持。另外，本文初稿曾發表於2011年3月25日至26日在國立政治大學主辦之「中共『十八大』政治繼承：持續、變遷與挑戰」研討會，感謝論文評論人薄智躍教授以及與會學者胡偉星教授給予的寶貴意見。並由衷感謝兩位匿名審查人的批評與修改建議，使本文更為完整，亦感謝許晉銘同學協助整理中共中央候補委員資料所花費的時間與辛勞。本文修改後投稿，刊登於中國大陸研究季刊第55卷第1期，感謝政治大學國際關係研究中心同意授權轉載出版。

壹、研究緣起

　　中共中央委員與中央候補委員，是由每五年召開一次的中共黨代表大會中選出。中央委員組成的中國共產黨中央委員會（簡稱「中共中央」），主要成員包括：中央國家機關領導人、各省部級主要領導、軍隊將領等。[1] 而中央候補委員作為中共中央委員的後備人才庫，集結各領域內富潛力的人才，包括中央黨政系統副手、地方政府骨幹、社會各階層與企業領袖，以及軍方中堅幹部等成員。

　　依過去經驗觀察，歷屆中共中央候補委員名單中，大約會有四分之一的比例進入下一屆中央委員行列。例如：十五屆中央候補委員晉升為十六屆中央委員達三十九人，占該屆中央候補委員的27.6%，其中目前多已是中共政壇受矚目的官員，如習近平、劉延東、王岐山、盧展工、黃華華等。[2] 十六屆中央候補委員晉升為十七屆中央委員為三十五人，占22.2%，出現了楊潔篪、汪洋、陳元、令計劃等政治菁英。因此，若要分析中共的明日之星，自中共中央委員會候補委員會入手，應是一個重要的觀察視角。

　　本研究從中共中央委員會候補委員的年齡、學經歷、派系、中央地方經歷等各項指標，分析候補委員的未來政治潛力。本研究認為，當中共政治甄補的過程更加制度化，對於中共未來政治走向的觀察，應該延伸到對中央候補委員的分析。依循往昔經驗，這些今日的候補委員，將有一部分會成為明日的政治閃亮之星，在「十八大」後漸躍居中國大陸的政治權力舞台。因此，透過系統性地觀察，有助於讓我們更能解讀中共領導人的政

---

[1] 朱光磊，中國政府與政治（台北：揚智出版社，2004），頁29。

[2] 「候補中委三種去向 年富力強高官料晉中委」，中國評論新聞網，http://www.chinareviewnews.com/ doc/1004/6/6/1/100466162.html?coluid=88&kindid=2596&docid=100466162&mdate=1011092305。

治甄補過程，以及影響其晉升的因素。

貳、魚躍龍門——找魚

依照中共黨章規定，中央委員會是黨的全國代表大會閉會期間最高的領導機關。中央委員會委員和候補委員必須有五年以上的黨齡。中央委員會和候補委員的名額，由全國代表大會決定。中央委員會委員出缺，由中央候補委員按照得票多少依次遞補。[3]

在中共一黨專政體制下，其政治的權力核心是中央政治局，中央政治局常務委員會和中央書記處書記，其成員是由中央委員會全體會議選出，顯示中共中央委員之政治權力核心角色與功能。而候補中委作為中央委員的後備成員，亦是關注中共政治菁英甄補與權力互動，值得重視的族群。一方面，其年齡層較低，且位居地方與各系統要職，具政治發展潛力；另一方面，「十五大」和「十六大」的候補中委成員，不乏現已身居要職者。例如1997年召開之「十五大」候補中委位居後列者，王岐山與習近平（參見表一），到2007年「十七大」後已進入政治局，分別擔任副總理與書記處常務書記。2012年「十八大」習將擔任中共總書記；2002年中共「十六大」，位居候補中委後列之李源潮、汪洋與令計劃，皆有可能在「十八大」擢升政治局常委，或擔任政治局委員。因此，透過人事制度化拔擢，以及相關學歷背景、年齡、現職等指標和評比「十七大」候補中委，有助於篩選出中共政權較具發展潛力的明日之星。

---

[3] 「中國共產黨章程」，新華網，http://news.xinhuanet.com/ziliao/2002-11/18/content_633225.htm。

表一：中共「十五大」、「十六大」具代表性候補中央委員仕途變化一覽表

項目 屆別	候補中委代表性成員	現職（2011年）
「十五大」 （1997年） 〔共151名〕	王岐山（依得票數排名第145名） （時任職廣東省委常委）	中央政治局委員 國務院副總理
	習近平（依得票數排名最後第151名） （時任職福建省委副書記）	中央政治局常委 中央書記處常務書記 中央黨校校長、軍委 副主席
「十六大」 （2002年） 〔共158名〕	李源潮（依得票數排名第115名） （時任職江蘇省委副書記、南京市委書記）	中央政治局委員 中央書記處書記 中央組織部部長
	汪洋（依得票數排名第141名） （時任職國家計委副主任）	中央政治局委員 廣東省委書記
	令計劃（依得票數排名第150名） （時任職中央辦公廳副主任）	中央書記處書記 中共中央辦公廳主任

資料來源：「中國共產黨歷次全國代表大會數據庫」，人民網，http://cpc.people.com.cn/
GB/64162/64168/64568/ 65400/4429281.html。

參、政治菁英甄補制度與條件

　　中國大陸的政治菁英分析，依循中共不同時期的政治發展調整。鄒讜觀察
毛澤東絕對權威統治時期的菁英政治，提出「贏者全拿」模式（"win all, lose
all" approach），該論點將中國大陸菁英政治視為「零和遊戲」（Zero-
sum game），中共高層政治圈為一個不可分割的整體，權力鬥爭不是取
得完全的政治權力，便是鬥爭失敗受到當權者的政治清算而退敗。[4] 贏者

---

[4] Tang Tsou, "Chinese Politics at the Top: Factionalism or Informal Politics? Balance-of-Power
Politics or a Game to Win All," in Jonathan Unger ed., *The Nature of Chinese Politics: From Mao
to Jiang*（Armonk, NY: M.E. Sharpe, 2002）, pp. 98~159; Joseph Fewsmith, *Elite Politics in
Contemporary China*（Armonk, NY: M.E. Sharpe, 2001）.

全拿模式在毛後的中國改革時期則面臨到理論適用問題，鄧小平掌政後推行的政治改革開始走向制度化的發展。薄智躍提出「權力平衡」模型（power balancing model），提供解釋改革後中國政治菁英的「制度化」流動趨勢，有別於「贏者全拿」模式將中共高層政治視為政權爭奪的零和概念，並強調政治權力職位的專業化與多樣性。[5] 依據薄智躍的觀察，中共菁英制度化特徵已展現在三層面：官僚體制的確立，政府職位與政治權力相稱。其次，確立制度忠誠，表現在對政治職位的效忠，而非受到個人魅力的權力影響。第三，設定政治退場機制。[6] 也因此，中共政治菁英甄補的制度化研究，成為瞭解改革時期中國大陸領導菁英組成的重要研究範疇。[7]

　　中共政治菁英研究的重要性在於，毛、鄧政權仰賴革命世代領袖指定接班的繼承制度已經告終。未來繼任的領導人缺乏革命功績與政治魅力，指定接班的方式無法存續，權力繼承運作就必須建構出更具制度化的遊戲規則，避免重蹈政治鬥爭與維繫政權穩定。制度化改革最早是鄧小平在1980年提出「幹部四化」，強調幹部選拔標準為：革命化、年輕化、知識化、專業化。[8] 其中革命化強調黨性、忠誠，具體研究上概念較為抽象，難以指標化。另外三項標準則成為討論幹部甄補制度性因素的發展緣起。

5　Zhiyue Bo, *China's Elite Politics: Political Transition and Power Balancing*（Singapore: World Scientific Publishing, 2007），pp. 2~3, 7~8.

6　Zhiyue Bo, *China's Elite Politics: Political Transition and Power Balancing*, pp. 427~433.

7　Fewsmith認為中共幹部退休制度和新人的選拔制度已經建立，制度化的情況比以前進步，但在最高權力轉移部分仍具有觀察上的困難。Joseph Fewsmith, "The Sixteenth National Party Congress: The Succession that Didn't Happen," *The China Quarterly*, No. 173（March 2003），pp. 1~16; Xiaowei Zang, "Institutionalization and Elite Behavior in Reform China," *Issues and Studies,* Vol. 41, No.1（March 2005），pp. 204~217; 寇健文，中共菁英政治的演變：制度化與權力轉移1978~2004（台北：五南出版社，2005）。

8　1980年12月25日，鄧小平在中央工作會議提出幹部「四化」，參見經濟管理出版社編輯部編，黨務工作實用手冊（北京：經濟管理出版社，1990），頁307。

緊接著，學者觀察中共中央、地方領導幹部的升遷模式，透過年輕化、知識化、專業化衍生出來的相關指標，作為檢證中國大陸政治菁英甄補制度化發展之依據。

　　首先，就幹部年齡制度化進行觀察，1980年代左右推動的「幹部年輕化」共識，成為中共權力鬥爭中一項利器，影響當時中共黨內各派系與不同政治世代政治菁英之互動。寇健文認為：在省級幹部的離退年齡的制度化程度比政治局常委會、政治局等中共中央領導者來得高，不僅明確劃定退休年齡（省級領導正職退休年齡為65歲，副職60歲），並有年輕化的趨勢，省部級領導者由60歲以下以及40、50歲的幹部組成。[9] 同樣的，薄智躍透過自1979年到2008年長期觀察發現，幹部年輕化的趨勢，尤其以江澤民到胡錦濤時代最為明顯。[10]

　　以學歷作為觀察變數，對政治菁英甄補的學歷要求，體現在鄧小平提出的「知識化」一詞上，要求官員必須具備一定程度的學歷基礎。然而，隨著近年來中共領導幹部學歷逐年提升，具備大專學歷者，在「十五大」中共中央委員中已達92.4%，在「十六大」更高達99%，[11] 顯示大專學歷已經成為政治菁英的必備條件，同時也反映出一般大專學歷失去評估未來幹部晉升的重要性，碩士與博士學位則是新衡量指標。若是從研究技術官僚角度切入，則其專業背景類型（社會或自然科學人才）、是否為留洋「海歸」，亦成為重要的考量因素。[12]

---

[9] 寇健文，「中共『幹部年輕化』與政治繼承」，中國大陸研究，第44卷第5期（2001年5月），頁1~16。

[10] Zhiyue Bo, " Path to the Top Leadership in China: The Case of Provincial Leaders," presented for International Conference on Elites and Governance in China（Taipei: National Chengchi University, November 6~7, 2010），pp. 1~4.

[11] 陳德昇、陳陸輝，「中共『十七大』政治菁英甄補與地方治理策略」，中國大陸研究，第50卷第4期（2007年12月），頁57~85。

[12] 寇健文、陳方隅，「1978年以後中共財經高官的政治流動：特徵與趨勢」，政治學報，第47期（2009年6月），頁59~103。

　　地方治理表現則是近年觀察中共政治菁英甄補和官員仕途升遷的重要因素，更為側重地方官員的基層治理歷練。[13] 由於未來領導人將不具備早年的豐富革命經驗，中央領導幹部的選拔，將從地方財經與治理能力優異者進行篩選。[14] 薄智躍認為，地方各省逐漸成為未來中央幹部的鍛鍊場所。優秀的地方領導人可能成為中央職務的候選人，因此具備豐富的省級經驗，將是未來進入中央領導核心的重要資歷。另一方面，任職於中央具備發展潛力的幹部，則以下放地方進行鍛鍊，並累積地方實務經驗。根據觀察，在重要省分（經濟大省、邊防省分）擔任領導職務者，更有機會進入中央權力決策體系。[15] 依照薄智躍的觀察，目前省級領導背景有以下趨勢：年輕化、教育程度高、具有實在的基層與領導管理經驗、具備跨省經驗、共青團背景等。而具重要省級領導資歷成為政治局常委亦不乏其人，顯示重要的省級領導資歷，將取代革命經驗成為未來中共的領導核心人物。[16]

　　Hsu與Shao在研究影響省級領導流動因素時，以量化模型分析發現，各省領導當中，學歷、年齡、經濟績效、在位期間等變數，影響官員升遷

---

[13] 寇健文，「近來中共省部人事調動之評析」，展望與探索，第8卷第1期（2010年1月），頁6~12。

[14] Szue-chin Philip Hsu and Zhi-wei Shao, "The Evolving Institutionalization for Political Mobility of China's Provincial Leaders, 1938-2008," presented for International Conference on Elites and Governance in China（Taipei: National Chengchi University, November 6~7, 2010）, pp. 14~17.

[15] 陳德昇、陳陸輝，「中共『十七大』政治菁英甄補與地方治理策略」，頁57~85；寇健文、黃霈芝、潘敏，「制度化對中共菁英甄補之影響：評估十七大政治局的新人選」，東亞研究，第37卷第2期（2006年7月），頁1~38；寇健文，「邁向權力核心之路：1978年以後中共人文領袖的政治流動」，政治科學論叢，第45期（2010年9月），頁1~36；Zhiyue Bo, "The Provinces: Training Ground for National Leaders or a Power in Their Own Right?" in David M. Finkelstein and Maryanne Kivlehan eds., *China's Leadership in the 21st Century: The Rise of the Fourth Generation*（Armonk, NY: M.E. Sharpe, 2003）, pp. 66~117.

[16] Zhiyue Bo, "Path to the Top Leadership in China: The Case of Provincial Leaders," pp. 2~5.

的解釋力。相關研究發現，年齡與經濟表現已經成為穩定的制度化規範。但與先前研究相較，他們也發現，官員在同一職位停留時間越長，不見得會降低晉升機會。此外，他們對僅以經濟表現作為衡量政治菁英升遷指標提出反思，認為某些無法量化的政績表現，諸如社會動盪、集體行動、大規模官員貪污等管理問題，皆會是影響個人政治仕途發展之因素。[17]

即便制度化的菁英甄補觀點被大量提出且證實，但非制度性的派系因素卻仍占有不容忽視的影響力。由於中共政治的「人治」色彩濃厚，即便制度化已經存在，仍不減政治權力集中於少數領導人的事實，在缺乏權力的監督與制衡下，中共政治菁英的甄補依舊會受到非制度性因素所影響。薄智躍以胡錦濤執政時的省級領導背景資料來看，發現具有共青團背景者在2008年達到高峰，約六成省長與兩成省委書記有共青團背景，遠高於其他派系所占的比例。[18] 即便如此，臧小偉樂觀的表示，雖然派系政治仍是影響中共高層政治的重要變數，但隨著菁英甄補制度化的確立，非正式政治會遭到取代。他認為新世代政治領袖將會逐漸偏好制度化的菁英甄補，原因在於：首先，新世代政治領袖的出線，是決定於其管理社會經濟的能力與專長，同時也彰顯他們並非具備派系背景的特徵。其次，缺乏革命經驗，新領導者的權威需要建立在經濟發展的政績表現上。最後，不同於舊世代領導人，運用中共建政前在戰場建立起的革命情感，未來的領導者將更為依賴正式制度作為發展人際網絡的途徑。[19]

當前眾多研究成果顯示，歷經江澤民與胡錦濤的執政，幹部選用的標準已日趨制度化。綜觀影響中共政治菁英甄補制度化因素，學歷已具備明確可依循的路徑，大專學歷成為最基本的進入門檻。另外，地方治理績效

---

[17] Szue-chin Philip Hsu and Zhi-wei Shao, "The Evolving Institutionalization for Political Mobility of China's Provincial Leaders, 1938-2008," pp. 1~17.

[18] Zhiyue Bo, "Path to the Top Leadership in China: The Case of Provincial Leaders," pp. 7~9.

[19] Xiaowei Zang, "Institutionalization and Elite Behavior in Reform China," pp. 208~210.

與經濟成就，將會是未來個人背景之外，衡量晉升相當重要的標準，唯目前仍欠缺評估經濟績效的客觀指標。最後，派系雖然屬於非正式制度範疇，在江、胡執政時期，派系拉攏卻是鞏固領導核心不可忽視的因素，因此，派系背景可能繼續成為第五代領導人挑選重要領導幹部的考量標準之一。[20]

肆、研究方法

　　本研究以2011年5月蒐集的候補中央委員相關資料作為計算標準。資料來源為中共人事公開出版品與網路資源，蒐集中共「十七大」中央候補委員的相關經歷，經過重新編碼與處理後，透過作者的判斷，給予不同背景與政治經歷一定的權數，預測「十七大」候補中央委員中何人可能出線，並晉升「十八大」中央委員，或更上層樓。

　　資料處理部分，主要透過書面與網路資料，蒐集「十七大」中央候補委員個人背景、學經歷、中央與地方歷練，以及派系背景等相關資料輸入Excel檔案。經過資料更新、校對後，將所有文字資料編碼為數字，並轉為SPSS檔案，再由SPSS針對相關變數進行加權計算。透過相關背景與官職歷練等加總的運算結果，整理與分析有望在「十八大」脫穎而出的「十七大」候補中央委員，藉此梳理中共中央政治菁英甄補的路徑與方向。

　　就個人背景而言，針對年齡、族裔背景、教育程度、留洋資歷、社科人才、派系因素進行分析。年齡部分，近年重視年輕化與接班梯隊培養，年齡越輕，越有升遷潛力；本研究設定40至44歲者，未來升遷潛力大，給

---

[20] Zhiyue Bo, *China's Elite Politics: Governance and Democratization*（Singapore: World Scientific Publishing, 2010）, pp. 131~173.

予最高權數10。年齡45至49歲者給予8分，年齡50至54歲者給予6分，年齡55至59歲者給予4分，年齡60至65歲者面臨屆退年紀，未來升遷機會小，給予2分。教育程度背景而言，學歷成為近年考察幹部重要依據，本研究給予博士學歷10的權數，碩士學歷8的權數，本科學歷6的權數，其餘學歷或缺乏學歷資料者都未予給分。具備留洋資歷者，給予權數5。另外，屬於社會科學人才者，近年較受重視，以規避過多集中科技官僚之缺失。族裔身分為少數民族以及性別為女性者，具有特殊代表性考量，給予權數5。在派系因素部分，背景為中共革命世代領袖（包括黨政軍）之後代，因其具備特殊政治網絡，給予權數10。另外，屬於共青團系統出身之個人，給予權數10。

除上述個人背景外，政治人物具備中央與地方政治歷練，也是未來能否晉升的重要考量因素。本研究將其現職分別為中央與地方，依照其職權的行政位階給予10到2分的不同權數。此外，若政治人物共同具備中央與地方歷練（縱向），另給予權數6或10分，原因在於同時具備中央／地方行政經驗者，較能獲得拔擢。若地方官員具備跨省經歷（橫向），給予權數6或10分。此外，在「十八大」前確立晉升正部或正省級職位者，其仕途較被看好，亦予加權。在沿海大省或偏遠大省擔任官職者，也給予權數6或10分（參見表二）。

表二：中共人事評估與權數

項目	加權方式					說明
年齡 （40-65）	40-44	45-49	50-54	55-59	60-65	近年重視年輕化與接班梯隊培養，「十八」大人才培養受重視。年齡越輕，越有升遷潛力。
	10	8	6	4	2	
學歷	博士		碩士		大學本科	學歷成為近年考察幹部主要依據。
	10		8		6	
留洋資歷	5					近年重視，但未全面信任
派系	10					團派與太子黨會受重用，但不可能由團派完全包攬；共青團係指曾在團中央或地方省級任職領導者。
中央領導資歷	部級			副部級		中央領導經歷具重要性。
	10			8		
「十八大」前職務獲得升遷者	正部、省			副部、副省		「十七大」後升遷，代表其仕途有更大發展空間，尤以正職者更為重要。
	10			5		
省級領導資歷	書記	副書記	省常委	副省長級		對幹部地方首長歷練重視。
	10	8	7	6		
中央／地方領導資歷	皆任首長職			部分首長職		近年對幹部地方首長歷練十分重視，培養全局視野。
	10			6		
大省（院轄）資歷	沿海大省			偏遠地區		地方諸侯實力頗受重視，但也採取平衡策略。沿海大省與直轄市包括：廣東、浙江、上海、江蘇、山東、遼寧、天津、重慶與北京。偏遠地區大省包括：西藏與新疆。其他編碼為0。
	10			6		

項目	加權方式			說明
中央／地方或 跨省歷練	皆首長		部分首長	
	10		6	
軍職	上將	中將	少將	
	10	8	6	
少數民族	5			代表性考量。
女性	5			代表性考量。
社科人才	5			近年重視，以規避過多集 中科技官僚之缺失。
地級市領導	市委書記／ 市長		市委副書記／ 副市長	
	4		2	

說明：本指標中除了女性、少數民族、社科人才以及留洋資歷的權數為5外，其他項目以10作
　　　為最高權數，然後依重要性給予不同評級，以顯示各項目對中共當局甄補人才考量之
　　　重要性。
資料來源：經作者蒐集、整理與分析而得。

伍、資料分析

　　「十七大」候補中央委員於2007年10月召開的中共全國黨代表大會
中選出，並依照得票數進行排名，選出167位，其中王新憲、焉榮竹已在
2007至2011年間遞補為中央委員，現行候補中委共計165名。[21]

---

[21] 對社會科學人才的重視，源自於2004年5月28日中共總書記胡錦濤於中共中央政治局進行
　　十三次集體學習的講話，強調社科人才對繁榮發展的重要性。因此，將「社科人才」作為
　　鑑別官員升遷潛力的指標之一。參見「胡錦濤在中共中央政治局第十三次集體學習時強調
　　要始終堅持馬克思主義的指導地位大力推進哲學社會科學繁榮發展」，光明網，http://big5.
　　gmw.cn/01gmrb/2004-05/30/content_35998.htm。

一、初步分析

(一)「十七大」候補中委的背景與資歷分布情況

　　以下將通過初步的資料分析，瞭解候補中委個人背景、官職歷練的資料分布情況（參見表三）。首先就年齡來看，在165位候補中委當中，年齡低於50歲占3.7%，50歲到60歲之間的則占將近60%，而60到64歲者占35.4%；而為數不到4%的年輕候補中委，未來在官位晉升上，則保有更多歷練機會與向上晉升的時間與空間。在性別部分，男性占全部的85.5%強，顯示中共候補中央委員中，仍以男性為主。種族部分，漢族約占八成五，少數民族約為一成五。在學歷部分，大學專科以上學歷占了約95%，其中有超過一半的候補中委具備碩士學歷，顯示這一群接班候補梯隊在學歷上具備一定水準。整體而言，相對於「十六大」，「十七大」候補中央委員在年輕化、教育水準兩項指標皆提升不少。除此之外，在學歷背景上，社會科學人才部分則占近四成（38.8%）。不過，具備留洋經歷者僅有4.8%，顯示儘管官員的教育水準普遍提升，仍以國內人才為主。具有團派色彩或革命世代子弟背景者，超過四分之一（26%）。具備中央與地方資歷者有13.9%，相較於「十六大」候補中委（7.6%）比例略多。[22] 最後，在現職部分，任職於中央者有35.1%，地方有51.6%，軍隊有13.3%，其中歸類為中央者，尚包括國企集團領導，故整體來看，地方官員所占比重較高。

---

[22] 陳德昇、陳陸輝，前引文，頁57~85。

表三：中共「十七大」候補委員背景分析（2011年）

變數類別		人數	百分比（%）
年齡	40-44	0	0.0
	45-49	6	3.7
	50-54	35	21.3
	55-59	65	39.6
	60-64	58	35.4
性別	男	141	85.5
	女	24	14.5
種族	漢族	140	84.8
	少數民族	25	15.2
學歷	博士	35	21.2
	碩士	87	52.7
	本科	34	20.6
	高中	7	4.2
	其他	2	1.2
社會科學人才	否	101	61.2
	是	64	38.8
留洋資歷	否	157	95.2
	是	8	4.8
派系	無派系	119	72.1
	共青團	41	24.8
	革命世代子弟	5	3.0
具備中央／地方經歷	有	23	13.9
	無	142	86.1
現職分類	中央	58	35.1
	地方	85	51.6
	軍隊	22	13.3

資料來源：作者自製。

二、進階分析

　　根據研究方法設定的變數給予加權，再將各變數進行分數加總，透過制度化的條件設定，從「十七大」候補中委的背景條件、政治經歷等，篩選未來可能躍升中委的中共政治「明日之星」。其運作亦有助於確立透過制度化，瞭解中共政治菁英甄補模式與趨勢。以下將從多個面向，分析候補中委的崛起條件。本研究限制為，加權計分方式對具軍方背景的候補中委較為吃虧，許多變數設定多從行政資歷來觀察，軍方將領則缺乏相關經歷。

(一)總體排名

　　從過去三屆中共全國黨代會的經驗來看，約有四分之一到五分之一的候補中委能夠進入中委名單。例如，中共「十五大」的141名中央候補委員中，共計有三十九人晉升為「十六大」中央委員，占27.6%；158位「十六大」中央候補委員則有三十五位晉升為「十七大」中央委員，占22.1%。從過去兩屆經驗來看，大約有四分之一至五分之一的中央候補委員可能晉升為中委。在本研究分析中，將採取寬鬆的比例上限，選取前四分之一計算分數最高的「十七大」中央候補委員，取四十人進行觀察（165×25%），這四十位將可能是2012年「十八大」召開時，在既有候補中委名單當中，從制度化條件來看較有機會成為中央委員者。

　　綜合各項條件，排除非制度性無法測量等因素，經統計計算出最具潛力的中共政治明星為下表（參見表五）以羅志軍為首的四十人。他們是本文認為很可能在「十八大」中共政治菁英進行新一代替換新血中，最具優勢進入中共政治核心成為中央委員的人選。這四十位中央候補委員的背景特徵，多數具有高學歷、派系背景、社科人才等特徵。此外，使用四十名候補中委的當選排名順序與個人條件的加權總分進行雙變數相關的Pearson's R統計，檢定結果發現，當選順序與個人資歷背景條件之間沒有

顯著關聯，得票排序越前面並不代表背景條件越優秀，換言之，「十七屆」候補中委獲得中共黨代表支持程度，與個人政治條件優劣並無關係。

(二)「無知少女」最吃香？

近年來中國政壇盛傳以「無知少女」作為容易獲得升遷提拔的個人條件。「無知少女」意味著官員如果具備無黨派、知識分子、少數民族、女性條件，在提拔官位時別具優勢。本研究係針對中共黨員的政治升遷分析，所有成員皆具備中共黨員身分，若從知識分子、少數民族、女性條件看起，女性共有七名約佔占四十位當中的18%。其次，教育程度部分，多數都已具備大學甚至研究所以上學歷，高學歷已是必備要件，多數學歷專長為社會科學領域。族裔背景部分，少數民族有十三名，占四十人名單的32.5%。就中國大陸族裔的人口比例來看，少數民族相對於漢族的代表頗高，顯示有格外受到重視。

(三)年輕就是本錢

表五的資料顯示，多數候補中委年齡介於55至65歲之間。顯示這群條件較優異的候補中委，豐富的政治歷練與年歲成正比。但名單中超過60歲者，如栗戰書、陳德銘、陳政高、羅志軍四人，已升遷為正部級官員，勢必能於「十八大」進入中委行列。多數候補中委年齡為50歲上下，仍具發展機會。除此之外，165位候補中委當中，最年輕的六位年齡為48、49，但除了趙勇（河北省委常委，常務副省長）之外，其餘五位資歷仍不突出，不具備中央／地方的領導資歷與跨省歷練之經驗，除非這一兩年獲得特別拔擢或有優異表現，否則不容易在「十八大」脫穎而出。

(四)候補中委當中擢升正部級有機會成為中委者

成為中共中央委員的必要條件是，政治職位必須為「正部級」或「正

省級」官員。由於中央委員的人數限制，並非所有「正部級」、「正省級」官員皆能從中共全國黨代表大會中脫穎而出，其中尚牽涉到各部會之間中央委員人數的分配，以及在有限的中委名額中，涉及個人的政治潛力、政治前途展望、身體情況等非制度性因素，或突發事件影響政績等考量。[23] 在「十七大」獲選為候補中委者，王光亞（國務院港澳事務辦公室主任，其夫人陳珊珊為陳毅女兒）、葉小文（國務院副秘書長）、尤權（中國社會科學院黨組副書記、副院長）、吳定富（中國保險監督管理委員會主席）已是正部級官員，卻未獲入選中央委員，他們或許能於「十八大」時晉升中央委員，或是停滯不前，或是逐漸退出中共政治核心。[24] 因此，具備「正部級」或「正省級」官職是進入中央委員的必要條件，但非保證一定能選入中委行列。

根據作者的資料整理，多位候補中委已在2007至2011年獲得職位升遷，成為正部級官員，如官職未調整或是獲得進一步升遷，「十八大」將可能進入中央委員行列。中央機關領導部分，駱琳於2008年10月升任國家安全生產監督管理總局局長、黨組書記；具備豐富地方領導經驗的陳德銘則任商務部部長。地方領導部分，羅志軍於2010年12月由江蘇省省長、省委副書記，升任江蘇省委書記；李鴻忠於2010年12月由湖北省長升任湖北省委書記；郭聲琨則於2007年11月任中共廣西壯族自治區黨委書記；栗戰書於2010年8月升任貴州省委書記。

---

[23] 「十七大」候補中委吳顯國，擔任河北省委常委、石家莊市委書記時，因爆發「三鹿奶粉」事件遭免職。

[24] 以吳定富為例，「十六大」、「十七大」皆為中央候補委員，到2012年則已屆60歲，獲得升遷的機率可能不大。此外，年齡超過60歲的葉小文，「十五大」獲選為候補中委、「十六大」、「十七大」續任，2009年由國家宗教事務局局長，轉任中央社會主義學院黨委書記，雖仍為正部級官員，但基於年齡畫線與職務升遷停滯，其仕途未來發展恐相對有限。

表四：升遷為正部級（正省級）官員的「十七大」候補中委

姓名	晉升職務	晉升時間
郭聲琨	廣西壯族自治區黨委書記、自治區人大常委會主任	2007年11月
陳德銘	商務部部長、黨組書記	2007年12月
努爾・白克力	新疆維吾爾自治區主席	2008年1月
黃興國	天津市市長	2008年1月
陳政高	遼寧省省長	2008年1月
楊煥寧	公安部常務副部長、黨委副書記（正部長級）	2008年5月
馬飆	廣西壯族自治區黨委副書記、自治區人民政府主席	2008年5月
駱琳	國家安全生產監督管理總局局長	2008年10月
栗戰書	貴州省委書記	2010年8年
羅志軍	江蘇省委書記	2010年12月
李鴻忠	湖北省委書記、湖北省人大常委會主任	2010年12月
王國生	湖北省省長	2011年2月
蘇樹林	福建省省長	2011年4月
陳全國	西藏自治區黨委書記	2011年8月
夏寶龍	浙江省省長	2012年1月
朱小丹	廣東省省長	2012年1月

資料來源：作者整理。

(五)槍桿子出政權？

由於軍隊背景者缺乏中央／地方經驗、大省歷練、跨省歷練的加權計分，相對來說在總排名中不具優勢，即便軍隊勢力在整體中委名單當中比例逐年下降，但又不能忽視軍隊將領的影響力，因此對具備軍職身分者獨立進行分析。

通常解放軍領導人任職年限，在大軍區正職為65歲，副職最高年限為

63歲，軍委成員可放寬至70歲。[25] 首先，從具上將軍階的劉振起與李安東來看，兩人年紀同為66歲，但皆擔任副職，未來可能退役。整體來看，軍中的候補中委年齡多數在60歲以上。排名分數最高的前三位丁一平、劉粵軍、艾虎生有太子黨的背景。其他軍隊將領部分，年紀最輕現年56歲、現為少將軍階的楊利偉為中央候補委員中唯一的少將，其餘皆為上將與中將，楊氏為中國第一代培育的宇航員，2003年以大校身分完成太空任務後即獲得升遷，2008年升為少將。如鄭大誠所言，十個大校還不見得能出一個少將，顯見大校要晉升為將軍，除了本身學能之外，還需有其他因素配合，楊利偉可視為解放軍栽培的下一代軍事新星。

(六)團派與太子黨

關於派系背景可參照表五，總分排名最高的前四十位候補中委當中，僅有十二位不具有派系背景，顯示派系背景的加權相對於其他條件，在菁英甄補過程中依然是值得關注的因素。其中，尤其以團派背景最為突出，胡錦濤大舉任用團派出身人才，鞏固政治勢力之時，團派勢力相對於太子黨的優勢則更明顯。

陸、主要研究發現與討論

從「十七大」候補中委加權積分的排序來看，其中似無年輕耀眼的新星，充其量僅具備擔任中央委員之條件（重點省部級身分）。在短期內難有如「十五大」、「十六大」候補中委成員，有跳躍式拔擢之案例出現。此外，「十七大」候補中委亦難於2012年召開的「十八大」擠入中央的權力核心——政治局及其常委會。因此，要在2017年中央召開「十九大」

---

[25] 鄭大誠，「解放軍將領培養之觀察與分析——兼論中共十七大軍方人事安排」，展望與探索，第6卷第1期（2008年1月），頁93~108。

時，且這些候補中委於2012年年齡在55歲以下者（約有四十一人，參見表三）才較有機會。當前候補中委年齡在56至59歲之間雖偏高，但多數成員因具有現職、派系與治理優勢，而有更大之政治競爭力。

　　從「十五大」、「十六大」候補中委成員中，於2007年「十七大」後快速升遷之代表性人物，為現擔任書記處常務書記習近平與組織部長李源潮。雖然習、李學經歷背景與地方、中央任職，皆有不錯之歷練，但更重要的是其「關係」網絡中，呈現之革命世代子弟與人事脈絡之特質，恐是更為關鍵之因素。換言之，中共菁英甄補之形式要件固為前提，但是涉及革命世代的傳承、政治信任與忠誠、領導人個人關係網絡，以及派系利益的考量，皆是不可或缺之要素。明顯的，中共菁英甄補固有制度化與條件式的規範，但屬於政治信任、派系利益交換與妥協，亦是評估中共菁英甄補必須重視的變數。

　　從鄰近數屆候補中委部分成員快速出線為中共明日之星之案例，說明觀察中國大陸的菁英甄補，恐非按資論輩與派系或政績等單一因素所能解讀，仍需觀察中共當權領導階層的遊戲規則。亦即中共決策者人為之偏好、信任和拔擢皆有較大之關聯性。換言之，中共「十七大」人事任命中，李源潮與令計劃擔任要職與升遷快速，顯與胡錦濤個人因素有關。然而，習近平得以進入政治權力核心，則與2007年6月下旬[26] 對中央政治菁英所做民意調查結果有關。[27] 明顯的，中共政治領導雖仍有決策權力貫徹其個人意志，但已不同於毛澤東、鄧小平時代的獨斷決行，而有更多權力的妥協和交換。

---

[26] 中共在「十七大」召開前相關人事考察，首次採行民意調查的作法，中共並稱這在黨的歷史上還是第一次。劉思揚、劉剛、孫承斌，「肩負起黨和人民的重託」，新華月報（北京），總第780期（2007年11月），頁62。

[27] 由冀，「中共十八大：聚集權力過渡的政治理論以及習近平掌軍的前景」，發表於中共十八大政治繼承：持續、變遷與挑戰研討會（台北：國立政治大學主辦，2011年3月25~26日），頁143。

在統計加權排名與候補中委原排名數，差距較小或較大之成員亦有解讀意義。其中差距較大者，以少數民族地區政治領袖、年齡優勢、高階成員得分較高。例如：夏寶龍、駱琳、李克、陳德銘、栗戰書、陳政高，「候補中委」加權積分排名較前者，但其得票排名卻位居「十七大」的後段，顯示「十七大」當時在黨內分量、資望與影響力較小，隨著近年的政治際遇、政績表現與派系拔擢，卻展現較大的政治潛能。此外，候補中委排名較前，此次加權統計總分亦相對較佳者，有努爾‧白克力（新疆自治區主席）、羅志軍（江蘇省委書記）與朱小丹（廣東省省長）皆可能成為明日之星。

動態升遷「正職」因素列入加權考量，亦有其必要性與功能性。畢竟作為中共候補委員，若無法擔任正職，則其仕途便可能難以為繼。因此，觀察2007年「十七大」後，候補中委升任省部級正職者，須給予更高之加權評量。此外，制度化運作中「硬指標」的評量固有其功能與價值，但「軟指標」之表現似亦應賦予更大之權重，尤其是涉及民意高漲、社會公眾正面形象，親民風範之表現，皆是現代官員須具備之要件，但事實上中共現行體制下，其官員之權威和官僚性格展現之負面形象，亦應列入評量標準。例如，湖北省委書記李鴻忠針對該省「鄧玉嬌案」公然批判，指涉向其質疑之記者，公眾形象與治理能力皆令人質疑。如何有效考察與設計「軟指標」評量機制，亦應是本文努力之方向。

候補中委作為中共中央委員的後備隊伍，固不乏良好學經歷背景與幹練之士，但是具留洋資歷相對較少，顯示中共菁英甄補之封閉性。其原因可能是長期留洋資歷，未能在基層歷練，故難在黨政系統發展擔任要職，而多往學界或財經產業界發展。另一方面，長期赴海外留學有成之士，將可能因政治信任不足，而難為中共當局所重用。此外，在學歷部分，候補中委部分成員不乏具博碩士學位，但多為在職就讀，其專業學習能力、素質，以及是否利用權位獲取學術名銜，都有令人質疑之處。明顯的，中共

表五：「十七大」候補中委加權排名前四十位

加權排名	候補中委排名	姓名	現職	總分排名	年齡	性別	教育程度	社科人才	是否留洋	族裔背景	中央/地方經歷	跨省經歷	大省經歷	派系	升遷	省級職務	中央職務	軍隊職務
1	15	羅志軍	江蘇省委書記	61	2	0	8	5	0	0	6	0	10	10	10	10	0	0
2	36	努爾·白克力	新疆維吾爾自治區黨委副書記	58	6	0	8	5	0	5	0	0	6	10	10	8	0	0
3	140	陳德銘	商務部部長	57	2	0	10	5	0	0	10	10	0	0	10	0	10	0
4	156	栗戰書	貴州省委書記	55	2	0	8	5	0	0	0	10	0	10	10	10	0	0
5	103	蘇樹林	福建省代省長	54	6	0	8	0	0	0	10	10	0	0	10	10	0	0
6	109	陳政高	遼寧省省長、遼寧省委副書記	53	2	0	8	5	0	0	0	0	10	10	10	8	0	0
7	56	巴音朝魯	吉林省委副書記	51	4	0	8	5	0	5	0	6	0	10	5	8	0	0
8	151	夏寶龍	浙江省委副書記	51	2	0	10	5	0	0	0	6	10	10	0	8	0	0
9	108	張軒	中共重慶市委副書記	50	6	5	6	0	0	0	0	0	0	10	5	8	0	0
10	9	朱小丹	廣東省常委、常務副省長	49	4	0	8	5	0	0	0	0	10	10	5	7	0	0
11	67	胡澤君	最高人民檢察院副檢察長、黨組副書記常務副檢察長	49	4	5	8	0	0	0	6	6	0	10	0	0	10	0
12	74	黃興國	天津市委副書記、市長	48	4	0	10	5	0	0	0	10	6	0	5	8	0	0
13	82	何立峰	天津市委副書記、濱海新區區委書記	48	4	0	10	5	0	0	0	6	10	0	5	8	0	0
14	93	李克	河南省常委、常務副省長	47	4	0	10	5	0	5	0	6	0	10	0	7	0	0
15	119	朱愛榮	中共新疆維吾爾自治區黨委常委	47	6	5	8	0	0	0	0	6	6	10	5	7	0	0

表五：「十七大」候補中委加權排名前四十位（續）

加權排名	候補中委排名	姓名	現職	總分排名	年齡	性別	教育程度	社科人才	是否留洋	族裔背景	中央／地方經歷	跨省經歷	大省經歷	派系	升遷	省級職務	中央職務	軍隊職務
16	20	申維辰	中宣部副部長	46	4	0	8	5	0	0	6	0	0	10	5	0	8	0
17	155	趙勇	河北省委常委、常務副省長	46	8	0	10	5	0	0	0	6	0	10	0	7	0	0
18	10	全哲洙	中共中央統戰部副部長、全國工商聯黨組書記、第一副主席	44	2	0	8	0	0	5	6	0	0	10	5	0	8	0
19	47	孫金龍	安徽省委常委、合肥市委書記	44	6	0	10	5	0	0	6	0	0	10	0	7	0	0
20	38	駱惠寧	中共青海省委副書記、省政府黨組書記	43	4	0	10	5	0	0	0	6	0	0	10	8	0	0
21	78	尤權	國務院常務副秘書長、機關黨組副書記	43	4	0	8	5	0	0	6	6	0	0	10	0	10	0
22	123	駱琳	國家安全生產監督管理總局局長	43	4	0	8	5	0	0	6	6	0	10	10	0	0	0
23	133	雷春美	福建省南平市委書記、市人大常委會主任	43	6	5	8	5	0	5	0	0	0	10	0	4	0	0
24	51	金振吉	吉林省副省長	42	6	0	10	5	0	5	0	0	0	10	5	6	0	0
25	87	白春禮	中國科學院副院長、中國科協副主席	42	4	0	10	5	0	5	0	0	0	10	0	0	8	0
26	22	劉慧	寧夏回族自治區黨委常委、自治區政府副主席、黨組成員	41	6	5	8	0	0	5	0	0	0	10	5	7	0	0
27	33	張裔炯	江西省副省長	41	4	0	8	0	0	0	0	0	0	10	5	8	0	0
28	149	烏蘭	內蒙古自治區黨委常委、宣傳部部長	41	6	5	8	0	0	0	0	0	0	10	0	7	0	0
29	150	付志方	河北省委副書記	41	4	0	8	0	0	0	0	6	0	10	5	8	0	0

表五：「十七大」候補中委加權排名前四十位（續）

加權排名	候補中委排名	姓名	現職	總分排名	年齡	性別	教育程度	社科人才	是否留洋	族裔背景	中央/地方經歷	跨省經歷	大省經歷	派系	升遷	省級職務	中央職務	軍隊職務
30	6	馬飆	廣西壯族自治區黨委副書記、自治區人民政府主席	40	4	0	6	5	0	5	0	0	0	10	0	10	0	0
31	59	劉曉凱	貴州省政府副省長	40	6	0	8	0	0	5	0	0	0	10	5	6	0	0
32	107	楊煥寧	公安部常務副部長、黨委副書記、副總警監	40	4	0	10	0	0	0	6	0	0	0	10	0	10	0
33	142	郭聲琨	廣西壯族自治區黨委副書記	39	4	0	10	5	0	0	0	0	0	0	10	10	0	0
34	57	葉冬松	河南省委副書記	38	6	0	8	5	0	0	0	6	0	0	5	8	0	0
35	92	江澤林	陝西省委常委、副省長	38	6	0	10	5	0	0	0	6	0	0	5	6	0	0
36	42	王偉光	中國社會科學院黨組副書記、副院長	37	2	0	10	5	0	0	0	0	0	0	10	0	10	0
37	115	刀林蔭	西雙版納傣族自治州黨委副書記、自治州州長	37	6	5	8	5	0	5	0	0	0	0	0	8	0	0
38	117	湯濤	山西省委常委、組織部部長	37	6	0	8	0	0	0	0	6	0	10	0	7	0	0
39	91	劉粵軍	蘭州軍區參謀長（中將軍銜）	33	4	0	6	5	0	0	0	0	0	10	0	0	0	8
40	135	丁一平	海軍副司令員（中將軍銜）	33	2	0	8	0	0	5	0	0	0	10	0	0	0	8

加權排名與候補中委票順序之關聯性分析檢定結果Pearson's R= 0.103，p=0.527

說明：候補中委排名的各項資料是以 2011 年 5 月為計算基礎。

資料來源：作者自製。

未來政治菁英具國際視野與對話能力之人才仍然偏低，其在處理日益複雜之國際挑戰、互動與應變能力方面，便有其局限性。

柒、結論

　　本文以政治菁英甄補的制度化作為分析菁英晉升條件之途徑，觀察菁英年輕化與多元治理經驗所具有制度化代表意義。尤其在中央權威弱化背景下，具地方治理、協作與實務經驗者，可能成為甄補之對象。本文根據數據篩選出具潛力候補中委時發現，具備跨省、治理歷練豐富者，在年齡計分上似顯偏弱，大多數年齡超過50歲，少數則超過60歲，僅有趙勇（河北省省委常委）為50歲以下的年輕菁英。這顯示資歷累積與年齡關係，「論資排輩」現象依然明顯。年輕的官員尚未累積足夠政治資歷攀上頂峰，便難以從客觀條件觀察其發展潛能。換言之，在人事評估的加權評量中，過於年輕之給分偏高顯不合理，且不現實。而50至55歲階層由於其資歷與關鍵性位階，其加權應予更高之權重，恐較符合菁英甄補之要件。

　　此外，統計方法的研究限制，在於無法掌握制度化變數以外的菁英人事變動。在候補中委中，由於積分較低，未列名前四十名之菁英，卻不必然在中共「十八大」菁英甄補中被淘汰，甚至可能因其他因素突圍出線。以現任「國台辦」副主任鄭立中為例，雖然在碩士學歷、社科人才、擔任副部級幹部，以及具跨中央與地方資歷有不錯之積分，但是在派系、年齡、跨省擔任副職方面顯較不利。不過，由於鄭立中擔任「國台辦」副主任之特殊角色，目前正處於逾齡之延退狀態。加之對台工作具敏感性與特殊性，非一般官員能勝任。因此，若中共當局提拔鄭立中為「國台辦」主任，將於「十八大」晉升為中央委員。因此，「候補中委」的制度化條件，對未能位居前列，但具特殊專才與角色者，或特定之提拔對象，似會成為此類統計研究中的漏網之魚。

　　中共共青團近年來為提拔幹部與強化基層歷練，多以年齡層較低之成員空降擔任地方領導職務，其屬下與基層幹部則升遷不順，使人才晉用不公平，其年齡差距大的特質被稱為「少帥、老將、鬍子兵」。必須指出的是，引用年輕共青團成員之政策，固有強化幹部培養與基層歷練之用意，但是團派幹部長於宣傳，著重表面工夫，缺乏經濟專業，恐難以全面因應地方事務之處理。尤其是空降官員，如何與長期積累的地方政治勢力良性互動；如何帶領年齡層相對偏高，且盤根錯節的地方權力結構，皆是不容迴避的挑戰。

　　派系政治、關係網絡與政治信任仍在中共權力運作與菁英甄補中扮演重要角色。儘管中共政治運作中忌諱拉幫結夥與派系糾葛，但是在中共「人治」色彩較重的背景下，僅憑個人學經歷背景和封閉式政治參與，顯然難以勝出。近年擔任中央領導人的成員中，胡錦濤為鄧小平指定接班人，且具團派背景；習近平亦非最傑出的地方政治菁英，且政績有限，卻可能成為中共「十八大」總書記，顯與其革命世代領袖子弟之關係網絡與權力平衡有關。不過，可以預期的是，未來中共政治權力重組過程中，任一派系不可能全面壟斷政治權力之分配，而是權力、利益交換與妥協的過程。面對日益複雜的國內外情勢，中共專業菁英與派系色彩不明顯的技術官僚，亦可望仍有政治參與空間。

　　隨著中共政治菁英甄補的制度化，以及革命世代領袖的消逝，中共領導人在政治菁英甄補的個人決斷力勢必弱化，必須與黨內決策菁英進行妥協。任何力排眾議與乾綱獨斷的人事安排，皆有可能導致黨內矛盾與衝突。因此，在可預期的未來，中共候補中委成員中，透過黨內核心人物拔擢，快速進入權力核心者，將日益困難，甚至將更為少見。而隨著中共菁英甄補高層民意徵詢的引用，儘管仍是形式意義大於實質功能，但是否在黨內外社會壓力與政治生態變遷下，促成中共黨內更多元之民主參與和競爭仍有待考驗。

參考書目

一、中文部分

「中國共產黨歷次全國代表大會數據庫」，人民網，http://cpc.people.com.cn/GB/64162/
　　64168/64568/65400/4429281.html。

「中國共產黨章程」，新華網，http://news.xinhuanet.com/ziliao/2002-11/18/content_ 633225.
　　htm。

「胡錦濤在中共中央政治局第十三次集體學習時強調要始終堅持馬克思主義的指導地位
　　大力推進哲學社會科學繁榮發展」，光明網，http://big5.gmw.cn/01gmrb/2004-05/30/
　　content_35998.htm。

「候補中委三種去向　年富力強高官料晉中委」，中國評論新聞網，http://www.c
　　hinareviewnews.com/doc/1004/6/6/1/100466162.html?coluid=88&kindid=2596&docid=100466
　　162&mdate=1011092305。

中國人物年鑑社編，中國人物年鑑2010（北京：中國人物年鑑社，2011）。

由冀，「中共十八大：聚集權力過渡的政治理論以及習近平掌軍的前景」，發表於中共十八
　　大政治繼承：持續、變遷與挑戰研討會（台北：國立政治大學主辦，2011年3月25~26
　　日）。

朱光磊，中國政府與政治（台北：揚智出版社，2004）。

寇健文，「中共『幹部年輕化』與政治繼承」，中國大陸研究，第44卷第5期（2001年5月），
　　頁1~16。

寇健文，「近來中共省部人事調動之評析」，展望與探索，第8卷第1期（2010年1月），頁
　　6~12。

寇健文，「邁向權力核心之路：1978年以後中共人文領袖的政治流動」，政治科學論叢，第45
　　期（2010年9月），頁1~36。

寇健文，中共菁英政治的演變：制度化與權力轉移1978~2004（台北：五南出版社，2005）。

寇健文、陳方隅，「1978年以後中共財經高官的政治流動：特徵與趨勢」，政治學報，第47期

（2009年6月），頁59~103。

寇健文、黃霈芝、潘敏，「制度化對中共菁英甄補之影響：評估十七大政治局的新人選」，**東亞研究**，第37卷第2期（2006年7月），頁1~38。

陳德昇、陳陸輝，「中共『十七大』政治菁英甄補與地方治理策略」，**中國大陸研究**，第50卷第4期（2007年12月），頁57~85。

經濟管理出版社編輯部編，**黨務工作實用手冊**（北京：經濟管理出版社，1990）。

劉思揚、劉剛、孫承斌，「肩負起黨和人民的重託」，**新華月報**（北京），總第780期（2007年11月），頁62。

鄭大誠，「解放軍將領培養之觀察與分析——兼論中共十七大軍方人事安排」，**展望與探索**，第6卷第1期（2008年1月），頁93~108。

二、英文部分

Bo, Zhiyue, "The Provinces: Training Ground for National Leaders or a Power in Their Own Right?" in David M. Finkelstein and Maryanne Kivlehan eds., *China's Leadership in the 21st Century: The Rise of the Fourth Generation* （Armonk, NY: M.E. Sharpe, 2003）, pp. 66~117.

Bo, Zhiyue, *China's Elite Politics: Political Transition and Power Balancing* （Singapore: World Scientific Publishing, 2007）.

Bo, Zhiyue, *China's Elite Politics: Governance and Democratization* （Singapore: World Scientifica Publishing, 2010）.

Bo, Zhiyue, "Path to the Top Leadership in China: The Case of Provincial Leaders," presented for International Conference on Elites and Governance in China （Taipei: National Chengchi University, November 6~7, 2010）.

Fewsmith, Joseph, "The Sixteenth National Party Congress: The Succession that Didn't Happen," *The China Quarterly*, No. 173 （March 2003）, pp. 1~16.

Fewsmith, Joseph, *Elite Politics in Contemporary China* （Armonk, NY: M.E. Sharpe, 2001）.

Hsu, Szue-chin Philip and Zhi-wei Shao, "The Evolving Institutionalization for Political Mobility of

China's Provincial Leaders, 1938-2008," presented for International Conference on Elites and Governance in China（Taipei: National Chengchi University, November 6~7, 2010）.

Tsou, Tang, "Chinese Politics at the Top: Factionalism or Informal Politics? Balance-of-Power Politics or a Game to Win All," in Jonathan Unger ed., *The Nature of Chinese Politics: From Mao to Jiang*（Armonk, NY: M.E. Sharpe, 2002）, pp. 98~159.

Zang, Xiaowei, "Institutionalization and Elite Behavior in Reform China," *Issues and Studies*, Vol. 41, No. 1（March 2005）, pp. 204~217.

人事、幹部與外交政策動向

強幹弱枝或外重內輕：
中共「十八大」中央與地方關係展望*

王嘉州
（義守大學公共政策與管理學系副教授）

摘要

　　比較習近平與華國鋒、江澤民、胡錦濤之權力接班，有理由相信習近平的接班地位在「十八大」不會被篡奪，但不代表習近平能貫徹其政令。不論江澤民或胡錦濤主政時期，均曾面臨地方主義的阻力。該如何解釋地方的抗拒作為？此現象在中共「十八大」後是否重現？習近平會如何克服地方主義勢力的挑戰？

　　為解答上述問題，本文採用政治利益模式，以中共「十七大」的變遷為例進行推估。本研究發現：「十八大」若延續前兩屆格局，則地方在中委會將為各省兩名，在政治局為十名，在常委會為兩名。地方在政治局的名額，優先名單是北京、天津、上海、重慶、廣東、江蘇、湖北、新疆等八省市的書記。地方在常委會的名額，最可能人選為汪洋與俞正聲。中央與地方關係仍不會出現「外重內輕」的局面，雖仍可能出現地方抗拒中央政策的情形，但僅屬少數擁有較高政治利益的省市才有的舉動，觀察指標為廣東與上海。未來中央將會透過人事調動，使央地權力分配往「強幹弱枝」方向移動。

關鍵詞：籍貫地、崛起地、現職地、政治利益、政治繼承

---

* 本文曾投稿刊登於東亞研究第43卷第1期，原文章標題為「強幹弱枝或外重內輕？從中共『十七大』展望『十八大』後的央地關係」，感謝政治大學東亞所同意授權轉載出版。

壹、前言

　　中國共產黨第十八次全國代表大會預計於2012年下半年召開。屆時不僅將選出新一屆的中央委員會委員、中央政治局委員，以及中央政治局常務委員會委員，更將決定中共第五代領導人。2010年中共「十七屆五中全會」，習近平被增補為中共中央軍事委員會副主席，幾乎可確定將成為胡錦濤的政治繼承人。政治繼承包含職位權力繼承以及政治體系與政策的變遷。因為，探討政治繼承通常是分析「在特定制度或環境下某個人或團體繼承一個政治職位，以及此繼承過程對一個國家政治體系的結構和政策所造成的影響」。[1] 根據此定義並加以擴充，則政治繼承可區分為「人事安排」、「理論繼承」與「制度調整」等三面向。[2] 人事安排為職位與權力的分配，理論繼承即路線或意識型態的延續，制度調整等於政策的更新。政治繼承的過程，起先是人事的安排，接著是接班人延續前一任之路線或意識型態以鞏固權力，權力鞏固後接著便是制度的調整，最後則為重建意識型態，並伴隨人事接班的安排，以作為另一個政治繼承循環的開始。[3]

　　政治繼承的第一步，亦屬成功關鍵者，乃人事安排。在此過程中，有可能遭遇其他競爭者以新的路線或意識型態挑戰其地位，猶如鄧小平以「實踐是檢驗真理的唯一標準」取代華國鋒的「兩個凡是」。習近平亦面

---

[1] Dankwart A. Rustow, "Succession in the Twentieth Century," *Journal of International Affairs,* Vol. 18, No. 1 (Fall/Winter 1964), pp. 104~113.

[2] 鄭永年指出，以下五項措施使江澤民能順利完成政治繼承：第一，鞏固自身的權力；第二，重建黨的意識型態；第三，錄用新類型的菁英進入黨的領導集團；第四，建立年老領導人的「政治出口」；第五，黨軍關係的制度化。參見，鄭永年，政治漸進主義：中國的政治改革和民主化前景（台北：吉虹資訊公司，2000），頁42~72。上述五項措施並未脫離「人事安排」、「制度調整」、「理論繼承與更新」等三面向。

[3] 王嘉州，「論『三個代表』與政治繼承」，中國事務季刊，第10期（2002年10月），頁30~31。

臨職位被他人取而代之，或胡錦濤遲不交棒的可能，尤其無法確知胡錦濤何時才卸任中央軍委主席。華國鋒是在成為黨的最高領導人之同時也接任軍委主席，江澤民是接任黨的總書記後第五個月，胡錦濤則是第二年。不過，若比較習近平與華國鋒、江澤民、胡錦濤之權力接班，將可發現有利於習近平順利權力接班的理由有七點（參閱表一）：

第一，備位時間已有五年。若將初任中共中央政治局委員視為準備接班的開始，則習近平準備期為五年，雖短於胡錦濤的十年，但長於華國鋒的三年，與江澤民的兩年。

第二，接班前已任黨政軍要職。習近平與胡錦濤在接任最高領導人前，均已身兼黨（政治局常委）政（國家副主席）軍（中央軍委副主席）三大要職。華國鋒則擁有黨（中央委員會第一副主席）政（國務院總理）兩大要職，江澤民則僅是政治局委員。

第三，繼承時間點屬制度接班。胡錦濤是在中共「十六大」上接班，習近平則在中共「十八大」，均在制度接班的時間表中。而華國鋒是因毛澤東死亡而接班，江澤民則因1989年六四天安門事件，華與江兩人均在意外的時間點接班。

第四，接班地位取得常態化。華國鋒是繼林彪後毛澤東的第二位繼承人，而江澤民則是繼胡耀邦、趙紫陽後鄧小平的第三位繼承人。至於胡錦濤乃鄧小平隔代指定的接班人。習近平則是第四代集體領導共同決定的繼承者，已展現接班常態化。

第五，接班前先熟悉軍務。接任最高領導人前，胡錦濤擔任中央軍委副主席已三年，習近平則將近二年，華國鋒與江澤民則與軍方並無淵源。

第六，權力移轉方式屬在世繼承（Pre-mortem）。[4] 華國鋒是「死後繼承」（Post-mortem），權力均衡態勢驟然失序，導致激烈權力鬥爭。

---

[4] 在世繼承（Pre-mortem），指領導者在世時就將權力移轉給繼任者。吳玉山等著，後鄧時期對大陸及台灣的震盪（台北：國家發展研究基金會，1995），頁31。

習近平與江澤民、胡錦濤相同，均屬在世繼承的權力移轉。縱有競逐權力的鬥爭，亦有其他勢力可以制衡而不致失序。

第七，競爭者屬同世代。華國鋒面臨長他一代的鄧小平競爭，這是其被鬥倒的主因。[5] 江澤民的競爭者為李鵬，胡錦濤的競爭者為曾慶紅。二位接班人與其競爭者，均屬同一世代，故能順利接班。[6] 習近平的競爭者是李克強，屬同一世代的競爭，較有利於習近平接班。

上述分析僅是指出習近平的接班地位不會如華國鋒般被篡奪，不代表習近平之權力已穩固，更不代表習近平所領導的中央能貫徹其政令。政令要獲得落實，需要地方領導人的支持與配合。不過，不論江澤民或胡錦濤主政時期，推行政策時均曾面臨地方主義的阻力。[7] 例如，江澤民主政期間實施的「分稅制」，從起源到正式實施歷經九年之久，其中地方的反對是一大主因。[8] 尤其2008年金融風暴時，廣東省抗拒國務院總理溫家寶的指示，堅持要走自己的路，「不救落後企業」。[9] 之後國務院通過《珠江三角洲地區改革發展規劃綱要》，被視為中央贊同廣東省委書記汪洋堅持的「騰籠換鳥」戰略。[10] 隨後上海也跟進，主張產業結構轉型優先，不顧中央社會穩定優先的呼籲。[11] 為何地方政府能抗拒中央的呼籲？難道「外

---

[5] 吳玉山等著，後鄧時期對大陸及台灣的震盪，頁29。

[6] 楊開煌指出，中共第四代的接班結構與第三代的「十四大」相似。詳見楊開煌，「中共『十六大』之接班與人事安排──內在邏輯之探討」，遠景季刊，第3卷第3期（2002年7月），頁103~135。

[7] 地方主義的意涵有三：第一，排他性的鄉土情感和地方觀念。第二，地方權力膨脹而損害中央集權體制。第三，反對中央集權，主張地方分權。詳見鄧正兵，「論南京國民政府時期地方主義的特點」，社會科學（上海），第9期（2002年9月），頁72。

[8] 辛向陽，百年博弈──中國中央與地方關係100年（濟南：山東人民出版社，2000），頁313~324。

[9] 黃淑嫆，「堅持不救中小企 廣東槓上中央」，中國時報，2008年11月22日，版A15。

[10] 林庭瑤，「珠三角騰籠換鳥 放權廣東」，經濟日報，2009年1月12日，版A9。

[11] 黃淑嫆，「地方急轉型 挑戰中央政策」，中國時報，2009年1月16日，版A13。

重內輕」已取代「強幹弱枝」，成為中共中央與地方關係的寫照？此現象
在中共「十八大」後是否重現？中共新領導人習近平如何克服地方主義勢
力的挑戰？

表一：習近平與華國鋒、江澤民、胡錦濤之權力接班比較

		華國鋒	江澤民	胡錦濤	習近平
1	初任政治局委員	1973年	1987年	1992年	2007年
2	接班時間	1976年	1989年	2002年	2012年
3	備位時間	3年	2年	10年	5年
4	繼承前之中央黨政軍職位	中央委員會第一副主席國務院總理	政治局委員	政治局常委國家副主席中央軍委副主席	政治局常委國家副主席中央軍委副主席
5	繼承之時間點	毛澤東死亡	六四天安門事件	中共「十六大」	中共「十八大」
6	接班地位之取得	毛的第二位繼承人	鄧的第三位繼承人	隔代指定	集體決定
7	與軍方之關係	無	無	1999年起	2010年起
8	權力轉移方式	死後繼承	在世繼承	在世繼承	在世繼承
9	競爭繼承者	鄧小平	李鵬	曾慶紅	李克強
10	競爭者之世代	較華長一代	與江同代	與胡同代	同代
11	繼承之職位	中央委員會主席中央軍委主席	政治局常委總書記	總書記國家主席	總書記國家主席
12	接任軍委主席時間點	與權力繼承同時	權力繼承後五個月	權力繼承後兩年	未定

資料來源：作者自行整理。

　　中共的全國代表大會決定權力核心機構的成員，[12] 可視為分配政治利益的大會。其所要分配的政治利益係指中央委員會委員、政治局委員及政治局常委等職務。既有研究已指出，政治利益在中央與地方的分配情形各屆不同，[13] 且其結果會影響資源分配，[14] 及地方應對中央政策的能力。[15] 黨代表大會後所產生的政治利益變遷，乃源於現職地的改變，而這是專屬於中央的權力。[16] 本文撰寫時間點雖尚未召開中共「十八大」，但可分析中共「十七大」的變遷，探討中央如何透過人事調動降低地方主義傾向，進而推估中共「十八大」後的發展。由於「十七屆一中全會」與「二中全會」間隔太短，僅四個月，故本文政治利益變遷的比較，乃指「一中全會」與「三中全會」兩個時間點。

　　在文章架構上，共分成五部分：一是前言，說明研究背景與動機。二

---

[12] 趙建民、劉松福，「改革開放以來中共中央最高領導及決策體制之變遷」，遠景基金會季刊，第8卷第1期（2007年1月），頁78~79。

[13] Zhiyue Bo, "The 16th Central Committee of the Chinese Communist Party: Formal Institutions and Factional Groups," *Journal of Contemporary China*, Vol. 13, No. 39 (May 2004), pp. 228~230; Yumin Sheng, "Central–Provincial Relations at the CCP Central Committees: Institutions, Measurement and Empirical Trends, 1978~2002," *The China Quarterly*, No. 188 (June 2005), pp. 352~353.

[14] 徐斯勤，「中國大陸中央與各省關係中的水平性與垂直性權力競爭，1993~2004：菁英政治與投資政策的議題連結分析」，中國大陸研究，第50卷第2期（2007年6月），頁27；Fubing Su and Dali L. Yang, "Political Institutions, Provincial Interests, and Resource Allocation in Reformist China," *Journal of Contemporary China*, Vol. 9, No. 24 (July 2000), p.228.

[15] 陶儀芬，「政治權力交替與經濟機會主義：集體行動與改革時期中國『政治經濟景氣循環』」，問題與研究，第45卷第3期（2006年5、6月），頁79；Linda Chelan Li, *Centre and Provinces: China 1978~1993, Power as Non-Zero-Sum* (New York: Oxford University Press, 1998), pp. 34~45；王嘉州，「中共『對台用武』政策過程中地方理性抉擇之反應」，中國大陸研究，第48卷第4期（2005年12月），頁74~75。

[16] Yi-feng Tao, "The Evolution of Central-Provincial Relations in Post-Mao China, 1978~98: An Event History Analysis of Provincial Leader Turnover," *Issues & Studies*, Vol. 37, No. 4 (July 2001), p. 97.

是文獻分析，將評述測量政治利益的三種模式，並說明本文採用三地模式的理由，及對此模式的增補。三是分析架構，將說明三項研究要點的測量指標及測量方法，包括政治利益的衡量、政治利益變遷的計算，及利益分配的政治影響。四是資料分析，將依序探討「十七屆一中全會」時的政治利益分配、「十七屆一中全會」至「三中全會」的政治利益變遷，以及利益分配的政治影響。五是結論，將推估中共「十八大」中央與地方關係的發展。

貳、文獻分析

　　中國大陸的權力核心雖指中共中央政治局及其常委會，[17] 但因中央委員會仍掌握選舉中央政治局、中央政治局常務委員會和中央委員會總書記，同意中央書記處成員，及決定黨的中央軍事委員會成員等三項權力，[18] 故中央委員會與政治局及其常委會乃成為「雙向負責」（reciprocal accountability）之關係。換言之，中央委員會選舉產生政治局及其常委會，而政治局及其常委會又對中央委員的人選具有高度的影響力。[19] 因此，中共中央委員會、政治局、政治局常委會乃學界分析中共決策與政策執行的重要指標。[20]

　　本文所稱「政治利益」，意指中央委員會委員、政治局委員及政治

[17] 楊開煌，「中共四代領導集體決策運作之分析」，徐斯儉、吳玉山主編，黨國蛻變——中共政權的菁英與政策（台北：五南圖書公司，2007），頁62；楊光斌，中國政府與政治導論（北京：中國人民大學出版社，2003），頁48。

[18] 「中國共產黨章程」，第二十二條，新華網，http://big5.xinhuanet.com/gate/big5/news.xinhuanet.com/newscenter/2007-10/25/content_6944081_3.htm。

[19] Susan L. Shirk, *The Political Logic of Economic Reform in China* (Berkeley: University of California Press, 1993), pp. 82~86.

[20] 趙建民，「塊塊壓條條：中國大陸中央與地方新關係」，中國大陸研究，第38卷第6期（1995年6月），頁70。

局常委等三項職位，以及該職位所伴隨之權力。之所以定名為「政治利益」，乃因中國中央與地方關係為一種利益關係。[21] 其意涵與蘇福兵與楊大利所用之「政治資本」（political capital）相近，擁有者獲得管道以影響中央決策與資源分配。[22]

關於「政治利益」的測量，可區分為三種模式：「制度模式」，以現職地為計算依據；「兩地模式」，以籍貫地與現職地為計算依據；「三地模式」，以籍貫地、現職地與崛起地為計算依據。現職地意指當選該屆中央委員時的職位所在地，崛起地則指其初次當選中央委員時的職位所在地，籍貫地乃指其祖籍，亦即慣稱的「哪裡人」。

制度模式通常視謝淑麗（Susan L. Shirk）為此研究之先驅。她以中共中央委員會委員為指標，以現職地為依據，分析中央與地方的互動，提出所謂的「政治邏輯」（political logic），用以解釋中國大陸經濟改革的運行。[23] 她認為中央委員會的成員主要可區分為三個團體，地方黨政官員乃最大團體。[24] 身為中央委員之各省領導人乃地方利益代表，為保護地方利益將會在中央委員會與中央領導人討價還價。[25] 此模式具簡便性，只要在每屆中共黨代表大會後，計算各中央委員的現職地分布，便可瞭解中央與地方政治關係的演變，因此有許多研究者採用。[26] 不過，此模式從中

---

[21] 辛向陽，大國諸侯：中國中央與地方關係之結（北京：中國社會出版社，1997），頁15；李壽初，中國政府制度（北京：中央民族大學出版社，1997），頁67。

[22] Fubing Su and Dali L. Yang, "Political Institutions, Provincial Interests, and Resource Allocation in Reformist China," p. 221.

[23] Susan L. Shirk, *The Political Logic of Economic Reform in China,* pp. 90~91.

[24] Susan L. Shirk, *The Political Logic of Economic Reform in China,* p. 81.

[25] Susan L. Shirk, *The Political Logic of Economic Reform in China,* p. 153.

[26] 例如：Xiaowei Zang, "The Fourteenth Central Committee of the CCP: Technocracy or Political Technocracy?," *Asian Survey,* Vol. 33, No. 8 (August 1993), pp. 793~795; Cheng Li and Lynn White, "The Fifteenth Central Committee of the Chinese Communist Party : Full-Fledged Technocratic Leadership with Partial Control by Jiang Zemin," *Asian Survey,* Vol. 36, No. 3 (March 1998), pp. 245~247; Cheng Li and Lynn White, "The Sixteenth Central Committee of the Chinese Communist Party," *Asian Survey,* Vol. 43, No. 4 (Jul/Aug 2003), pp. 575~577.

共「十五大」起，對中央委員在各省的分布，已失去衡量作用。因為，「十五大」時中央委員的現職地在各省的分布，除雲南為一人外，其他省市均為二人。顯示「十五大」起已建立各省市均有兩名中央委員的體制。「十六大」延續此一體制，除新疆為四位及西藏為三位外，其餘各省均為兩位。「十七大」時與「十六大」相同。[27] 因此，有必要在制度模式外另闢蹊徑。

在制度模式的基礎上，薄智躍提出「中委會指數」（the central committee index）以測量地方權力。該指數仍以現職地為計算依據，先將候補中央委員的指數定為1，然後逐級往上加1。所以中央委員等於2，候補政治局委員等於3，政治局委員等於4，政治局常委等於5。[28] 由於計算簡單，或因無其他方法的競爭，故蘇福兵與楊大利也採此方法。[29] 該方法最大爭議乃未彰顯各職位重要性之差異。[30] 例如，兩位中央委員的指數為4（2+2），一位政治局委員的指數也是4，但兩位中央委員的重要性能等於一位政治局委員嗎？

盛裕敏同樣以現職地為計算依據，但避開上述方法的爭議，不再將各種職位的指數加總，而是區分候補中央委員、中央委員、政治局委員等三種類別，分別計算地方在此三種職位上所分享之比率。[31] 此方法之最大不

---

[27] Cheng Li, "A Pivotal Stepping-Stone: Local Leaders' Representation on the 17th Central Committee," *China Leadership Monitor,* No. 23 (Winter 2008), p. 7.

[28] Zhiyue Bo, "Provincial Power and Provincial Economic Resources in PRC," *Issues & Studies,* Vol. 34, No. 4 (April 1998), p. 11; Zhiyue Bo, "The 16th Central Committee of the Chinese Communist Party," p. 231.

[29] 其研究僅計算候補中央委員與中央委員在中央與地方的分配情形，所賦予的指數即為1與2。Fubing Su and Dali L. Yang, "Political Institutions, Provincial Interests, and Resource Allocation in Reformist China," p. 222.

[30] 徐斯勤，「中國大陸中央與各省關係中的水平性與垂直性權力競爭，1993~2004：菁英政治與投資政策的議題連結分析」，頁18。

足乃政治局常委並未納入分析。此外，計算太過繁複，所要處理驗證的資料太多，以致只能以中央、地方及軍方之三分法呈現趨勢，而未能呈現各省之變化趨勢。

針對制度模式的不足，徐斯勤提出「影響力指數」，並新增籍貫地為計算依據，構成所謂的「兩地模式」。在「影響力指數」上，中央委員指數定為1，政治局委員指數等於中委會過半人數除以政治局過半人數。現職地與籍貫地的影響力比例設為10：1。[32] 此模式最大不足乃未將政治局常委納入分析。此外，其研究結果顯示，各省政治利益與所獲得資源分配間並無關聯存在，且各省政治利益越高，越不利對抗中央政策。[33]

兩地模式的研究結果推翻政治利益與資源分配的關聯性，但三地模式卻證實兩者之正相關。與兩地模式相較，三地模式採比例法，將中央委員指數定為1，政治局委員指數為9，政治局常委指數為27。[34] 此外，並增崛起地為計算依據，政治利益在現職地、崛起地、籍貫地之分配為0.6：0.3：0.1。其研究顯示，當該省占政治利益總量之比率增加1%，則其占全國固定資產投資的比率會增加1.282%。[35] 此模式最大不足乃未加入政治利益變遷之計算，僅以「十六大」召開時為分析時間點。

經上述文獻分析可知，三地模式具有四項優點：第一，證明政治利益與資源分配的關聯性。第二，將中央委員、政治局委員、政治局常委均納

---

[31] Yumin Sheng, "Central–Provincial Relations at the CCP Central Committees: Institutions, Measurement and Empirical Trends, 1978~2002," pp. 348~349.

[32] 徐斯勤，「中國大陸中央與各省關係中的水平性與垂直性權力競爭，1993~2004：菁英政治與投資政策的議題連結分析」，頁19~20。

[33] 徐斯勤，「中國大陸中央與各省關係中的水平性與垂直性權力競爭，1993~2004：菁英政治與投資政策的議題連結分析」，頁29。

[34] 王嘉州，「中共『十六大』後的中央與地方關係——政治利益分配模型之分析」，東吳政治學報，第18期（2004年3月），頁159。

[35] 王嘉州，「政治利益與資源分配：中國大陸各省影響力模型之建立與檢定」，遠景基金會季刊，第10卷第1期（2009年1月），頁120。

入分析。第三，能彰顯各職位重要性之差異。第四，可區分各省的政治利益分布。因此，本文將採用三地模式進行政治利益分配之分析，並補足該模式所未涉及的政治利益變遷。

參、分析架構

　　本文前言所提研究目的，涉及政治利益的衡量、政治利益變遷的計算，以及利益分配的政治影響。因此以下將分成此三部分說明測量指標與測量方法。

一、政治利益的衡量

　　本文以中共中央委員會委員、政治局委員及政治局常委作為衡量政治利益的指標，所賦予的指數分別為1、9、27。因此，政治利益總量等於中央委員人數×1＋政治局委員人數×9＋政治局常委人數×27。[36] 至於候補委員將不納入分析，主因是無投票權，對決策不具影響力。[37]

　　在現職地、崛起地、籍貫地等「三地」的歸類標準上，現職地指其當選該屆中央委員時的職務所在地。至於籍貫地乃指其祖籍。崛起地的認定採多重認定法：中央委員只有一個崛起地，亦即其第一次當選中央委員時的職務所在地。另外，政治局委員則有兩個崛起地，一是初次當選中央委員時的職務所在地，另一是初次當選政治局委員時的職務所在地。至於政治局常委則有三個崛起地，除同於政治局委員的兩個外，另一個是初次當選政治局常委時的職務所在地。[38] 此外，根據合乎常理推斷、方便計算以

---

[36] 王嘉州，「政治利益與資源分配：中國大陸各省影響力模型之建立與檢定」，頁100。

[37] 徐斯勤，「中國大陸中央與各省關係中的水平性與垂直性權力競爭，1993~2004：菁英政治與投資政策的議題連結分析」，頁18。

[38] 王嘉州，「中共『對台用武』政策過程中地方理性抉擇之反應」，頁67。

及實證解釋力，將政治利益分配於現職地、崛起地與籍貫地間之比例設為
0.6：0.3：0.1。[39]

二、政治利益變遷的計算

　　通常中央與地方關係之研究，均以中共各屆全國黨代會召開時為分析
時間點，並未分析五年任期中政治利益之變遷。[40] 少數探討政治利益變遷
之研究，其處理方法採逐月計年法。該法首先根據全國黨代會舉辦的月
份，區分每一年的起訖月份。然後算出各屆中央委員會任期的總月數。將
各省中央委員的人數，乘以任職該省的月數，除以中央委員總人數，再除
以該年份總月數。如此即可得出每一年各省占政治利益的比率。[41] 此法優
點是精細，但計算太繁複，所要處理驗證的資料太多。因此，可簡化為逐
年法。逐年法以歷次中央委員會全體會議為分析時間點，若當年度有超過
一次的會議，則僅分析最接近年底之會議。該時間點所得出之政治利益，
代表下一年度該省市所擁有之政治利益。

　　由於中央委員的指數低，且通常是調走一位中央委員，補一位候補或
正式中央委員。故其變動所造成的影響極小，應僅需逐年法計算即可。至
於政治局委員與常委的指數高，且常是往中央調而造成地方政治利益大
減，故應採逐月計年法，甚至是逐日法。因此，本文針對中央委員所代表
的政治利益變遷，僅比較其在「十七屆一中全會」與「三中全會」的現職
地變化。政治局委員與政治局常委部分，則採逐日法。政治局委員現職地
所代表的政治利益，等於指數（9）×現職地所占比例（0.6）×任職該地

---

[39] 王嘉州，「政治利益與資源分配：中國大陸各省影響力模型之建立與檢定」，頁124。

[40] Yumin Sheng, "The Determinants of Provincial Presence at the CCP Central Committees, 1978-2002: An Empirical Investigation," *Journal of Contemporary China*, Vol. 16, No. 51 (May 2008), p. 224.

[41] Yumin Sheng, "Central–Provincial Relations at the CCP Central Committees: Institutions, Measurement and Empirical Trends, 1978~2002," pp. 354~355.

天數÷353。[42] 政治局常委現職地所代表的政治利益，等於指數（27）×現職地所占比例（0.6）×任職該地天數÷353。

三、利益分配的政治影響

專注於地方政府理性選擇的「地方履行政策模式」，將地方政府執行中央政策的行為區分成三類：第一類是「先鋒」（pioneering），意指地方政府的政策執行者領先其他地方政府完成中央的政策；第二類是「扈從」（bandwagoning），亦即謹慎地以不領先也不落後的速度完成中央的政策；第三類是「抗拒」（resisting），亦即地方政府延緩執行中央既定的政策，或加以變更以符合地方的利益。[43] 以「權力理論」為基礎提出的「非零和的分析架構」指出，不論中央或地方都無法獲得全贏，故必須彼此讓步與合作。[44] 地方政府的行為並非一意孤行，而是受「地方自主」程度與「依賴中央」程度的交互影響。[45] 因既有研究已指出，各省所得政治利益會影響其資源分配，[46] 故可從政治利益的角度分析各省執行中央政策的地方自主程度，進而瞭解各省地方主義傾向。

由於本文除以二分法分析中央與地方的關係外，另將觀察各省級行政區與中央的關係，而省級行政區不只一個，故必須將各省的政治利益再乘以省級行政區的個數（33），方能顯示其與中央的真實關係，否則其值將

---

[42] 因為「十七屆一中全會」召開日為2007年10月22日，「十七屆三中全會」為2008年10月9日，兩者相距353天。

[43] Jae Ho Chung, *Central Control and Local Discretion in China* (New York: Oxford University Press, 2000), pp. 6~8.

[44] 李芝蘭，「跨越零和：思考當代中國的中央地方關係」，華中師範大學學報，第43卷第6期（2004年11月），頁123。

[45] Linda Chelan Li, *Centre and Provinces: China 1978~1993, Power as Non-Zero-Sum,* pp. 34~45.

[46] Fubing Su and Dali L. Yang, "Political Institutions, Provincial Interests, and Resource Allocation in Reformist China," p. 228.

永遠小於中央。結合各省放大33倍後的政治利益及地方政府執行中央政策的行為，可畫出圖一，用以說明各省地方主義傾向。[47] 圖中之X代表地方占政治利益的比例，Y代表中央占政治利益的比例，而X加Y等於1。從0至X為第一區，大於X至Y為第二區，大於Y為第三區。從各省級行政區放大33倍後的政治利益所坐落的位置，便可知道其地方主義傾向。若位於第一區，其對中央政策僅能選擇做先鋒，地方主義傾向較低。若位於第二區，則可選擇做先鋒或僅是屬從，將隨不同議題而變化選擇，具有一定程度的地方主義傾向。若位於第三區則既可做先鋒，又能當屬從，也可選擇抗拒，則地方主義傾向偏高。

第一區　　　　　　第二區　　　　　　第三區

　　　先鋒　　　　　　先鋒　　　　　　先鋒
0　　　　　　X　　屬從　　　Y　　屬從
無　　　　　　低　　　　　　高　　抗拒

資料來源：修改自王嘉州，「中共『十六大』後的中央與地方關係──政治利益分配模型之分析」，頁166。

圖一：各省級政府地方主義傾向

肆、資料分析

　　根據研究架構針對政治利益的衡量、政治利益變遷的計算，以及利益分配的政治影響，所設定的測量指標與測量方法，以下將依序探討「十七

---

[47] 中央與地方政治利益之關係存在三種可能，大於、等於或小於。針對中共十六大後中央與地方政治利益關係的研究已指出，兩者為5.5：4.5，故本文僅畫出第一種關係。王嘉州，「中共『十六大』後的中央與地方關係──政治利益分配模式之分析」，頁175。

屆一中全會」時的政治利益分配、「十七屆一中全會」至「三中全會」的政治利益變遷，以及利益分配的政治影響。

一、「十七屆一中全會」時的政治利益分配

根據前述政治利益總量的計算公式，可算出中共第十七屆中央委員、政治局委員及常委的政治利益總量應為672。以下將先從籍貫地、崛起地、現職地等三方面，分析前述三項職務在中央與地方及各省間的分布情形，然後再算出政治利益的分布情形，並據此分析中央與地方關係的特徵。

(一) 中央委員之籍貫地、崛起地與現職地分析

204位中央委員之「三地」分布情形整理如表二。從中可看出中央委員的籍貫地分布具有以下特點：第一，籍貫屬江蘇者最眾，達22人，占總數的10.78%，比「十六大」時減少4%。第二，掛零的省市則有海南、雲南與青海三省。第三，平均每省應可有6至7位，但一半的省市為5位以下。第四，有七省市其人數多達10位以上，前三高為江蘇的22位，河北的21位，山東的20位。在「十五大」與「十六大」，江蘇與山東都是前兩名，此屆河北竄升為第二。第五，籍貫為安徽的人數從「十六大」的9人提升到本屆的12人，增幅33.3%。

中央委員的崛起地在各省的分布較籍貫地平均，每省的人數介於0至6之間，接近常態分布，1至3人者最多，共二十七省市。此次中央委員中並無人是從黑龍江崛起，有6人是從青海崛起。若將崛起地分為地方、中央與軍方三大類，則以從中央崛起者較眾，共有87人（占總數42.6%），屬地方者有76位（37.3%），屬軍方者有41位（20.1%）。

中央委員的現職地在各省的分布極為平均，除新疆為4位、西藏為3位、香港與澳門各為1位外，其餘各省均為2位。「十四大」時的分配尚未

表二：「十七大」中央委員之籍貫地、崛起地與現職地分布

	籍貫地		崛起地		現職地		合計之政治利益	比率（%）
	人數	政治利益	人數	政治利益	人數	政治利益		
1北京	5	0.5	1	0.3	2	1.2	2	0.98
2天津	3	0.3	1	0.3	2	1.2	1.8	0.88
3河北	21	2.1	2	0.6	2	1.2	3.9	1.91
4山西	7	0.7	1	0.3	2	1.2	2.2	1.08
5內蒙古	4	0.4	3	0.9	2	1.2	2.5	1.23
6遼寧	10	1	3	0.9	2	1.2	3.1	1.52
7吉林	9	0.9	3	0.9	2	1.2	3	1.47
8黑龍江	5	0.5	0	0	2	1.2	1.7	0.83
9上海	5	0.5	2	0.6	2	1.2	2.3	1.13
10江蘇	22	2.2	2	0.6	2	1.2	4	1.96
11浙江	12	1.2	4	1.2	2	1.2	3.6	1.76
12安徽	12	1.2	3	0.9	2	1.2	3.3	1.62
13福建	4	0.4	4	1.2	2	1.2	2.8	1.37
14江西	4	0.4	2	0.6	2	1.2	2.2	1.08
15山東	20	2	2	0.6	2	1.2	3.8	1.86
16河南	11	1.1	1	0.3	2	1.2	2.6	1.27
17湖北	9	0.9	1	0.3	2	1.2	2.4	1.18
18湖南	6	0.6	1	0.3	2	1.2	2.1	1.03
19廣東	4	0.4	2	0.6	2	1.2	2.2	1.08
20廣西	2	0.2	3	0.9	2	1.2	2.3	1.13
21海南	0	0	2	0.6	2	1.2	1.8	0.88
22重慶	3	0.3	2	0.6	2	1.2	2.1	1.03
23四川	6	0.6	2	0.6	2	1.2	2.4	1.18
24貴州	2	0.2	3	0.9	2	1.2	2.3	1.13
25雲南	0	0	1	0.3	2	1.2	1.5	0.74
26西藏	2	0.2	4	1.2	3	1.8	3.2	1.57
27陝西	9	0.9	3	0.9	2	1.2	3	1.47
28甘肅	1	0.1	2	0.6	2	1.2	1.9	0.93
29青海	0	0	6	1.8	2	1.2	3	1.47
30寧夏	3	0.3	3	0.9	2	1.2	2.4	1.18
31新疆	3	0.3	5	1.5	4	2.4	4.2	2.06
32香港	0	0	1	0.3	1	0.6	0.9	0.44
33澳門	0	0	1	0.3	1	0.6	0.9	0.44
地方合計	204	20.4	76	22.8	67	40.2	83.4	40.88
35中央	0	0	87	26.1	96	57.6	83.7	41.03
36軍方	0	0	41	12.3	41	24.6	36.9	18.09
總和	204	20.4	204	61.2	204	122.4	204	100.00

資料來源：根據大陸新聞中心，「中共『十七大』中央委員名單」，**聯合報**，2007年10月22日，版A14；中共中央組織部，**中國共產黨歷屆中央委員大辭典：1921~2003**，以及新華網的資料，由作者計算及整理。

如此平均，以2人的省市最眾，共二十二省市，3人的省市有五個，1人的省市有三個。「十五大」時則更平均，除雲南為1人，及新疆為3人外，其他省市均為2人。顯示「十五大」起已建立各省市均有兩名中央委員的體制，而「十六大」與「十七大」則延續此一體制。此一體制具有兩點意涵：第一，維持各省間政治力量的平等；第二，使各省市在中央均有代表。在將中央委員的現職地區分為地方、中央與軍方三大類後發現，中央所占人數多於地方，地方多於軍方。

(二) 政治局委員之籍貫地、崛起地與現職地分析

25位政治局委員的籍貫地分布在十三個省市（參閱表三），其中以江蘇與安徽人數最眾，均有4人，各占16%。吉林有3人，占12%。安徽所占人數較「十六大」倍增，比例增幅92.08%，是否為胡錦濤因素之影響，將可持續觀察。

在崛起地的分布上，地方有15人（60%），中央8人（32%），軍方2人（8%）。從北京崛起的有3位，包括賈慶林、王岐山、劉淇。上海與江蘇各占2位，上海為吳邦國與習近平，江蘇為李源潮與回良玉。崛起於地方所占比率，較「十六大」增加10%，[48] 主因是胡錦濤人馬高升至政治局，包括遼寧的李克強（具共青團經歷且籍貫地為安徽），江蘇的李源潮（具共青團經歷），以及重慶的汪洋（具共青團經歷且籍貫地為安徽）。

在現職地的分布上，屬地方人數與「十六大」相同均為10位，包括上海市委書記習近平、新疆自治區黨委書記王樂泉、北京市長王岐山、北京市委書記劉淇、遼寧省委書記李克強、江蘇省委書記李源潮、重慶市委書記汪洋、天津市委書記張高麗、廣東省委書記張德江、湖北省委書記俞正聲。比對兩屆省市名單，可有三點發現：第一，重疊者包括廣東、新疆、

---

[48] 崛起於地方者，在「十六大」為十二人，占總數的50%。

表三：「十七大」政治局委員之籍貫地、崛起地與現職地分布

	籍貫地		崛起地		現職地		合計	比率（%）
	人數	政治利益	人數	政治利益	人數	政治利益	之政治利益	
1北京	0	0	3	8.1	2	10.8	18.9	8.40
2天津	1	0.9	1	2.7	1	5.4	9	4.00
3河北	2	1.8	0	0	0	0	1.8	0.80
4山西	2	1.8	0	0	0	0	1.8	0.80
5內蒙古	1	0.9	0	0	0	0	0.9	0.40
6遼寧	2	1.8	1	2.7	1	5.4	9.9	4.40
7吉林	3	2.7	0	0	0	0	2.7	1.20
9上海	0	0	2	5.4	1	5.4	10.8	4.80
10江蘇	4	3.6	2	5.4	1	5.4	14.4	6.40
11浙江	1	0.9	0	0	0	0	0.9	0.40
12安徽	4	3.6	0	0	0	0	3.6	1.60
13福建	1	0.9	0	0	0	0	0.9	0.40
15山東	1	0.9	0	0	0	0	0.9	0.40
16河南	0	0	1	2.7	0	0	2.7	1.20
17湖北	0	0	1	2.7	1	5.4	8.1	3.60
18湖南	1	0.9	0	0	0	0	0.9	0.40
19廣東	0	0	1	2.7	1	5.4	8.1	3.60
22重慶	0	0	1	2.7	1	5.4	8.1	3.60
23四川	0	0	1	2.7	0	0	2.7	1.20
27陝西	2	1.8	0	0	0	0	1.8	0.80
31新疆	0	0	1	2.7	1	5.4	8.1	3.60
地方合計	25	22.5	15	40.5	10	54	117	52.00
35中央	0	0	8	21.6	13	70.2	91.8	40.80
36軍方	0	0	2	5.4	2	10.8	16.2	7.20
總和	25	22.5	25	67.5	25	135	225	100.00

資料來源：同表二。

江蘇、北京、天津、上海、湖北等七省市，顯示這七省市地位之重要。第二，現職地在北京市竟有兩位，主因是王岐山將調升國務院副總理。第三，遼寧與重慶首次擁有政治局委員席次。遼寧是人的因素，李克強不久即高升國務院副總理。重慶則具人與地的雙重因素，直轄市市長均為政治局委員應可自此屆確立。因為，汪洋不久即調任廣東省委書記，接任的薄熙來也是政治局委員。

(三) 政治局常委之籍貫地、崛起地與現職地分析

「十七大」政治局常委共有九位，與上屆相同。籍貫地分布在七個省市（參閱表四），其中安徽籍者有三位（胡錦濤、吳邦國及李克強），其他六位分屬天津、河北、吉林、江蘇、湖南及陝西。在崛起地的分布上，屬於中央者有六位，地方則僅有三位，包括李長春崛起於廣東、習近平崛起於上海、李克強崛起於遼寧。在現職地的分布上，有兩大特點：第一，沒有軍方代表，此乃延續「十五大」與「十六大」之安排。第二，與「十六大」相同，中央有七位，地方則有二位，分別是現任上海市委書記習近平，以及遼寧省委書記李克強。與「十六大」的發展一樣，二位地方代表都高升至中央任職，習近平接任國家副主席，而李克強接任國務院第一副總理。

表四：「十七大」政治局常委之籍貫地、崛起地與現職地分布

	籍貫地		崛起地		現職地		合計	比率（%）
	人數	政治利益	人數	政治利益	人數	政治利益	之政治利益	
2天津	1	2.7	0	0	0	0	2.7	1.11
3河北	1	2.7	0	0	0	0	2.7	1.11
6遼寧	0	0	1	8.1	1	16.2	24.3	10.00
7吉林	1	2.7	0	0	0	0	2.7	1.11
9上海	0	0	1	8.1	1	16.2	24.3	10.00
10江蘇	1	2.7	0	0	0	0	2.7	1.11
12安徽	3	8.1	0	0	0	0	8.1	3.33
18湖南	1	2.7	0	0	0	0	2.7	1.11
19廣東	0	0	1	8.1	0	0	8.1	3.33
27陝西	1	2.7	0	0	0	0	2.7	1.11
地方合計	9	24.3	3	24.3	2	32.4	81	33.33
35中央	0	0	6	48.6	7	113.4	162	66.67
36軍方	0	0	0	0	0	0	0	0.00
總和	9	24.3	9	72.9	9	145.8	243	100.00

資料來源：同表二。

(四) 政治利益的分配

「十七大」中央及地方的政治利益分配情形如表五。在中央委員的政治利益分布上，具有三大特點：第一，中央的政治利益（41.03%）大於地方（40.88%），地方大於軍方（18.09%）。第二，與「十六大」相較，[49] 中央占政治利益比例增加2.24%，地方減少1.7%，中央因而超越地方。第三，各省間以新疆所占比例最高（2.06%），香港與澳門最低（0.44%），若不計此二特區，則以雲南最低（0.74%）。

---

[49] 「十六大」時，地方占42.58%，中央為38.79%，軍方為18.64%。

表五：「十七大」中央及地方的政治利益分配情形

	中央委員	政治局委員	常委	合計	比率（%）	33倍
1北京	2	18.9	0	20.9	3.11	102.63
2天津	1.8	9	2.7	13.5	2.01	66.29
3河北	3.9	1.8	2.7	8.4	1.25	41.25
4山西	2.2	1.8	0	4	0.60	19.64
5內蒙古	2.5	0.9	0	3.4	0.51	16.70
6遼寧	3.1	9.9	24.3	37.3	5.55	183.17
7吉林	3	2.7	2.7	8.4	1.25	41.25
8黑龍江	1.7	0	0	1.7	0.25	8.35
9上海	2.3	10.8	24.3	37.4	5.57	183.66
10江蘇	4	14.4	2.7	21.1	3.14	103.62
11浙江	3.6	0.9	0	4.5	0.67	22.10
12安徽	3.3	3.6	8.1	15	2.23	73.66
13福建	2.8	0.9	0	3.7	0.55	18.17
14江西	2.2	0	0	2.2	0.33	10.80
15山東	3.8	0.9	0	4.7	0.70	23.08
16河南	2.6	2.7	0	5.3	0.79	26.03
17湖北	2.4	8.1	0	10.5	1.56	51.56
18湖南	2.1	0.9	2.7	5.7	0.85	27.99
19廣東	2.2	8.1	8.1	18.4	2.74	90.36
20廣西	2.3	0	0	2.3	0.34	11.29
21海南	1.8	0	0	1.8	0.27	8.84
22重慶	2.1	8.1	0	10.2	1.52	50.09
23四川	2.4	2.7	0	5.1	0.76	25.04
24貴州	2.3	0	0	2.3	0.34	11.29
25雲南	1.5	0	0	1.5	0.22	7.37
26西藏	3.2	0	0	3.2	0.48	15.71
27陝西	3	1.8	2.7	7.5	1.12	36.83
28甘肅	1.9	0	0	1.9	0.28	9.33
29青海	3	0	0	3	0.45	14.73
30寧夏	2.4	0	0	2.4	0.36	11.79
31新疆	4.2	8.1	0	12.3	1.83	60.40
32香港	0.9	0	0	0.9	0.13	4.42
33澳門	0.9	0	0	0.9	0.13	4.42
地方合計	83.4	117	81	281.4	41.88	
35中央	83.7	91.8	162	337.5	50.22	
36軍方	36.9	16.2	0	53.1	7.90	
總和	204	225	243	672	100.00	

資料來源：同表二。

　　在政治局委員的政治利益分布上，具有三大特點：第一，地方的政治利益（52%）大於中央（40.8%），中央大於軍方（7.2%）。與中央委員的政治利益分布比較後發現，地方的政治利益增長11.12%，而軍方則減少10.89%，代表軍方在政治局委員的政治利益分配上受到壓抑。第二，與「十六大」相較，[50] 地方的政治利益小幅增加2%，中央則小幅減少1.7%，軍方亦小幅減少0.3%。第三，各省間以北京所占比例最高（8.4%），在「十六大」則是上海居冠（6.25%），不過此屆其所占比例已下降為4.8%，顯示各省間的政治利益已有新分配。

　　在政治局常委的政治利益分布上，具有三大特點：第一，地方的政治利益（33.33%）小於中央（66.67%），而軍方則為0。與政治局委員的政治利益分布比較後發現，地方減少18.67%，而中央則增加25.87%，軍方減少7.2%，顯示中共有獨尊中央而壓抑軍方的傾向。第二，與「十六大」相較，地方與中央所占比例均相同，顯示其在政治局常委的安排上具有穩定性。第三，各省間以遼寧與上海所占比例最高（10%），在「十六大」時則是山東居冠（11.11%）

　　綜合中央委員、政治局委員、政治局常委的政治利益分布，可發現四大特點：第一，中央的政治利益（50.22%）大於地方（41.88%），大於軍方（7.9%）。若僅區分為中央與地方，則兩者之比為5.8：4.2，與「十六大」相同。第二，與「十六大」相較，[51] 地方微幅增長0.28%，軍方下降0.18%，中央下降0.1%。第三，各省差距極大，占政治利益比率最高的上海（5.57%），是最低的香港及澳門的42.8倍。若不計港澳，則是雲南的25.3倍。第四，將各省占政治利益的比率乘以33後（參見圖二），其數值位於地方占政治利益比率（41.88%）以下，對中央政策之回應

---

50 「十六大」時，地方占50%，中央為42.5%，軍方為7.5%。

51 「十六大」時，地方占41.6%，中央為50.32%，軍方為8.08%。

選項僅有先鋒，包括吉林到香港等二十三省市，占總數的69.7%。大於41.88%，但位於中央占利益比率（58.12%）以下，對中央政策之回應選項有先鋒和扈從，共有重慶與湖北等二省市，占總數的6%。大於中央占政治利益比率（58.12%）者，對中央政策之回應選項有先鋒、扈從和抗拒，共有新疆到上海等八省市，占總數的24.2%。

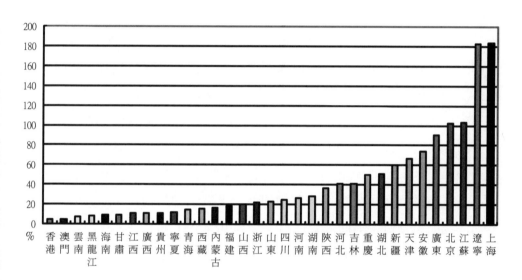

資料來源：根據表五數據繪製。

圖二：放大為33倍後各省占政治利益比率

二、「十七屆一中全會」至「三中全會」的政治利益變遷

比較中共「十七屆一中全會」與「三中全會」兩個時間點，在中央委員的變化上，于幼軍遭撤銷職務，由候補委員王新憲遞補。張左已（原黑龍江省長）與孟學農（原山西省長）被免職後尚未派令新職，故其現職地改歸類為中央。「一中全會」時任職地方者，有十三人在「三中全會」時改為任職中央。「一中全會」時任職中央者，有六人在「三中全會」時改

為任職地方。因此，現職地屬地方者有五十八人，比「一中全會」時少九人。現職地屬中央者有105人，比「一中全會」時多九人。在各省的分布變遷上，已無中央委員的現職地為廣西。原有兩位，一調中央（陸兵），一調四川（劉奇葆）。天津、內蒙古、遼寧、黑龍江、江蘇、安徽、湖北等七省省長均非中央委員，故以該省為現職地的中央委員數均為一人。

　　政治局委員共有八人（32%）的現職地有異動。五位（62.5%）由地方調往中央，包括習近平由上海市委書記調為國家副主席，遼寧省委書記李克強、北京市長王岐山、廣東省委書記張德江均調為國務院副總理，李源潮由江蘇省委書記調為中央組織部部長。二位（25%）為地方調地方，包括汪洋由重慶市委書記調任廣東省委書記，俞正聲由湖北省委書記調任上海市委書記。一位（12.5%）為中央調地方，薄熙來由商務部部長調任重慶市委書記。經上述調動，北京、遼寧、江蘇、湖北均減少一位政治局委員現職地所代表的政治利益，不過因調動非始於「一中全會」，且日期不一，故該省仍可分享部分政治利益。王岐山的調動發布於2007年11月30日，[52] 依照分析架構所設定的計算公式可知，北京仍享有0.58的政治利益。[53] 李克強的調動發布於2007年10月29日，[54] 故遼寧仍享有0.11的政治利益。李源潮的調動發布於2007年10月26日，[55] 故江蘇仍享有0.06的政治利益。俞正聲的調動發布於2007年10月27日，[56] 故湖北仍享有0.08的政治

---

[52] 「王岐山不再擔任北京市市長 郭金龍任市委副書記」，新華網，2007年11月30日，http://news.xinhuanet.com/politics/2007-11/30/content_7171668.htm。

[53] 調動發布日與「一中全會」相距五天，習近平所代表的政治利益，上海分享部分等於 27×0.6×5÷353＝0.23。

[54] 「遼寧省委主要負責同志職務調整」，新華網，2007年10月29日，http://news.xinhuanet.com/politics/2007-10/29/content_6971242.htm。

[55] 「李源潮兼任中組部部長 梁保華任江蘇省委書記」，新華網，2007年10月29日，http://news.xinhuanet.com/politics/2007-10/26/content_6949444.htm。

[56] 「上海市委湖北省委主要負責同志職務調整」，新華網，2007年10月29日，http://news.xinhuanet.com/newscenter/2007-10/27/content_6956596.htm。

利益。

　　政治局常委有二人（22%）的現職地有異動，都是由地方調往中央，包括習近平與李克強。習近平的調動發布於2007年10月27日，依照分析架構所設定的計算公式可知，上海分享的政治局常委政治利益僅為0.23。[57]李克強的調動發布於2007年10月29日，故遼寧分享的政治局常委政治利益為0.32。

　　綜合上述三種職位的現職地異動，可得出中央與地方，以及各省政治利益的變遷（參閱表六）。地方占政治利益總量的比率從「一中全會」的41.88%，降為「三中全會」的33.24%，減少8.64%，降幅為21%。中央占政治利益總量的比率從「一中全會」的50.22%，增為「三中全會」的58.86%，增加8.64%，增幅為17%。軍方則仍維持總量的7.9%。若僅區分為中央與地方，則兩者之比為6.7：3.3。

　　各省之間，共有二十省（60.6%）的政治利益沒有變動，[58]有十一省（33.3%）減少，[59]有二省（6.1%）增加。[60]從絕對值觀察（參閱表六），政治利益減少最多的前五名為遼寧（-3.24%）、上海（-2.39%）、江蘇（-0.89%）、湖北（-0.88%）、北京（-0.71%）。從相對值觀察（參閱表六），政治利益減幅最高的前五名為遼寧（-58%）、湖北（-56%）、廣西（-53%）、上海（-43%）、黑龍江（-36%）。遼寧降低原因乃具政治局常委身分的省委書記李克強調至中央，接任者為中央委員，

---

[57] 調動發布日與「一中全會」相距三十八天，王岐山所代表的政治利益，北京分享的部分等於9×0.6×38÷353＝0.58。

[58] 包括河北、吉林、浙江、福建、江西、河南、湖南、廣東、海南、重慶、四川、貴州、雲南、西藏、陝西、甘肅、青海、寧夏、香港、澳門等省市。

[59] 包括遼寧、上海、江蘇、湖北、北京、廣西、新疆、內蒙古、黑龍江、天津、安徽等省市。

[60] 包括山西與山東。

表六：「十七屆三中全會」中央及地方的政治利益分配情形

	中央委員	政治局委員	常委	合計	比率（%）	33倍	絕對值變遷	相對值變遷
1北京	2	14.1	0.0	16.1	2.40	79.06	-0.71	-23%
2天津	1.2	9.0	2.7	12.9	1.92	63.35	-0.09	-4%
3河北	3.9	1.8	2.7	8.4	1.25	41.25	0	0%
4山西	2.3	1.8	0.0	4.1	0.61	20.13	0.01	2%
5內蒙古	1.9	0.9	0.0	2.8	0.42	13.75	-0.09	-18%
6遼寧	2.5	4.6	8.4	15.5	2.31	76.12	-3.24	-58%
7吉林	3	2.7	2.7	8.4	1.25	41.25	0	0%
8黑龍江	1.1	0.0	0.0	1.1	0.16	5.40	-0.09	-36%
9上海	2.3	10.8	8.3	21.4	3.18	105.09	-2.39	-43%
10江蘇	3.3	9.1	2.7	15.1	2.25	74.15	-0.89	-28%
11浙江	3.6	0.9	0.0	4.5	0.67	22.10	0	0%
12安徽	2.7	3.6	8.1	14.4	2.14	70.71	-0.09	-4%
13福建	2.8	0.9	0.0	3.7	0.55	18.17	0	0%
14江西	2.2	0.0	0.0	2.2	0.33	10.80	0	0%
15山東	4.4	0.9	0.0	5.3	0.79	26.03	0.09	13%
16河南	2.6	2.7	0.0	5.3	0.79	26.03	0	0%
17湖北	1.8	2.8	0.0	4.6	0.68	22.59	-0.88	-56%
18湖南	2.1	0.9	2.7	5.7	0.85	27.99	0	0%
19廣東	2.2	8.1	8.1	18.4	2.74	90.36	0	0%
20廣西	1.1	0.0	0.0	1.1	0.16	5.40	-0.18	-53%
21海南	1.8	0.0	0.0	1.8	0.27	8.84	0	0%
22重慶	2.1	8.1	0.0	10.2	1.52	50.09	0	0%
23四川	2.4	2.7	0.0	5.1	0.76	25.04	0	0%
24貴州	2.3	0.0	0.0	2.3	0.34	11.29	0	0%
25雲南	1.5	0.0	0.0	1.5	0.22	7.37	0	0%
26西藏	3.2	0.0	0.0	3.2	0.48	15.71	0	0%
27陝西	3	1.8	2.7	7.5	1.12	36.83	0	0%
28甘肅	1.9	0.0	0.0	1.9	0.28	9.33	0	0%
29青海	3	0.0	0.0	3	0.45	14.73	0	0%
30寧夏	2.4	0.0	0.0	2.4	0.36	11.79	0	0%
31新疆	3.6	8.1	0.0	11.7	1.74	57.46	-0.09	-5%
32香港	0.9	0.0	0.0	0.9	0.13	4.42	0	0%
33澳門	0.9	0.0	0.0	0.9	0.13	4.42	0	0%
地方合計	78	96.23	49.15	223.38	33.24		-8.64	-21%
35中央	89.1	112.57	193.85	395.52	58.86		8.64	17%
36軍方	36.9	16.20	0.00	53.1	7.90		0	0%
總和	204	225.00	243.00	672	100.00		0	0%

說明：1.絕對值變遷＝「一中全會」時占政治利益的比率－「三中全會」時占政治利益的比率。
　　　2.相對值變遷＝絕對值變遷÷「三中全會」時占政治利益的比率。
資料來源：同表二。

且新任省長僅是候補中央委員。上海降低原因同是具政治局常委身分的市委書記習近平調至中央，不過接任者為政治局委員，故政治利益減少不如遼寧多。江蘇降低原因是具政治局委員身分的省委書記李源潮調至中央，接任者為中央委員，且新任省長僅是候補中央委員。湖北降低原因是具政治局委員身分的省委書記俞正聲調至上海，接任者為中央委員，且新任省長僅是候補中央委員。北京降低原因是具政治局委員身分的市長王岐山調至中央，接任者僅為中央委員。廣西降低原因乃具中央委員身分的書記與主席，一調四川（劉奇葆），一調中央（陸兵），接任者均非中央委員。黑龍江降低原因乃具中央委員身分的書記錢運錄調至中央，接任者為中央委員，但新任省長不是。

三、利益分配的政治影響

　　將「十七屆三中全會」時各省占政治利益的比率乘以33後（參見圖三），其數值位於地方占政治利益比率（33.24%）以下者，對中央政策之回應選項僅有先鋒，包括湖南到香港等二十一省市，占總數的63.6%，較「一中全會」時減少二省（6.1%）。大於地方占政治利益比率（33.24%），但位於中央占政治利益比率（67.76%）以下者，對中央政策之回應選項有先鋒和扈從，共有陝西到天津等六省市，占總數的18.2%，較「一中全會」時增加四省市（12.2%）。大於中央占政治利益比率（67.76%）者，對中央政策之回應選項有先鋒、扈從和抗拒，共有安徽到上海等六省市，占總數的18.2%，較「一中全會」時減少二省市（6.1%）。

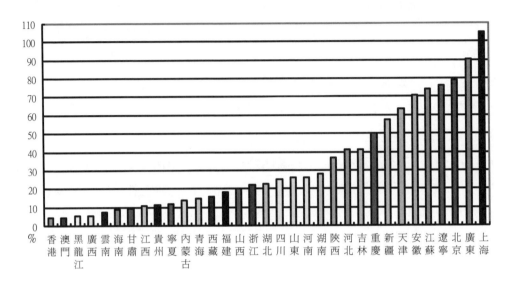

資料來源：根據表六數據繪製。

圖三：「十七屆三中全會」放大33倍後各省占政治利益比率

　　根據以上研究發現可知，透過人事調動，可減少具高度地方主義傾向的省市。不過在中共「十七屆三中全會」後，仍有上海、廣東、北京、遼寧、江蘇、安徽等六省市，在執行中央政策時屬於自主程度較高者。此類地方主義傾向高的省市，在面臨中央政策損及地方利益時，便可能出現明顯抗拒中央政策的作為。例如本文前言所提及的「社會穩定vs.產業轉型」的爭辯中，廣東與上海的舉動即屬明證。但是，此一現象並不代表中國大陸的中央地方關係，已由「外重內輕」取代「強幹弱枝」，而僅是少數自主程度較高者的個別作為。

　　從「十七屆一中全會」到「三中全會」的政治利益分配變遷，顯示中央與地方的權力分配，乃逐步趨向「強幹弱枝」。因為，政治局委員共有八人（32%）的現職地有異動。五位（62.5%）由地方調往中央，二位（25%）為地方調地方，僅一位（12.5%）為中央調地方。政治局常

委有二人（22％）的現職地有異動，都是由地方調往中央。因此，地方占政治利益總量的比率從「一中全會」的41.88％，降為「三中全會」的33.24％，減少8.64％，降幅為21％。中央占政治利益總量的比率從「一中全會」的50.22％，增為「三中全會」的58.86％，增加8.64％，增幅為17％。軍方則仍維持總量的7.9％。若僅區分為中央與地方，則兩者之比為6.7：3.3。

伍、代結論：「十八大」中央與地方關係展望

經由上述分析得知，在中共「十七屆一中全會」時，地方在中央委員會代表為各省二名，地方在政治局的名額為十名，地方在政治局常委會的名額為二名，中央與地方的政治利益之比為5.8：4.2，與「十六大」相同。透過人事調動，到了中共「十七屆三中全會」時，地方在政治局的名額減為六名，地方在政治局常委會的名額為0，中央與地方的政治利益之比為6.7：3.3。因此，中國大陸中央與地方的權力分配，乃逐步趨向「強幹弱枝」。但是，中共「十八屆一中全會」時，究竟仍會維持「強幹弱枝」的趨勢抑或將往「外重內輕」發展呢？對此，可從三方面加以討論：各省中央委員的名額、政治局委員現職地在地方的人數、政治局常委現職地在地方的人數。分述如下：

關於各省中央委員的名額：為使各省市在中央委員會中均有代表，也為維持各省間政治力量的平等，從中共「十五大」起已逐漸確立各省市均有兩名中央委員的體制，而「十六大」與「十七大」則延續此一體制。尤其「十七大」時，除新疆為四位、西藏為三位、香港與澳門各為一位外，其餘各省均為二位，可見此一體制之穩定。不過，在中共「十二大」時，僅有九個省市在中央委員會是兩名代表、八個省市是三名代表、六個省市是四名代表、二個省市是五名代表。此外，在中共「十三大」時，僅

有十二個省市在中央委員會是二名代表，另有十二個省市是三名代表。因此，中共「十八大」時，各省在中央委員會的代表預期仍將是二名代表。

關於政治局委員現職地在地方的人數：地方領導進入政治局乃鄧小平主導，首見於「十三大」。除北京、上海及天津等三個直轄市外，還包括鄧小平的家鄉四川。[61]「十四大」擴大地方在政治局的席次，除上屆已納入的三個直轄市外，還加入改革開放的「成績排頭兵」廣東省及「後起之秀」山東省，[62] 以利中國大陸自計畫經濟向市場經濟轉型。[63] 到了「十六大」時，則增加至十個省市，其用意乃利於地方反應意見，[64] 強化中央與地方的關係。[65]「十七大」與「十六大」相同，政治局委員現職地在地方的人數均為十位，兩屆重疊者包括廣東、新疆、江蘇、北京、天津、上海、湖北等七省市。「十七大」時重慶首次擁有政治局委員席次，直轄市市長均為政治局委員應可自此屆確立。因此，若延續前兩屆所形成的制約，中共「十八大」時，各省在政治局的席次預期仍將是十名，且優先名單是北京、天津、上海、重慶、廣東、江蘇、湖北、新疆等八省市的書記，另兩名則是準備調任中央的書記或省市長。

關於政治局常委現職地在地方的人數：「十七大」與「十六大」相同，政治局常委現職地在地方的人數均為二位，且不久都高升至中央任職。在「十六大」，時任山東省委書記的吳官正與廣東省委書記的李長

---

[61] 高新，降伏「廣東幫」（香港：明鏡出版社，1999），頁278。

[62] 高新，中國黨政軍中央領導層（香港：明鏡出版社，2001），頁106。

[63] 阮銘，「兩個不變前提下的微妙變化──評中共『十四大』人事與大陸未來政局」，刊於阮銘，中共人物論（紐澤西：八方文化公司，1993），頁172。何頻與高新更指出，地方諸侯才是改革開放的真實執行者。詳見何頻、高新，中共新權貴──最新領導者群像（香港：當代月刊，1993年3月），頁442~443。

[64] 垂水健一，「第十五屆中國共產黨大會後的情勢──向中央反映地方意見的趨勢」，載於陳永生主編，十五大後中國大陸的情勢（台北：政大國際關係研究中心，1998），頁37。

[65] 何頻，「贏得權力之後：江澤民塑造新體制的機會與挑戰」，刊於中國局勢分析中心主編，中共最高決策層（香港：明鏡出版社，1997），頁59。

春；在「十七大」，時任上海市委書記的習近平及遼寧省委書記李克強，均獲選為政治局常委。雖兩屆獲選為政治局常委的地方代表都將高升至中央任職，但在常委會組成之際能有二位地方代表，確可解讀為地方勢力的提升。習近平及李克強屬破格提升，在十六屆僅是中央委員，但十七屆卻連升兩級成為政治局常委，主因在於兩人被安排為第五代接班人。因此，「十八大」時獲選為政治局常委的地方代表，應會採吳官正與李長春模式，從具十七屆政治局委員的地方領導中選出。從年齡與派系的標準篩選，則現任廣東省委書記汪洋，與現任上海市委書記俞正聲，將是最有可能的人選。汪洋2012年時僅57歲，不僅具共青團經歷且籍貫地為安徽，可能獲得團派的大力支持。俞正聲2012年時雖已67歲，但自江澤民開始，包括朱鎔基、吳邦國、黃菊及習近平等人，都從上海市委書記高升政治局常委。尤其俞正聲身為太子黨一員，且有太子黨領袖鄧樸方鼎力相助，在薄熙來被免去重慶市委書記職務後，更可能成為太子黨支持的對象。

　　綜合上述三點分析可知，若「十八大」時，地方在中央委員會代表為各省二名，地方在政治局的名額為十名，地方在政治局常委會的名額為二名，則中央與地方的關係仍不會出現「外重內輕」的局面，而是屬於偏「強幹弱枝」的權力平衡模式。雖然仍有可能出現地方抗拒中央政策的情形，但應只是少數擁有較高政治利益的省市才有的舉動，觀察指標為廣東與上海。未來中央將會透過人事調動，減少地方在政治局及政治局常委會中的代表名額，使中央與地方的權力分配往「強幹弱枝」方向移動。不過，江澤民在交班的「十六大」，擴大政治局中地方代表的名額，且開創先例讓兩位地方省委書記進入政治局常委會，也不排除會在胡錦濤身上重演。果若如此，則「十八大」時，地方在政治局的名額可能將超過十名，或地方在政治局常委會的名額超過二名，進而出現「外重內輕」的局面。屆時中央縱使透過人事調動，恐亦難回到「強幹弱枝」之局，則中共政治運作將必須密切關注地方的動向。

參考書目

一、中文部分

「上海市委湖北省委主要負責同志職務調整」，新華網，2007年10月29日，http://news. xinhuanet.com/newscenter/2007-10/27/content_6956596.htm。

「中國共產黨章程」，新華網，http://big5.xinhuanet.com/gate/big5/news.xinhuanet.com/ newscenter/2007-10/25/content_6944081_3.htm。

「王岐山不再擔任北京市市長 郭金龍任市委副書記」，新華網，2007年11月30日，http://news. xinhuanet.com/politics/2007-11/30/content_7171668.htm。

「李源潮兼任中組部部長 梁保華任江蘇省委書記」，新華網，2007年10月29日，http://news. xinhuanet.com/politics/2007-10/26/content_6949444.htm。

「遼寧省委主要負責同志職務調整」，新華網，2007年10月29日，http://news.xinhuanet.com/ politics/2007-10/29/content_6971242.htm。

王嘉州，「中共『十六大』後的中央與地方關係——政治利益分配模型之分析」，東吳政治學報，第18期（2004年3月），頁157~185。

_____，「中共『對台用武』政策過程中地方理性抉擇之反應」，中國大陸研究，第48卷第4期（2005年12月），頁53~84。

_____，「政治利益與資源分配：中國大陸各省影響力模型之建立與檢定」，遠景基金會季刊，第10卷第1期（2009年1月），頁89~134。

_____，「論『三個代表』與政治繼承」，中國事務季刊，第10期（2002年10月），頁22~38。

何頻，「贏得權力之後：江澤民塑造新體制的機會與挑戰」，刊於中國局勢分析中心主編，中共最高決策層（香港：明鏡出版社，1997）。

何頻、高新，中共新權貴——最新領導者群像（香港：當代月刊，1993）。

吳玉山等著，後鄧時期對大陸及台灣的震盪（台北：國家發展研究基金會，1995）。

李芝蘭，「跨越零和：思考當代中國的中央地方關係」，華中師範大學學報，第43卷第6期（2004年11月），頁117~124。

李壽初，中國政府制度（北京：中央民族大學出版社，1997）。

辛向陽，大國諸侯：中國中央與地方關係之結（北京：中國社會出版社，1997）。

＿＿＿＿＿，百年博弈——中國中央與地方關係100年（濟南：山東人民出版社，2000）。

阮銘，中共人物論（紐澤西：八方文化公司，1993）。

林庭瑤，「珠三角騰籠換鳥 放權廣東」，經濟日報，2009年1月12日，版A9。

垂水健一，「第十五屆中國共產黨大會後的情勢——向中央反映地方意見的趨勢」，載於陳
　　　永生主編，十五大後中國大陸的情勢（台北：政大國際關係研究中心，1998）。

徐斯勤，「中國大陸中央與各省關係中的水平性與垂直性權力競爭，1993~2004：菁英政治與
　　　投資政策的議題連結分析」，中國大陸研究，第50卷第2期（2007年6月），頁1~33。

高新，中國黨政軍中央領導層（香港：明鏡出版社，2001）。

＿＿＿＿＿，降伏「廣東幫」（香港：明鏡出版社，1999）。

陶儀芬，「政治權力交替與經濟機會主義：集體行動與改革時期中國政治經濟景氣循環」，問
　　　題與研究，第45卷第3期（2006年5、6月），頁77~102。

黃淑嫆，「地方急轉型 挑戰中央政策」，中國時報，2009年1月16日，版A13。

＿＿＿＿＿，「堅持不救中小企 廣東槓上中央」，中國時報，2008年11月22日，版A15。

楊光斌，中國政府與政治導論（北京：中國人民大學出版社，2003）。

楊開煌，「中共『十六大』之接班與人事安排——內在邏輯之探討」，遠景季刊，第3卷第3期
　　　（2002年7月），頁103~135。

＿＿＿＿＿，「中共四代領導集體決策運作之分析」，徐斯儉、吳玉山主編，黨國蛻變——中共政權
　　　的菁英與政策（台北：五南圖書公司，2007），頁51~92。

趙建民，「塊塊壓條條：中國大陸中央與地方新關係」，中國大陸研究，第38卷第6期（1995年
　　　6月），頁66~80。

趙建民、劉松福，「改革開放以來中共中央最高領導及決策體制之變遷」，遠景基金會季刊，
　　　第8卷第1期（2007年1月），頁56~86。

鄧正兵，「論南京國民政府時期地方主義的特點」，社會科學（上海），2002年第9期（2002
　　　年9月），頁72~76。

鄭永年，政治漸進主義：中國的政治改革和民主化前景（台北：吉虹資訊公司，2000）。

二、英文部分

Bo, Zhiyue, "Provincial Power and Provincial Economic Resources in PRC," *Issues & Studies*, Vol. 34, No. 4 (April 1998), pp. 1~18.

_____, "The 16th Central Committee of the Chinese Communist Party: Formal Institutions and Factional Groups," *Journal of Contemporary China*, Vol. 13, No. 39 (May 2004), pp. 223~256.

Chung, Jae Ho, *Central Control and Local Discretion in China* (New York: Oxford University Press, 2000).

Li, Cheng and Lynn White, "The Fifteenth Central Committee of the Chinese Communist Party : Full-Fledged Technocratic Leadership with Partial Control by Jiang Zemin," *Asian Survey*, Vol. 38, No. 3 (March 1998), pp. 231~264.

_____, "The Sixteenth Central Committee of the Chinese Communist Party," *Asian Survey*, Vol. 43, No. 4 (Jul/Aug 2003), pp. 553~597.

Li, Cheng, "A Pivotal Stepping-Stone: Local Leaders' Representation on the 17th Central Committee," *China Leadership Monitor*, No. 23 (Winter 2008), pp. 1~13.

Li, Linda Chelan, *Centre and Provinces: China 1978-1993, Power as Non-Zero-Sum* (New York: Oxford University Press, 1998).

Rustow, Dankwart A., "Succession in the Twentieth Century," *Journal of International Affairs*, Vol. 18, No. 1 (Fall/Winter 1964), pp. 104~113.

Sheng, Yumin, "Central–Provincial Relations at the CCP Central Committees: Institutions, Measurement and Empirical Trends, 1978~2002," *The China Quarterly*, No. 188 (June 2005), pp. 338~355.

_____, "The Determinants of Provincial Presence at the CCP Central Committees, 1978~2002: An Empirical Investigation," *Journal of Contemporary China*, Vol. 16, No. 51 (May 2008), pp. 215~237.

Shirk, Susan L., *The Political Logic of Economic Reform in China* (Berkeley: University of California Press, 1993).

Su, Fubing and Dali L. Yang, "Political Institutions, Provincial Interests, and Resource Allocation in Reformist China," *Journal of Contemporary China,* Vol. 9, No. 24 (July 2000), pp. 215~230.

Tao, Yi-feng, "The Evolution of Central-Provincial Relations in Post-Mao China, 1978~98: An Event History Analysis of Provincial Leader Turnover," *Issues & Studies,* Vol. 37, No. 4 (July 2001), pp. 90~120.

Zang, Xiaowei, "The Fourteenth Central Committee of the CCP: Technocracy or Political Technocracy?" *Asian Survey,* Vol. 33, No. 8 (August 1993), pp. 787~803.

同心同德還是同床異夢？
中共黨員群體特徵及政治態度分析*

唐文方

（美國愛荷華大學政治學與國際問題研究講座教授）

摘要

　　本文根據中國全國抽樣調查數據，在現有對政黨和中共菁英政治研究的框架下，從四個方面分析中共黨員的現狀：中共黨員的群體特徵、黨員與群眾政治態度與行為的差異、黨員內部的分化，以及黨內各派之間政治態度的區別。分析結果發現，中共正在從一個平民政黨過渡為菁英政黨，黨內民主使得黨員的政治參與和政治效能感明顯高於普通群眾；黨員內部分為保守派和實用派，前者對黨內民主向黨外民主的轉化有明顯的抵觸情緒，而後者則表現出更強的政治獨立性。中共今後面臨至少以下幾方面的挑戰：如何使菁英政黨繼續獲得社會大眾的政治支持、如何平穩地實現黨內民主向黨外民主的轉換、如何防止黨員內部不同派別的進一步分化，以及如何使年輕一代黨員繼續保持對共產黨的忠誠。

關鍵詞：中共黨員、黨內派系、黨內民主、公民社會、民主化

---

* 本文修改受益於中央研究院政治研究所徐斯儉博士的精闢點評，特此致謝。

壹、前言

　　過去三十年來，國外學術界對中國共產黨的研究從降溫轉向重新升溫，其原因在於中國國內政治形勢的變化。1970年代末，共產黨的組織和政治威信在文革的政治風暴和社會動盪中均受到削弱。1980年代初期改革開始後，黨政分開和對技術官僚的重用進一步削弱共產黨的作用，1989年的政治風波，以及此後市場改革的進一步深化，意識型態作用的進一步減弱，更給人共產黨將要退出歷史舞台的印象。[1] 雖然對共產黨的關注從來沒有停止過，但大都是對高層領導人的接班問題及各次黨代會的政策導向的關注，[2] 而不是對共產黨自身作為一個政治組織和政黨的關注。

　　而近年來，共產黨的作用似乎又重新凸顯出來，首先，共產黨開始更多地討論如何加強自身的執政能力，而不是如何讓位於技術官僚。[3] 其次，共產黨的組織力量不斷加強，黨員人數有增無減，領導人的更換逐漸走向制度化，決策變得更加透明、漸進，更有可預見性。此外，中國在經

---

[1] Gordon Chang, *The Coming Collapse of China* (New York: Random House, 2001); Minxin Pei, "China's Governance Crisis," *China Review* (Autumn-Winter), pp. 7~10; Minxin Pei, *China's Trapped Transition: The Limits of Developmental Autocracy* (Cambridge, Mass.: Harvard University Press, 2006); David Shambaugh, "The Chinese Leadership: Cracks in the Facade?" in David Shambaugh ed., *Is China Unstable? Assessing the Factors* (New York: M. E. Sharpe, 2000); David Shambaugh, *China's Communist Party: Atrophy and Adaptation* (Washington, D.C.: Woodrow Wilson Center Press, 2009); Bruce Dickson, "Political Instability at the Middle and Lower Levels: Signs of a Decaying CCP, Corruption, and Political Dissent," in David Shambaugh ed., *Is China Unstable? Assessing the Factors* (New York: M. E. Sharpe, 2000).

[2] Cheng Li, *China's Leaders: The New Generation* (Maryland: Rowman & Littlefield Publishers, Inc., 2001).

[3] 中國共產黨第十六屆中央委員會第四次全體會議，「中共中央關於加強黨的執政能力建設的決定」，中國網，2004年9月19日，http://www.china.com.cn/chinese/2004/Sep/668376.htm；唐小芹，「共產黨執政各國提高黨員素質以加強執政能力建設的比較研究」，湖南師範大學社會科學學報，第3期（2010），頁88~92。

濟上的成功，使得共產黨的威信沒有減少反而增加，雖然有人對官員的腐敗以及共產黨在政治上的壟斷時常感到不滿，但中國百姓在經濟生活各方面的快速提高，為共產黨提供了更多的政治資本。

中國觀察家們發現，共產黨看來短時間內倒不了，而且自身還在不斷發展壯大。作為世界上最大的執政黨，中國共產黨的現狀以及未來發展趨勢，重新點燃國外學者們的興趣。近幾年來，不算文章，光是研究中國共產黨的英文著作，就出了好幾本。[4]這些研究對瞭解中國共產黨的組織、綱領、政策和菁英政治的現狀及其發展態勢，提供了寶貴的材料。

本文的目的是在這些研究的基礎上，對中國共產黨的基層黨員做進一步的研究。中國共產黨有近七千八百萬黨員，[5]如此眾多的人數，使其成為中國政治中一個不可忽視的群體和利益集團，加之共產黨內部的民主選舉和參與機制的不斷深化，[6]這一群體在影響黨內政治進程中的作用也變

---

[4] Peter Sandby-Thomas, *Legitimating the Chinese Communist Party Since Tiananmen: A Critical Analysis of the Stability Discourse* (London: Routledge, 2011); Yongnian Zheng, *The Chinese Communist Party as Organizational Emperor* (London: Routledge, 2010); Richard McGregor, *The Party: The Secret World of China's Communist Rulers* (Harper: HarperCollins, 2010); Lance L. P. Gore, *The Chinese Communist Party and China's Capitalist Revolution: The Political Impact of Market* (New York: Routledge, 2010); David Shambaugh, ed. *Is China Unstable?* ; David Shambaugh, *China's Communist Party: Atrophy and Adaptation;* Kerry Brown, *Friends and Enemies: The Past, Present and Future of the Communist Party of China* (London; New York: Anthem Press, 2009); Kjeld Erik Brodsgaard and Yongnian Zheng eds., *The Chinese Communist Party in Reform* (London: Routledge, 2006); Xiaobo Lu, *Cadres and Corruption: The Organizational Involution of the Chinese Communist Party* (California: Stanford University Press, 2002).

[5] 詳見「截至2009年底全國共產黨員人數達7799.5萬名」，人民網，2010年6月29日，http://renshi.people.com.cn/GB/11997655.html。

[6] 有趣的是，近年來有學者認為，黨內民主也是民主政體中政黨發展的新趨勢，詳見John D. Martz, "Political Parties and Candidate Selection in Venezuela and Colombia," *Political Science Quarterly,* Vol. 114, No. 4 (Winter 1999~2000), pp. 639~659; Susan E. Scarrow, Paul Webb, and David M. Farrell, "From Social Intergration to Electoral Contestation: The Changing Distribution

得越來越重要，而目前的研究很少有對黨員的政治態度和行為，做出比較系統和科學的判斷。

　　本文將從四個方面對中共黨員進行研究：(1)對黨員身分特徵的分析；(2)黨員與非黨員在政治態度和行為上的區別；(3)黨員內部的分化；(4)不同派別黨員的政治態度和行為的區別。

of Power within Political Parties," in Russell Dalton and M. Wattenberg eds., *Parties without Partisans: Political Change in Advanced Industrial Democracies* (Oxford: Oxford University Press, 2000); Lars Bille, "Democratizing a Democratic Procedure: Myth or Reality?" *Party Politics*, Vol. 7, No. 3 (May 2001), pp. 363~380; Chung-Li Wu, "The Transformation of the Kuomintang's Candidate Selection System," *Party Politics*, Vol. 7, No. 1 (January 2001), pp. 103~118. 關於黨內民主的討論，請參見方柏華、王景玉，「世界政黨發展視角下的黨內民主」，科學社會主義，第4期（2010），頁60~64；孟慶國、朱新現，「互聯網時代黨內民主建設路徑探析」，長白學刊，第6期（2009），頁55~58；喬麗軍，「保障黨員民主權利與黨內民主的當前使命」，兵團教育學院學報，第20卷第3期（2010），頁30~36；王仰文，「黨內巡視制度民意表達問題研究」，河南師範大學學報（哲學社會科學版），第37卷第3期（2010年5月），頁40~42；王林坡，「黨內民主建設：風險與風險認知」，河南師範大學學報（哲學社會科學版），第37卷第3期（2010年5月），頁43~46；牛月永，「黨內民主視野下黨員意見表達芻議」，攀登（雙月刊），第29卷第3期（2010年6月），頁51~55；陳家喜，「公推直選黨代表的實踐探索與理論審視」，領導科學，第25期（2010年9月），頁46~47；中共中央黨校中青二班民主政治課題組，「公推直選制度及其完善」，中共中央黨校學報，第14卷第5期（2010），頁69~72；任劍濤，「在組織理論的視野中——論黨內民主與人民民主的關係」，科學社會主義，第1期（2010），頁24~30；靳曉霞，「完善黨內選舉的路徑分析——以落實黨員選舉權為維度」，求實，第9期（2010），頁19~22；劉紅凜，「政黨類型與黨內民主分析」，中國人民大學學報，第5期（2010），頁119~127；許耀桐，「民主集中制在中國的認識與發展過程」，新視野，第4期（2010），頁4~10；毛政相，「進一步完善黨代表選舉機制」，理論探討，第5期（總第156期）（2010），頁100~104。關於黨內民主與黨外民主的關係，請參見任中平，「人大制度在實現黨內民主帶動人民民主中的作用」，雲南社會科學，第2期（2010），頁25~29；馬冀，「促進黨內民主與人民民主良性互動的建議」，理論前沿，第22期（2009），頁52~53；劉紅凜，「黨內民主與人民民主的耦合與互動」，理論探討，第6期（總第151期）（2010），頁112~115；許忠明，「黨際民主是從黨內民主通向人民民主的橋樑」，上海市社會主義學院學報，第5期（2010），頁33~38；石月榮，「關於中國特色社會主義民主建設途徑的思考——兼論黨內民主推動人民民主問題」，徐州師範大學學報（哲學社會科學版），第35卷第6期（2010年12月），頁91~96。

　　本研究的數據主要來源於2008年完成的全國問卷調查，該調查是一個
Texas A&M University與北京大學國情研究中心的合作項目，在全國隨機
抽取的七十五個縣級單位中，進一步隨機抽取的3989個受訪人中，黨員人
數為330人，占樣本的8.27%，高於黨員總數在全國人口中的比例（大約
為6%）。[7]為了糾正樣本中黨員比例過高的偏差，本文在統計分析中會用
加權的方法來修正。所謂加權，就是利用人口普查得到的人口現狀資料，
例如年齡比例、性別比例、教育程度比例等，來修正調查樣本人口特徵方
面的偏差，使調查樣本的人口比例更趨同於人口的實際比例。此外，2008
年的全國調查數據二十五頁的問卷包括將近600個問題，涵蓋受訪人對很
多政治問題的看法和行為，例如對政府的滿意度、對不同社會群體的寬容
度、對民主的支持度、政治不服從度、民族主義、政治參與行為、政治效
能感等，這些問題為研究者從多方面考證中共黨員的政治態度和政治行
為，提供豐富的材料。

貳、中共黨員的身分特徵

　　二十一世紀以來，民主國家的政黨有弱化的趨勢，[8]各政黨黨員人數
的總和在人口的比例並不高。例如，2000年的世界價值觀調查數據顯示，
最低的是波蘭，只有 0.9%、英國為2.6%、德國為2.9%、日本為3.5%、印
度為11%，最高的是冰島，也不過19%。[9]原因之一是因為媒體的高度發

---

[7] 詳見「截至2009年底 全國共產黨員人數達7799.5萬名」，人民網，2010年6月29日。

[8] Russell Dalton, *Citizen Politics: Public Opinion and Political Parties in Advanced Industrial Democracies,* 4th ed. (Washington, DC: CQ Press, 2005); Pippa Norris, "Political Activism: New Challenges, New Opportunities," in Carles Boix and Susan C. Stokes eds., *The Oxford Handbook of Comparative Politics* (Oxford: Oxford University Press, 2007).

[9] Susan E. Scarrow, "Political Activism and Party Members," in Russell J. Dalton and Hans-Dieter Klingemann eds., *The Oxford Handbook of Political Behavior* (Oxford: Oxford University Press, 2009).

達，取代政黨通過黨員來實現傳統政治動員的作用，政黨可以通過媒體更快更有效地覆蓋更多的民眾，政黨自身的組織並不需要很龐大。[10] 從黨員的身分特徵來看，民主國家政黨的黨員趨向於三高：即教育水平高、收入高、年齡高，而且多數為男性。[11] 從政治態度上看，黨員並不是意識型態上的極端分子，他們有時反而比黨的領袖更務實，更願意為了本黨執政的需要而放棄信仰。[12]

中國共產黨顯然與民主國家的政黨有著本質上的區別，中共不用考慮來自其他政黨在選舉中的競爭，也從來沒有放棄過對馬克思主義意識型態的堅持[13]。從理論上講，共產黨是無產階級的政黨，理所當然應當吸收勞動階層入黨，因此黨員在工人農民和退休人員中的比例歷來很高。例如，2000年工農和退休黨員占黨員總數超過50%，而知識分子的比例只有20%。[14] 另一方面，近年來中共加強黨員隊伍的年輕化和知識化，[15] 這種

---

[10] Russell Dalton, *Citizen Politics: Public Opinion and Political Parties in Advanced Industrial Democracies.*

[11] Anders Widfeldt, "Party Membership and Party Representativeness," in Hans-Dieter Klingemann and Dieter Fuchs eds., *Citizens and the State* (Oxford: Oxford University Press, 1995); Sidney Verba, Norman H. Nie and Jae-On Kim, *Participation and Political Equality* (Cambridge: Cambridge University Press, 1978).

[12] Susan E. Scarrow, "Political Activism and Party Members".

[13] 中國共產黨第十六屆中央委員會第四次全體會議，「中共中央關於加強黨的執政能力建設的決定」。

[14] 北京市鄧小平理論研究中心課題組，「中國共產黨黨員隊伍社會成分的歷史考察」，北京組工，2011年2月23日，www.bjdj.gov.cn。

[15] 詳見陳駒、張穎萍，「以學生黨支部建設為平台 提高學生黨員素質：以中國計量學院光電學院為例」，新西部，第16期（2010），頁78~79；雷祖軍，「充分發揮高校關工委在端正大學生入黨動機中的作用」，思想理論教育導刊，第9期（總第141期）（2010），頁106~108；陳善曉，「基於多元統計分析法的高校學生黨員教育評議體系的構建」，思想教育研究，第6期（總第181期）（2010），頁71~74；趙文化，「戰士黨員『四個不夠』現象應引起重視」，軍隊黨的生活，第6期（2010年），頁66；李鳳詩，「抓好黨員教育提高黨員素質推動企業發展」，求實，第1期（2009），頁56~57；王家紅、付軍、王保光、

作法有可能在總體上降低黨員的年齡，提高他們的教育程度。

表一：中共黨員身分特徵迴歸分析（加權）

	Logit回歸係數
年齡	0.056***
女性	-1.059***
教育水平（年）	0.245***
社會地位（1~5）	0.212***
農村	-0.437***
農民工	-1.186***
城市（比較組）	
常量	-5.098***
樣本數	3,773
*** p<0.01, ** p<0.05, * p<0.1	

資料來源：2008年全國抽樣調查。

　　表一通過2008年的調查數據，對中共黨員的年齡、性別、教育水平、社會地位和城鄉差別做迴歸分析。結果發現，黨員的年齡偏大、男性多於女性、教育水平和社會地位偏高、城市戶口的黨員多於農村戶口黨員。這些結果表明，中共不是一個平民政黨，而是一個菁英政黨。雖然中共與民主國家的政黨性質不同，中共黨員的特徵與民主國家政黨成員卻有著相似之處，因為民主國家政黨成員同樣也集中在高年齡、高收入、高教育的男性中。[16]

汪宇，「新形勢下大學生黨員意識的調查與思考」，世紀橋，第19期（總第210期）（2010），頁77~79；蔣秀秀，「新時期大學生入黨動機問題研究」，思想教育研究，增刊1期（總第169期）（2009），頁99~101。

[16] Susan E. Scarrow, "Political Activism and Party Members".

　　表一中的迴歸分析的必要性在於，證實年齡、性別、教育、社會地位和城市化對黨員身分的多重影響，但其問題是不能很直觀地表現出黨員與非黨員身分特徵的區別。表二則可以更直觀地顯示出兩個群體在平均年齡、平均教育年限、性別比、平均收入和私營個體比例上的差異。私營個體的加入是為了檢驗2002年中共「十六大」後發展非公有經濟中黨員的情況。此外，表二還包括1987年國家體改委中國城市調查的數據，以顯示1987年和2008年這兩個時間點上黨員身分特徵的變化。由於1987年的數據只包括城市，為了比較有一致性，2008年的數據也只限於城市受訪者（見表二）。

表二：中共黨員身分特徵的變化（加權）：1987年和2008年

	1987年城市		2008年城市	
	黨員	群眾	黨員	群眾
平均年齡（歲）	48.8	42.9	44	40
教育水平（年）	9.7	7.7	11.6	8.7
男性比例（％）	70.5	43.8	73.1	49.2
個人收入（黨員為100）	100	83.3	100	65.1
私營個體（％）	0	2.6	1.6	12
樣本數	563	2013	147	1070

註：2008年城市包括流動人口。
資料來源：1987年5月國家體改委城市人口調查，2008年全國調查。

　　如表二顯示，在城市中，2008年的黨員比起1987年，年齡呈下降趨勢，教育水平和收入則呈上升趨勢，男黨員的比例居高不下。例如，1987年城市黨員和群眾的年齡差為六歲左右，到2008年則縮小到四歲。1987年到2008年，雖然兩個群體的教育程度都有提高，但黨員的提高速度高於群眾，兩個群體之間的平均教育水平之差從1987年的兩年擴大到2008年的將

近三年。1987年群眾的平均個人收入是黨員平均個人收入的83%，而到了2008，這一數字下降到65%左右。1987年城市改革剛剛起步時，城市黨員中私營個體黨員的比例為0，雖然這一數字上升到2008年的1.6%，但同一時期城市非黨員的私營個體的比例，從1987年的2.6%快速增長到2008年的12%，可見中共「十六大」之後在非公有經濟行業中發展黨員的政策，並沒有得以很好地貫徹執行，起碼在城市黨員中沒有。[17]

　　本節對黨員身分特徵的分析表明，中國共產黨是一個社會菁英組織，雖然它是一個權威政體下的政黨，其成員的社會特徵與民主政體下的政黨成員，並無大差別，都是三高一多：即高年齡、高教育、高收入、男性多。本節的分析進一步表明，中共黨員與群眾的社會經濟差距正在進一步加大，其菁英性更為顯著。在這種情況下，黨員與非黨員在政治態度上有何差別？這是下一節的研究內容。

參、黨員與非黨員在政治態度和行為上的區別

　　政治態度與行為關係到共產黨執政的合法性和政權的穩定性，也關係到中國公民社會的發展和民主化的進程。如前所述，2008年的中國調查數據包括受訪者對諸多政治問題的態度和行為，例如對政府的滿意度、對不同社會群體的寬容度、對民主的支持度、政治不服從度、民族主義、政治參與行為、政治效能感等等。其中，政府滿意度和民族主義與政權合法性有關，社會容忍度、民主支持度、政治不服從度、政治參與和政治效能感與公民社會和民主化的發展有關。本節將對這些問題在黨員與非黨員之間的區別做一對比。理論上講，共產黨員應當比非黨員對政府更滿意，民族主義情緒更高，且更不會支持民主。

---

[17] 2008全國調查數據顯示（表二中沒有包括）：在農村私營個體在非黨員受訪者中占7.2%，在黨員中為5.9%（加權），明顯高於城市。

　　下面將說明在2008年中國調查中，如何做出以上各個概念的具體定義與測量標準：

政府滿意度用下列一個問題來測量：您對中央政府的工作滿意嗎？

民族主義綜合受訪人對下面四個問題的答案（因子分析結果）：

　　(1) 即使可以選擇世界上任何國家，我也更願意做中國公民

　　(2) 假如外國人更像中國人，世界將變得更好

　　(3) 總體來說，中國比其他大多數國家都好

　　(4) 當我國運動員取得優異成績時，我以做個中國人為榮

社會政治容忍度包括受訪人對下列群體的容忍程度（因子分析結果）：

　　(1) 持不同政見者

　　(2) 賣淫者

　　(3) 同性戀

　　(4) 吸毒者

民主支持度是下列問題的因子分析結果：

　　(1) 示威不會轉變成社會動亂，不會影響社會穩定

　　(2) 一黨制不是中國當前最穩定的政治制度

　　(3) 不應當禁止示威活動

　　(4) 如果大家思想不一致，社會將不會陷入混亂

　　(5) 多黨制不會導致一個國家發生政治混亂

不服從度包括受訪人認為在必要時可以（因子分析結果）：

　　(1) 不繳稅

　　(2) 不服從法律

　　(3) 不參軍

政治參與為下列問題的因子分析結果：

　　(1) 過去五年中在村／居委會／社區選舉中投過票

(2) 參加過與政治有關的各種會議

(3) 向上級領導表達過自己的觀點

(4) 通過媒體表達過自己的觀點

(5) 通過社會組織表達過自己的觀點

(6) 為一項社會活動組織募捐或者籌集資金

(7) 在請願書上簽名

(8) 遊行／靜坐／示威

(9) 為某項特定的理想或事業加入組織或者團體

政治效能感為下列問題的因子分析結果：

(1) 像我這樣的人，有權評價政府行為

(2) 政府官員會在乎像我這樣的人有何想法

(3) 我覺得我對中國面臨的重大政治問題很瞭解

(4) 我覺得我比一般人知道更多的政治的情況

(5) 我認為我完全有能力參與政治

(6) 我也可以勝任領導工作

(7) 像我這樣的人是可以理解政治的複雜性的

在以下的分析中，上述七個指標均作為因變量，最低值均為0，最高值均為1（詳見附錄一），自變量為黨員與非黨員之分。換句話說，下面的分析將檢驗黨員與非黨員在此七個指標上是否有所不同（參見表三）。

表三：中共黨員與非黨員政治態度與行為比較迴歸分析（OLS）

	政府滿意度	民族主義	社會容忍度	民主支持度	不服從度	政治參與	政治效能感
中共黨員	0.034***	0.037***	-0.053***	-0.018	-0.022**	0.090***	0.092***
非黨員（比較組）							
常量	0.806***	0.576***	0.395***	0.178***	0.728***	0.079***	0.314***
樣本數	3,663	3,169	3,773	3,773	3,642	3,773	3,480
R-squared	0.035	0.009	0.022	0.038	0.035	0.109	0.08
*** p<0.01, ** p<0.05, * p<0.1							

註：年齡、社會地位、教育程度、城市化程度、性別包括在迴歸等式中，但未顯示（詳見附
　　錄一）。
資料來源：2008年全國調查。

　　如表三所示，除了在民主支持度上黨員與非黨員沒有顯著的區別，兩
者在其他指標上均有明顯差別。例如，黨員對政府的滿意度明顯高於非黨
員，民族主義情緒也比非黨員強烈，而社會容忍度和不服從度卻明顯低於
非黨員。政府滿意度可以被看作黨員作為當前政權的受益者對共產黨的支
持，民族主義是近年來共產黨為了鞏固其合法性而提出的口號，[18] 支持民
族主義也表明對政權的間接支持，而社會容忍度和不服從度則是公民社會
的重要指標，[19] 這兩項指標在黨員中的低弱，進一步說明黨員不支持對現
政權的挑戰。因此，僅從政權滿意度、民族主義、容忍度和不服從度這四
個方面來看，黨員這一群體不是促進民主的力量；非黨員群眾對政府更不
滿、民族主義情緒相對弱、容忍度和不服從度也比黨員高，他們看起來比
黨員更會促進中國的政治變革。

[18] Wenfang Tang and Benjamin Darr, "Nationalism in China," *Journal of Contemporary China,* Vol.
21, No. 77 (September 2012).

[19] Gabriel A. Almond and Sidney Verba, *The Civic Culture: Political Attitudes and Democracy in Five
Nations* (Princeton University Press, 1963); Pippa Norris, "Political Activism: New Challenges,
New Opportunities".

　　然而，對黨員做出上述結論似乎還為時過早。表三中，黨員的政治參與度與政治效能感均高於非黨員。政治參與與政治效能感是公民社會和民主政治的另外兩個重要指標，[20] 黨員在此兩項指標上的強勢，說明他們比一般群眾更能推動中國公民社會的發展。

　　本節的分析表明，黨員既是民主的阻力，又是公民社會的推動力。那麼，應當如何解釋這種矛盾現象呢？答案可能在於中共近年來推行的黨內民主，使得黨員政治參與的機會增多，政治效能感增強。但民主只限於黨內，在加強黨內民主的同時，中共仍然堅持其在中國政治舞台上的統治地位，[21] 這種內外有別的政策造成黨員反對黨外民主，卻又主張黨內公民社會的看似矛盾的狀態。

　　鄭永年在他對共產黨近年來發展狀況的權威性專著中，[22] 將這種黨外權威黨內民主的狀況形容為「組織皇帝制度」（Organizational Emperorship）。一方面，中共像歷代皇帝一樣，認為自己奉「天子之命」而統治國家，不允許任何人挑戰自己的地位。另一方面，中共近年來加強黨員在黨內的政治參與、決策的透明度、法制化、選舉和領導人接班的制度化。本節的分析結果表明，2008年的中國調查數據正確地反映中共黨員「內外有別」的現狀。

肆、黨員內部的分化

　　儘管一再強調黨內的團結一致，但中共從來不是鐵板一塊，黨內歷

---

[20] Gabriel A. Almond and Sidney Verba, *The Civic Culture: Political Attitudes and Democracy in Five Nations*.

[21] 中國共產黨第十六屆中央委員會第四次全體會議，「中共中央關於加強黨的執政能力建設的決定」。

[22] Yongnian Zheng, *The Chinese Communist Party as Organizational Emperor*.

來存在著不同的派系，例如1949年之前中共黨內有根源於野戰軍的派系，[23] 1949年後到文革有劉少奇為首的技術官僚和毛澤東為首的繼續革命派；文革之後到1989年，有陳雲等為首的主張有限改革的「鳥籠」派和趙紫陽、胡耀邦為首的激進改革派；1989年之後又相繼出現以江澤民為首的上海幫，胡錦濤為首的共青團派，以及習近平為代表的太子黨等等。[24] 有學者將黨內派系的分化和鬥爭，看作是瞭解中國政治過程及走向的關鍵。[25]然而，鄭永年認為，[26] 當今中共的派系鬥爭與毛時代的派系鬥爭相比，正在向制度化和機構化轉換，例如在中共「十七大」的選舉中，胡錦濤不得不接受太子黨代表習近平的勝出，並放棄他所支持的團派候選人李克強。

　　本文沒有必要重複以上關於黨內菁英政治的派系鬥爭，而是要分析菁英派系鬥爭對一般黨員的影響。研究黨員之間的分化，有助於理解菁英中的分化。隨著黨內民主的擴大，黨員中的分化有可能更直接地影響到菁英的分化，也可能被菁英用來作為高層派系較量與談判的政治資本。因此，瞭解一般黨員的思想狀況以及此群體的內部分化，就顯得尤為重要。

　　然而，在調查問卷中瞭解黨員內部分化並不是一件容易的事情，一種辦法是直接問他們對高層派系的看法，但這種問題比較敏感，而且對受訪人的政治水平要求太高，受訪人不一定願意或有能力回答。一個比較可行的辦法是考察人們入黨動機的差異，這種差異能夠反映黨員內部對共產黨的性質和作用的不同看法，從而說明黨員隊伍的內部分化程度。

---

[23] Andrew J. Nathan, "A Factionalism Model for CCP Politics," *The China Quarterly*, No. 53 (January 1973), pp. 34~66.

[24] Jing Huang, *Factionalism in Chinese Communist Politics* (New York: Cambridge University Press, 2000); Yongnian Zheng, *The Chinese Communist Party as Organizational Emperor*.

[25] Andrew J. Nathan, "A Factionalism Model for CCP Politics"; Jing Huang, *Factionalism in Chinese Communist Politics*.

[26] Yongnian Zheng, *The Chinese Communist Party as Organizational Emperor*.

2008年的全國抽樣調查包括一個與入黨動機有關的問題：（黨員）請問您入黨的動機主要是什麼？（非黨員）您覺得人們入黨的動機主要是什麼？表四顯示黨員與非黨員群眾對各種入黨動機的評價。

表四：中共黨員入黨動機加權百分比（黨員n=330，群眾n=3659）

您認為您（人們）入黨的動機主要是什麼？	黨員%	群眾%
為人民服務	67	37
為共產主義而工作	50	19
中國共產黨是唯一有能力領導中國走向繁榮富強的政黨	39	16
有助於職業發展	28	28
提高社會地位	20	33
有機會在政治上進一步發展	18	26
有機會提高收入	7	19

資料來源：2008年中國全國抽樣調查。

黨員的回答表現出相當的政治正確性，認為入黨是為人民服務的比例最高，占67%；其次是為共產主義而工作，占50%。第三位是因為相信中國共產黨是唯一有能力領導中國走向繁榮富強的政黨而入黨，占39%。但也有相當數量的黨員認為入黨是為了謀私利，包括有助於職業發展（28%）、提高社會地位（20%）、有機會在政治上進一步發展（18%），甚至是有機會提高收入（7%）。從總體上來看，黨員中立黨為公的人數多於立黨為私的人。而在一般群眾的眼中，黨員入黨的動機似乎沒有那麼高尚，他們認為黨員因公入黨和因私入黨的動機差不多一樣，認為入黨為人民服務的最多，占37%；但排在第二位的是提高社會地位，占33%。其次是有助於職業發展（28%），有機會在政治上進一步發展（26%）和提高收入（19%），而相信黨員入黨是為共產主義工作和認為中共是唯一能領導中國的群眾遠低於黨員，分別為19%和16%（見表四）。

　　為了進一步分析黨員中對入黨動機持不同態度的人的身分特徵，有必要對表四中的七個入黨動機進行簡化，合併同類項。從表四中可以看出，相信前三項的黨員，包括為人民服務、為共產主義工作、共產黨是唯一有能力領導中國的政黨，入黨更多是出於意識型態的考慮；而有助於職業發展、提高社會地位、有機會在政治上進一步發展、有機會提高收入，其入黨更多是出於實用主義的考慮。事實上，通過分析可以證明，前三項的入黨動機互相之間有著很強的正相關係數，後四項之間也有較強的正相關係數（見附錄三）。在此基礎上，我們通過因子分析將前三項合併成一個變量，簡稱傳統型黨員。同樣，後四項入黨動機也通過因子分析合併成一個單一的變量，簡稱實用型黨員。兩個新變量的最小數值均為0，最大為1，數值越大，傳統性和實用性的特徵就越明顯。

　　下一步要分析的是兩種類型黨員的身分特徵，即什麼樣的黨員更傳統或更實用。在身分特徵中，本文著重分析年齡、社會地位、教育程度、城市化程度和性別對兩種類型的影響（見表五）。

　　如表五所示，年齡是區別傳統型黨員和實用性黨員的最重要因素。我們可以把受訪人的年齡分成四組，36歲以下、36至46歲、47至58歲、58歲以上。這四個年齡組分別代表中國的政治地理分層。一般認為，16歲初中畢業是一個人社會化過程的第一個階段的結束，[27] 很多重要的價值觀均已在此階段形成。如果按此推理，2008年中國調查中的受訪者如果是59歲或以上，他們達到16歲的年份應當是1965年或更早〔2008－（59－16）＝1965〕，這說明這一代人是在社會主義環境下成長的，而且受社會主義教育的時間也最長。如果受訪者在2008年的年齡在47至58歲之間，那麼他們達到16歲的時間應當在1966年和1977年之間〔2008－（58－16）＝1966，2008－（47－16）＝1977〕，也就是說，他們是在激進的文革年代完成社

---

[27] Wenfang Tang and William L. Parish, *Chinese Urban Life under Reform: The Changing Social Contract* (New York: Cambridge University Press, 2000).

會化的過程，但他們受社會主義教育的時間卻不比上一輩長。如果受訪者在2008年的年齡在36至46歲之間，那麼他們達到16歲的時間應當在1978年和1988年之間〔2008－（46－16）＝1978，2008－（36－16）=1988〕，也就是說，這一代人是在改革初期長大，可以定義為改革的一代。最後，如果受訪者在2008年的年齡在35歲或更小，這群人完成社會化的年齡應當在1989年之後，他們受社會主義教育的程度應當是所有年齡組中最少的，可以稱為後改革的一代（詳見附錄四）。

表五：黨員分化的身分特徵（OLS迴歸分析係數）

	傳統型黨員	實用型黨員
年齡36歲以下（比較組）		
年齡36~46歲	0.144***	-0.146***
年齡47~58歲	0.188***	-0.188***
年齡58歲以上	0.279***	-0.205***
社會地位1~5	-0.015	0.024
受教育年數	-0.006	0.009*
農村人口	0.014	0.047
流動人口	0.036	0.153*
城市人口（比較組）		
女性	0.047	0.043
常量	0.467***	0.137
樣本數	319	319
R-squared	0.126	0.148
*** p<0.01, ** p<0.05, * p<0.1		

資料來源：2008年中國全國抽樣調查。

　　在表五中，1989年之後完成社會化的後改革一代黨員比起其他年齡組，明顯地表現出更少的意識型態色彩，而更多地具備實用主義的特徵。

總體來看，年齡越大，傳統意識型態的色彩就越重，實用主義的入黨動機就越弱。此外，教育水平高的黨員及流動人口中的黨員比教育水平低的非流動人口黨員，也更實用主義。[28]

　　本節的分析表明，中共黨員的思想並不是像黨中央所期望的那樣步調一致，[29] 黨員中存在著以年齡大受教育少的意識型態派，和以年紀輕和受教育多為標誌的新型實用主義派。雖然目前大多數黨員的入黨動機，還具有很濃的意識型態色彩，當隨著黨員的更新換代和教育水平的不斷提高，實用主義的特徵會更強，意識型態會不斷減弱。

伍、黨內分化對黨員政治態度和行為的影響

　　上一節中雖然對黨員的入黨動機做出兩種不同的分類，但我們仍然需要進一步分析這兩種不同類型的黨員在政治態度上是否有區別。本節繼續上一節的討論，就兩類黨員的政府信任度、社會容忍度、民主支持度、不服從度和民族主義做進一步分析。政府信任度為黨員受訪者所表達的對政府的信任程度，最小為0，最高為1。而社會容忍度、民主支持度、不服從度和民族主義均與表三中所用的指標相同，最低值為0，最高值為1（詳見附錄四）。

---

[28] 其他關於黨內不同利益群體的討論，請參見李雪梅，「黨內利益關係分化對黨內和諧的影響及對策」，珠海城市職業技術學院學報，第15卷第4期（2009年12月），頁39~46；課題組，「農工黨員對社會熱點難點問題的看法分析」，前進論壇，第4期（2010），頁33~34；俞鳳翔，「加強村黨組織書記隊伍建設」，黨建研究，第4期（2010），頁44~45；葉吉波，「新形勢下流動黨員教育管理探索」，黨政論壇，7月號（2010），頁18~20；李軍，「術語『和諧』的由來與實現黨內和諧的路徑」，學習月刊，第10期（總第468期）（2010），頁13~14；龔先慶、沈暉，「防止黨內出現既得利益集團的思考」，內蒙古大學學報（哲學社會科學版），第42卷第5期（2010年9月），頁26~30。

[29] 姚桓，「中青年幹部黨性鍛鍊的時代特色」，執政黨觀察，第4期（2010），頁32~34。

表六：黨員的分化對其政治態度和行為的影響（OLS迴歸分析係數）

	政府信任度	容忍度	民主支持度	不服從度	民族主義
傳統型黨員	0.138***	-0.118***	-0.143***	-0.009	0.077***
實用型黨員	0.047	0.016	-0.048	0.099***	-0.009
常量	0.639***	0.462***	0.384***	0.162***	0.757***
樣本數	309	274	319	319	314
R-squared	0.089	0.096	0.125	0.077	0.122
*** p<0.01, ** p<0.05, * p<0.1					

註：兩類黨員在政治參與和政治效能感沒有顯著的差別，因此沒有在表中列出。其他包括在
　　迴歸等式但沒有列出的變量有年齡、社會地位、教育程度、城市化、性別（詳見附錄
　　五）
資料來源：2008年中國全國抽樣調查。

　　如表六所示，兩類黨員的政治態度有明顯的區別。越是傳統型黨員，
對政府的信任度越高、民族主義情緒越強烈、社會容忍度越低，對民主的
支持度也就越低。越是實用型黨員，不服從度就越高。而實用主義與否，
對政府信任度、容忍度、民主支持度和民族主義，並沒有統計意義上的明
顯作用。這些結果說明，黨內的傳統保守派是推動民主的障礙，他們要堅
持目前的一黨制，不容忍不同意見的挑戰；而實用派所表現出的政治上的
不服從，表明這一群體在必要時，會對黨的領袖及其政策提出挑戰。

陸、結論

　　本文各節的分析結果可以概括如下：第一，中國共產黨是一個社會菁
英組織。儘管近年來其黨員的平均年齡呈下降趨勢，但總體上來看，黨員
的年齡、教育程度、城市化程度、社會地位和個人收入均高於普通群眾，
而且男性的比例大大高出女性；第二，黨員與群眾相比，對現政權的支持

度和服從度都更高，僅從這個角度來看，黨員不會對中國的政治開放發揮推動作用。但另一方面，黨內民主的發展使黨員明顯比群眾更有機會參與政治、影響決策，並提高政治效能感，從而使黨員成為中國公民社會發展的動力；第三，雖然黨員中的意識型態色彩還很濃厚，但有些黨員，特別是年輕受過更多教育的黨員，正在擺脫意識型態的束縛，把入黨作為自我實現的工具，這種入黨為公和入黨為私的分化，在中共內部正在表現得越來越明顯；第四，黨內兩派的政治取向有明顯的差異，傳統型（立黨為公）黨員更加反對黨外民主，而實用型（入黨為私）黨員則在政治上表現得更加獨立，對權威不會輕易服從。

　　中共在未來起碼會面臨四個挑戰。第一，黨員與群眾之間的不平等，會使共產黨加大與社會大眾的距離，如果處理不當，會失去社會大眾對共產黨的支持。第二，如何處理黨內民主向黨外民主的過渡將是一個挑戰，過渡慢了會導致黨外人士的不耐煩，進一步加強他們對共產黨的不滿；而過渡太快又會導致共產黨地位的動搖和政治上的風險。第三，如何應對黨員內部的分化所產生的黨內矛盾，特別是傳統型黨員與自我為中心的實用型黨員之間的矛盾，以及農村與城市和不同職業、年齡和教育水平黨員之間的矛盾，處理不好將會削弱共產黨執政能力。第四，如何保持新一代黨員對黨的忠誠，將是中共要面臨的又一個挑戰。新一代黨員對傳統的意識型態說教不太容易聽得進去，他們有著強烈的自我實現的欲望，他們與共產黨為伍，更多的是為了自我實現，而不是為了對黨的理想和價值觀的信仰。

附錄

附錄一： 表三及附錄二中的變量特徵（加權）

	樣本數	均值	標準差	最小值	最大值
政府滿意度	3848	0.804612	0.219974	0	1
容忍度	3316	0.558608	0.191147	0	1
民主支持度	3989	0.352147	0.169839	0	1
不服從度	3989	0.193648	0.165378	0	1
民族主義	3829	0.766656	0.152697	0	1
政治參與	3989	0.134243	0.148896	0	1
政治效能感	3635	0.387953	0.193855	0	1
中共黨員	3989	0.076332	0.265561	0	1
年齡	3989	45.98646	15.63274	18	92
年齡35歲以下	3989	0.417896	0.493275	0	1
年齡36~46歲	3989	0.280251	0.449178	0	1
年齡47~58歲	3989	0.144924	0.352068	0	1
年齡59歲以上	3989	0.156929	0.363779	0	1
社會地位	3803	2.894222	1.012361	1	5
教育（年）	3946	7.101029	4.285608	0	18
農村戶口	3989	0.689143	0.462902	0	1
農民工	3989	0.120039	0.325048	0	1
城市戶口	3989	0.185377	0.388652	0	1
女性	3989	0.489645	0.499955	0	1

資料來源：2008年中國全國抽樣調查。

附錄二：黨員與非黨員政治態度與行為OLS迴歸分析（加權、所有變量，見表三）

	政府滿意度	容忍度	民主支持度	不服從度	民族主義	參與度	效能感
黨員	0.034***	-0.053***	-0.018	-0.022**	0.037***	0.090***	0.092***
非黨員（比較組）							
年齡35歲以下（比較組）							
年齡36~46歲	0.035***	-0.013	-0.024***	-0.029***	0.036***	-0.019***	-0.019**
年齡47~58歲	0.036***	0.002	-0.040***	-0.041***	0.045***	-0.008	-0.004
年齡59歲以上	0.074***	0.005	-0.051***	-0.061***	0.068***	-0.001	-0.005
社會地位	0.003	-0.004	0	0.015***	-0.005*	0.008***	0.020***
教育年數	-0.005***	0.002*	0.001	-0.003***	0.001	0.007***	0.005***
農村戶口	0.014	-0.013	-0.026***	0.037***	0.017**	-0.013*	0.008
農民工	0.006	-0.034***	-0.043***	0.012	0.039***	-0.008	-0.022*
城市戶口（比較組）							
女性	-0.025***	0	-0.009*	-0.011**	0.006	-0.014***	-0.048***
常量	0.806***	0.576***	0.395***	0.178***	0.728***	0.079***	0.314***
樣本數	3,663	3,169	3,773	3,773	3,642	3,773	3,480
R-squared	0.035	0.009	0.022	0.038	0.035	0.109	0.08
*** p<0.01, ** p<0.05, * p<0.1							

資料來源：2008年中國全國抽樣調查。

附錄三：入黨動機各項指標相關係數

	為人們服務	為黨工作	中共是唯一有能力的政黨	職業發展	社會地位	增加收入
為黨工作	0.3466					
中共是唯一有能力的政黨	0.266	0.3829				
職業發展	-0.2698	-0.2907	-0.2882			
社會地位	-0.244	-0.3681	-0.2787	0.3445		
增加收入	-0.2501	-0.1497	-0.1498	0.1608	0.1901	
政治機會	-0.2282	-0.2483	-0.1793	0.1901	0.186	0.0497

註：除了增加收入與政治機會之間，其他相關係數都有統計顯著性，p<.001。

資料來源：2008年中國全國抽樣調查。

附錄四：表五、表六及附錄五中所用變量的特徵（加權）

變量	樣本數	均值	標準差	最小值	最大值
傳統型	330	0.519223	0.357252	0	1
實用型	330	0.223849	0.299412	0	1
政府信任度	320	0.757543	0.255594	0	1
容忍度	282	0.524862	0.211332	0	0.9
民主支持度	330	0.345402	0.183296	0	1
不服從度	330	0.160776	0.156638	0	0.8
民族主義	325	0.801915	0.124322	0.4	1
政治參與	330	0.248788	0.189257	0	0.9
政治效能感	325	0.504846	0.204684	0	1
年齡35歲以下	330	0.317877	0.466358	0	1
年齡36~46歲	330	0.241148	0.42843	0	1
年齡47~58歲	330	0.170308	0.376474	0	1
年齡59歲以上	330	0.270668	0.44498	0	1
社會地位	319	3.26256	0.931457	1	5
教育年數	329	10.13942	4.372275	0	18
農村戶口	330	0.508983	0.500679	0	1
農民工	330	0.043933	0.205257	0	1
城市戶口	330	0.440323	0.49718	0	1
女性	330	0.25421	0.436077	0	1

資料來源：2008年中國全國抽樣調查。

附錄五：表六中黨員分化對其政治態度和行為的影響（加權，所有變量，OLS迴歸分析係數）

	政府信任度	容忍度	民主支持度	不服從度	民族主義
傳統型黨員	0.138***	-0.118***	-0.143***	-0.009	0.077***
實用型黨員	0.047	0.016	-0.048	0.099***	-0.009
年齡36歲以下（比較組）					
年齡36~46歲	0.02	-0.032	-0.035	-0.001	-0.015
年齡47~58歲	0.061	-0.005	-0.03	-0.037	0.007
年齡58歲以上	0.055	0.042	-0.022	-0.032	-0.001
社會地位1~5	-0.009	0.02	-0.001	0.008	0.005
受教育年數	0.001	0.005	0.006**	-0.005*	-0.002
農村人口	0.076**	-0.024	-0.005	0.024	0.039**
流動人口	-0.019	-0.023	-0.021	0.056	0.003
城市人口（比較組）					
女性	-0.074**	0.047	0.022	0.017	-0.037**
常量	0.639***	0.462***	0.384***	0.162***	0.757***
樣本數	309	274	319	319	314
R-squared	0.089	0.096	0.125	0.077	0.122
*** p<0.01, ** p<0.05, * p<0.1					

資料來源：2008年中國全國抽樣調查。

參考書目

一、中文部分

「截至2009年底 全國共產黨員人數達7799.5萬名」，人民網，2010年6月29日，http://renshi. people.com.cn/GB/11997655.html。

中共中央黨校中青二班民主政治課題組，「公推直選制度及其完善」，**中共中央黨校學報**，第 14卷第5期（2010），頁69~72。

中國共產黨第十六屆中央委員會第四次全體會議，「中共中央關於加強黨的執政能力建設的 決定」，**中國網**，2011年2月19日，http://www.china.com.cn/chinese/2004/Sep/668376.htm。

方柏華、王景玉，「世界政黨發展視角下的黨內民主」，**科學社會主義**，第4期（2010），頁 60~64。

毛政相，「進一步完善黨代表選舉機制」，**理論探討**，第5期（總第156期）（2010），頁 100~104。

牛月永，「黨內民主視野下黨員意見表達芻議」，**攀登**（雙月刊），第29卷第3期（2010年6 月），頁51~55。

王仰文，「黨內巡視制度民意表達問題研究」，**河南師範大學學報**（哲學社會科學版），第37 卷第3期（2010年5月），頁40~42。

王林坡，「黨內民主建設：風險與風險認知」，**河南師範大學學報**（哲學社會科學版），第37 卷第3期（2010年5月），頁43~46。

王家紅、付軍、王保光、汪宇，「新形勢下大學生黨員意識的調查與思考」，**世紀橋**，第19期 （總第210期）（2010），頁77~79。

北京市鄧小平理論研究中心課題組，「中國共產黨黨員隊伍社會成分的歷史考察」，**北京組 工**，2011年2月23日，www.bjdj.gov.cn。

石月榮，「關於中國特色社會主義民主建設途徑的思考——兼論黨內民主推動人民民主問 題」，**徐州師範大學學報**（哲學社會科學版），第35卷第6期（2009年12月），頁91~96。

任中平，「人大制度在實現黨內民主帶動人民民主中的作用」，**雲南社會科學**，第2期

（2010），頁25~29。

任劍濤，「在組織理論的視野中——論黨內民主與人民民主的關係」，**科學社會主義**，第1期
　　（2010），頁24~30。

李軍，「術語『和諧』的由來與實現黨內和諧的路徑」，**學習月刊**，第10期（總第468期）
　　（2010），頁13~14。

李雪梅，「黨內利益關係分化對黨內和諧的影響及對策」，**珠海城市職業技術學院學報**，第15卷
　　第4期（2009年12月），頁39~46。

李鳳詩，「抓好黨員教育提高黨員素質推動企業發展」，**求實**，第1期（2009），頁56~57。

孟慶國、朱新現，「互聯網時代黨內民主建設路徑探析」，**長白學刊**，第6期（2009），頁
　　55~58。

俞鳳翔，「加強村黨組織書記隊伍建設」，**黨建研究**，第4期（2010），頁44~45。

姚桓，「中青年幹部黨性鍛鍊的時代特色」，**執政黨觀察**，第4期（2010），頁32~34。

唐小芹，「共產黨執政各國提高黨員素質以加強執政能力建設的比較研究」，**湖南師範大學社
　　會科學學報**，第3期（2010），頁88~92。

馬冀，「促進黨內民主與人民民主良性互動的建議」，**理論前沿**，第22期（2009），頁
　　52~53。

許忠明，「黨際民主是從黨內民主通向人民民主的橋樑」，**上海市社會主義學院學報**，第5期
　　（2010），頁33~38。

許耀桐，「民主集中制在中國的認識與發展過程」，**新視野**，第4期（2010），頁4~10。

陳家喜，「公推直選黨代表的實踐探索與理論審視」，**領導科學**，第25期（2010年9月），頁
　　46~47。

陳善曉，「基於多元統計分析法的高校學生黨員教育評議體系的構建」，**思想教育研究**，第6
　　期（總第181期）（2010），頁71~74。

陳駒、張穎萍，「以學生黨支部建設為平台提高學生黨員素質：以中國計量學院光電學院為
　　例」，**新西部**，第16期（2010），頁78~79。

陳駒、張穎萍，「以學生黨支部建設為平台，提高學生黨員素質：以中國計量學院光電學院

為例」，新西部，第16期（2010），頁78~79。

喬麗軍，「保障黨員民主權利與黨內民主的當前使命」，兵團教育學院學報，第20卷第3期（2010），頁30~36。

葉吉波，「新形勢下流動黨員教育管理探索」，黨政論壇，2010年7月號，頁18~20。

雷祖軍，「充分發揮高校關工委在端正大學生入黨動機中的作用」，思想理論教育導刊，第9期（總第141期）（2010），頁106~108。

靳曉霞，「完善黨內選舉的路徑分析——以落實黨員選舉權為維度」，求實，第9期（2010），頁19~22。

趙文化，「戰士黨員『四個不夠』現象應引起重視」，軍隊黨的生活，第6期（2010），頁66。

劉紅凜，「黨內民主與人民民主的耦合與互動」，理論探討，第6期（總第151期）（2009），頁112~115。

＿＿＿＿＿，「政黨類型與黨內民主分析」，中國人民大學學報，第5期（2010），頁119~127。

蔣秀秀，「新時期大學生入黨動機問題研究」，思想教育研究，增刊1期（總第169期）（2009），頁99~101。

課題組，「農工黨員對社會熱點難點問題的看法分析」，前進論壇，第4期（2010），頁33~34。

龔先慶、沈暉，「防止黨內出現既得利益集團的思考」，內蒙古大學學報（哲學社會科學版），第42卷第5期（2010年9月），頁26~30。

龔先慶、沈暉，「防止黨內出現既得利益集團的思考」，內蒙古大學學報（哲學社會科學版），第42卷第5期（2010年9月），頁26~30。

二、英文部分

Almond, Gabriel A. and Sidney Verba, *The Civic Culture: Political Attitudes and Democracy in Five Nations* (New Jersey: Princeton University Press, 1963).

Bille, Lars, "Democratizing a Democratic Procedure: Myth or Reality?" *Party Politics,* Vol. 7, No. 3 (May 2001), pp. 363~380.

Brodsgaard, Kjeld Erik and Yongnian Zheng eds., *The Chinese Communist Party in Reform* (London: Routledge, 2006).

Brown, Kerry, *Friends and Enemies: The Past, Present and Future of the Communist Party of China* (London; New York: Anthem Press, 2009).

Chang, Gordon, *The Coming Collapse of China* (New York: Random House, 2001).

Dalton, Russell, *Citizen Politics: Public Opinion and Political Parties in Advanced Industrial Democracies*, 4th ed. (Washington, DC: CQ Press, 2005).

Dickson, Bruce, "Political Instability at the Middle and Lower Levels: Signs of a Decaying CCP, Corruption, and Political Dissent," in David Shambaugh ed., *Is China Unstable? Assessing the Factors* (Armonk, NY: M.E. Sharpe, 2000).

Gore, Lance L. P., *The Chinese Communist Party and China's Capitalist Revolution: The Political Impact of Market* (London: Routledge, 2010).

Huang, Jing, *Factionalism in Chinese Communist Politics* (New York: Cambridge University Press, 2000).

Li, Cheng, *China's Leaders: The New Generation* (Lanham: Rowman & Littlefield Publishers, Inc., 2001).

_____, "China's Communist Party-State: The Structure and Dynamics of Power," in William A. Joseph ed., *Politics in China: An Introduction* (Oxford: Oxford University Press, 2010).

Lu, Xiaobo, *Cadres and Corruption: The Organizational Involution of the Chinese Communist Party* (Stanford: Stanford University Press, 2002).

Martz, John D., "Political Parties and Candidate Selection in Venezuela and Colombia," *Political Science Quarterly*, Vol. 114, No. 4 (Winter 1999~2000), pp. 639~659.

McGregor, Richard, *The Party: The Secret World of China's Communist Rulers* (New York: Harper Collins, 2010).

Nathan, Andrew J., "A Factionalism Model for CCP Politics," *The China Quarterly*, No. 53 (January 1973), pp. 34~66.

Norris, Pippa, "Political Activism: New Challenges, New Opportunities," in Carles Boix and Susan

C. Stokes eds., *The Oxford Handbook of Comparative Politics* (Oxford: Oxford University Press,

2007).

Pei, Minxin, "China's Governance Crisis," *China Review* (Autumn-Winter), pp. 7~10.

_____, *China's Trapped Transition: The Limits of Developmental Autocracy* (Cambridge, MA:

Harvard University Press, 2006).

Sandby-Thomas, Peter, *Legitimating the Chinese Communist Party Since Tiananmen: A Critical

Analysis of the Stability Discourse* (London: Routledge, 2011).

Scarrow, Susan E., "Political Activism and Party Members," in Russell J. Dalton and Hans-Dieter

Klingemann eds., *The Oxford Handbook of Political Behavior* (Oxford : Oxford University Press,

2009).

Scarrow, Susan E., Paul Webb, and David M. Farrell, "From Social Integration to Electoral

Contestation: The Changing Distribution of Power within Political Parties," in Russell Dalton

and M. Wattenberg eds., *Parties without Partisans: Political Change in Advanced Industrial

Democracies* (Oxford: Oxford University Press, 2000).

Shambaugh, David, "The Chinese Leadership: Cracks in the Facade?" in David Shambaugh ed., *Is

China Unstable? Assessing the Factors* (Armonk, NY: M.E. Sharpe, 2000).

_____, *China's Communist Party: Atrophy and Adaptation* (Washington, D.C.: Woodrow Wilson

Center Press, 2009).

Tang, Wenfang and Darr Benjamin, "Nationalism in China," *Journal of Contemporary China*, Vol.

21, No. 77 (September 2012).

Tang, Wenfang and William L. Parish, *Chinese Urban Life under Reform: The Changing Social

Contract* (Cambridge and New York: Cambridge University Press, 2000).

Verba, Sidney, Norman H. Nie and Jae-On Kim, *Participation and Political Equality* (Cambridge:

Cambridge University Press, 1978).

Wang, Gungwu and Yongnian Zheng, *Damage Control: The Chinese Communist Party in the Jiang*

Zemin Era (Singapore: East Asian Institute, National University of Singapore, 2004).

Widfeldt, Anders, "Party Membership and Party Representativeness," in Hans-Dieter Klingemann and Dieter Fuchs eds., *Citizens and the State* (Oxford: Oxford University Press, 1995).

Wu, Chung-Li, "The Transformation of the Kuomintang's Candidate Selection System," *Party Politics*, Vol. 7, No. 1 (January 2001), pp. 103~118.

Zheng, Yongnian, *The Chinese Communist Party as Organizational Emperor* (London: Routledge, 2010).

中共「十八大」外交政策：
機遇與挑戰

胡偉星

（香港大學政治與公共行政學系教授）

摘要

　　近年來國際形勢的深刻變化，對中國的外交政策來說既有重要機遇，也有嚴峻的挑戰。從今後中國外交的總體布局來看，展望「十八大」以後的中國外交，離不開「大國是關鍵、周邊是首要、發展中國家是基礎、多邊是重要舞台」這樣的思路。從中共「十八大」以後的外交政策方針來看，延續大於改變，「十七大」的外交思想不會有大幅度調整，中國外交將繼續高舉「和平、發展、合作」的旗幟，以更積極的姿態倡導和推動國際新秩序，以達到「維護世界和平，促進共同發展」的目的。

　　隨著中國國力的日益增強，北京會更積極進取、更自信地去調整與其他大國的關係。在國家利益不受損害的情況下，繼續深化同周邊國家的睦鄰友好關係，增加自己在地區事務的影響力，以抗衡美國重返亞洲帶來的衝擊。此外，堅持在第三世界國家中長期耕耘，積極參與多邊機制的工作和全球治理結構改革，爭取在國際事務中的更大影響力，亦應是努力方向。

關鍵詞：中國外交、「十八大」、和平發展、國際新秩序

壹、「十八大」的外交政策

一、繼續高舉「和平、發展、合作」的旗幟

中共「十七大」報告：「不管國際風雲如何變幻，中國政府和人民都將高舉和平、發展、合作旗幟，奉行獨立自主的和平外交政策。」[1]「十八大」要確定的外交戰略，仍將很可能延續「和平、發展、合作」的旗幟。

從1982年的「十二大」以來，中共對國際形勢判斷的基調是：「在相當長的時期內，避免新的世界大戰是可能的，爭取一個良好的國際和平環境和周邊環境是可以實現的」，並開始實行獨立自主的和平外交政策。基於這樣的判斷和政策調整，1987年的中共「十三大」報告提出：「當前國際形勢對我國社會主義現代化建設有利……中國將繼續堅定不移地奉行獨立自主的和平外交政策，努力推動國際形勢朝著有利於世界人民、有利於世界和平的方向繼續發展。」[2]「十三大」報告要求，「面對新的國際形勢，中國共產黨、中國政府和中國人民將繼續積極發展對外關係，努力為我國的改革開放和現代化建設爭取有利的國際環境，為世界的和平與發展做出自己的貢獻。」[3]這種外交政策思想的出發點是，中國外交要為當時中國國內的最根本任務服務，要為國內經濟發展和現代化建設創造和保持

---

[1] 胡錦濤，「高舉中國特色社會主義偉大旗幟　為奪取全面建設小康社會新勝利而奮鬥——在中國共產黨第十七次全國代表大會上的報告」，中國共產黨歷次全國代表大會數據庫，2007年10月15日，http://cpc.people.com.cn/BIG5/64162/64168/106155/106156/6430009.html。

[2] 趙紫陽，「沿著有中國特色的社會主義道路前進——在中國共產黨第十三次全國代表大會上的報告」，中國共產黨歷次全國代表大會數據庫，1987年10月25日，http://cpc.people.com.cn/BIG5/64162/64168/64566/65447/4526368.html。

[3] 趙紫陽，「沿著有中國特色的社會主義道路前進——在中國共產黨第十三次全國代表大會上的報告」。

一個良好的國際環境，有學者把這種外交政策稱為「和平環境」外交戰略。[4]

1989年「六四」和東西方冷戰結束後，中共經歷前所未有的「蘇東波」衝擊，所面對的國際和外交環境相當嚴峻。為了頂住國際上特別是西方的壓力，儘快打開外交工作的新局面，江澤民做的「十四大」政治報告把外交工作的基調定為：「反對霸權主義，維護世界和平」。[5] 到了1997年中共「十五大」，中美關係回暖，香港回歸，周邊外交有所突破，外交重點開始轉向，認為：「和平與發展是當今世界兩大主題」，「發展需要和平，和平離不開發展」。[6]「和平」與「發展」是兩個非常平凡的詞，鄧小平早在1980年代中期就提出「時代的主題」是「和平發展」，如果不把「和平發展」戰略放在特定的歷史環境裡，就不能準確地解讀「和平發展」戰略的含義。

從「十五大」開始，中共外交政策開始講「和平發展」戰略，「十六大」報告認為「和平與發展仍是當今時代的主題」。[7] 從戰略目標上看，中共外交戰略逐漸從「和平環境」過渡到「和平發展」戰略。這裡的思維邏輯是，外交工作不只是要創造良好的國際環境為國內建設服務，而且「中國社會主義現代化建設道路是一條和平發展的道路。這條道路，就是

---

[4] 楚樹龍、金威主編，中國外交戰略和政策（北京：時事出版社，2008），頁103~104。

[5] 江澤民，「加快改革開放和現代化建設步伐，奪取有中國特色社會主義事業的更大勝利──在中國共產黨第十四次全國代表大會上的報告」，中國共產黨歷次全國代表大會數據庫，1992年10月12日，http://cpc.people.com.cn/BIG5/64162/64168/64567/65446/4526308.html。

[6] 江澤民，「高舉鄧小平理論偉大旗幟，把建設有中國特色社會主義事業全面推向二十一世紀──在中國共產黨第十五次全國代表大會上的報告」，中國共產黨歷次全國代表大會數據庫，1997年9月12日，http://cpc.people.com.cn/BIG5/64162/64168/64568/65445/4526285.html。

[7] 江澤民，「全面建設小康社會，開創中國特色社會主義事業新局面──在中國共產黨第十六次全國代表大會上的報告」，中國共產黨歷次全國代表大會數據庫，2002年11月8日，http://cpc.people.com.cn/BIG5/64162/64168/64569/65444/4429125.html。

利用世界和平的有利時機實現自身發展，又以自身的發展更好地維護和促進世界和平。」[8]

中共「十七大」報告認為，「和平與發展仍然是時代主題，求和平、謀發展、促合作已經成為不可阻擋的時代潮流。共同分享發展機遇，共同應對各種挑戰，推進人類和平與發展的崇高事業」。[9]「十七大」從而將中國外交的基本理念和戰略概括為：「中國將始終不渝走和平發展道路，推動建設持久和平、共同繁榮的和諧世界。不管國際風雲如何變幻，中國政府和人民都將高舉和平、發展、合作旗幟，奉行獨立自主的和平外交政策，維護國家主權、安全、發展利益，恪守維護世界和平、促進共同發展的外交政策宗旨。」[10] 2011年3月「人大」會上溫家寶的《政府工作報告》提出：「我們將繼續高舉和平、發展、合作的旗幟，堅持獨立自主的和平外交政策，堅持走和平發展道路，堅持奉行互利共贏的開放戰略，堅持推動建設持久和平、共同繁榮的和諧世界，為我國現代化建設創造更加有利的外部環境和條件。」[11]

二、以更積極的姿態倡導和推動國際新秩序

冷戰結束後，中共的外交政策開始關心，什麼是今後的國際新秩序。1992年的「十四大」報告指出，「建立什麼樣的國際新秩序，是當前國際社會普遍關心的重大問題」。1997年的「十五大」報告明確提出：「要致

---

[8] 溫家寶，「政府工作報告」，第十屆第三次全國人民代表大會，2005年3月5日，http://www.gov.cn/test/2006-02/16/content_201218.htm。

[9] 胡錦濤，「高舉中國特色社會主義偉大旗幟　為奪取全面建設小康社會新勝利而奮鬥──在中國共產黨第十七次全國代表大會上的報告」。

[10] 胡錦濤，「高舉中國特色社會主義偉大旗幟　為奪取全面建設小康社會新勝利而奮鬥──在中國共產黨第十七次全國代表大會上的報告」。

[11] 溫家寶，「政府工作報告」，第十一屆第四次全國人民代表大會，2011年3月5日，http://www.gov.cn/2011lh/content_1825233.htm。

力於推動建立公正合理的國際政治經濟新秩序」。到了2002年的「十六大」，更加具體和明確地闡明，「不公正不合理的國際政治經濟舊秩序沒有根本改變。我們主張建立公正合理的國際政治經濟新秩序。各國政治上應相互尊重，共同協商，而不應把自己的意志強加於人。」[12]

　　對國際新秩序的訴求，是建立在中共對大的國際格局演變的判斷基礎上。1992年的「十四大」報告認為，「當今世界正處在大變動的歷史時期。兩極格局已經終結，各種力量重新分化組合，世界正朝著多極化方向發展。新格局的形成將是長期的、複雜的過程。建立什麼樣的國際新秩序，是當前國際社會普遍關心的重大問題。」[13]「十五大」認為，「多極化趨勢在全球或地區範圍內，在政治、經濟等領域都有新的發展，世界上各種力量出現新的分化和組合。大國之間的關係經歷著重大而又深刻的調整。各種區域性、洲際性的合作組織空前活躍。廣大發展中國家的總體實力在增強。多極化趨勢的發展有利於世界的和平、穩定和繁榮……但是，冷戰思維依然存在，霸權主義和強權政治仍然是威脅世界和平與穩定的主要根源。擴大軍事集團、加強軍事同盟，無助於維護和平、保障安全。不公正、不合理的國際經濟舊秩序還在損害著發展中國家的利益。貧富差距不斷擴大。利用『人權』等問題干涉他國內政的現象還很嚴重。」[14]「十六大」認為，「不公正不合理的國際政治經濟舊秩序沒有根本改變。影響和平與發展的不確定因素在增加。傳統安全威脅和非傳統安全威脅的因素相互交織，恐怖主義危害上升。霸權主義和強權政治有新的表現。民族、宗教矛盾和邊界、領土爭端導致的局部衝突時起時伏。南北差距進一

---

[12] 江澤民，「全面建設小康社會，開創中國特色社會主義事業新局面——在中國共產黨第十六次全國代表大會上的報告」。

[13] 江澤民，「加快改革開放和現代化建設步伐，奪取有中國特色社會主義事業的更大勝利——在中國共產黨第十四次全國代表大會上的報告」。

[14] 江澤民，「高舉鄧小平理論偉大旗幟，把建設有中國特色社會主義事業全面推向二十一世紀——在中國共產黨第十五次全國代表大會上的報告」。

步擴大。」[15]

　　關於國際新秩序的內容，「十四大」報告講得比較籠統，比較具有防守性，其表述是「世界是多樣性的，各個國家之間存在著種種差異。各國人民都有權根據本國的具體情況，選擇符合本國國情的社會制度和發展道路。國家無論大小、強弱、貧富，都應當作為國際社會的平等成員參與國際事務。國與國之間理應互相尊重，求同存異，平等相待，友好相處。國與國之間的分歧和爭端，應當遵照聯合國憲章和國際法準則，通過協商和平解決，不得訴諸武力和武力威脅。霸權主義和強權政治，少數幾個國家壟斷和操縱國際事務，是行不通的。建立國際新秩序是長期的任務，中國人民將同各國人民一道，為此做出不懈的努力。」[16]

　　到了「十六大」，國際新秩序的內容得到進一步的豐富，但是沒有大突破。「我們主張建立公正合理的國際政治經濟新秩序。各國政治上應相互尊重，共同協商，而不應把自己的意志強加於人；經濟上應相互促進，共同發展，而不應造成貧富懸殊；文化上應相互借鑑，共同繁榮，而不應排斥其他民族的文化；安全上應相互信任，共同維護，樹立互信、互利、平等和協作的新安全觀，通過對話和合作解決爭端，而不應訴諸武力或以武力相威脅。反對各種形式的霸權主義和強權政治……我們主張維護世界多樣性，提倡國際關係民主化和發展模式多樣化。世界是豐富多彩的。世界上的各種文明、不同的社會制度和發展道路應彼此尊重，在競爭比較中取長補短，在求同存異中共同發展。各國的事情應由各國人民自己決定，世界上的事情應由各國平等協商。」[17]

---

[15] 江澤民，「全面建設小康社會，開創中國特色社會主義事業新局面——在中國共產黨第十六次全國代表大會上的報告」。

[16] 江澤民，「加快改革開放和現代化建設步伐，奪取有中國特色社會主義事業的更大勝利——在中國共產黨第十四次全國代表大會上的報告」。

[17] 江澤民，「全面建設小康社會，開創中國特色社會主義事業新局面——在中國共產黨第十六次全國代表大會上的報告」。

　　「十七大」對今後國際新秩序的期望更具體、更積極、更自信，並引入全球生命共同體的概念。「十七大」報告講，「應該遵循聯合國憲章宗旨和原則，恪守國際法和公認的國際關係準則，在國際關係中弘揚民主、和睦、協作、共贏精神。政治上相互尊重、平等協商，共同推進國際關係民主化；經濟上相互合作、優勢互補，共同推動經濟全球化朝著均衡、普惠、共贏方向發展；文化上相互借鑑、求同存異，尊重世界多樣性，共同促進人類文明繁榮進步；安全上相互信任、加強合作，堅持用和平方式而不是戰爭手段解決國際爭端，共同維護世界和平穩定；環保上相互幫助、協力推進，共同呵護人類賴以生存的地球家園。」[18]

　　遵循以上思路，可以看出中共對今後國際秩序的展望變得具體，政策目標明確，從比較抽象的原則變為更具體的目標，今後幾年重點放在國際經濟秩序和地區秩序上，而且有更多的企圖心和責任感。溫家寶2011年的《政府工作報告》提出，「積極開展多邊外交，以二十國集團峰會等為主要平台，加強宏觀經濟政策協調，推動國際經濟金融體系改革，促進世界經濟強勁、可持續、平衡增長，在推動解決熱點問題和全球性問題上發揮建設性作用，履行應盡的國際責任和義務。」[19]「我們要保持與主要大國關係健康穩定發展，積極推進對話合作，擴大共同利益和合作基礎。堅持『與鄰為善，以鄰為伴』的周邊外交方針，深化同周邊國家的睦鄰友好合作關係，推進區域次區域合作進程。增進同廣大發展中國家的傳統友好合作關係，進一步落實和擴大合作成果，推進合作方式創新和機制建設。」[20]

---

[18] 胡錦濤，「高舉中國特色社會主義偉大旗幟　為奪取全面建設小康社會新勝利而奮鬥──在中國共產黨第十七次全國代表大會上的報告」。

[19] 溫家寶，「政府工作報告」，第十一屆第四次全國人民代表大會。

[20] 溫家寶，「政府工作報告」，第十一屆第四次全國人民代表大會。

三、繼續「維護世界和平，促進共同發展」

　　獨立自主的和平外交政策的提法，三十年來沒有發生變化，但文字上的一成不變，不代表其內容和戰略思維沒有變化。1982年最早提出的時候，是為了更好地獨立於美國和蘇聯兩個超級大國，增加國際事務中的自由度。三十年來世界和中國都發生翻天覆地的變化，兩者關係也發生巨變，中國的外交戰略思維當然也發生重大改變。首先，近代以來積弱的中國在與列強的關係中總是被動挨打，有一種「閉關鎖國」心態。在毛澤東時代反帝反修，獨立於國際體系之外。中美邦交恢復後，特別是改革開放後，開始重新回到國際體系，發展全方位的對外關係。隨著近二十年中國經濟逐漸融入國際經濟體系，中國的角色開始從國際體制外的一員，逐步變為國際體制內的重要一員，以前國際體制「受害者心態」發生根本改變。其次，隨著中國越來越深融入國際體制，中國越來越成為「利益相關者」，中國對眾多的國際體制的變化有切身利益，從聯合國改革到國際金融秩序的變化，也離不開中國的作用。第三，中國的思維和價值觀也因此發生變化，從國際體制的破壞者到國際體制維護者。

　　「十六大」報告指出，「維護和平，促進發展，事關各國人民的福祉，是各國人民的共同願望，也是不可阻擋的歷史潮流。」首次提出和平發展是世界人民的共同利益和共同願望。在確定和平發展的時代主題後，中國的外交目標不僅僅是維護國家主權與安全，而且要爭取一個良好的國際和平環境和周邊環境，有利於經濟建設。在積極營造和平穩定的國際環境的同時，中國外交也開始更加重視睦鄰友好的周邊環境，互信協作的安全環境和客觀友善的輿論環境，不只顧及自己的國家利益，也尊重和兼顧別國的合理權益。

　　根據這樣的思路，「十七大」報告將「促進共同發展」思想做進一步發展，第一次將世界人民的共同福祉與中國的國家總體戰略發展緊密地結合起來，即把推動建設「和諧世界」的宏偉目標，與中國自身實現「和平

發展」的長遠戰略結合在一起，並把它定為長時間內指導中國外交政策的基本方針。「十七大」報告的表述是：「共同分享發展機遇，共同應對各種挑戰，推進人類和平與發展的崇高事業，事關各國人民的根本利益，也是各國人民的共同心願。我們主張，各國人民攜手努力，推動建設持久和平、共同繁榮的和諧世界。」「當代中國同世界的關係發生了歷史性變化，中國的前途命運日益緊密地同世界的前途命運聯繫在一起。」[21]

　　對這些觀念性的變化，中國學者有不同的評價。有學者認為，這些新的理念標誌著中國觀念的質變，外交戰略理念的變革來源於國內發展的需求和對國際趨勢認知的變化，一系列新觀念（包括新安全觀、和諧世界、國際關係民主化）代表中國外交由內向性轉為外向性，立足本區域並面向全球承擔大國責任。[22] 有學者則把中國外交提倡世界多樣性，將中國人民的根本利益與全人類共同利益統一起來，看作是最大的理念變化。[23] 還有兩位學者是這樣概括中國外交新理念的：1990年代中期以來，中國政府逐步確立了以人為本，和而不同，有所作為，和諧世界的外交新理念。[24] 也有學者稱之為「新國際主義」的重新確立。「新國際主義」有別於舊時的無產階級國際主義，它是和平與發展時代的國際主義，它要求中國積極全面地參與國際體系和國際事務，尋求合作與共贏，擯棄狹隘民族主義思想，承擔國際社會成員應盡的國際責任。[25] 國際主義作為一種理念，應當

---

[21] 胡錦濤，「高舉中國特色社會主義偉大旗幟　為奪取全面建設小康社會新勝利而奮鬥——在中國共產黨第十七次全國代表大會上的報告」。

[22] 門洪華，「中國國際戰略理念的變革」，理論前沿，第12期（2004年12月），頁11~13。

[23] 湯光鴻，「世界多樣性與中國外交新理念」，國際問題研究，第5期（2005年5月），頁22~27。

[24] 金正昆、喬旋，「當代中國外交新理念探析」，教學與研究，第3期（2007年3月），頁87。

[25] 秦亞青、朱立群，「新國際主義與中國外交」，外交評論，第5期（總第84期）（2005年5月），頁21~27；郭學堂，「國際主義與中國外交的價值回歸」，國際觀察，第1期（2005年1月），頁35~39。「中國外交需要『國際主義』」，環球時報，2005年3月9日，第15版。關於中國與國際體系的歷史變化，另見陳啟懋，「國際體系和中國國際定位的歷史性變化」，國際問題研究，第6期（2006年6月），頁35~40。

隨著時代的變化而與時俱進。在革命與戰爭時代，國際主義的內涵是全世界無產階級和被壓迫民族聯合起來，用世界革命推翻帝國主義和資本主義的統治。在新時代，在全球化和不斷制度化的國際社會裡，中國不能獨善其身，不能脫離國際體系而發展，必須參加並融合進來，與其他國家協調利益，化解安全困境，爭取合作多贏和共同發展。[26] 這種觀念是中國積極參與國際多邊主義的思想基礎。

　　由此可見，「十八大」的外交方針將進一步沿著這個思路發展，繼續強調「維護世界和平，促進共同發展」。《國民經濟第十二個五年計畫綱要》指出，「我國發展的外部環境更趨複雜。我們必須堅持以更廣闊的視野，冷靜觀察，沈著應對，統籌國內國際兩個大局，把握好在全球經濟分工中的新定位，積極創造參與國際經濟合作和競爭新優勢。」[27] 溫家寶2011年的《政府工作報告》指出，「國際環境總體上有利於我國和平發展。同時，國際金融危機影響深遠，世界經濟增長速度減緩，全球需求結構出現明顯變化，圍繞市場、資源、人才、技術、標準等的競爭更加激烈，氣候變化以及能源資源安全、糧食安全等全球性問題更加突出，各種形式的保護主義抬頭，我國發展的外部環境更趨複雜。我們必須堅持以更廣闊的視野，冷靜觀察，沈著應對，統籌國內國際兩個大局，把握好在全球經濟分工中的新定位，積極創造參與國際經濟合作和競爭新優勢。」[28]

貳、評析「十七大」外交新理念「和諧世界」的得失

　　綜上所述，很多學者認為中共「十七大」以來最重要的外交新理念應

---

[26] 秦亞青、朱立群，「新國際主義與中國外交」。

[27] 「中華人民共和國國民經濟和社會發展第十二個五年規劃綱要」，新華社，2011年3月16日，http://news.xinhuanet.com/politics/2011-03/16/c_121193916.htm。

[28] 溫家寶，「政府工作報告」，第十一屆第四次全國人民代表大會。

是：「和諧世界」。但是，對「和諧世界」的評價則是南轅北轍，大相徑庭。「共同建構一個和諧世界」的理念，其實早在2005年4月亞非峰會上胡錦濤便首次提出。2005年9月，胡錦濤在聯合國成立60周年首腦會議上發表的《努力建設持久和平、共同繁榮的和諧世界》演講，做進一步闡述。「十七大」進一步升級，把「為促進世界的和平、穩定和共同繁榮，推動建設和諧世界」作為中國外交的宗旨。推動建設和諧世界主要內容包括：世界各國政治上相互尊重，共同協商；經濟上應相互促進，共同發展；文化上應相互借鑑，共同繁榮；安全上應相互信任，共同維護。「和諧世界」理念推出之後，官方媒體和「御用學者」就連篇累牘地宣揚，「和諧世界」已成為中國對外交往的名片。他們認為，在這一原則指導下，中國外交更加成熟、務實，無論是在雙邊，還是多邊舞台；無論是擴大合作，還是解決衝突，都充分體現中國負責任的大國形象。

「和諧世界」理念源自於2004年9月19日中共「十六屆四中全會」上通過的「構建社會主義和諧社會」的概念。隨著把建設「和諧社會」作為執政黨的戰略任務，「和諧」理念也成了建設「中國特色的社會主義」過程中的價值取向。「和諧社會」是對「小康社會」的繼承和發展，「小康社會」主要是指經濟上的要求，而「和諧社會」還對政治、文化、社會等各個方面都有新的定義。

為什麼要在外交上提「和諧世界」？和諧世界的理論淵源於中華傳統文化，它是古人「天下大同」、「天人合一」、「寬容」、「和為貴」等思想的結晶。一個崛起的中國，把這種傳統智慧推陳出新，在世界上提倡這種思維，使其融入二十一世紀的世界現實，遠遠超越現有的國際關係理論框架。它不是以民族國家為出發點，而是以全人類、全世界為視角，站在超越個體民族、國家和文明的高度，追求人與人、國家與國家，整個國際社會和全人類文明的整體和諧。這種和諧超越一切權力爭奪和衝突對

抗，也包括人與自然的和諧，人類共同追求可持續的發展。[29] 也有學者講得更直率。他們認為：面對中國的崛起，世界各個角落出現擔憂的聲音，中國面臨的崛起困境也在增加。在這樣的國際大環境下，中國可以「和諧世界」理念與「軟實力」來化解世界對中國的擔憂，走出崛起的困境。[30]

中共講的「和諧世界」在外交政策上運用，主要著眼於在幾個大的外交板塊上建立平穩和諧的關係，這樣「和平崛起」就能夠平穩地運行。這幾個板塊包括：

1. 建設與大國的良性互動關係。和諧世界的關鍵是中國與其他大國的良性互動，這當中最希望中美關係能健康平穩地發展。這個願望是建立在中美兩國不僅是利益攸關方，更是全球事務的合作者基礎上的。中美兩國如果能通過高層會晤頻繁，定期舉行戰略和經濟對話，開展軍事交流，在全球範圍內加強合作，共同為全球治理承擔責任，這將對「和諧世界」的外交起關鍵作用。至於中俄關係，兩國在解決長達4,300公里邊界問題後，簽署《關於二十一世紀國際秩序的聯合聲明》，並每年舉行聯合軍事演習，互辦「國家年」，雙邊關係雖然達不到盟國水平，也算逐漸走向成熟。中日關係歷經小泉執政的六年僵局後，終於出現轉機，近年來趨向緩和，2008年5月胡錦濤訪日，雙方簽署第四份聯合聲明，共同推動發展中日戰略互惠關係。中歐關係自2003年雙方確定發展全面戰略夥伴關係以來，在政治對話和經貿、科技、能源、防核擴散、環保等各領域的合作有所成效。但是，中國與其他大國價值觀取向不同，有共同利益，也有利益衝突，一旦形勢發生重大變化，很難維持穩定的良性互動關係。

---

[29] 俞可平，「和諧世界理念下的中國外交」，瞭望新聞周刊，2007年第17期（2007年4月23日），頁30~31；金正昆、喬旋，「當代中國外交新理念探析」，教學與研究，第3期（2007年3月），頁87。

[30] 楊魯慧，「和諧世界：中國和平發展的新命題」，中國教育報，轉引自中國共產黨新聞網，2008年7月16日，http://theory.people.com.cn/BIG5/40557/44459/44462/7518471.html。

2. 構建和諧周邊關係。中國近些年高度重視與亞洲周邊國家的關係，積極參加和推動上海合作組織、亞太經合組織、10+3合作機制、東盟地區論壇，積極推進以周邊利益共同體為基礎的東亞地區主義。中國已經同十四個鄰邦中的十二個簽訂邊界協定或條約，22,000公里的陸地邊界已有90%得到劃界。在海洋能源問題爭端中，中國本著「擱置爭議、共同開發」的原則，希望不要因為領土爭端，而影響地區合作與雙邊關係。從效果上看，前幾年周邊外交做得還不錯，周邊一片和諧，但是一碰到像領土爭端這樣尖銳的利益衝突，和諧景象馬上就消失。

3. 全方位推進與開發中國家關係，也是「和諧世界」外交的重要面向。近年來，中國領導人頻繁出訪拉美、非洲、中東等地區，足跡踏遍幾十個開發中國家。中國與阿拉伯國家、非洲、太平洋島國和加勒比地區國家建立地區合作論壇，與安地斯共同體建立磋商與合作機制。2006年11月的中非合作論壇北京峰會，吸引四十八個非洲國家領導人到會，中國宣布八項援非政策措施。近兩年中國向新興國家和開發中國家貸款額度，超過世界銀行的貸款額。[31]

4. 履行相應的國際責任。其中包括通過和平談判、外交磋商去調解和解決地區衝突。近些年北京倡導和積極推動朝核問題六方會談，派出維和部隊去蘇丹達爾富爾、利比理亞等熱點地區，主張政治解決伊朗核問題，在全球氣候變暖、公共衛生等領域承擔相應的國際責任，為全球治理做出貢獻，並為建立國際政治經濟新秩序發揮積極作用，使中國更加融入世界，世界也更加依賴中國。

但是，和諧世界畢竟只是一種崇高理想，是中國外交追求的高尚境界，它是國內建設和諧社會的對外延伸，表達中國對全人類共同命運和全球治理的關注。這些淵源於儒家思想的「和諧社會」理念，博大精深，其

---

[31] 見「為何中國向發展中國家貸款超過世行？」，人民日報（海外版），2011年3月19日，http://finance.people.com.cn/GB/14183701.html。

他國家和民族能理解嗎？他們能相信並同你一起去實現它嗎？外交理想是一回事，國家利益是另一回事，「和諧世界」外交政策操作起來並不容易，有時往往弄巧成拙，費力不討好。「新國際主義」也好，「和諧世界」也好，都不免過於理想主義。最近幾年的國際關係實踐證明，國與國的關係利益歸利益，理想歸理想。中國外交不能太「重利輕義」，失去倫理道德，赤裸裸地追求利益。[32] 但也不能沒有利益判斷，空談理想與價值觀，否則中國外交的基礎就會被顛覆。

參、「十八大」以後中國外交的挑戰與機遇

除了以上談的「和諧世界」，展望「十八大」以後的中國外交環境，還會有一系列的新挑戰和新機遇。

一、中美關係重新定位

近三十年中美關係幾上幾下，大起大落，歐巴馬（Barack Obama）政府上台後汲取以往的經驗，力求避免大起大落，使中美關係有一個良好的開端，得以平穩發展。2009年中美兩國進行頻密高層互訪，希拉蕊（Hillary Clinton）2009年2月訪華時引用一個古老的中國成語「同舟共濟」來概括美中關係，美國副國務卿史坦柏格（James Steinberg）創造「戰略放心」（strategic reassurance）一詞，來期許兩國能消除對對方的疑慮，把雙邊關係建立在更穩固和互信的基礎上。經過雙方的共同努力，可以說2009年中美關係確實有了一個良好的開局，中美似乎有比以前更好的戰略互信。但是，2010年裡，一系列的事件使中美關係急速變冷，2009年建立的戰略互信似乎一夜之間蕩然無存。從哥本哈根氣候峰會，到美國

---

32 見牛軍，「倫理與價值：當代中國外交的困惑」，國際政治研究，第3期（2007），頁1~2。

對台軍售和歐巴馬會見達賴，從谷歌事件和伊核問題，到人民幣匯率和貿易糾紛，雙邊關係一下子進入「冬天」。不僅如此，美國還在「天安艦」事件、釣魚島事件、南海問題上對中國發難，利用周邊鄰國對中國的擔憂和疑慮，趁機高調「重返亞洲」，擠壓中國在亞洲的戰略空間，使中美關係進入「戰略互不信任」時期，中美關係變得更加複雜，充滿戰略不確定性。

2010年中美關係的逆轉，從大的背景方面觀察，主要是因為隨著金融危機衝擊降低，美國經濟漸漸復甦，美方與中國合作的意願下降，以及歐巴馬政府開始從伊拉克撤軍，從中東、中亞地區收縮，把戰略重心轉向亞太地區。雙邊關係中的老問題——美國對台軍售、匯率問題、人權問題、西藏問題等等，也是引起關係動盪的直接原因。隨著中國國力的增強，北京越來越不能容忍美國在涉及中國核心利益的問題上干涉中國事務，並要求改變不利於中國的遊戲規則。但是，美國不願意在這些問題上讓步，中國目前也沒有實力和手段，有效地阻止美國一意孤行。從亞太地區來看，美國利用「天安艦」事件、朝鮮半島危機、釣魚島事件、南海問題造成的中國與鄰國關係的緊張，趁虛而入，「重返亞洲」。美國通過軍演和外交姿態高調介入地區衝突，加強鞏固與盟國關係。2010年美國的東亞外交由「中國為重點」，調整為以「區域為重點」，這與東亞盟國的防衛與外交政策調整產生「高度共鳴」。

中美關係的麻煩，與其說是雙方戰略互信不足問題，倒不如說是一個當今處於高位霸權大國，與一個正在迅速崛起的新興大國，雙方如何戰略定位的問題。中美兩國彼此的戰略期望和認知，都出現巨大差異。例如，2009年11月的《中美聯合聲明》給外界帶來很高期望，聲明中美國間接承認台灣問題和西藏問題涉及中國的核心利益，美國願意尊重中國的核心利益，這使很多北京學者感到驚喜——美國終於願意從共同戰略利益出發，重新認識和對待台灣問題和西藏問題，這將有益於中美建立一個長期穩定

的戰略關係。可是2010年的事態發展證明，這種期望顯然是過頭了。中美之間雖然有許多共同利益，但是雙方戰略互信基礎仍然很脆弱，美國還沒有到向中國大幅讓步的地步。中國隨著國力不斷增長，當然也不願像以前一樣對美國干涉中國內政、侵犯核心利益的行為繼續忍氣吞聲。反之，中國這樣挺直腰桿捍衛國家利益，在美國人看來，中國外交無端變得越來越強硬，有時近乎很「傲慢」，比以前更難打交道。

胡錦濤2011年1月訪美，是重啟中美關係的重要一步。中美峰會發表新的聯合聲明，同意「中美致力於共同努力建設相互尊重、互利共贏的合作夥伴關係，以推進兩國共同利益、應對二十一世紀的機遇和挑戰」。除了大範圍的會談，中美兩國元首還進行「3+3」小範圍的對談，以便私下交換看法、達成諒解和尋求共識。從中國方面來講，北京一直強調要登高望遠，用戰略和長遠的眼光來審視中美關係。由於美國政治體制的周期性，美國領導人不可能用長遠眼光看待中美關係，受國內政治影響的短期行為比較多。這是中美關係當中一個不易克服的難點。為了避免兩國關係出現去年那樣的波動，胡錦濤在這次訪問中還提出一個新的思路，那就是要牢牢把握對話和合作的主流，使中美關係不受「一時一事影響，不受偶然事件羈絆」。但是什麼是這樣的「一時一事」的「偶然事件」？2010年的一系列事件能就此「一風吹」了嗎？

中美關係能否長期穩定的最大障礙，是戰略上相互猜忌，對對方的長遠戰略意圖沒有基本的信任，對「十八大」上場的新領導人來說，這恐怕是一個大挑戰。如果中美沒有長期的戰略信任，雙邊關係很難不受「一時一事」的偶然事件影響。中美之間重建戰略互信，擺正定位並非易事，最難之處在於雙方改變彼此的認知，建立牢固的戰略互信。中國作為一個迅速崛起的大國，與美國的關係帶有結構性的矛盾，不是一兩次首腦會談能解決的。中美關係錯綜複雜，兩國非敵非友，美國對華戰略的基調是接觸加防範。金融危機使美國經濟元氣大傷，中國經濟仍然蓬勃發展，國際格

局中權力轉移趨勢日益明顯。王緝思認為，中美之間只有通過戰略較量、談判、妥協，才能摸清相互的底線，訂立新的遊戲規則，達至新的戰略平衡，這樣中美關係才能穩定下來，回到健康、穩定、可持續發展的軌道。[33]由此可見，「十八大」之後這種戰略較量還要反覆多次，雙邊關係才能逐漸穩定。

二、關於「韜光養晦」的爭論

　　隨著中國國力的迅速上升，對中國外交需不需要繼續「韜光養晦」出現爭論，這種爭論很可能在「十八大」後還會繼續，並影響外交政策的具體執行。「韜光養晦，有所作為」是1980年代鄧小平提出的一項重要對外戰略方針，三十年來成了後來歷任領導人的座右銘。「韜光養晦」淵源於中國古訓，內涵深刻，強調為人處事應保持低調、謙虛謹慎，不稱霸、不搞對抗，集中精力做好自己的事情。

　　爭論的一方認為，中國奉行「韜光養晦」的對外戰略方針，不是一項權宜之計，出發點不是「待機而動」、「東山再起」，而是強調要抓住當前國家發展的重要戰略機遇期，一心一意進行經濟建設，實現中華民族的偉大復興，推動世界和平發展。所以，韜光養晦絕不是一時的策略，而一項應當長久堅持的外交戰略方針，不能因國力增強而改變。

　　爭論的另一邊認為，中國國力已經大大增強，不可與三十年前同日而語，中國外交要以強者的姿態去對外交涉，要「有所作為」，該出手時就出手，這樣才能體現一個崛起的大國風貌。這種爭論反映在國際上，亞洲鄰國似乎也有這樣的看法。中國在維護領土主權、釣魚島和東海劃界、南海糾紛和中印邊界等涉及「核心利益」問題上，不再韜光養晦，變得越來越強硬。2010年夏天，中國軍方還高調反擊美國派遣核航母到黃海軍演。

---

[33] 王緝思，「中美重大戰略較量難以避免」，國際先驅導報，2010年8月5日，http://big5. xinhuanet.com/gate/big5/news.xinhuanet.com/world/2010-08/05/c_12413222.htm。

使人感到1990年代以來中國對近鄰各國的「微笑外交」消失了，他們猜想中國宣布走和平發展道路，是在自己還不強大的情況下施展的一種陰謀詭計。當中國強大了，就會改變韜光養晦的策略。

在2011年1月14日外交部舉行的第二屆「藍廳論壇」上，有人問外交部副部長崔天凱：「中國是否覺得自己的國力在上升，美國的國力在下降，就放棄鄧小平的韜光養晦等方針政策？」崔天凱答道：「中國的國力是在上升，但是和美國相比還有很大的差距。不存在中國國力比過去強了一點兒，中國就要改變外交政策，甚至改變自己發展目標的事情，中國不會放棄韜光養晦的外交政策，因為這並不符合中國的長遠利益，鄧小平先生也說過，中國永遠不稱霸，即使中國將來發展了，也不稱霸，他這些話現在還是繼續有用的，還繼續是我們的指導思想。」[34]

針對這場爭論，主管外交事務的國務委員戴秉國專門寫了一篇題為「堅持走和平發展道路」的長文，刊登在外交部網站。[35] 戴秉國認為，和平發展是中國唯一的正確道路。認為中國宣布走和平發展道路，是在自己還不強大的情況下施展的一種陰謀詭計，是無端猜疑。中國的戰略意圖就是四個字：和平發展，即對內求和諧、求發展，對外求和平、求合作。這是在今後很長時期裡，我們幾代、十幾代甚至幾十代人想的一件事，要做的一件事，是我們一百年、一千年也不會動搖的一個方針。不當頭、不爭霸、不稱霸，是中國基本國策和戰略選擇。中國要「取代美國、稱霸世界」的說法，那是神話。他認為，國際社會對中國的和平發展應該是歡迎

---

34 「第二屆『藍廳論壇』在外交部舉行，崔天凱副部長就中美關係發表主旨演講」，中華人民共和國外交部，http://www.mfa.gov.cn/chn/gxh/tyb/zyxw/t786005.htm。

35 戴秉國，「堅持走和平發展道路」，原載於外交部網站，後被刪除。全文見中國網，2010年12月7日，http://www.china.com.cn/news/txt/2010-12/07/content_21495078.htm。現該文內容編入並擴展為中華人民共和國國務院新聞辦公室2011年9月6日發表的《中國的和平發展》白皮書，http://politics.people.com.cn/GB/1026/15598619.htm。

而不是害怕，應該理解和尊重中國在和平發展進程中正當和合理的利益與關切。中國發展起來後也不會在世界上爭霸。[36]

　　這場爭論並沒有因戴秉國的文章而畫上句號，反而有越演越烈之勢。很多人不僅不同意戴秉國把話說得那麼絕對，而且質疑中國能否和其他國家建立所謂「利益共同體」。中國不稱霸，很多人可以接受，但和諧世界是一廂情願，世界能否真正走向和平、和諧，外交決策者需要更多面對現實，不要糾纏於外交戰略原則。印度陳兵藏南，釣魚島被控制，漁民、漁船被扣，南海諸島被侵蝕，激起很多「憤青」的民族主義情緒。可見，「韜光養晦」今後將越來越受到挑戰，是未來領導人必須面對的問題。

三、中國的「國際責任」

　　在新的國際格局中，中國的挑戰不是如何置身於全球治理進程之外，而是在全球治理中到底發揮什麼樣的作用和如何發揮作用。中國經濟快速增長，中國在應對國際金融危機中的表現令人刮目相看，中國GDP總量超過日本，位居世界第二。這種崛起勢頭也帶來「中國責任論」呼聲此起彼伏，在哥本哈根世界氣候大會，已開發國家要求中國擔負同他們一樣的責任。在全球治理問題上，中國不可能再置之度外，繼續「免費搭車」。龐中英認為，在國際治理很多領域中國過去是「免費搭車」，連「韜光養晦」也被解讀為繼續免費搭車。未來國際社會特別是西方，不會容忍中國繼續「免費搭車」，中國必須承擔自己應當承擔的那份國際責任。[37]

　　溫家寶在2010年「人大」閉幕記者會上，對西方社會總拿中國的國際責任做文章表達強烈不滿。他認為，發展是中國的第一要務，一切國際責任都要同這個要務相聯繫，凡是有利於促進發展的國際責任，中國都應當

---

[36] 戴秉國，「堅持走和平發展道路」。

[37] 龐中英，「中國不是『免費搭車者』」，新浪博客，2010年10月19日，http://blog.sina.com.cn/s/blog_483d4b050100lyzi.html。

積極地去承擔；凡是不利於促進發展的責任，中國就應當迴避、抵制。讓中國在應對全球氣候變化上承擔與發達國家一樣的減排責任，肯定會制約中國的發展，中國不能接受。

雖然中國是開發中國家，但不是一般的開發中國家。中國是聯合國安理會「五常」之一，擁有十三億人口，經濟規模位列世界前兩名，有很強的國家綜合實力。從這幾項指標看，中國又是一個大國，而且是世界性的大國。這就決定，中國在維護世界和平和全球治理上，負有不同於中小國家的特殊責任。迴避國際責任是不可行的，但承擔過度的國際責任，「打腫臉充胖子」也不可持續。唯一有效的辦法，是承擔與自身的實力和影響相當的責任。王緝思認為，中國在世界上當一個「普通的好人」就行了。[38]

肆、結論

近幾年國際形勢發生了深刻變化，變化的節奏也明顯加快，對中國的外交政策來說既有重要機遇，也有嚴峻的挑戰。在分析「十八大」後中國外交政策走向時，需要回答的一個重要問題是，面臨國際局勢新的變化，中共在本世紀初制定的中國戰略機遇期有沒有發生變化？在2009年7月於北京召開的第十一次使節會議上，胡錦濤講話的回答是：「綜合分析各方面情況，本世紀頭二十年我國發展的重要戰略機遇期沒有改變，同時我們面臨的機遇和挑戰出現了一些新的變化。」[39]

隨著國際金融危機的爆發和迅速蔓延，美歐等主要西方資本主義國家

---

[38] 王緝思，「中國要在世界上當『普通的好人』」，環球時報，轉引自環球網，2010年7月16日，http://opinion.huanqiu.com/roll/2010-07/932914.html。

[39] 「胡錦濤等中央領導出席第十一次駐外使節會議」，新華網，2009年7月20日，http://news.xinhuanet.com/politics/2009-07/20/content_11740850_1.htm。

的經濟都受到不同程度的打擊和傷害，可能需要五至十年甚至更長的時間才能恢復元氣。中國經濟保持著快速穩步增長，2011年國內生產總值超過日本，位居世界第二，中國不僅成為國際經濟持續增長的亮點，也成為各國借貸依賴的對象。國際金融危機嚴重衝擊現行的國際經濟金融體系和世界經濟治理結構，開發中國家要求平等參與國際事務的呼聲空前提高，以中、俄、印、巴西為首的「金磚國家」，積極要求改變當前以西方為主導的全球治理結構，快速提升自己在國際事務中的影響力。但是，隨著「阿拉伯之春」蔓延，中東地區衝突此起彼伏，西方對地區事務的干預也在加強。在中國的周邊地區，由於美國高調重返亞洲，亞洲國際關係更加錯綜複雜，中國與鄰國的領土糾紛有越演越烈的升級趨勢，嚴重影響中國和平崛起的外部環境。這些變化都對中國今後的外交政策提出新問題，對中國在國際事務中扮演什麼角色，發揮多大作用提出新的要求。

　　從今後中國外交的總體布局來看，展望「十八大」以後的中國外交政策離不開「大國是關鍵、周邊是首要、發展中國家是基礎、多邊是重要舞台」這樣的思路。隨著中國國力的日益增強，北京會更積極進取、更自信地去調整與其他大國的關係，由於大國關係直接影響中國崛起的國際環境和物質利益，與大國的夥伴關係直接影響整個國際體系的穩定，北京會更積極慎重地與各大國進行戰略對話，加深戰略互信，拓展合作領域，以推進長期穩定並健康發展的大國關係。中國的周邊外交從「和平共處、睦鄰友好」到「建構和諧周邊」，其經歷的過程可算起起伏伏，有得有失。

　　在繼續深化同周邊國家的睦鄰友好關係，積極推動周邊各種合作機制和區域合作的同時，北京今後應當會更關注國家利益，特別是領土主權利益不受到損害，並增加自己在地區事務的影響力，以抗衡美國重返亞洲帶來的衝擊。與開發中國家的關係，對北京的外交政策來說是一項長期的任務，從毛澤東的「三個世界劃分」理論以來，中國外交就長期耕耘於第三世界國家，在目前的國際形勢下深化與開發中國家的傳統友誼，擴大互利

合作，不僅有利於擴大中國在世界影響力，也有利於中國經濟走向世界、開拓新的國際市場，同時在國際上維護開發中國家的權益和共同利益，推動國際關係民主化，推廣中國所倡導的和平、平等、開放、包容和多元的國際政治價值觀。隨著國際經濟和金融危機的加深，中國勢必在全球治理中發揮越來越大的作用。中國領導人除了積極參加二十國集團等多邊國際組織的活動，也積極提出全球治理結構改革的要求，這不僅有利於提升中國的國際地位，也有助於推動改變以西方為主導的戰後國際秩序。

參考書目

「中華人民共和國國民經濟和社會發展第十二個五年規劃綱要」，新華社，2011年3月16日，
　　http://news.xinhuanet.com/politics/2011-03/16/c_121193916.htm。

「為何中國向發展中國家貸款超過世行？」，人民日報（海外版），2011年3月19日，http://
　　finance.people.com.cn/GB/14183701.html。

「第二屆『藍廳論壇』在外交部舉行，崔天凱副部長就中美關係發表主旨演講」，中華人民共
　　和國外交部，http://www.mfa.gov.cn/chn/gxh/tyb/zyxw/t786005.htm。

「胡錦濤等中央領導出席第十一次駐外使節會議」，新華網，2009年7月20日，http://news.
　　xinhuanet.com/politics/2009-07/20/content_11740850_1.htm。

「中國外交需要『國際主義』」，環球時報，2005年3月9日，第15版。

牛軍，「倫理與價值：當代中國外交的困惑」，國際政治研究，第3期（2007），頁1~2。

王緝思，「中美重大戰略較量難以避免」，國際先驅導報，2010年8月5日，http://big5.xinhuanet.
　　com/gate/big5/news.xinhuanet.com/world/2010-08/05/c_12413222.htm。

王緝思，「中國要在世界上當『普通的好人』」，環球時報，轉引自環球網，2010年7月16日，
　　http://opinion.huanqiu.com/roll/2010-07/932914.html。

江澤民，「加快改革開放和現代化建設步伐，奪取有中國特色社會主義事業的更大勝利──
　　在中國共產黨第十四次全國代表大會上的報告」，中國共產黨歷次全國代表大會數據庫，
　　1992年10月12日，http://cpc.people.com.cn/BIG5/64162/64168/64567/65446/4526308.html。

江澤民，「全面建設小康社會，開創中國特色社會主義事業新局面──在中國共產黨第十六
　　次全國代表大會上的報告」，中國共產黨歷次全國代表大會數據庫，2002年11月8日，http://
　　cpc.people.com.cn/BIG5/64162/64168/64569/65444/4429125.html。

江澤民，「高舉鄧小平理論偉大旗幟，把建設有中國特色社會主義事業全面推向二十一世
　　紀──在中國共產黨第十五次全國代表大會上的報告」，中國共產黨歷次全國代表大會數
　　據庫，1997年9月12日，http://cpc.people.com.cn/BIG5/64162/64168/64568/65445/4526285.
　　html。

金正昆、喬旋，「當代中國外交新理念探析」，**教學與研究**，第3期（2007年3月），頁87。

門洪華，「中國國際戰略理念的變革」，**理論前沿**，第12期（2004年12月），頁11~13。

俞可平，「和諧世界理念下的中國外交」，**瞭望新聞周刊**，2007年第17期（2007年4月23日），
　　頁30~31

胡錦濤，「高舉中國特色社會主義偉大旗幟　為奪取全面建設小康社會新勝利而奮鬥——在
　　中國共產黨第十七次全國代表大會上的報告」，**中國共產黨歷次全國代表大會數據庫**，2007
　　年10月15日，http://cpc.people.com.cn/BIG5/64162/64168/106155/106156/6430009.html。

秦亞青、朱立群，「新國際主義與中國外交」，**外交評論**，第5期（總第84期）（2005年5
　　月），頁21~27。

郭學堂，「國際主義與中國外交的價值回歸」，**國際觀察**，第1期（2005年1月），頁35~39。

陳啟懋，「國際體系和中國國際定位的歷史性變化」，**國際問題研究**，第6期（2006年6月），
　　頁35~40。

湯光鴻，「世界多樣性與中國外交新理念」，**國際問題研究**，第5期（2005年5月），頁22~27。

楊魯慧，「和諧世界：中國和平發展的新命題」，**中國教育報**，轉引自**中國共產黨新聞網**，2008
　　年7月16日，http://theory.people.com.cn/BIG5/40557/44459/44462/7518471.html。

溫家寶，「政府工作報告」，**十一屆四次全國人民代表大會**，2011年3月5日，http://www.gov.
　　cn/2011lh/content_1825233.htm。

溫家寶，「政府工作報告」，**十屆三次全國人民代表大會**，2005年3月5日，http://www.gov.cn/
　　test/2006-02/16/content_201218.htm。

趙紫陽，「沿著有中國特色的社會主義道路前進——在中國共產黨第十三次全國代表大會上
　　的報告」，**中國共產黨歷次全國代表大會數據庫**，1987年10月25日，http://cpc.people.com.cn/
　　BIG5/64162/64168/64566/65447/4526368.html。

戴秉國，「堅持走和平發展道路」，**中國網**，2010年12月7日，http://www.china.com.cn/news/
　　txt/2010-12/07/content_21495078.htm。

龐中英，「中國不是『免費搭車者』」，**新浪博客**，2010年10月19日，http://blog.sina.com.cn/s/
　　blog_483d4b050100lyzi.html。

中共第五代領導人對韓半島的政策展望

康埈榮

（韓國外國語大學校國際地域大學院中國學系主任）

孔裕植

（韓國外國語大學校中國語大學講師）

摘要

　　第五代領導人將基本上堅持中國外交決策過程中的多元化、制度化，以及專業化原則。從歷史上來看，在胡錦濤完全退出政治舞台之前，第五代領導人採取強勢外交政策的可能性並不高。其原因可分為五個： 第一，在年輕的第五代領導集體中，雖然一小部分人具備對外經濟合作的經驗，但絕大多數都缺乏對外政策及軍事方面的經驗。第二，中國共產黨中央將會統一安排2012年將進入領導班子的高層領導，到外交及軍事部門積累經驗。第三，第五代領導班子將會形成限制一人獨攬大權的結構。第四，在接替第四代領導人之後，第五代領導人將一如既往地推行軍事強國戰略。第五，在第五代領導人的執政期間，中共將更加積極靈活地應對大眾輿論，有可能進行試探性的政治改革。最後，由於軍事力量的強化以及平民主義、國內政治民族主義傾向的提升，平民主義者很有可能會出現在政治舞台之中。

　　中國若真心想要維護韓半島的和平，成為名副其實的G2國家，我認為需要考慮以下幾點：首先，中國應該在更深層次上切身地理解韓國。第二，韓中兩國在韓半島及地區和平穩定、韓半島無核化問題上已經形成初步的共識。第三，應該正視六方會談的作用。第四，中國應該冷靜分析袒護北韓帶來的後果。第五，中國的領導集體應該思考北韓政權三代世襲的問題。最後，中國應該審視將中美置於對立關係的看法。

關鍵詞：第五代領導人、韓半島政策、韓美同盟、中北關係、韓中關係

壹、前言

中國第五代領導人即將於「十八大」揭曉人選。分析並預測一個國家的領導人交接並非易事，因為無論是哪個國家，要瞭解一個國家內部的核心政治運作並不容易。尤其像中國，是一個非制度性比制度性更強的國家。在這種背景下，只能有限地分析他們表露的對外政策核心和含義。導致這種情況的主要原因，在於外交決策過程與本國的國家利益（national interest）有直接關係，還有就是很難獲取第一手資料。因此，原有與中國外交政策有關研究，大部分把重點放在決策因素的分析上。[1]在這種情況下，瞭解2012年即將登場的第五代領導人是至關重要，而這些新領導人將會展現何種政治外交策略，亦是值得關注的問題。

中共新領導人基本上會維持歷來中國政策過程中出現的多元化、制度化、專業化方向，同時為確保作為強大國家的外交地位，還會在保障穩定的國際環境過程中，尋求進一步積極的作用。當然根據領導人的背景和特色，具體的政策定向是不同的。在這一點上，中國領導人的交班與北韓的變局應對，這對於韓國來說尤為重要。目前北韓處於不穩定狀態，以公開核子試驗和鈾濃縮設備威脅全世界，同時還對韓國動用武力，如天安艦事件、延坪島砲擊事件等。中國是北韓唯一的保護者，只有中國能行使相當的影響力，因此中國領導人對北韓的外交政策，對韓半島的未來將會發揮非常重要的作用。

本文基於這種觀點，將重點放在分析中國對韓半島的政策，並評估第五代領導人未來的韓半島政策發展方向。

---

[1] 以如下觀點分析中國的外交情況。即毛澤東時代強調國際因素，鄧小平時代更強調國內因素的重要性；到了江澤民為中心的第三代領導人和胡錦濤為中心的第四代領導人，一致認為對外因素和對內因素都影響外交決策過程。

貳、中國的對外決策與領導人的作用

理解中國對外決策過程大體上可分為三大模式。

第一，由個人為中心的最高領導人發揮主導作用的模式。這是指在中國的外交決策過程中，非常重視以最高領導人為中心的個人作用，[2] 也稱為「自上而下模式」。在中國改革開放之後的決策中，也呈現出這一特徵，外交政策領域的決策許可權，仍然集中在構成集體領導體制的領導人個人身上，並不在於制度性因素。[3] 以毛澤東為中心的最高領導人確定外交決策時，如實地反映出意識型態的傾向。也就是說，包括毛澤東在內的最高領導人，傾向基於自己親身經歷的革命經驗和理念背景，獨立進行外交決策，而並不尋求專家的幫助。[4]

第二，以制度為中心的官僚組織，如多元主義或者集體領導體制發揮主導作用的模式。李侃如（Kenneth Lieberthal）、蘭普頓（David Lampton）、奧森伯格（Michel Oksenberg）、謝淑麗（Susan Shirk）等人利用制度主義的接近法研究中國決策過程，結果發現最終決定權在於個人的最高領導人身上，然而實質性的決定權反而在於官僚主義菁英階層內

---

[2] 代表性的學者是馬若德（Roderick MacFarquhar）、Lowel Ditmer、金駿遠（Avery Goldstein）等。關於稱為「毛澤東中心模式」的這一模式，請參考Harry Harding, "Competing Models of the Chinese Communist Policy Process: Toward a Sorting and Evaluation," *Issues & Studies,* Vol. 20, No. 2 (February 1984), pp. 15~18；鄭在浩，中國政治研究論（首爾：Nanam出版社，2000），頁134。

[3] 自上而下的模式參考Lu Ning, *The Dynamics of Foreign-Policy Decision Making in China* (Boulder: Westview Press, 1997), p. 11; Michael D. Swaine, *The Role of the Chinese Military in National Security Policy Making* (Santa Monica, CA: RAND, 1998), pp.7~18。關於這一部分的詳細說明請參考Kim Heung Gyu,「關於改革開放之後中國外交決策過程的研究」，東亞局勢和韓國的外交課題（首爾：外交安保研究院，2008），頁329~330。

[4] Xuanli Liao, *Chinese Foreign Policy Think Tanks and China's Policy toward Japan* (Hong Kong: Chinese University Press, 2006), pp. 16~17.

部，並且由他們通過官僚性制度來執行。[5]這一模式主要在第二代領導人的對外決策過程中開始出現，因為外界認為這一時期在決策過程中，最高領導人的影響力相對減弱，並且在第三代領導人的對外決策中凸顯這一模式。胡耀邦、趙紫陽等前期第三代領導人，是在鄧小平和老一代領導人的支持下掌權，雖然對軍事和外交缺乏經驗，但老一代領導人填補了這一空白。江澤民等後期第三代領導人也對軍事和外交缺乏經驗，但基於鄧小平等第二代領導人的支持，迅速掌握黨政軍官方權力。他們並未依賴意識型態的正當性，反而基於飛速增長的經濟發展成果追求政治的正當性，並且在加強政治的正當性方面逐步利用民族主義。

第三，結合上述兩種模式的新型決策模式，即所謂的「中國模式」。這一模式的特點在於：一，具體落實之前，基於重視協議與和解的中國傳統決策方式，對已經確定的政策要求高度「集中」；二，正因為這種理由，在這一模式上，外交決策過程中最高菁英層的政策性影響力，仍然比西方國家強；三，協商並調整國家主要問題的中央非常設機構——領導小組等，具有中國特色的制度性「設計」，在決策中發揮至關重要的作用。[6]

這一模式在最高領導人難以發揮絕對性影響力的第四代領導人，在其對外決策過程表現尤為明顯。2012年即將登台的第五代領導人對外決策過程，也會基本維繫著重視協商與合作的傳統。胡錦濤為核心的第四代領導人（2002年迄今），其特點是技術官員出身、講究實際利益和合理性、大學以上教育學歷、地方行政實務經驗豐富。另外，與主導熱點的引領型風

5　梁茂進，「中國的決策結構和政治性權威關係」，東北亞研究，第3期（1997年12月），頁253~254。

6　此類研究參考David Lampton, *The Making of Chinese Foreign and Security Policy in the Era of Reform* (California: Stanford University Press, 2001); Xuanli Liao, *Chinese Foreign Policy Think Tanks and China's Policy toward Japan*；張歷歷，外交決策（北京：世界知識出版社，2007）；Kim Heung Gyu，「關於改革開放之後中國外交決策過程的研究」，頁325~364。

格相比，能夠與同事之間做好妥協和協商的能力，反而成了更主要的標準。幾乎沒有在軍事和外交方面有經驗的領導人，胡錦濤現已算是經驗豐富者，但江澤民的影響力似乎仍在。

　　胡錦濤與江澤民時期的對外政策非常相似，都致力於平息中國威脅論，並且將持續的經濟發展定為主要的政策基礎。不過，以胡錦濤為核心的領導人，比江澤民時期更加積極地推進對外政策。早期以胡錦濤為核心的領導人，在提出「負責任的國家」的同時，於2003年11月起提出新外交政策原則——「和平崛起」。但是沒想到，「和平崛起論」違背強調和平的原始意圖，只是襯托出聯想到中國威脅論的「中國崛起」。另外，在內部也遭到很多質疑，認為在台灣問題等敏感問題上，好像在排除軍事性措施，會導致內容傳達錯誤。因此，2004年4月起在政府的正式發表上都銷聲匿跡，接著以新概念「和平發展」來代替「和平崛起」。

參、針對韓半島的中國戰略構思

一、中國的國際戰略格局

　　1979年以來，隨著改革開放的不斷深入，中國的國際政治地位日益提高，因此中國將持續的經濟發展定為本國國際戰略的核心政策，在外交政策上也將經濟發展作為首要的考慮因素。在此認識下，鄧小平將「和平與發展」定為現今國際社會的兩大特徵，江澤民也忠實地堅持這一立場。現任中共最高領導人胡錦濤，也將這一概念發展成以和平與發展為前提，建設「和諧的國際社會」。[7]

---

[7] 鄧小平，「和平和發展是當代世界的兩大問題」，鄧小平文選，第三卷（北京：人民出版社，1993），頁104~106。胡錦濤，「建設國際和諧社會是全國人民的共同心願」，黃河新聞網，2007年10月5日，http://www.sxgov.cn/xwjj/。這一內容在「十七大」正式文獻上也明確表明。

　　這些主張都在強調，中國儘量不捲入國際爭端，只想一心在經濟建設。用這種和平發展的外交戰略，中國在營造有利於中國經濟持續發展的外部環境；同時平息「中國威脅論」，並在國際社會上加強負有責任的強大國家作用，這是中國外交戰略的核心。

　　中國強調負有責任的強大國家作用，可說是顯露出基於增強自身國力的自信心。而且還考慮到與美國的關係惡化不利於本國發展，積極接受美國要求。與此相反，對中國的發展也發出擔憂的聲音。中國的經濟能力提高、國力增強最終會成為走向軍事大國化的基礎，這有可能會威脅國際社會。[8] 這種傾向都是從防備中國發展的美國和日本提出來的，因此有人說中美之間發生矛盾是不可避免。中國對美國具有條件反射性警戒心，美國也是以中國經濟的封閉性、非民主政治、軍事力量的不透明性為由，表示懷疑。[9]

　　中國提出「和平崛起」[10] 或者「和平發展」論，目的是應對將中國的發展假設成威脅著國際社會的「中國威脅論」，還有消除並緩解對中國的不信任。同時，主動提出中國不追求地區或者世界性的霸權，反對任何霸權主義政策，打著「反霸權主義」旗號，努力消除對中國發展所表示的憂慮。也就是為緩解「中國威脅論」、減少與美國的摩擦，中國有限地與美國合作，全力以赴地去塑造為世界和平與共同繁榮做出貢獻的形象。中國

8　參見Thomas J. Christensen, "Posing Problems without Catching Up: China's Rise and Challenges for U.S. Security Policy," *International Security*, Vol. 25, No. 4 (Spring 2001), pp. 5~40。

9　袁鵬，「美國三大手段延緩中國崛起」，廣州日報，轉引自人民網，2007年11月23日，http://world.people.com.cn/GB/1030/6565928.html。關於對美國的中國認識，參考張蘊嶺主編，夥伴還是對手（北京：社會科學文獻出版社，2001），頁62~63。雖然國際社會向多極化方向發展，但中國對依然是世界超強大國的美國的地位抱有一定的懷疑。無論是從世界的角度，還是從地區的角度，都表現為防備美國霸權主義政策。美國發表打擊恐怖主義之後，中美關係雖然得到一定的改善，但中國仍然認為美國堅持防備中國的政策。

10　對和平崛起論，參考郭震遠，「和平崛起：中國的必然選擇」，中國評論，第75期（2004年3月），頁6~9。

又認為，目前的國際秩序向著多極化方向發展，因此為了維護國際社會秩序和穩定，有責任的強大國家，應該發揮作為國際社會建設性參與者的作用。

從這一觀點而論，中國將目前面臨的問題，要通過政治和經濟的適當分離來解決，政治上反對美國主導秩序的構築，經濟上想按中國的主張通過當前是「和平與發展的時代」概念，將戰略性目標放在這一時期最大限度的國家經濟發展上。在這種情況下，中國與聯合國等各種國際組織或者區域性組織合作，加強並擴大對外活動是理所當然的。除了這些有組織的活動之外，中國適當運用與世界各國的戰略關係或者合作關係，繼續加強雙邊關係。[11] 中國認為，這些活動不僅是中國的安全基本上能得到保障的根本性措施，且是能把冷戰結束之後引起的所謂「中國封鎖論」或者「中國包圍論」都粉碎的政策。

二、中國對韓半島的戰略性認識

從這一國際戰略角度出發，中國認為韓半島與中國隔江相望，韓半島的不穩定局勢直接影響中國的國家安全，而且也不利於本國的經濟發展，因此對韓半島問題，中國表現得非常敏感。

中國對韓半島的戰略基礎，在於維持韓半島的和平與穩定。在這一過程中，作為地區強國及韓半島和平與穩定的積極參與者，中國非常注重擴大自己的作用。這一切與要營造和平的周邊環境的中國國際戰略基礎一脈相承，同時與強調有責任的強國作用的基礎也密切相關。中國對韓半島的戰略是以和平的方式實現韓半島無核化、維持北韓的現有體制、提高對韓半島的影響力、加強負有責任的強國作用、防止擴大在東北亞地區的美國影響力，以及積極參與構建韓半島和平體制等。

---

[11] 對「戰略關係」的概念請參考康埈榮，「湧出來的『外交關係名稱』的虛與實」，新東亞（首爾），總603期（2009年12月），頁204~211。

中國對韓半島的這種政策基礎，是從以下幾個基本認識出發。

第一，中國一貫堅持韓半島無核化原則，同時也希望韓半島問題不要給中國的穩定帶來負面影響。中國一貫反對北韓的核武器發展，理由是會給韓半島帶來不穩定因素，而且還會導致包括日本及台灣的核武裝在內的東北亞地區軍備擴大。此外，北韓的核武器發展，還提供給美國加強東北亞地區軍事力量的藉口，從這一層次上，中國更加切實要求韓半島無核化。[12]

第二，北韓體制的維持，不僅對韓半島的和平與穩定發揮重要作用，而且與中國的安全問題也直接相關，故從韓半島的戰略層次上不斷強調這一政策。北韓具有地緣政治學上的重要性，使中國不能完全改變對北韓的基本戰略。中國關注北韓的體制維持，同時又針對性實施對北政策，即不讓維持不穩政局的北韓崩潰。 因為在北韓可能發生的突發事件，不利於中國的安全和經濟發展。[13]

第三，提高對韓國和北韓的影響力，在中國對韓半島戰略上發揮重要作用。韓半島分成南北之後，更加突出北韓地理區位價值，在加強中朝關係上起到基礎作用。中北兩國從「抗美援朝」結束之後，一直維繫著血盟關係，並且加強相互交流。但中國改革開放之後，從務實主義的中國立場上來看，北韓仍然是封閉、孤立的國家，反而韓國的飛速發展足夠吸引中

---

[12] 溫家寶，「朝鮮半島和平機制最重要是消除任何的冷戰」，中國新聞網，2007年4月6日，http://www.chinanews.com.cn/gj/zgsy/news/ 2007/04-06/909297.shtml。另外，為了維護韓半島的無核化與穩定，中國主張如果為了解決北核問題動用武力或者制裁等手段的話，反而會令事態更加惡化，應通過對話，以和平的方式解決問題。中國站在當事人優先解決的立場上，多次表明支持南北韓雙方通過對話解決韓半島問題。

[13] 中國認為，只要北韓不發生劇變事件，維持韓半島現狀，對本國的戰略性利害關係不構成任何問題。但如果發生脆弱的北韓政權崩潰、或者被韓國吸收統一、美國進攻北韓，中國就很難承受得了。李敦球，「朝韓統一 障礙何在」，環球日報，2007年10月12日，http://world.people.com.cn/GB/1030/6372190.html。

國的關注。中國的經濟發展是優先戰略，日益加深並發展與韓國的經濟交流，而且以此為基礎延伸到政治交流。[14] 在發展與韓國的關係，以及幫助北韓維持現有體制的過程中，中國在確保對南北雙方的影響力的同時，還主張和平解決韓半島問題。這不僅提高中國的外交地位，同時還能維持對北韓的一定影響力，這一切有利於掌握對美、對日關係的主導權。

第四，為了實現韓半島的和平，中國提出作為負責任的大國，有必要充分發揮自己的作用。在六方會談中，中國把難纏北韓成功地拉到談判桌上的經驗，鞏固有影響力的仲裁者地位。因此六方會談的成功召開，能夠適當牽制美國的主導權，同時還能加強自己的協商能力及仲裁者的影響力，實現了強調負有責任的大國地位的目的。

第五，為了塑造和平的周邊環境，積極參與構築韓半島和平體制。中國認為，消除美國對北韓的威脅所造成的安全隱患，並為了維持長期的和平與穩定，構築和平體制是重要的因素。另外，在這一過程中，擴大自己能夠參與的空間，並通過積極作用期望擴大影響力。同時，在構築韓半島無核化與和平體制方面，還強調韓中日三國的密切合作。[15]

---

[14] 通過渠道，中國開始了解韓國的經濟、政治的利害關係，並且擴大對韓國的影響力也有一定的進展。另外，還多次重申在解決半島問題上重視當事者之間的關係，憑此也得到韓國的支持。中國在表面上，因為與韓國的建交和本國經濟發展的需要，要擺脫過去與北韓的傳統血盟關係，向普通國家關係轉換，推進南韓等距離政策。這導致中國對北韓的影響力的減弱，為了克服這種情況，中國還付出努力。比如中國拒絕美國主導的對北韓的制裁，通過對北韓的無償援助等經濟援助，防止北韓瀕臨危機狀態。這一切都說明，中國恢復對北韓的影響力有很大的幫助。

[15] 「溫家寶出席第八次中日韓領導人會議」，人民日報（北京），2007年11月21日，第1版。

肆、朝鮮半島政治外交關係的結構性特點

一、韓美同盟結構和韓中合作關係

與經濟、貿易領域的積極交流相比，韓國認為：韓中關係中相對薄弱的部分是政治、外交、安全領域的交流。因為中國要考慮北韓，再加上韓國的韓美同盟結構，當然很難在初期就能取得具體成果。

首先，建交之後已經舉行四十多次首腦峰會，這從建交十八年的短暫時間來看，具有劃時代意義。1992年以來韓國的盧泰愚、金泳三、金大中總統都對中國進行國是訪問，而且中國國家主席江澤民、胡錦濤也訪問過韓國。由於中國一直關切與北韓的關係，因此在軍事領域很少有交流，但是從1990年代後期已有進展。1998年8月，中方的高級軍事代表團訪問韓國，接著1999年8月韓國國防部長官趙成台正式訪問中國。2000年1月中國國防部長遲浩田的訪韓，迎來新的轉機。可以認為，中國是按照1961年與北韓簽訂《中朝友好合作及相互援助條約》[16] 規定，至少與北韓建立軍事上的密切背景，冒著相當大的負擔表態與韓國進行軍事交流的決心。

與過去相比，對中國來說，韓國的重要性比北韓更高，尤其是對維護韓半島穩定與和平，中國認為有必要增強韓中關係。儘管有這些表面上的發展，但在政治、外交領域有兩點很值得注意。首先是，韓國方面儘管表示要加強政治、外交領域的密切合作，但在建立實質性的合作關係方面，仍落後於經濟、社會、文化領域。這和由經濟領域的先導作用帶動關係發展的現實有關，但也是隨著中國的國力增強和國際地位上升，國力相差明顯所造成的現象。另外一個是與表面上的交流相比內容很空泛。在四十多

---

16 《中朝友好合作及相互援助條約》第二條規定，如果韓半島發生流血事件，中國無條件介入其中；第三條規定，「簽約雙方不簽署對方反對的任何同盟約定，並且不加入或參加反對簽約對方的任何組織和任何行動以及措施」。

次的首腦峰會和原有的「北韓因素」之中，還是打開軍事交流的窗口，但互訪的首腦會談只不過七次，軍事交流也側重於形式上，這一點很讓人感到惋惜，這些都是因為韓中兩國有隔閡。在安全領域，中國認為韓國仍然重視與美國的關係，另外在共同談論北韓問題或者台灣問題成為國際問題時，韓國認為中國的反應過於敏感。

從韓美同盟結構和韓中合作結構具有的差異性及限制性觀察，如果南韓真誠地和解、合作的話，關於韓半島的自主性當然能爭取相當大的空間，但是圍繞2007年10月4日發表的第二次南北韓峰會共同宣言，美國的解釋至今都留下很大的遺憾，美方明確表明南北韓問題並不僅是兩國的問題。[17]

韓國定的目標是：與中國發展雙邊關係，和通過中國提高對北韓的威懾力，以及改善南北韓關係。但是強調多極化的中國國際新秩序構想，以及持續的中美關係矛盾，對基於韓美同盟關係的韓國來講，有可能帶來相當大的制約。特別是考慮到美國和中國之間的競爭、矛盾結構、不同的韓半島利益，如果把兩國假設成解決韓半島問題的仲裁者或者合作者的話，恐怕並不現實。在這種情況下，韓國以自主的立場積極去應對還為時尚早。至少對北韓構成威脅的現實情況下，安全的主軸只能是以韓美同盟為中心。

考慮到這一點，韓國現任政府從「同盟的復原」層面上調整韓美關係。李明博總統上台之後，2008年4月，韓美兩國選擇二十一世紀同盟新

---

[17] 雖然不是美國政府的正式立場，但美國AEI的研究員和普林斯頓大學的艾普里德波茲教授在《華爾街日報》（*Wall Street Journal*）共同專欄上寫道，「10月4日平壤宣言下，韓半島的明確結果是韓美同盟的結束」，他們忠告韓國要認真考慮韓美同盟結束之後所遇到的困難。Nicholas Eberstadt, Christopher Griffin, and Aron L. Friedberg, "Toward an America-Free Korea," *Wall Street Journal,* October 6, 2007.

版本的「全面戰略同盟」。[18] 全面戰略同盟是指，韓美同盟的地理範圍將超越韓半島，發展成地區及世界範圍內的合作；同盟的性質也是超越原有的軍事同盟層次，深化政治、經濟、文化領域的合作。但是因為韓國的軍事力量是有限的，所以發展成戰略同盟關係，並不意味著針對北韓的韓美軍事同盟成為管制全世界熱點問題的軍事同盟，及軍事同盟的「世界化」。[19]

　　對此，中國提及到，現任李明博政府對北韓的「無核、開放、三千」政策，以及韓美同盟的重申等，都是冷戰時期的歷史遺留產物，不符合二十一世紀的全球合作時代。中方的這一擔憂在李明博總統訪問中國期間，通過外交部發言人的記者招待會已經明確表態。[20] 韓國方面通過各種

---

[18] 在美國大衛營召開的韓美首腦會議上，與布希（G. W. Bush）政府簽署《二十一世紀戰略同盟》（Strategic Alliance for the 21st Century），聲稱戰時作戰控制權轉換按原計畫進行，給韓國授予北大西洋公約組織（NATO）成員國和澳大利亞、紐西蘭、日本僅有的海外武器銷售（FMS）地位，年內批准韓美自由貿易協定，關於韓朝關係和無核化問題徹底合作，為改善環境問題在世界範圍之內的合作問題上韓美兩國合作，在改革聯合國、加強亞太經濟合作會議（APEC）等多方機構方面進行合作。關於韓美戰略同盟的內容請參考尹德敏，「二十一世紀韓美戰略同盟的方向和課題」，主要國際問題分析（首爾：外交安保研究院，2008）；以及崔剛，「發展韓美戰略同盟的課題」，主要國際問題分析（首爾：外交安保研究院，2008）。

[19] 二十一世紀的同盟要說成純粹的安全同盟，可以說是有廣度和深度的概念。這大概靠三大樑柱支撐。第一，維和活動、反恐怖主義及反擴散作戰、打擊海盜行為，以及毒品走私等新安全課題。同盟核心當然是履行像軍事訓練或者聯合計畫等條約上的義務事項，但沒有對二十一世紀新安全威脅表達關心和貢獻，很難成為地區有意義的行為者。第二，樑柱可以說是共同的價值。基於在民主價值上達成一致的同盟和沒有這些基礎的同盟之間，只能存在同盟的堅固性和耐久力方面的差距。第三，可以舉經濟上的夥伴關係。超越雙方的經濟合作，為地區合作的經濟合作也成為二十一世紀同盟的重要因素。韓美兩國經濟上的紐帶關係，有可能會成為決定東亞地區經濟秩序的最重要變數，特別是韓國在發展中國家和發達國家中間能起到橋梁作用。金聖翰，「韓美同盟的重新調整和韓半島和平」，發表於新亞細亞研究所研討會（首爾：新亞細亞研究所，2009年11月16日）。

[20] 「2008年5月27日外交部發言人秦剛舉行例行記者會」，人民日報（北京），2007年5月28日，第3版。

管道解釋，韓美同盟的復原並非減弱韓中關係，但這一切還是如實反映出對韓美同盟，韓中兩國仍缺少相互理解和信任。

二、中北關係──透過天安艦事件談韓中之間的隔閡

　　中國在推進改革開放政策的過程中，東北亞地區是在本國經濟發展及安保外交政策中最重要的地區。特別是對於中國來說，經濟發展的必要條件就是穩定的周邊環境，南北韓關係的穩定就成為其必要條件。由此可以將中國對韓半島的主旋律政策歸納為以下三方面：緩解韓半島的緊張局勢並維持穩定、通過韓半島南北韓對話和協商實現自主和平統一、實現半島無核化。

　　中國認為將重點放在與韓國的經濟貿易關係，並持續保持與北韓的傳統社會主義紐帶關係，才是符合中國利益的政策。從目前北韓局勢來看，存在阻礙韓半島穩定局勢的可能性，因此針對維持北韓體制而提供一定支援，將有助於韓半島的穩定，進而有助於中國的國家發展戰略。所以，對於國際社會就北韓的持續挑釁行為，進行制裁和牽制的要求，始終表現出不慍不火的態度。

　　當然，中國面對北韓的挑釁行為也比較為難。北韓進行第二次核子試驗後，中國立即通過外交部發言人表示，堅決反對核子試驗的堅定立場。同時，譴責北韓違反聯合國安理會決議1718號侵害防核擴散的有效性，最終影響東北亞的和平和穩定，聯合國安理會決議也以合理公平的措施表示支持。

　　而中國對於制裁北韓仍未做出堅定的態度。在北韓聲稱「六方會談已永遠結束，從此絕對不參加六方會談」的情況下，中國依然繼續主張六方會談是解決北核問題最合理的方法。因為中國沒有必要草率呼應其他國家對北韓的制裁政策，由此喪失對長期友好邦交關係的北韓的影響力。事實上對於中國來說，北韓一直是社會主義戰略緩衝地帶。當然，目前這種作

為戰略緩衝地帶的作用已大為減少。對中國來說，相較於不明確而且可能沒有任何溝通管道的北韓，更需要一定程度上表現出自身影響力。[21]

對於明確的攻擊事件也未表示正確態度，並包庇北韓的中國，韓方對中方表示失望。特別是近年來隨著中國國際地位逐漸上升，從真實地感受到自身重要性相對減少的韓國看來，這無疑就是中國的傲慢，甚至涉及到相互之間感情的問題。中方認為韓美聯合壓迫中國，而將後續的韓美聯合軍演視為對中國的直接威脅，其誹謗力度逐漸升級。特別是中國對於未規定北韓為攻擊主體，並且已經贊成聯合國安理會主席聲明的情況下，由韓美聯合壓迫北韓一事，及美國正式推進包括金融制裁的各項制裁一事，表示出抗拒態度。[22] 加上近年來中國官方媒體對於韓國的報導，不無過分誹謗之嫌。

但是，韓中兩國之間的這種隔閡是完全可以預見的，因為這是兩國之間夾雜著北韓問題。其實，在李明博總統上台之前的十年間，韓國在對美及對北政策的推進過程中，中國的地位遠比美國要重要得多。中國始終支持北韓，其理由是，如果連中國都不願繼續幫助，北韓將永遠被世界所孤立，北核問題也不可能解決。那麼，北韓必定會陷入無法控制的局面，而

---

[21] 隨著北韓第二次核試驗的進行，聯合國安理會確定對北制裁決議1847號，各方關注對此決議投贊成票的中國是否會積極參與該決議的履行，但結果卻不如人願。中國掌握著北韓經濟的命脈。也就是說，擁有足夠壓迫北韓的因素。北韓90%的原油和80%左右的生活必需品均由中國供應。2008年北韓對外貿易中，中國所占比重高達73%。因此，在美國對北韓經濟制裁方面，中國具有絕對的作用。北韓大部分海外帳戶主要集中在香港或澳門及中國。因此，沒有中國的協助，無法對北韓施加直接性經濟打擊的凍結海外金融帳戶作法。

[22] 當時安理會議長聲明表示譴責天安號攻擊行為，並強調防止再次發生對韓國追加攻擊或敵對行為等，但並未包含明確表示北韓為攻擊主體的表現或句子。中國非常清楚地明白上述內容與韓國推進的對北韓裁決議案差距甚大，在強度或約束力方面不足以消除對韓國造成的傷害，以及今後再次發生的可能性。最終，希望類似天安號事件的不幸事件不要再次發生的韓國政府和國民，受到深深的傷害。

韓半島的緊張局勢也會破壞東北亞地區的和平與穩定。李明博政府推行的加強韓美同盟政策是「冷戰遺留下來的產物」，是封鎖中國的一步棋。這樣一來，中國便沒有任何理由主動去制裁北韓或改變對北韓的政策。如果北韓發生任何緊急情況，中國則會強調美國在韓半島所能發揮的作用，另一方面也會擔心大量北韓人民會越過邊境逃到中國。

　　然而，中國為了維護自身的國際影響力，忽視韓國人民的感情以及北韓對韓國的挑釁威脅，只想早日平息天安艦事件、延坪砲擊事件等，儘快回到六方會談的談判桌前。中國對待此等事件的態度，令韓國十分失望。

伍、展望中國第五代領導人的對外政策

一、第五代領導人對外政策的基本方向

　　非民主主義國家的危機往往與繼承問題一同出現。這是因為規範政治權力繼承的制度並不完善，而各種政治勢力之間為爭奪權力進行的競爭與妥協，導致不穩定因素。雖然中國政治制度的透明度並不是很高，但是其具有的內部機制（即民主集中制），避免了可能由繼承問題引發的政治危機。組成第四代領導人的過程，就是這種內部機制調節作用的成功典範。

　　隨著胡錦濤執政時間進入到第二個任期，第五代領導人（習近平、李克強）成為政治局常委，我們高度關注未來中國決策結構的變化。尤其是，作為下一任總書記的候選人，習近平與李克強在各自管轄的範圍內，充分展現自身所具備的能力。雖然，直到目前為止，胡錦濤在2012年結束任期後的選擇尚不明朗，但常務委員中的一人（尤其是習近平）很有可能會成為胡錦濤的接班人。

　　第五代領導人將基本上堅持中國外交決策過程中的多元化、制度化，以及專業化原則。從歷史上來看，在胡錦濤完全退出政治舞台之前，第五

代領導人採取強勢外交政策的可能性並不高。其原因如下：

第一，在年輕的第五代領導集體中，雖然一小部分人具備對外經濟合作的經驗，但絕大多數都缺乏對外政策及軍事方面的經驗。因此，在做出外交及軍事決策時，依靠專業化團隊幫助的可能性極大。這表明，中國的外交政策很有可能會逐漸向實用主義靠攏。

第二，中國共產黨中央將會統一安排2012年進入領導班子的高層領導，到外交及軍事部門積累經驗。這一點，在2010年10月召開的中共「十七屆五中全會」，習近平被任命為中央軍事委員會副主席，便具有極其重大的意義。

第三，第五代領導班子將會形成限制一人獨攬大權的結構。這表明，中國將一貫堅持領導人在各自不同領域內分工合作的傳統。在外交決策的過程中，也同樣會體現這一點。

第四，在接替第四代領導人之後，第五代領導人將一如既往地推行軍事強國戰略。在第五代執政期間（2012至2022），中國依然很難具備足以與美國抗衡、完備的軍事力量，其部分力量將集中用於解決中國國內問題。因此，第五代領導人的外交政策將維持和平發展的基調，但是在領土糾紛、自然資源等國家核心利益問題方面，可能會採取比較強勢的態度。

第五，在第五代領導人的執政期間，中共將更加積極靈活地應對大眾輿論，有可能進行試探性的政治改革。如果中共拒絕推進改革，則很有可能會引發一系列政治危機。就現在的趨勢來看，考慮到第五代領導集體的特點，推行行政性改革的可能性還是很高，但實質性政治改革的可能性不高。

最後，由於軍事力量的強化以及平民主義、國內政治民族主義傾向的提升，平民主義者很有可能會出現在政治舞台之中。那麼，中國就不可以忽略引發與他國緊張局勢的可能性。第五代領導集體不應該是攻擊性的、封閉的民族主義者，而應該具有能夠創造出相容性普遍規範與秩序的能

力。

　　2012年中共「十八大」之後形成的政治結構，將影響其第五代領導集
體的政治、經濟、外交政策。在黨的「十八大」中，團派候選人是否會失
利、接班的人數是單數還是複數、是否雙方妥協後均得到重用，這都是值
得關注的。儘管，兩股政治勢力之間的關係變化，短時間內並不會導致中
國對韓半島政策的激變，但是各派的政策性傾向將影響韓半島的戰略地位
及其經濟關係。[23]

二、中國應注意的幾點問題

　　中國現在的立場非常明確。首先，中國反對的是北韓的政策，而非
北韓這個國家。中國與北韓的特殊關係，以及北韓在中國國家戰略中的
地位，想必無人不知。如今，中國作為G2國家，享受在國際社會中的威
望，在與日本的領土糾紛中展示自己高速發展的經濟實力。然而，可以肯
定的是，我們無法左右中國的外交政策。

　　中國若真心想要維護韓半島的和平，成為名副其實的G2國家，我認
為需要考慮以下幾點：

　　首先，中國應該在更深層次上切身地理解韓國。韓國人民面對民族分
裂的痛苦已經長達六十年之久，在這期間，還要承受來自北韓無休止的挑
釁與威脅，然而韓國仍然以最大限度的寬容來對待北韓。無視國際公約進

---

[23] 關於第五代領導集體的組成有多種說法，如果團派候選人當選為總書記，則會強調與周邊
國家的外交關係，對美國實施抵補保值戰略的可能性偏高。那麼，韓國在中國的外交策略
中將會占據比較重要的位置，而且會盡力維持與韓國的友好關係。但經濟方面，團派會選
擇提高內需以及加強對民族產業的扶持力度。如此一來，韓國經濟所面臨的困境將會進一
步加深，有必要及時採取應對策略。但是，如果太子黨或上海幫的候選人當最高領導人，
那麼根據他們的政策指向，中國將重視與強大國家之間的外交關係。從而，韓半島的戰略
地位將相對地有所減弱。而經濟方面，則會維持以高速增長為主的政策，對外貿易也將保
持活躍的勢頭。

行核子試驗，射殺無辜的遊客導致金剛山旅遊癱瘓，破壞雙方協議單方面地經營開城工業區，甚至製造四十六人傷亡的天安艦事件，1953年南北韓休戰以來第一次直接攻擊南韓領土的延坪砲擊事件等等，北韓的種種行徑已經超出韓國所能容忍的限度。但是中國卻對北韓如此明顯的挑釁行為不做任何表態，仍一貫袒護北韓，中共溫家寶總理並聲稱是「誤會」。

第二，韓中兩國在韓半島及地區和平穩定、韓半島無核化問題上，已經形成初步的共識。為了避免激化北韓，中國試圖以「中國式」方法來解決北韓問題的態度十分危險。雖然，對於中國來說，北韓問題確實是處於戰略性高度的重要問題。但是，這也同樣關係到韓半島的未來，也可以說是韓國的未來，以及一個民族生死存亡的問題。韓國有美國在背後撐腰來壓迫北韓，這完全是中國對韓國的「誤會」。然而，關鍵在於，中國的態度將會使韓中兩國的關係越走越遠，這與中國的意圖是背道而馳。

第三，應該正視六方會談的作用。如果北韓發起挑釁或出現問題，中國只會強調六方會談才是解決北核問題的最佳途徑。只要北韓同意重返六方會談，中國仍然可以發揮主席國的作用解決爭端。然而，中國應該儘早拋棄這種想法。一旦韓半島發生事端，中國領導人就會出訪北韓，勸說各參與國重返六方會談。如此重複相同的解決模式，中國應該捫心自問，這種作法是否真的有利於實現韓半島無核化，以及東北亞地區的和平穩定。中國應該認識到，重返六方會談的最底線，是北韓保證不再挑起任何事端。否則，六方會談將不可能持續進行。中國的戰略問題不能、也不應該忽視對方國家可能受到的傷害與痛苦，北韓砲擊延坪島事件應充分說明了這點。

第四，中國應該冷靜分析袒護北韓帶來的後果。當國際社會要求中國出面解決北韓問題時，中國總是推託說對北韓並沒有如此大的影響力。然而，為了維護北韓的穩定與中國對北韓的影響力，實際上，中國一直都採取容忍北韓的韓半島政策。但是，這樣做的後果卻是中國始料未及的。

「堅持核子試驗的北韓」與中國所希望的「穩定的北韓」之間，露出政策模糊的矛盾，北韓當局非常瞭解這點。於是，每當處於決定性的危急時刻時，總會將雙手伸向中國，中國有必要冷靜下來思考，怎樣的政策才是長期有利於中國的。

第五，中國的領導集體應該思考北韓政權三代世襲的問題。雖然，這是北韓的內部問題，北韓不太可能事事聽從中國。但是，如果中國始終不向北韓發出任何警告的聲音，北韓必定會採取更加危險的行動。如果，中國只是希望北韓的政權始終掌握在親華派手中，並維持北韓的穩定狀態，也許會引發一系列其他的問題。政權的世襲制度，很有可能會成為北韓最大的不穩定因素。中國應該好好思考，何種方式才能維護北韓的穩定。

最後，中國應該審視將中美置於對立關係的看法。雖然中美兩國始終反覆徘徊在矛盾與合作之中，但基本上保持合作關係。這是因為，中國的發展離不開美國的幫助，而美國作為國際上的超級大國，中國這個戰略合作夥伴也非常重要。中國擔心韓半島的緊張局勢促成的此次韓美軍事同盟，將會削弱中國在國際社會上的影響力。但是即便如此，中國應該知道，忽視問題的本質，散布韓國是不穩定因素的言論，就其後果而言，無論是對中國還是對韓半島的局勢，都沒有任何幫助。

參考書目

一、中文部分

「2008年5月27日外交部發言人秦剛舉行例行記者會」，人民日報（北京），2008年5月28日，第3版。

「溫家寶出席第八次中日韓領導人會議」，人民日報（北京），2007年11月21日，第1版。

Kim Heung Gyu，「關於改革開放之後中國外交決策過程的研究」，東亞局勢和韓國的外交課題（首爾：外交安保研究院，2008）。

崔剛，「發展韓美戰略同盟的課題」，主要國際問題分析（首爾：外交安保研究院，2008）。

鄧小平，「和平和發展是當代世界的兩大問題」，鄧小平文選，第三卷（北京：人民出版社，1993）。

郭震遠，「和平崛起：中國的必然選擇」，中國評論，第75期（2004年3月），頁6~9。

胡錦濤，「建設國際和諧社會是全國人民的共同心願」，黃河新聞網，2007年10月5日，http://www.sxgov.cn/xwjj/。

金聖翰，「韓美同盟的重新調整和韓半島和平」，發表於新亞細亞研究所研討會（首爾：新亞細亞研究所，2009年11月16日）。

康埈榮，「湧出來的『外交關係名稱』的虛與實」，新東亞（首爾），總603期（2009年12月），頁204~211。

李敦球，「朝韓統一障礙何在」，環球日報，2007年10月12日，http://world.people.com.cn/GB/1030/6372190.html。

梁茂進，「中國的決策結構和政治性權威關係」，東北亞研究，第3期（1997年12月），頁253~254。

溫家寶，「朝鮮半島和平機制最重要是消除任何的冷戰」，中國新聞網，2007年4月6日，http://www.chinanews.com.cn/gj/zgsy/news/ 2007/04-06/909297.shtml。

尹德敏，「二十一世紀韓美戰略同盟的方向和課題」，主要國際問題分析（首爾：外交安保研究院，2008）。

袁鵬，「美國三大手段延緩中國崛起」，廣州日報，轉引自人民網，2007年11月23日，http://world.people.com.cn/GB/1030/6565928.html。

張歷歷，外交決策（北京：世界知識出版社，2007）。

張蘊嶺主編，夥伴還是對手（北京：社會科學文獻出版社，2001）。

鄭在浩，中國政治研究論（首爾：Nanam出版社，2000）。

二、英文部分

Eberstadt Nicholas, Christopher Griffin, and Aron L. Friedberg, "Toward an America-Free Korea," *Wall Street Journal, October* 6, 2007.

Christensen, Thomas J., "Posing Problems without Catching Up: China's Rise and Challenges for U.S. Security Policy," *International Security,* Vol. 25, No. 4 (Spring 2001), pp. 5~40.

Harding, Harry, "Competing Models of the Chinese Communist Policy Process: Toward a Sorting and Evaluation," *Issues and Studies,* Vol. 20, No. 2 (February 1984), pp. 13~16.

Lampton, David, *The Making of Chinese Foreign and Security Policy in the Era of Reform* (California: Stanford University Press, 2001).

Liao, Xuanli, *Chinese Foreign Policy Think Tanks and China's Policy toward Japan* (Hong Kong: Chinese University Press, 2006).

Ning, Lu, *The Dynamics of Foreign-Policy Decision Making in China* (Boulder: Westview Press, 1997).

Swaine, Michael D., *The Role of the Chinese Military in National Security Policy Making* (Santa Monica, CA: RAND, 1998).

解放軍人事與挑戰

中共「十八大」：聚集權力過渡的政治理論與習近平掌軍前景

由冀

（澳大利亞新南威爾斯大學社會科學與國際關係學院教授）

摘要

　　習近平可能是二十多年來中共首個非技術官僚榮登大統。並且，他亦是自江澤民、胡錦濤之後第一個有軍事經歷的三軍待任統帥。在中國政治軍事經濟發展的關鍵時刻，一個不同的領袖、一種不同的統領風格，或許會為中共未來十年的執政帶來新的氣象。但習是新政福音，還是挑戰，將是外界的戰略關注點。一般來說，政治家治國可建大業，亦可留大患。而技術官僚治國，雖難以有大建樹，但亦可避免大動盪。中共現今的「無為而治」的道路似乎已走到盡頭，所以習近平的接班，可能會將中共帶上一條發展新路。「十八大」為第五代領導執掌大位開闢通道，建立合法性，習李體制將逐漸成型，權力輪換更進一步制度化。雖然在最高層的人事甄選，人治仍是主導，但「十七大」前的「初選」為其帶來某種改變的契機。當然，質的變革還難以期待，中共權力制度化依然會沿著進兩步退一步的軌道緩慢推進，「十八大」當是一股前行的推力。

關鍵詞：兩線安排、世代更替、權力轉移制度化、權力平衡、胡錦濤模式

壹、前言

中共自1950年代以來，有序交班的宿望在「十四大」實現以後，更在胡錦濤任期內予以鞏固。「十八大」將完成中共最高權力向第五代領導移交，以及習近平權力中心地位的確立。就年齡而言（習生於1953年），中共的後革命時代由此真正開始。中國在習近平領導下會發生什麼根本變化，目前還難以預測。但可以肯定的是，習的執政理念和統領手段將明顯有別於胡錦濤。他的上台或將終結由江澤民開始的長達二十四年的技術官僚統治，回歸中共由政治家治黨治國的傳統。在這一過程中，解放軍將扮演極為重要的角色，特別是在當前國內政經、外交嚴重的局勢下。簡言之，權力繼承和轉移將是「十八大」的重中之重。其他如習近平的政治與意識型態路線的確立，尚難提上日程，亦無此急迫性。[1] 而人事布局的推動，本著中共菁英政治的傳統，準則（norms）與默契（潛規則），似應以胡為中心，習的意見輔之。當然，中共高層的其他重量級人物亦會發揮很大的影響力，是新一輪派別的協商妥協的過程，新的動態平衡最終會建立起來，但在互動中亦不乏競爭與衝突。本文著重討論習近平在其中所起的作用，特別是他如何利用解放軍的力量來鞏固自己的新地位。在「十八大」上第五代新領導人由習帶領全面接班，標誌著中共向後胡時代過渡，而權力的世代交替亦為新的變革激發新的動力。

貳、「十八大」對中共菁英政治發展的深遠影響

中共菁英政治的核心是繼承政治。[2]「十八大」為我們提供一個近距

---

[1] 比如，習近平的民賦主義是一種很有吸引力的理念，或許會為中國的政改注入新動力。

[2] 關於中共的繼承政治，參見Joseph Fewsmith, "The 16th National Party Congress: The Succession that Didn't Happen," *The China Quarterly*, No. 173 (March 2003), pp. 1~16。

離觀察其演變的機會。中國的集權傳統與制度使最高權力的傳承孕育著深刻的內在矛盾，封建世襲的合法性已喪失殆盡，而民主選舉作為替代仍遙遙無期。一個過渡空窗期因此出現，使整個權力交接過程充斥著複雜的變數。中共的每一次全國代表大會都會將這一過程表層化，但並非一定會發生無法克服的危機。事實證明，一旦全代會順利召開，即顯示此一輪矛盾的初步解決，同時又預示著新一輪競爭的開始。對此種周而復始的循環，中共先由強人統治來壓抑矛盾，諸如毛澤東和鄧小平。在強人政治走到頭之後，又重點推動權力制度化以規避風險，這一過渡是後鄧時期中國菁英政治最重要的發展。但中共體制上的缺陷，中國人治的傳統與慣性，使權力運作制度化在最高層次的深化，遠未達到治本的效果。[3]比如，領導人舉薦制度在中國沿用了數千年，亦是中共的一種重要甄補方法。它和黨內派系形成有重要的關聯性，也是大位繼承的第一遵循法制。接受與否定領袖們的舉薦，常關乎他們的禪讓安排、派系平衡以及政策延續，從而影響最高領導層的團結穩定。而繼任者由前任領袖指定，而非由組織通過制度化的遴選，比如有一定競爭性的差額選舉，表明中共菁英政治制度化建設還停留在較淺的層次。即便是在省部市各級，中組部在其主要領導人退休之前，一般也會徵求他們對接班人選定的看法，這即是一種由上而下的榮寵，更是維繫派系間動態互動的體制要求。從積極面看，內不避親外不避仇的舉薦文化，結合組織考察有助於延攬賢才，並避免競爭性選舉的高成本。將個人舉薦融於組織監管機制，相對減少錯薦的概率，是中共制度化

3　Lowell Dittmer, "Leadership Change and Chinese Political Development," in Yun-han Chu and others eds., *The New Chinese Leadership: Challenges and Opportunities after the* 16th *Party Congress* (Cambridge: Cambridge University Press, 2004); John Wong and Yongnian Zheng eds., *China's Post-Jiang Leadership Succession: Problems and Perspectives* (Singapore: National Singapore University Press, 2003).

的進展。[4] 但舉薦傳統畢竟是非正式政治（informal politics）的核心，它打開了構造私人體系和裙帶關係之窗。派系平衡點即便可以建立，不平衡的種子亦已種下。在個人舉薦與組織監管的權重比例上，尚存在極大的模糊地帶，關鍵領導人在此領域的特權，即是任用親信的空間及人治制度的傳承。

一、人治政治與權力制度化構建的對立統一

　　這其中最大的矛盾在於，繼承人的遴選高度憑藉非正式政治的博弈：[5] 他是少數最高領導人私下妥協的結果。而他的權力真正的鞏固，卻仰仗於制度化的深入：公共職位被用作抵禦非正式政治對他的掣肘。中共的菁英政治正處於一個關鍵的轉型期，由強人統治以維護政權穩定的時代已一去不復返。而權力制度化尚難保證新領導人在短期內可以充分利用其所掌之公共職務，樹立必要的權威，繼任者對提攜他們的前任領袖有道義和政治的負資產。另一方面，後鄧領導人的順利交班以及他們的快速崛起，似乎又指向一種趨勢：權力運作制度化的安排開始逐漸銷蝕非正式政治，而未來或可成為中共菁英政治的主導。[6] 這對習近平權威的建立顯然是有所助益的。

　　首先，在後強人時代，新領導人的權力鞏固主要源於他的職權和承載

---

[4] 近年來，中共發出一系列文件，將個人舉薦結合組織考察程序化，特別是關於追究錯薦者責任的條款，令舉薦者有所顧忌，因為這將影響他們自己的前程。比如：「《中國人民解放軍現役軍官任免條例》（2002年1月4日頒布）」，國防部網，2009年10月2日，http://www.mod.gov.cn/policy/2009-09/16/content_4088348.htm。

[5] 關於非正式政治，參見Lowell Dittmer and Yu-shan Wu, "The Modernization of Factionalism in Chinese Politics," *World Politics,* Vol. 47 (July 1995), pp. 467~494.

[6] David Shambaugh論證指出菁英的權力更多是來自制度面的授與，而非個人。David Shambaugh, "The Dynamics of Elite Politics during the Jiang Era," *The China Journal,* Vol. 45 (January 2001), p. 107. 亦可參見You Ji, "Institutionalising Party-Army-State Relations," in Francois Godement ed., *Les cahiers d'Asie (China's New Politics),* No. 3 (Paris: IFRI, 2003)。

這些職務的組織力量（institutional power），即所謂的名正則言順，派系淵源似乎成為輔助因素。在黨內軍內並未擁有結構性派系的胡錦濤，其十年執政為此做了佐證。黨內元老退出歷史舞台，使得公共職位的權威獲得顯著的加強；而非正式政治順勢相對弱化，從而縮短新領導群體的權威鞏固周期。但與此同時，中共高層權力個人化的運作規律，使他們自己在執政末期也成為「繼承人製造者」（king-makers），黨內反制度化的力量也會因最高權力傳承的周期性縮短，而局部放大。因此，繼承政治是權力制度化的進步與黨內非正式政治的應用之間角力的一個支點。在後鄧時代，這種角力基本上呈現出退一步進兩步之拉鋸狀態。杭亭頓（S. Huntington）在1960年代論述極權政府制度化的努力時曾指出，制度化並不是一個不可逆轉的過程。[7]江澤民在2002年的半退，印證此一論點，現在考驗降臨在胡錦濤的身上。

中共時下的菁英政治是一種守舊與創新的共同體，但有了質的變化。如果制度化在毛澤東—鄧小平時期是個人強權的補充，在江胡時期則是其有效統治，甚至政治生存的根本。制度化並不完全地排斥非正式政治，而是不斷衍生出新的制度性保障和措施，以防止非正式政治的直接產物——派系鬥爭——的無限升級。這些新的組織變革不斷充實黨的成文規定及不成文準則，對所有領導人產生有效的威懾效用，使他們在從事派系活動時不得不有極深的顧忌。制度化在中共菁英政治中，是否已日漸成為主流還需觀察，但非正式政治則日漸被框架於共同遵守的遊戲規則中。這一結果將產生深遠的影響。越南共產黨在胡志明逝去之後其層峰權力有序傳承，在四十年中並未發生重大權力鬥爭，[8]說明執政的共產黨可以設計出有效

---

[7]　Samuel Huntington, *Political Order in Changing Societies* (New Haven, Conn.: Yale University Press, 1968).

[8]　有關越南領導權的傳承改革，參見David Koh, "Vietnam's Recent Political Development," in Philip Taylor ed., *Social Inequality in Vietnam and the Challenges to Reform* (Singapore: Institute of Southeast Asian Studies, 2004), p. 41。

的政治繼承制度，避免因接班人遴選導致利益分配重新洗牌而引發危機，關鍵在於制度化的深度。中共在江澤民之後亦沿著此趨勢發展，胡大體做到將制度化與非正式政治的相對統一。習近平是否能在江胡的基礎上更上一層樓？「十八大」將是一個歷史性的關注點。

二、公共職務、制度化建設與最高權威的鞏固

　　制度化建設與維護黨的最高權威有著千絲萬縷的聯繫。這在後鄧時期有重大的政治意義：中共因改革的深入，遭遇到國內外深刻的挑戰。接班人的權威和黨的團結、政策穩定密不可分。維護其權威攸關黨之危安，也是全黨的共識。作為黨的準則，它未必新穎，但卻被賦予新的實質內容。首先，制度化是弱勢新領導克服派系挑戰的有力武器。江澤民的中心地位固源於鄧的託付，但它更凝聚了全黨在六四後的集體危機意識。在相當長的時間裡，黨的內憂外患，以及整個黨機器，特別是解放軍，為其勝出而運作，成就江的最終權威。[9]而在制度化建設與維護接班人的權威的互動裡，公共職務則充當不可或缺的橋樑。讓新領袖擔任各種要職，以賦予他儘可能多的正統基礎，並擴充其執政的合法性，既是制度化建設的一部分，亦是個人權威鞏固之必需。鄧讓江身兼黨魁、國家主席、三軍統帥的職位。[10]這種三位一體的安排，在中共繼承政治的過程中已被制度化，使元首能通過首長負責制的機制，以及公共職務所賦予的個人裁斷權，掌控黨政軍的運行。比如，三軍統帥的簽名批准機制使其較易獲取巨大的權力資源（像解放軍部隊調動以及將領升遷的最終批准權），而使他的政治局同事難望項背。同時通過執掌各中央領導小組，亦使他能主導主要政策領域的決策過程。

9　更多的議題可參見Ji You, "Jiang Zemin's Formal and Informal Sources of Power and China's Elite Politics after June 4," *China Information*, Vol. 5, No. 2 (Autumn 1991), pp. 1~22.

10　羅伯特‧庫恩著，他改變了中國：江澤民傳（上海：上海世紀出版社，2005），頁147。

　　這種權力制度化與維護領袖個人權威的並行安排，是中共對後鄧時代體制轉型中可能出現的過渡空檔所做的回應。它具有既維護繼承人合法地位，又防止其無限拓展個人權威的雙重考慮。三位一體與廢除最高領導人終身制並行不悖，並由鄧江胡的具體實踐已成為黨的慣例。任期制是大位者過於專權的重要制度性障礙。無任期的三位一體極易導致最高權力無限度膨脹，走向有效執政的反動，近期埃及與利比亞的例子對此做了有信服力的印證。但限任制亦會造成對正當權力運作的掣肘。比如胡錦濤在其第二任期中儘管有理性的政策指導，但他基本上沒有時間與權威將其政策化，執政目標短期化成為權力運行的邏輯。更重要的是，當最高權力更迭成為周期性的常態（通常發生在兩次全代會之間），而每次都是權力再分配的過程，相對容易引發派系競爭，令黨的最高層經歷不斷的震盪。如應對不善，勢必出現派系惡鬥的現象。因此，中共除了要習慣於這種定期的權力傳承之外，如何加強人事政治的制度化建設來避免出現零和的局面，是一大挑戰。在最高層，須達成三位一體、制度化建設以及最高權威的鞏固三重考慮之間的統一。在此層級之下，對三千餘名正省部級幹部建立以組織為主，而非以個人舉薦為主的遴選協調監督機制。這包括預選制度、主要權力部門的意見與反饋制度、較為客觀的審核標準制度等等。而這些在以前的權力繼承過程中也曾應用過，但未深度的制度化，從屬於上位者的主觀考慮。江胡的權力平穩過渡，顯示中共在此領域的有限進步。「十七大」為最高權力向第五代移交所做出的安排，似乎將權力傳承制度化又向前推進一步。比方習近平的出線，與黨內小規模的預選制度的嘗試有密切的聯繫。儘管其過程極其複雜，畢竟是向前行，而非倒退。

三、制度化的實質及其對菁英政治的影響

　　中共菁英政治的實質是派系平衡。有平衡，派系政治就不會對黨的穩定造成硬傷；所以，平衡即是制衡。而穩定的派系平衡只能建立在菁英政

治制度化的基礎上，即制定共同遵守的遊戲規則並輔以懲處措施加強之。儘管派系政治在中共的黨章裡尚未合法化，但毛澤東的名言：「黨外無黨，帝王思想；黨內無派，千奇百怪」，在全黨是普遍認同的。[11] 看近日之中共，就政策取向、意識型態指導、結構性的人員組合而言，也許沒有真正意義上的派別。但圍繞在重量級領導周圍的追隨者，在黨內形成大大小小的隱形團體。他們之間的競爭，在組織人事制度化脆弱的狀態下，對黨的穩定是永久的威脅。

　　近年來，中共在領導幹部的任期制度、輪換制度、交流制度、迴避制度、誡勉函詢制度，以及述職述廉制度上做了許多努力，企圖透過黨內制衡來抑制組織壞死症。在中共菁英政治的演變中，任期和交流的新規定具有重大現實意義。從「十二大」以來，黨章不斷重申廢除終身制，但具體的任期要求和限制常被「工作需要」的藉口所打破。許多幹部從一線下來轉赴二線，形同終身制。現在在同一職任和在同一級職任上不得超過兩任十年的制度，終於填充此一空白。而交流制度則硬性要求縣以上幹部任職於同一單位或地方逾十年者，必須交流，這樣就強化幹部優勝劣汰機制。[12] 內部制衡的實質是限制黨幹之權，特別是黨的一把手之權力。任職期限和交流制度的制度化，使黨內可能形成的山頭變得比較難以結構化；而且一旦山頭的宗主離開政壇，該山頭就很容易解體。[13] 但定期輪換制度會使派系構成流動化，其成員在輪調的過程中獲得多重派系身分。在一定程度上，這可能會削弱黨內任何單一派系的剛性。當然，在不具備日本自

---

[11] 毛澤東在1966年8月12日召開的「八屆十一中全會」上的講話。

[12] 張執中，「中共幹部人事制度改革文件之評析」，歐亞研究通訊，第9卷第10期（2006年10月），頁10。

[13] 江澤民、李鵬等人的政治影響力迅速下降，可以為此提供說明。然而，對在任的各級一把手的限制（特別是封疆大吏）仍十分薄弱。

民黨派系管理傳統的情境下，[14] 頻繁的派系重組亦會影響黨的穩定，或許給權謀者更多合縱連橫的機會。

參、習近平的崛起與執政挑戰

一、胡錦濤前車之鑑

　　就高層人事安排而言，「十八大」既為習近平建立基本的班底提供一個機會，也為他推出執政新理念（如果尚不是政策的話）構造出一個平台。以此為基礎，他將進入權威鞏固的快車道。然而，他還需克服一系列的挑戰，比如建立一個什麼樣的派系平衡以有利於他的執政。對此，胡錦濤的前車之鑑是他需要汲取的。

二、為什麼是習近平？

　　「十七大」確立習近平、李克強非對稱的「二駕馬車」的接班機制。習的最終勝出，有其自身的優勢，更有重量級領導的提攜。而另一可能的上位者——李克強——競爭意願缺失、性格溫和，也為習創造出有利的內外部氛圍。而習在「十七大」出線，既是有心人的刻意安排，也是一種歷史性的巧合。儘管習的勝出過程缺乏透明，甚至不甚公平，但結果對中共長期有效的執政而言，或許是最佳的選擇。如前所述，習的崛起，顛覆了技術官僚治國的現狀。[15] 對中國這樣的大國來說，對中共這樣的大黨來

---

[14] 關於自民黨的派閥政治，見 Ethan Scheiner, *Democracy without Competition* (Cambridge: Cambridge University Press, 2005); Takashi Inoguchi, "Japanese Politics in Transition: A Theoretical Review," *Government & Opposition,* Vol. 28, No. 4 (Fall 1993), pp. 443~455.

[15] 江和胡或許並不缺乏政治感知力（political sense），甚至也擁有一定的決斷力，江之「講政治」的內涵就是有關如何用「術」來協調高層政治。但江和胡沒有擺脫「書生治國」的局限，在戰略方向和關鍵改革的問題上，仍嫌優柔寡斷，怯於對重大變動的結果承擔責任，所以強調穩定壓倒一切。

說，技術官僚治國有其明顯的局限性。比如，技術官僚在調節利益集團的衝突、派系角力、重大人事的獎懲等方面，缺乏強勢的決斷力；他們拘泥於法律、規定、條條和本本；矛盾僅「被調和」，而未解決，但矛盾的後續影響卻在持續的積累。在國內外形勢較穩定的時期，善於無為而治的技術官僚尚可維持局面，甚至小有作為；但在多事之秋之際，政治家則更能顯示出其駕馭局面的能力。與李克強相比，習更像一個政治人物，更具有政治企圖心，更善於應用圓滑或強勢的政治手段，也許更適合今日中共執政的要求。[16]

「十七大」定習為儲君似乎是出人意料的，甚至有非組織性之嫌疑。但此安排極具戰略性、合理性與爭議性。習近平的「入常」（進入政治局常委會）有違後鄧時代的高層甄選慣例。他在4月剛赴上海履新，在邏輯上他「入局」合理可行，「入常」則難。事實上，在中共黨史上，如此快速的從地方向中央最高核心調任是非常罕見的（王洪文是一例外）。這亦可證明有關習的接班決定甚是匆忙。[17]否則，如事先已確定他在「十七大」後主管黨務，最好的安排是讓他由浙江直接進京，協助曾慶紅主持「十七大」的人事事務，而非繞道上海。這裡面有許多不足與外人道的隱情，但尚有些蛛絲馬跡可追尋。

2007年年中，一直有關於曾慶紅推動「十七大」最高領導層民意調查的傳言。「十五大」以後，對預定的新中央委員進行一定規模的民意調查是政治局的正式決定，已形成慣例。通常會有15%左右的初始入圍成員，因民意不彰而出局。[18]但針對預定新政治局委員進行民意調查，是曾慶紅

---

[16] 如果習近平留在軍內，靠家庭背景和自身能力，他的前程也會燦爛，但他最多只能達到徐才厚的位置。但他主動放棄軍旅生涯，選了其他的升遷之路。儘管面對更大的不可預料性，習最終還是做到了。

[17] 當然對習的培養與觀察始於1970年代末，但只是作為一組候選人之一。

[18] 訪談資料，北京，2007年9月。

的首創，並獲得胡錦濤的首肯。毫無疑問，這種創新是黨的高層政治逐漸制度化的具體體現。因為在一定意義上，此種民測具有黨內初級選舉的功能，對現任黨魁在政治繼承這一關鍵問題上所擁有的個人決斷權，具有限，但有效的制衡。在中央委員會的組成上，中共試行差額遴選始於「十二大」，先於越共；但在政治局和總書記層面，越共在中共舉行「十七大」之前，已明顯領先，現在中共又少許趕上。

　　根據此民意測驗的設計者介紹，調查是「背靠背」的。此方式在一定程度上保障民意的可信性。民意調查雖有推薦名單，但是是相對開放的，即受訪者可以添加自己心儀的人選。問卷就預選人的理論能力、政策能力、領導能力進行詳細的問題設計。調查的結果，習近平在預定新「入局」的人選中得票名列第一、李克強第二，[19] 這直接導致第五代領導人安排的重新洗牌。比較有意思的是，習的勝出，於私符合其父在三十年前為他所設計的政治前程路徑；於公，符合陳雲在三十年前表達的「由可靠的中共領導之下一代接班」的期許。習在1979年被帶入中共領導層見習，然後經歷近三十年的地方工作歷練，最終登上大位。歷史的巧合性與必然性，驚人地在他的身上再現。

　　其實「十七大」對儲君的挑選條件是非常標準化的：工作經歷、年齡、健康狀況、學歷、國際形象等等。[20] 首先他必須是生於1950年代的十六屆的正式中委。此線一劃，可選之人不過十數者。再把經歷的條件加上：需有十年的正省部級的領導經歷，在中央和地方都曾獨當一面並擁有較好的政聲。十年的要求符合中共的任期規定精神，既有政治上的意義，又有現實上的考量。[21] 首先在中國的政治文化中，年資是權力的基礎，也

---

[19] 李君如在歡迎中國海外政治學學者論壇晚宴上的談話，北京，2008年9月。

[20] 有關客觀標準，見寇健文、黃霈芝、潘敏，「制度化對中共菁英甄補之影響：評估十七大政治局的新人選」，東亞研究，第37卷第2期（2006年7月），頁1~38。

[21] 2006年8月，中央辦公廳一口氣頒布六個文件以深化黨內領導制度化，最重要的是關於省部級幹部任期和異地交流的規定。

是削弱菁英阻力和社會反彈的有效因素。中共對「破格提拔」有很深的忌諱。兩屆省部級正職的歷練也許是服眾的最低標準，亦是繞過政治局直接進入常委會，而不致引起太多負面觀感的最低標準。近二十年來，在胡錦濤之後，李克強是唯一一位達標的幹部。當然，習近平雖不中，相差亦不遠。其他生於1950年代的中委，則不在同一檔次之列。就一般條件對比而言，除了李比習年輕三歲，與胡的淵源更為深遠這兩點之外，其他的應考慮因素，習近平似乎更合適一些。所以，曾慶紅關於民意調查的建議雖有拉偏手之嫌，但不公正的程度並不至於太超過，因而為政治局多數人所接受。

在這一過程中，胡的決策至關重要。以他的權威而言，他既可以阻擋民意調查之建議於先，也可以用各種理由不實施調查結果於後。畢竟從理論上講，鄧江之後，此一輪的交接班甄選似應向傳統回歸，即讓黨魁擁有最大的裁量權，當然他需要和其他高層同事廣泛協商達成諒解。從邏輯上講，胡當然要選一個能令自己放心之人。在此情況下，候選人與胡共事的經歷就會發揮很大的作用。而胡最終選擇接受內部民調的結果，接受政治局集體的多數意見。從而，又一次打破中共繼承政治的慣例。而接班人的確定並非是中共時任總書記的選擇，似乎昭示中共強人時代的終結。在這裡應指出的是，胡可能對李的旁落有所惋惜，但習絕不是他不能接受的人選。習多年來一直竭力經營與胡的關係，唯胡的政策旨意是瞻。比如，他在浙江的無數次講話中，言必稱胡、頌胡。而他在浙江的執政，的的確確地奉行胡的新三民主義。比如，他將2006年的新增政府收入1009億中的85%用於民生事業。在全國率先達到一省所有農民、農民工、農村鄉鎮企業工人都享受低保。[22] 毋庸置疑，他的政治正確是其最終勝出的先決條件。習之主政，胡似無不安之處。

---

[22] 「浙江省長呂祖善的政府工作報告」，2007年1月29日，浙江在線，http://www.zjol.com.cn。

　　在2007年4月之前，李應是大位的首選。而習進京的背後則是中共高層戰略考慮：有戈巴契夫、趙紫陽之前例，習李雙保險更為穩妥。在最後決定做出之前，雙保險是一種階段性的內部制衡機制。當然，在該決定最終成形之前，中共不可能不考慮所有的負面後果。習李各有所長，雙軌制與單一儲君亦各有其短。單一候選人透明度高、過程性的不確定因素較少，接班和固權相對容易，而且全黨的焦慮感會大幅下降。所以在經過一段時間的過渡後，黨內的共識有了初步的凝聚，中共適時地確定習為軍委副主席，將以習為主的雙軌接班安排，有序地轉移到唯習的交班階段。

　　習近平後來居上有一定的邏輯性，首先是他的適任性。如前所述，技術官僚治國所積累的矛盾，看來已到了由政治家治國的「方式」來處理。權力世代交替的現實政治意義，就是為統治方式、重大政策的改變提供新契機。少年時家庭的政治落難，使習似乎比李更懂政治，更理解權力關係的複雜。而長期從事黨務工作，使他更諳於駕馭之術和為官之道。而李雖一度是黨務工作者，但他更偏好經濟管理，所以他主動選擇經濟學作為博士學位的專業。有傳聞說「十七大」之前，李已主動要求去國務院工作，如屬實，他解決了全黨以及胡的一大難題，並避免大位爭奪戰可能為中共帶來的動盪。[23] 所以，習和李在「十七大」上的接班安排，基本上是各取所好，具有很大的歷史巧合韻味。

　　但是，若「薄熙來事件」處理不當，或許存在著對「十八大」人事政治發生地震式衝擊的潛在可能。所謂地震式衝擊是指，在人事安排和政綱確定出現難以調和的對峙時，出現「換儲」的壓力。胡、習沒有大的矛盾，但李克強畢竟是胡錦濤之首選，而李在黨內的爭議性遠小於習。「換儲」的路徑是中央全會（或特別黨代會）對政治局和常委的海選，即「越南模式」，溫家寶對此甚為推崇。海選勢必使競選合法化，從而創造新的

---

[23] 和國務院發展中心研究人員的交談，北京，2010年6月。

遊戲規則。屆時，共青團出身的人員若能合縱，將有很大的組合優勢，然而目前此可能甚小，沒有人真的願意看到高層分裂。但確有人，如溫家寶在玩某種零和遊戲。[24] 但從長遠看，中央全會海選政治局和常委將是發展大趨勢。

肆、習近平的新權力、新挑戰

　　通往大位的道路向來荊棘滿布，而入主中南海更不是閒庭信步，習近平今後的執政絕難平順。一般來說，習的固權過程和他的前兩任基本上大同小異，從韜光養晦、積累民氣、建立班底、到掌控政策人事之主動權，到接任三軍統帥。至於他在政治上能否有大的建樹，就要看他的政策能力、權力性格、歷史機遇等許多不可預測的因素。在一系列現實的挑戰中，以下幾個顯然是較為急迫的。

一、建立班底的急迫性

　　習需要較為迅速地建立起人事（派別）的新平衡。之所以要快，是因為最高執政限任制，使新黨魁沒有多少時間來推動新政。而他在權力鞏固之初，尚未擁有自己的成型班底。在涉及重大利益之爭的政策制定過程中，又很難獲得現存派別的全力支持。然而，迅速建立結構性的派系並非易事。儘管「一朝天子一朝臣」是眾人可以接受的中國政治傳統，黨的權力實際運作也允許第一把手擁有較大的派別份額，但受限於中共的一些

---

[24] 溫在「人大」閉幕的記者會上關於對重慶問題的定調，未經常委會授權。這使高層分歧改變了性質。北京電話訪談，2012年3月18日。　而在薄熙來爭議初起之時，坊間搜尋習近平博士論文捉刀者的風言突然高漲，其矛頭指向和目的不言自明。溫公折節謙恭時，京城恐懼流言日。比如，溫明批國有銀行暴利，暗傷曾習集團大將王岐山，顯然與「講政治顧大局守紀律」背道而馳。

人事任命的準則（norms），比如「五湖四海的黨文化」，過快地提攜親信，可能會打破現存派別之間的相對平衡，引起反彈和非議，反而不利於自己權威的鞏固。可能因為這些顧忌，抑或是其性格使然，胡錦濤儘管得到黨內普遍的支持，他在中共高領導層中幾乎沒有親隨。胡或許是中共黨史上第一位沒有靠派系與結盟而建立起相對穩定領導地位的領袖，而且也是第一位沒有依靠槍桿子來鞏固自己統帥地位的領導人。[25] 但是，也許正是因為胡選擇不建立自己的結構性派系，儘管他有執政抱負和理念，並受到黨內高度尊重，最終也沒能在政治建樹方面有理想的作為，特別是在打擊特殊利益集團這一關鍵問題上。

胡的前車自然是習的後鑑。問題是習近平是否能像胡那樣，在人事政治上採取自律。事實上，習並沒有胡的本錢。首先，胡在執掌大位之前，已在黨務主管的位置上坐了十年，有豐厚的權威基礎。第二，胡的即位基於全黨的高度共識，沒有爭議性。第三，胡的社會聲望尚高，黨內倒胡的力量很難聚集。第四，軍隊對胡的支持始終如一。如此等等，使胡沒有迫切的必要來發展一個結構性的派系。這一方面為中共的權力制度化建設，做出難得的貢獻；另一方面也為他的繼任者造成實質的壓力，如果他無節制的依靠人脈來擴充權威的話。

但對習而言，如果他沒有胡的本錢來保持超然和清高，又要有自己的建樹，胡規不隨，也在想像之中。習的出線本身具有爭議性，其爭議點有三。第一是造成習排名第一的民意測驗之爭議性。如果民意調查如同初選，在民主的機制下，聯絡選票（lobby）是合法的，亦是必需的。但在中共的體制下，拉票等同於非組織行為，可能會帶來嚴重的後果。習雖然本人並無任何拉票舉動，但的確有人替他有所努力，也有一定的效果。[26]

---

[25] Ji You, "Hu Jintao's Succession and Power Consolidation Strategy," in John Wong and Hongyi Lai eds., *China's Political and Social Change in Hu Jintao Era* (Singapore: World Scientific, 2006).

[26] 一位中共領導的舊部對我所言，2007年9月。

對李克強來說，這可以算是間接的不公平。第二是習近平出身背景的爭議性。習雖然在少年時代受家庭牽連，但在1979年之後，習仲勳的背景是習近平能出任副總理耿飆秘書的重要原因。作為主持軍委工作的負責人，其秘書的級別可達師軍級，和大多數官員的官場生涯相比，習應該算是從上而下（start from above），是一條大大的捷徑。[27] 否則，他何德何能在30歲當上縣太爺，40歲升任省會市市委書記，不到50歲成為封疆大吏。第三是習工作成績的可爭議性。根據什麼標準，習比其他出生於1950年代的中央委員、省委書記更勝任黨魁的使命（比如他在福建的繼任者如盧展工）？如果僅是因為曾慶紅在其身後，習的崛起就比較難以服眾。

對儲君形成共識在類似中共這樣的大黨來說，實屬不易。而爭議性越小的候選人，對他的共識就越容易形成，也許這即是胡較屬意李克強的初衷。而爭議越大的候選人，則更需要「非組織力量的支持」。派系是其一，軍權則是其二，但都與權力制度化的方向背向而行。雖然沒有明確的證據可以證明習熱衷於派系活動，否則他也無法登上大位，但現實對他已有所不同。有時在關乎國家長遠利益的抉擇中，用術的需要可能高於對上位者潔身自好的「德」的需要，至少體現在權威鞏固的初始階段。由習主持的「十八大」人事安排為他組建班底提供有利的機會，習自然不應輕易放過，否則他就難以被看作是政治治國。鞏固大位的捷徑仍然是人事布局，而習也的確需要有高效的人事支持以成就自己的理想。重大的改革措施和事關國運的政策都須有「自己人」相挺，才可能通過。現在的問題是，習是否會繼續依靠推他出來的曾系人馬。在2007年為習進行遊說活動的人員中，有不少是與習有類似家庭背景的人士。如習將他們攏在一起，而形成結構性的組合，本來難稱其為黨的太子黨（以人際往來、政策取

---

27 按1979年的級別規定，習作為新畢業的大學生，應該是二十四級。而軍委秘書長的秘書至少是十一級，即便是文書秘書，也應達到十四級（正團級）。

向、組織路線，以及意識型態偏好等具體標準衡量）將出現一個太子派，從而惹出較大的非議，為高層團結蒙上陰影。這對中共的遠景而言，並非幸事。以習的政治智慧，自然不會如此「饑不擇食」。對他來說，較為穩妥的方法是「海納百川」，即胡的方法。在接班之初，有選擇的收編目前各方的可用之才，假以時日，再組建自己真正的班底。這樣雖然是一個相對緩慢的過程，但比起匆忙組團，欲速則不達，有更好的後續效果。畢竟作為新黨魁，他擁有制定人事新遊戲規則的特權，「西瓜最終是要靠大邊的」。而「海納百川」是在「一朝天子一朝臣」之後，在新一輪權力再分配中避免「贏者通吃」的零和競爭，在高層派別之間達成新平衡的最佳路徑。但談易行難。

二、胡錦濤與習近平權力交接的考驗

　　本文對「十八大」胡習交接班的分析，是在主觀推測的基礎上展開的。中央高層人事是一部關閉的書，某些內幕消息洩漏出來，但遠不足以得出任何系統性的結論。當然，這會使我們的研究更為有趣，如果我們能對自己的看法不那麼拘泥的話。而在大家關注的事項中，胡執政是兩期、兩期半，還是三任是一個最具挑戰的問題，[28] 這直接關係到習近平的權威鞏固和執掌軍委。到目前為止，並沒有絲毫跡象表明胡會在「十八大」上裸退，儘管北京有小道消息稱：胡本人在「十六大」時已談到此點，但習在「五中全會」上的軍委副主席的任命揭示此種可能性。這一問題事關重大，不僅檢驗中共菁英政治制度化的深入程度，更是習如何登上歷史舞台的前提，它涉及以下幾個具體問題：

---

[28] Frederick C. Teiwes, "The Paradoxical Post-Mao Transition: From Obeying the Leader to Normal Politics," in Jonathan Unger ed., *The Nature of Chinese Politics: From Mao to Jiang* (Armonk, NY: M.E. Sharpe, 2002), p. 251.

1. 兩任任期與最高權力制度化：如胡錦濤在「十八大」上裸退，將黨的幹部兩任任期的準則上沿至黨魁。即使無法形成文字規定，但作為先例的建立，仍會對他的所有後任者都產生實質影響。而限任制和年齡原則亦可有機的結合，使黨的權力制度化出現質的突破。

2. 超兩任對憲法的負面壓力：與此相反，超過兩任的選擇可能會造成與憲法的不協調。如前文所述，三合一的領導機制已成為最高領導人的正統標誌。儘管限任的規定尚不涉及黨和軍隊的最高職務，國家主席則受制於憲的兩屆限制。如胡在不兼黨魁、國家元首職位的情況下掌軍，在黨內或許不會引起太多議論，但在國際輿論上以及人民大眾的心目中，胡一向正面的形象則可能蒙上某些負面的陰影。

3.「雙線領導」的幽靈：理論上，國家軍委主席的職務法源於國家主席，超二任則使其脫鉤。胡當然可以延續鄧江之前例，但這勢必會使制度化的進展受挫。而分裂的黨權、政權與軍權在2004年剛剛獲得統一，在這之前江在軍委執行的首長負責制，以及胡作為黨魁與所擁有的黨政最高裁量權，有重大的制度性衝突。比如胡作為軍委副主席，只是江的高級助手，並無軍隊調動、核武器啟動的權力，然而他才應是擁有最終戰爭決定權的國家元首。因此在這一重大問題上，存在著明顯的模糊空間。所以胡的任期選擇，雖在我們筆下只是學術遊戲，但卻攸關國體，因為若每一輪權力傳承後都出現一段黨權、軍權分離，可能會傷及國家安全，這足以揭示政治體制的重大缺陷。當然，為實現兩任制而倉促交班亦會產生巨大的風險，中共似乎尚未有萬全之策，只能在當時的具體時空環境中尋求某種動態的平衡。[29]

4. 重大政治體制改革的舉措：如果胡選擇兩任「裸退」，他可以修改

---

[29] 解放軍擁戴江澤民在2002年後繼續擔任三軍統帥所提出的理由是：軍隊變革處在關鍵時刻、台灣的威脅加劇、國際形勢複雜等。朱成虎在北京現代國際研究所關於國際安全的演講，1999年10月5日。

黨章在1987年為鄧特別設立的條款：軍委主席可以不擔任其他任何黨職。此條款在當時或有正面意義，畢竟那時的接班過程尚難制度化，而改革引發的動盪也需要一個有力的權威來控制局面。但此一權宜之計，明顯違反黨的傳統與準則，也非正常的執政途徑，是典型的強人政治。它為軍隊介入黨務、政務提供制度平台。二十五年之後的今天，強人政治與中國的政局安定已無必然的聯繫。實踐證明，江2002年留任軍委顯然誇大他的不可替代性。為避免矛盾，「十八大」對此或許不做定論，但這終將是中共繞不過的坎。如胡果然「裸退」，他將推動一項重大的政治體制改革，有利於中國的長治久安。當然兩任制也可能會對改革深入帶來負面影響。如前所述，總書記在第一任上忙於固權，在第二任上則忙於禪讓，使政治與政策的目標短期化，平穩交班的考量重於勇於任事的考量，重大的政改就可能犧牲於這一過程中。

　　就習近平而言，他只能坦然面對胡之兩任或兩任半的決定。這當然是一種挑戰。然而，無論何種決定，對他都有正面和負面的影響。如果胡在「十八大」「裸退」，習可以較快地、較無掣肘地運用統帥之權，從容不迫地準備向新政過渡。但他如果立刻全面地進入角色，尚有許多政策盲區要克服。比如，習從未掌管過外交，對全國經濟的管理也沒有太多經驗，國家行政亦是其要補的功課，軍隊的轉型處在關鍵時刻，而胡若將兩任半的基礎定位於「扶上馬送一程」，則可幫助習較順利地走過這一權力交接期。當然，如果胡真的選擇兩任半的話，對習的挑戰會更大。首先，習要應付與胡異常複雜的互動關係。毛、劉、林、鄧、胡、趙的前例，對任何一個儲君都是揮之不去的陰影。[30] 其關鍵是如何在維護舊政以維護半退的領導人之權威，與推動新政以鞏固自己的歷史地位之間，建立起微妙的平

---

[30] Tang Tsou, *The Cultural Revolution and Post-Mao Reform* (Chicago: University of Chicago Press, 1986); Lynn White, *Policies of Chaos: The Organizational Causes of Violence in China's Cultural Revolution* (Princeton: Princeton University Press, 1989).

衡。在限任制的條件下，接班人的時間並不多。

第二，兩任半在邏輯上和制度上為在黨的最高層出現兩個權力中心播下種子。[31] 前邊談到雙線領導，而從中共黨史與權力運作的實踐看，軍委主席作為二線領導，常代表黨政軍的最高權威，常對主持具體工作的一線官員施以無形的壓力。[32] 儘管公共權力在後鄧世代有極大的發揮，也是合法性的源泉，但繼任者要面對的是前任上司和他所提拔的眾多同事，和自己較薄弱的權力基礎，至少在政策上和人事安排上還需要韜光養晦。

第三，在兩任半的過渡期中，習尚無法利用自己的真正權力基礎：中央軍委。而在此時，他雖貴為黨魁，亦要遵守中央軍委首長負責制的嚴格制度，即他只能襄助胡處理軍隊的重大事務，像大單位領導的人事任免、部隊的戰勤調動等，而無法自己乾綱獨斷。在這一背景下，他需要特別區隔軍政和軍令兩個不同的統軍領域，儘管解放軍並未建立兩個制度化的軍政軍令系統。一般說來，軍令事務遠比軍政事務更為敏感，而後者更是三軍統帥的特權所在，有明顯的排他性。因而，習對此更需謹慎對待。比如胡錦濤直到2004年接任軍委主席的職務之後，才正式地視察西山。[33] 這既是對江澤民的高度尊敬，也是他恪守職分的表達。

伍、習近平治軍

本文應以習近平治軍為主題，但習尚未真的開始治軍，任何實質性的

---

[31] 請參見James Mulvenon, "Party-Army Relations since the 16th Party Congress: The Battle of the Two-Centres," in Andrew Scobell and Larry Wortzel eds., *Civil-Military Change in China* (US Army College, 2004).

[32] 鄧小平在1992年的南巡講話中，曾威脅一線領導「不換政策就換人」。其實，鄧在當時沒有任何職務，連二線領導都談不上。

[33] 胡錦濤直到就任軍委主席以後，即於2004年9月才視察西山指揮中心。解放軍報，2004年9月26日。

討論還為時尚早。所以，在中國正在變化的政軍關係理論架構下，本文的關注點將聚焦在習治軍前景的探索上。主要的觀點是：在江胡過去二十四年較順利治軍的基礎上，如果沒有其他外部因素的干擾，如中國的國家與社會關係發生劇變，習治軍的前景應是樂觀的。自1989年以來，習作為首位有在軍中服役經歷的最高統帥，與軍隊的淵源、對軍隊文化的熟悉程度、對軍隊管理和運行的理解，都是江胡在治軍之初所無法比擬的。

一、千呼萬喚始出來

「十七屆四中全會」沒有確定習在軍委的地位有重要的政治意義。根據中共高層政治的潛規則，儲君的甄補必須要選擇最佳時刻，過早或過遲都會引起不必要的爭執。「四中全會」距「十七大」的時空仍近，全黨對習的接班在心理上還未完全準備好，共識的基礎也較為脆弱。而且，揭牌不到最後時刻，不確定性的因素尚多。但到了「五中全會」，對習的確認已經到了時乎不待的關頭，再推延就會影響到「十八大」的整體接班安排。最後的攤牌似乎無可避免。而這一步一旦跨出，中共的權力機器便開始向一個新的中心運作。從「五中全會」對習的簡歷介紹看，比如刻意描繪習近平的「軍事經歷」，實屬罕見。像預備師師政委這類兼職的職務，在一般的情況下是不會登「大雅之堂」的。從此亦看出，中共為了增強習作為新三軍統帥的合法性，所做的超乎尋常的安排。

事實上，習在「五中全會」之前，已開始逐步介入軍隊的管理。2009年10月26日，習接見越南人民軍總政治部主任李文勇。[34] 根據中共慣例，中共領導接見外國貴賓，一般會按照他們在常委中的各口分工。而「五中全會」一閉幕，軍委立即在八一大樓為習設立辦公室、委派將級官員作為聯絡員和軍事秘書、加強警衛等級；特別是在外訪期間，增加軍內文件的呈報習的範圍與密級等。軍委的反應是快速和熱情的，但作為待位的中央

---

[34] 「胡錦濤會見越南軍事代表團」，解放軍報，2009年10月27日。

軍委掌門人，習在此時此刻，還須在與軍方高級將領的互動中自我約束，遵循江規、胡規。而江規、胡規則反映出中國政軍關係的微妙變化。

二、習近平掌軍的理念框架

自鄧之後中國的政軍關係向後強人統治時代過渡，通過制度化安排，新遊戲規則的限制，新政軍首長的自律，可能出現的權力真空得以避免。強勢的軍隊服從於較為弱勢的文人領導，這得利於江胡治軍所建立的一系列新理念。將中共自毛之後複雜而動盪的政軍關係穩定下來，成為中共較為有效的維護政治與社會穩定的前提，同時也為習近平掌軍奠定堅實的基礎。下面幾節將就這些政軍關係的新理念結合習近平未來領軍，簡略分析之。

(一)「統而不治」的方向性主導

「統而不治」是在文人最高統帥掌軍與職業軍人日常領軍之間，建立起有效而微妙的平衡。在這一原則下，文人高度尊敬軍人的專業知識、豐富的治軍經驗，以及在重大的國防安全政策制定過程中應有的地位。具體而言，這包括軍委的職業軍人所擁有的人事自主權（大單位主管的舉薦）、國家國防戰略的制定、軍隊轉型的指導方針與實施、軍費在不同軍種間的劃分、武器發展的型號規劃與遠景安排等。江和胡在自己的任期內都給予職業軍人儘可能多的決策權，使他們對軍隊的日常管理有充分的主動性。當然，「統而不治」不是「甩手」放任，江和胡基本上達成對解放軍戰略方向的發展主導。這其中，他們均較為有效地運用人事任免權，從外部制衡軍內「山頭」的互動，使楊家將時代的人事亂象未再重複。在國防安全的總體政策上，樹立國防服務於內政的原則。[35]這些對習近平日後

---

[35] 劉繼賢，「軍隊政治工作理論的創新發展：學習胡錦濤軍隊政治工作思想的認識」，中國軍隊政治工作，第10期（2008），頁2。

統軍有重大的指導性意義。

　　方向性主導的原則可能削弱三軍統帥的排他性最高權威，因為軍權是不能分割的。在此，職業軍人的自主權應有多大，直接影響政軍關係的穩定。江胡的基本理念是沿著「客觀主導」（objective control）方向延伸，即通過讓軍隊專注於本身軍事專業的完善，而降低對黨內政治干預的意願。當然，在軍隊維護黨的統治這一終極目的上，「主觀主導」（subjective control）仍是「綱」而「客觀主導」則是「目」。但政軍關係在國家與社會非危機的常態時期，「客觀主導」對黨魁掌軍是有利和有效的。[36]軍人干政是文職統帥掌控全局更為現實的威脅。而江胡的經歷已說明，軍人對自身管理的自主權越大，他們對黨內政治的干預程度就越低。習近平今後治軍能否延續江胡的「必要距離」，還有待觀察。畢竟對軍事事務的實質介入，最能體現最高統帥的權威，在軍委首長負責制的制度安排及權力膨脹自然心態的影響下，收斂和自律並非易事。

(二)政軍利益的平衡與統一

　　對習更大的考驗是如何利用軍隊這一最有效的權力工具，來儘快確立自己的個人權威。如前所述，習和胡的不同在於，胡之上台基於黨的高層共識，而習至今仍具有一定的爭議性。因此，利用最高統帥的特權來壓抑爭議，是權力鞏固的捷徑。但習是不是會這樣做，還是一個問題。即便他會這樣做，在多大的空間裡能如此作為，而不引起不利於他的反彈，就要看他的政治敏感性和手法的周全。與此相關的是，中國的政軍關係在後鄧時代出現的新特點：最高統帥和軍隊在利益共享的潛規則。江胡無可爭議的執政地位的確定，得益於毛的一個治軍原則：政治局治政，軍委治軍。

---

[36] 關於主客觀主導，見Samuel Huntington, *Soldiers and the State* (Cambridge: Harvard University Press, 1957).

[37] 1972年12月毛在著名的八大軍區司令對調會議上的講話。「毛澤東與八大軍區司令對調」，解放軍生活，2009年8月20日。

[37]為防範文人和軍隊的相互滲透，他樹立制度上的「防火牆」，並令所有領導人心存顧忌，而毛則凌駕於政治局和軍委之上。由於歷史的淵源，中國政軍兩大領域的制度化區隔，直到黨軍元老的離去才逐漸清晰。除江和胡之外，文人同軍隊的非授權政治聯繫基本上被切斷，從而使江胡的政軍權力大到他人難以挑戰。這也是習近平最大的權力資源。

然而，軍隊對習的支持並不是自然而然的。江、胡的成功除了他們的統帥地位和公共職務之外，還有雙方在利益關係上的共享和默契。基本上，黨魁須儘量滿足軍隊發展的需求、高級軍官的升遷渴望，以及軍隊在中國政治體制內的地位。具體而言，這由軍費增長速度、軍隊在安全決策領域裡的發言權、軍人生活水準的持續改善來衡量。軍隊雖沒有對最高統帥的選擇權，但對最高統帥的接受，是後者能否迅速鞏固權力的保障。不難理解，江、胡為什麼都被軍隊認為是合格的統帥。而這種共享關係一經確立（give and take），軍隊對黨魁的政治與政策的支持就顯得順理成章，這又使黨魁執掌黨務、國務時比較得心應手，特別是在危機處理上。這種兩大系統的利益共享與平衡，已成為現今良性政軍互動的前提，也會對習治軍產生深遠的影響。習向解放軍示好已有徵候，儘管他尚未掌軍。他在紀念志願軍赴朝六十周年大會上的講話，是軍人最愛聽的語言。[38]2010年的亞洲安全局勢趨緊，引出解放軍官員在中國國家安全問題上的強勢發言。雖在體制上並無大的不妥（解放軍本身就主導中國的國防與安全政策），但軍人的集體聲音可能會對習產生一定的影響。在權力交替的過渡期，他在執政路線選擇上，應該是安內先於攘外，但在一定的時間裡，安內攘外並舉可以獲得重要的強力集團的支持，也可算是階段性的理性設計。

---

[38] 「習在紀念志願軍赴朝六十周年大會上的講話」，人民日報，2010年10月26日。

(三)習近平在軍中的人事布局

習對軍隊的有效控制，是要建立在對軍內高層人事控制的基礎上，「十八大」是個很好的機會，「十八大」的軍委將會有一個大的重組。從維護政軍關係長遠發展的角度出發，新的三軍統帥對他今後所領導的班子的組成應該有一定的發言權。但在胡仍是現任軍委主席的條件下，在胡是否在「十八大」上「裸退」尚不明確時，習的發言權應是有限度的。三軍統帥一長制的制度，決定人事主導權仍應屬胡錦濤。但從胡素來的行事風格看，他會讓習參與其中，而習如何利用此機會，我們很難得知。但至少在以下幾方面，習的作為會影響他今後的中南海之路。

首先，在胡錦濤掌軍後期，較大比例的高幹子弟被提升到大單位級別，離軍委委員的要職僅差一步之遙。而恰逢軍委改組之際，他們能否更進一步，不僅是大眾關注的「公平」議題，也將影響軍心穩定、高層團結。在十八屆中央軍委中出現三位高幹子弟的可能已經較大（習近平、張海陽、馬曉天和張又俠），如果要超過此數，而成為某種政治議題，對習今後掌軍絕非幸事。當然，胡應對此負主要責任，但不知情者，會將此歸咎於習近平。第二，中央軍委自楊家將出局後，基本上由軍事技術官僚組成，特別是總部軍種的代表，其作用更多是功能性的。這一發展既是軍隊職業化的邏輯結果，也是最高統帥的幹部路線導向，並逐漸被制度化，最高指揮層也因此出現了軍令軍政去政治化的現象，顯然這有助於弱勢文人統帥掌軍。習近平若圖固權之捷徑，在軍委裡面尋求政治意識較強的將領為盟友，勢將打破目前的微妙平衡。而高幹子弟的政治企圖心明顯高於其他出身的將領，軍委中兩個政治職務更是敏感（主管政治事務的副主席和總政治部主任），按目前的資歷分工排列順序，可能有一個職務會由他們承擔。

陸、結論

習近平可能是二十多年來中共首個非技術官僚榮登大統，並且，他亦是自江澤民、胡錦濤之後第一個有軍事經歷的三軍待任統帥。在中國政治軍事經濟發展的關鍵時刻，一個不同的領袖、一種不同的統領風格，或許會為中共未來十年的執政帶來新的氣象。但習是新政福音，還是挑戰，將是外界的戰略關注點。一般來說，政治家治國可建大業，亦可留大患。而技術官僚治國，雖難以有大建樹，但亦避免大動盪。中共現今的「無為而治」的道路似乎已走到盡頭，所以習近平的接班，可能會將中共帶上一條發展新路。

「十八大」為第五代領導執掌大位開闢通道，建立合法性，習李體制將逐漸成形，權力輪換更進一步制度化。雖然在最高層的人事甄選，人治仍是主導，但「十七大」前的「初選」為其帶來某種改變的契機。當然，質的變革還難以期待，中共權力制度化依然會沿著進兩步退一步的軌道緩慢推進，「十八大」當是一股前行的推力。

研究「十八大」的菁英政治會面臨許多未解之題。所涉及的一個戰略問題是胡錦濤會不會「裸退」，抑或會續任至兩屆半，甚至三屆，本文傾向於「裸退」。從現在到「十八大」還有一年半的時間，對胡習、習李來說，這仍是一個較長的磨合期。在這期間中共的領導政治還會產生什麼新變化，我們尚難預料。圍繞「十八大」的人事安排，我們可以問出無數問題，但真正的答案只有在「十八大」謝幕很長一段時間後才可能獲知。不過藉由對這些目前無解問題的思索，我們可以更多地瞭解中共的菁英政治、它的發展方向，以及對中國整體改造的長遠影響。「十八大」將是一個重要的政治時刻，對中國歷史大趨勢之推動，有著它的重要地位。

參考書目

一、書籍及期刊

羅伯特‧庫恩著，他改變了中國：江澤民傳（上海：上海世紀出版社，2005），頁147。

張執中，「中共幹部人事制度改革文件之評析」，**歐亞研究通訊**，第9卷第10期（2006年10月），頁10。

劉繼賢，「軍隊政治工作理論的創新發展：學習胡錦濤軍隊政治工作思想的認識」，**中國軍隊政治工作**，第10期（2008），頁2。

寇健文、黃霈芝、潘敏，「制度化對中共菁英甄補之影響：評估十七大政治局的新人選」，**東亞研究**，第37卷第2期（2006年7月），頁1~38。

Dittmer, Lowell, "Leadership Change and Chinese Political Development" in Yun-han Chu and others eds., *The New Chinese Leadership: Challenges and Opportunities after the* 16th *Party Congress* (Cambridge: Cambridge University Press, 2004).

Dittmer, Lowell and Yu-shan Wu, "The Modernization of Factionalism in Chinese Politics," *World Politics,* Vol. 47 (July 1995), pp. 467~494.

Fewsmith, Joseph, "The 16th National Party Congress: The Succession that Didn't Happen," *The China Quarterly,* No. 173 (March 2003), pp. 1~16.

Huntington, Samuel, *Political Order in Changing Societies* (New Haven, Conn.: Yale University Press, 1968).

_____, *Soldiers and the State* (Cambridge: Harvard University Press, 1957).

Inoguchi, Takashi, "Japanese Politics in Transition: A Theoretical Review," *Government & Opposition,* Vol. 28, No. 4 (Fall 1993), pp. 443~455.

Koh, David, "Vietnam's Recent Political Development," in Philip Taylor ed., *Social Inequality in Vietnam and the Challenges to Reform* (Singapore: Institute of Southeast Asian Studies, 2004), p. 41.

Mulvenon, James, "Party-Army Relations since the 16th Party Congress: The Battle of the Two-Centres," in Andrew Scobell and Larry Wortzel eds., *Civil-Military Change in China* (US Army College, 2004).

Scheiner, Ethan, *Democracy without Competition* (Cambridge: Cambridge University Press, 2005).

Shambaugh, David, "The Dynamics of Elite Politics during the Jiang Era," *The China Journal,* Vol. 45 (January 2001), p. 107.

Teiwes, Frederick C., "The Paradoxical Post-Mao Transition: From Obeying the Leader to Normal Politics," in Jonathan Unger ed., *The Nature of Chinese Politics: From Mao to Jiang* (Armonk, NY: M. E. Sharpe, 2002), p. 251.

Tsou, Tang, *The Cultural Revolution and Post-Mao Reform* (Chicago: University of Chicago Press, 1986).

White, Lynn, *Policies of Chaos: The Organizational Causes of Violence in China's Cultural Revolution* (Princeton: Princeton University Press, 1989).

Wong, John and Yongnian Zheng eds., *China's Post-Jiang Leadership Succession: Problems and Perspectives* (Singapore: National Singapore University Press, 2003).

You, Ji, "Jiang Zemin's Formal and Informal Sources of Power and China's Elite Politics after June 4," *China Information,* Vol. 5, No. 2 (Autumn 1991), pp. 1~22.

_____, "Institutionalising Party-Army-State Relations," in Francois Godement ed., *Les cahiers d'Asie (China's New Politics),* No. 3 (Paris: IFRI, 2003).

_____, "Hu Jintao's Succession and Power Consolidation Strategy," in John Wong and Hongyi Lai eds., *China's Political and Social Change in Hu Jintao Era* (Singapore: World Scientific, 2006).

二、新聞報導

「毛澤東與八大軍區司令對調」，解放軍生活，2009年8月20日。

「胡錦濤會見越南軍事代表團」，解放軍報，2009年10月27日。

「習在紀念志願軍赴朝六十周年大會上的講話」，人民日報，2010年10月26日。

「浙江省長呂祖善的政府工作報告」，2007年1月29日，浙江在線，http://www.zjol.com.cn。

「《中國人民解放軍現役軍官任免條例》」，國防部網，2009年10月2日，http://www.mod.gov. cn/policy/2009-09/16/content_4088348.htm。

解放軍高層人事變動與軍事戰略

張國城

（台北醫學大學通識中心助理教授）

摘要

2012年中共即將召開「十八大」，除了領導人的接班外，中央軍事委員會的人事更迭也是非常值得關注。本文旨在探討解放軍近年來的高層人事變動與其軍事戰略的關係，並判斷在「十八大」之後解放軍軍事戰略的可能走向。本文將分析共產國家常見的「黨軍關係模式理論」，推論當前中共較符合何種模式，並分析在此模式下，「十八大」後的解放軍高層人事將具備哪些特色？此類特色是否與中共領導人對軍事戰略的調整有關？新任的解放軍高層將領是否將帶動中共的軍事戰略轉化？倘若將帶動中共的軍事戰略轉化，此一轉化是朝哪些方面進行轉化？與周邊國家相比，解放軍高層人事甄補的途徑具備哪些研究價值？

初步的發現包括：「軍事專業化」的黨軍關係已建立，因此解放軍高層人事逐漸制度化、人選專業化，這一趨勢在「十八大」的新一屆中央軍委應當賡續維持，並以強化陸軍為核心的聯合作戰能力為發展重點。陸軍仍將掌握大部分的重要軍職，但空軍的重要性已相對提升。

關鍵詞：「十八大」、解放軍、中共軍事、黨軍關係、中央軍委

壹、前言

　　2012年中共將召開「十八大」，除了領導人的接班外，中央軍事委員會的人事更迭也是非常值得關注。解放軍近年來歷經數次大規模的人事變動，在高級將領中，1950年後（即俗稱的「五○後」）出生的解放軍將領已逐漸開始躍上檯面，在各軍種出任重要軍職。同時，海、空軍及第二砲兵出身的將領，也日益在三總部（總參謀部、總後勤部和總政治部）扮演要角。

　　本文旨在分析解放軍近年來的高層人事變動與其軍事戰略的關係。探討的重點包括：

1. 黨軍關係的理論探究：中國的黨軍關係向來是研究中國政治與中國軍隊的重要焦點。本文將概略分析中國當前黨軍關係的理論基礎，以推斷日後的發展。
2. 近年來解放軍高層人事變動有哪些特色？
3. 近年來解放軍的高層人事變動，是否和中國領導人對軍事戰略的調整有關？
4. 這些新任的解放軍高層將領，是否能帶動中國的軍事戰略轉化？如果能，是朝哪些方面轉化？
5. 和周邊國家相比，解放軍高層人事甄補的途徑有哪些可以研究的地方？

　　由於解放軍高級將領人數眾多，因此本文將集中在中央軍事委員會委員。中央軍委是解放軍的法定和實質最高指揮機關。眾所周知，中央軍委的主席由全國「人大」直接選舉，獨立於國務院之外，中央軍委直接領導解放軍的七大軍區、四總部、海軍、空軍和第二砲兵。從中國黨軍關係的現況，中央軍委委員的甄補與他們個人的資歷、特質，或可幫助我們更加理解解放軍近年的高層人事變動與其軍事戰略關係。

貳、共產國家「黨軍關係」模式的理論探究

　　共產國家的黨軍關係一般被學者歸納為「派系主義」和「軍事專業化」兩大模式，[1] 前者認為個人關係網絡和軍中人脈是黨軍關係的重點。黨和軍的領導人是交織擔任，黨的領導人也同時實際領導軍隊，軍隊領導人也有機會直接領導黨政事務。此外，在黨內的地位是否穩固和是否有豐富的軍事經歷，和解放軍是否有淵源，抑或得到軍人的擁護有密切關係。同時，與政治領導人是否同一派系，決定高階將領的升遷與發展。

　　後者則是歸納自蘇聯紅軍的經驗，認為黨軍關係主要是文武菁英納入黨體制之內，在黨的指揮下，文武分別就掌管事務執行黨的命令。軍人就只管軍事專業領域，文人也不過多介入軍事領域。這樣的文武關係主要的特色是在黨體制嚴格控制之下，軍隊與文人之間具有共同的利益，共同捍衛黨的統治和國家安全，形成利益關係密切的革命夥伴，即使因為政府部門利益的不同，而有潛在衝突發生，在黨的指揮和協調之下，不易形成軍事優先於一切的軍人政權。另外，由於黨的最高領導人為文人，在文人透過黨的體制控制軍隊的運作下，也形成另一種形式的文人領軍。[2]

---

[1]　Amos Perlmutter and William M. LeoGrande, "The Party in Uniform: Towards in a Theory of Civil-Military Relations in Communist Political System," *The American Political Science Review*, Vol. 76, No. 4 (December 1982), pp. 778~789.

[2]　參閱Roman Kolkowitz, *The Soviet Military and the Communist Party* (Princeton: Princeton University Press, 1967), pp. 8~18; Eills Joffe, "The Chinese Army in Domestic Politics: Factors and Phrases" in Nan Li ed., *Chinese Civil-Military Relations: The Transformation of the People's Liberation Army* (New York: Routledge, 2006), pp. 8~24; Paul B. Godwin, "Professionalism and Politics in the Chinese Armed Forces: A Reconceptualization," in Dale R. Herspring and Ivan Volgyes eds., *Civil-Military Relations in Communist Systems* (Boulder, Co.: Westview Press, 1978), pp. 219~240。

　　無論是哪一種方式，共黨國家都會制定以黨領軍的法律，以及相應的組織結構，這一套組織結構的特色是黨透過軍隊政治工作，將黨的組織滲透到各階層的軍隊組織之中，軍內有共產黨的黨組織、政治委員與政治機關，從而達到控制之目的。同時，共黨國家黨內與政權機構也有龐大的軍隊代表，[3] 可謂黨和軍相互滲透。共黨國家此種黨軍雙重角色的組織結構，與民主國家文武分立（或文武分工）的制度設計，以及政黨不在軍中發展組織、現役軍人亦不在政權機關有任何代表截然不同。

　　目前看來，中國的黨軍關係應該已較傾向於「軍事專業化」的理論架構。其重點在於：一、鄧小平之後，軍隊領導人不再直接分管黨政事務。此外，在黨內的地位是否穩固，與是否具有豐富的軍事經歷、和解放軍是否有淵源，已非最高領導人出線的要件。非軍人出身亦無軍事經驗的文人（江澤民、胡錦濤）已牢牢掌握黨和政府的領導權，軍人只管軍事專業領域。從「十六大」開始，軍方對政治領導人交替沒有太明顯的影響，[4] 軍方高層領導也不公開參與和軍事無關的政治活動。二、自劉華清之後，已無解放軍高階將領擔任中央政治局常委，顯示出一種政、軍分離的情形。[5] 三、與政治領導人是否同一派系，對高階將領的升遷與發展影響不明顯。近年來晉升的解放軍高級將領在資歷和專業上已趨於完整，顯現出軍事專業為重的情形，較難將他們歸類為是屬於誰的人馬，或是因為受益於和哪一個政治派系的淵源而升官。同時，中國雖然連年提高國防預算，但

3　胡錦濤時代解放軍在黨內的地位，可由以下數字觀察：中共「十六大」選出的198席中央委員中，共軍仍舊有四十四席；2003年3月召開的「第十屆全國人大」代表總計2985人，軍方代表有268人，約占總數的8.9%。

4　Murray Scott Tanner, "Hu Jintao as China's Emerging National Security Leader," in Andrew Scoball and Larry Wortzel eds., *Civil-Military Relations in China: Elites, Institutes and Ideas after the* 16th *Party Congress* (Carlisle, PA: Strategy Studies Institute, 2004), p. 52.

5　參閱丁樹範，「1990年代以來的中國黨軍關係」，中國大陸研究，第46卷第2期（2003年3月），頁57~80。

並沒有像前蘇聯那樣，軍事優先於一切。

　　但是，中國「以黨領軍」以及黨軍相互滲透的狀況仍未改變。特別值得注意的是即將繼胡錦濤之後成為中國領導人的習近平，雖然不是職業軍人出身，但是卻有擔任中央軍委秘書長耿飆秘書的經歷，這使他和軍方的淵源被認為比江胡二人要來得密切。由於他是所謂「太子黨」，和眾多出身高級將領家庭的解放軍高級將領可能也會有一定的交情。習個人的這些特質對「十八大」之後的解放軍高層人事變遷，是值得觀察的重點之一。

　　此外，2012年3月，重慶市委書記薄熙來突告去職，被認為是中共內部權力鬥爭的徵兆。若權力鬥爭真的發生，習近平的順利接班自然需要解放軍的支持，這時傳統的「派系主義」或有可能抬頭；因為政治領導人需要選擇渠在軍中的盟友，部分高級將領也可能因為與政治領導人的關係而受重用或遭冷凍。這種種發展都是對於「十八大」之後的解放軍高層人事變動和黨軍關係，值得觀察的重點之二。

貳、「十八大」的解放軍高層人事變動有哪些特色？

　　在傾向於「軍事專業化」的黨軍關係之下，「十八大」的解放軍高層人事變動可能有哪些特色？

一、趨向年輕化

　　在年齡方面，從1989年後中央軍委班子就趨向年輕化。年輕化的主要原因是來自於「法制化」，到達一定年齡的將領必須離休已成規範。這是「軍事專業化」的象徵。一方面是以定期的離休促使軍方新陳代謝，避免單一將領長期壟斷軍事指揮權；另一方面藉由新任將領的拔擢，賦予文人的黨領導人實際的軍隊領導權。

　　就現有資料，十五屆中央軍委平均年齡68歲，所有人年齡都在65歲以

上，其中有四人已過70歲或快到70歲。而十六屆軍委平均年齡63歲，除了江澤民和曹剛川分別為76歲和67歲外，其他均在60歲左右。[6] 到了「十七大」軍委年輕化的趨勢更為明顯，已達65歲者基本不再選入，預計「十八大」也將如此。到2012年黨的「十八大」召開時，現任總參謀長陳炳德、總政治部主任李繼耐、總後勤部部長廖錫龍都可能因年齡超過65歲而離休。較為年輕的將領可望有更為先進的治軍思想和態度，對於國防科技建設的重視程度也會更高。

二、人選組成與換班制度化

從「十六大」開始，中共中央軍委通常情況下有三位副主席，其中兩位由軍人擔任。這兩位通常一位是軍事幹部，一位是政工幹部。如江澤民時代的張萬年（軍事幹部）和遲浩田（政工幹部）、胡錦濤時代的郭伯雄（軍事幹部）和徐才厚（政工幹部）。十七屆軍委除了上述人員外，其他委員則為總參謀長、三總部主任及海、空軍和二砲司令員。十八屆中共中央軍委領導班子如果繼續保持現有結構，除了擔任中共中央軍委主席的前任總書記，和擔任中共中央軍委第一副主席的未來總書記之外，將有九到十位職業軍人。其中包括兩位中共中央軍委副主席、國防部部長（或者由其中的一位副主席兼任）、總參謀長、總政治部主任、總後勤部部長、總裝備部部長、海軍司令員、空軍司令員、第二砲兵部隊司令員。

總參謀長、總後勤部部長、總裝備部部長通常情況下都由軍事幹部擔任，總政治部主任通常情況下則由政工幹部擔任。到2012年黨的「十八大」召開時，如前面所述，若陳炳德、李繼耐和廖錫龍都離休，現任總裝備部部長常萬全可能會更上一層樓，擔任更加重要的職務。因此，四總部

---

6 David Shambaugh, "China's Post-Deng Military Leadership" in James R. Lilley and David Shambaugh eds., *Chinese Military Faces and Future* (U.S.: American Enterprise Institute, 1999), pp. 17~25.

首長可能都會在黨的「十八大」前後易人。至於可能的人選，現任上將而又不在2012年時超過65歲者最有可能進入中央軍委。[7]

三、參戰經驗較少

十五屆和以前的軍委班子中，多數職業軍人都有建政前作戰經驗，到了「十七大」軍委的職業軍人都在中共建政後從軍，例如郭伯雄1961年入伍、梁光烈1958年入伍、廖錫龍1957年入伍、李繼耐1967年入伍。[8] 到了「十八大」，隨著將領的年輕化，解放軍也慢慢由一群無實際作戰經驗的將領領導。特別是海空軍，由於解放軍長期沒有實際的海空作戰經歷，因此海空軍司令員在這一點上向來較為不足；故解放軍可能退而求其次，傾向拔擢具備遠航艦隊指揮經驗的海軍將領，和具有聯參指揮經驗的空軍將領來擔負重任。[9]

參、近年來解放軍的高層人事變動，是否和中國領導人對軍事戰略的調整有關？

從鄧小平之後，江澤民和胡錦濤兩屆領導人都無軍隊背景。[10] 他們對軍隊的領導權威來自於身為國家最高領導人，但是他們對於中國所面臨的

---

[7] 「中央軍委晉升十一位上將，胡錦濤頒布命令狀」，網易新聞，2010年7月20日，http://news.163.com/10/0720/03/6C0N671L0001124J.html。

[8] David Shambaugh, "China's Post-Deng Military Leadership," pp. 17~20.

[9] 如孫建國擔任過核潛艇艇長時，成功執行水下遠航六十天的任務；丁一平在2002年指揮解放軍艦隊實施首次環球遠航，參閱「『鐵艇長』孫建國升任副總參謀長」，南都網（廣州），http://epaper.oeeee.com/A/html/2009-01/08/content_680244.htm。

[10] 根據由冀指出，江澤民直到1995年才被解放軍視為「自己人」，參閱Ji You, "Changing Consequences: The Domestic Context of War Games," in Suisheng Zhao ed., *Across the Taiwan Strait-Mainland China, Taiwan, and the 1995-1996 Crisis* (New York/London: Routledge, 1999), pp. 87~88.

內外安全環境，以及應當與之配合的安全戰略，並無不能掌握的情形。兩代中國領導人仍注重中美、中日關係，不尋求和美國及周邊國家在既存的戰略衝突上攤牌，所謂軍中的「鷹派勢力」即使有，也基本服從中央決策，並未在重大戰略問題出現時，明白向黨中央顯現分歧。

在世界觀和整體安全戰略沒有大轉變的情況下，中國的軍事戰略從「十四大」以來沒有根本性的變化，仍然是承繼鄧小平「世界大戰打不起來」，未來解放軍需要在「資訊化條件下打局部戰爭」的建軍原則。「十八大」雖然於本文撰寫時尚未正式召開，無法瞭解新的中央軍委領導班子是否有新的思維，但在2011年3月，中共召開的「兩會」中仍可以看出一貫性。依慣例，所有中央軍委的軍職委員都是「人大」代表，他們照例會在分組會議中「發言」，其實就是一種國防政策的宣示。綜合他們的發言仍舊是：「……我軍實現科學發展，必須緊緊抓住加快轉變戰鬥力生成模式這條主線，並將其貫徹到軍隊建設、改革和軍事鬥爭準備全過程和各領域，切實提高我軍以打贏資訊化條件下局部戰爭能力為核心的完成多樣化軍事任務能力，為國家發展提供更為堅強的安全保障。」

從中國周邊環境來看，目前可能發生的局部戰爭包括：

1. 武力威嚇或滋擾台灣；
2. 與日本爭奪釣魚台；
3. 東海及南海衝突。

若要從事這類型的軍事行動，解放軍必須強化海空軍及二砲實力。1995年和1996年的經驗，也充分證明這三個軍種在對台灣的軍事行動上扮演的角色。[11] 2004年9月以前，海軍司令員、空軍司令員、第二砲兵部隊

---

[11] 1995年7月至11月23日期間，中華人民共和國實施第一次飛彈發射及1958年以來在台海最大的軍事演習，表示抗議李登輝總統出訪美國。1995年7月18日，新華社宣布解放軍二砲部隊將於7月21日至28日間，舉行飛彈演習，朝向距離基隆港約56公里的彭佳嶼海域附近試射。

司令員的編制級別一直是正大軍區職。但到了2004年9月，中共「十六屆四中全會」決定調整和充實中共中央軍事委員會，時任海軍司令員張定發、空軍司令員喬清晨、第二砲兵部隊司令員靖志遠同時當選為中共中央軍委委員。這三個軍種的司令員同時晉升為中共中央軍委委員，是1989年以來的首次，並再次顯示中共中央與中央軍委對海軍、空軍、第二砲兵部隊的高度重視。海軍司令員、空軍司令員、第二砲兵部隊司令員從此成為中共中央軍委領導班子的當然組成人員，這種體制在中共「十七屆一中全會」上得到延續，並已經成為慣例。

不過，從解放軍的高層人事變動來看，還是擺脫不了陸軍將領絕對主導的格局。2010年7月19日，中央軍委晉升了十一名中將為上將，他們是副總參謀長章沁生、總政副主任童世平、總裝副部長李安東、軍事科學院院長劉成軍、國防大學校長王喜斌、北京軍區司令房峰輝、蘭州軍區司令王國生、南京軍區司令趙克石與政委陳國令、廣州軍區政委張陽、成都軍區司令李世明。其中只有童世平（海軍）和劉成軍（空軍）兩人不是陸軍。解放軍迄今仍未能像美國、日本或台灣一樣，讓各軍種高級將領都有擔任軍中最高首長的機會並形成慣例，將領出任中央軍委委員也沒有公開的甄拔和聽證過程，「十八大」預計將不會大幅改變這種情況。

同時，自「十七大」以來，空軍地位高於海軍。目前空軍上將有五人，海軍上將只有兩人。這也和一般認為中國即將成為海洋大國，以及積

1996年3月8日至3月15日，中國人民解放軍在福建永安和南平飛彈部隊基地，進行「聯合九六」導彈射擊演習，發射四枚東風15導彈點火升空，越過台灣海峽。3月8日零時跟一時，從永安分別試射兩枚東風15導彈，落在台灣高雄外海西南30至150海里；3月8日一時，從南平發射一枚東風15導彈，落在基隆外海29海里處。1996年3月12日至3月20日間，解放軍海、空部隊在東海與南海展開第二次實彈軍事演習。航空兵力之戰術操演和編隊航行、火砲、飛彈射擊及海空聯訓。1996年3月18日至3月25日間，解放軍海、陸、空部隊展開第三次聯合作戰的軍事演習，演習地點平潭島離台灣的島嶼不足70海里。演練項目包括三棲登陸、空降及山地作戰演練。

極突破第一島鏈的作為有些許落差。除了提升司令員進入中央軍委外，中國還沒有因為對海洋權益的重視及海上活動的增加，讓解放軍海軍其他高級將領在中央軍委或總參謀部中占據更多的位置。五名空軍上將中，除了許其亮（空軍司令員）和鄧昌友（空軍政委）留在本軍之外，還有三人占據要職，相形之下，兩名海軍上將除了吳勝利（海軍司令員）以外，只有童世平出任總政副主任。在政治上，劉華清之後，也沒有解放軍海軍司令員出任中共中央政治局委員。不過這一狀況將可能在「十八大」有所改變，因為梁光烈、陳炳德、李繼耐、廖錫龍、靖志遠都因年齡關係，在「十八大」可能都會退出，能留下來的只有總裝備部長常萬全、海軍司令員吳勝利、空軍司令員許其亮。1989年以來，還沒有一位中共中央軍委副主席是從大軍區的司令員或政治委員一步升任，所以說常萬全、吳勝利、許其亮三人都是十八屆中共中央軍委副主席的可能候選人。若吳勝利能夠出任，則是海軍將領地位的一大提升。

　　目前，空軍在解放軍高層人事中，已有逐漸重要的趨勢。空軍馬曉天上將目前出任副總參謀長，這是相當重要的職位，而現任空軍司令員許其亮也曾擔任過此一職位。在中國軍事體制中，總參謀部實質上扮演其他國家國防部和參謀本部雙重角色，又因直接指揮各大軍區，因此還兼有陸軍總司令部的職能。所以總參謀長的排名向來居四總部首長之首，任何將領出任副總參謀長對於解放軍各大軍區及海、空軍和二砲也將有 ·定的領導地位，並對其他軍種有一定瞭解。許其亮和馬曉天兩位空軍將領可以勝任此職，可能代表解放軍陸軍和空軍的聯合作戰能力逐漸加強，空軍不再只是擔任國土防空的職責，可能在聯合作戰上將扮演更重要的角色。[12]

---

[12] 馬曉天在2006年出任國防大學校長，是非陸軍將領首次出任此職。這一經歷讓他對解放軍，尤其是陸軍的瞭解和關係，相信是很大助益。

肆、這些新任的解放軍高層將領是否能帶動中國的軍事 戰略轉化？如果能，是朝哪些方面轉化？

從近幾年幾位解放軍上將的經歷看，有重視教研和聯參資歷的趨勢。因為長期以來，解放軍內部就對本身的聯合作戰能力不足有深切體認。2009年4月23日，《解放軍報》特別指出：

　　……我軍聯合作戰中存在著嚴重的內耗現象。這不僅大量消耗軍事資源、降低軍隊活力，而且將嚴重影響我軍聯合作戰進程的推進……從表現上講，軍隊的內部存在「大陸軍」及「軍種」文化。從建軍以來，陸軍一直是我軍的主體力量，雖然隨著時代的發展，陸軍地位與作用已相對降低，但圍繞著陸軍為主體的體制編制沒有改變，人們心理上的大陸軍情結沒有消除，由此形成的「大陸軍」文化依然盛行；同時，隨著海、空、二砲等軍種地位的不斷提高，在各軍種內出現了一種強調本軍種重要性，賦予軍種鮮明特色，並鼓勵在軍種間展開競爭的現象，也產生了類似於美軍的「軍種」文化。在傳統大陸軍文化仍然存在、軍種文化又日漸興起的情況下，形成了各種「煙囪」林立，部門內部或者部門與部門之間溝通不良、規避責任、各掃門前雪等內耗現象……目前我軍的組織體制還帶有明顯的合同作戰痕跡，適應聯合作戰指揮體制還沒有建立起來，這大大降低了聯合的效能。

　　一是指揮體系陳舊。我軍現行的「樹狀」指揮體系，雖有利於集中統一指揮，但明顯存在著指揮層次過多，指揮周期過長，橫向信息流動不暢等問題。

　　二是聯合作戰指揮機構不健全，指揮機構內部組成不盡合理，難以有效組織領導聯合訓練、演習和聯合作戰。

　　　　三是聯合作戰指揮權責不明、關係不順。由於我軍軍政、軍
令合一模式，造成了軍隊建設和作戰指揮職能交叉，不能集中精
力研究、籌劃聯合作戰指揮；同時，由於指揮職能的交叉，存在
著雙重領導等問題。加之指揮法規制度的相對滯後，難以形成
責、權、利統一的指揮關係，使得各行動力量相互掣肘。[13]

　　文中還歸納解放軍形成「內耗」的三大戰術與技術問題：一是聯合行
動協調規則、程序缺失；二是協同作戰系統與裝備落後；三是聯合訓練、
作戰實踐少。

　　目前重要解放軍將領的資歷，常萬全於1998年6月至2000年10月擔任
國防大學戰役教研室的主任，任期兩年多，離任後的兩年後便被委以大軍
區副職之重任。巧的是，他的戰役教研室主任的繼任者章沁生，也於離任
後的兩年後被委以副大軍區之職。二人在其任職的過渡期間都曾擔任軍中
的要職，一個是陸軍第四十七集團軍的軍長，一個是總參作戰部的部長，
[14]這個很重要的過渡期，為他們的仕途打下很好的發展基礎。另外一個值
得注意的是孫建國，他於2006年7月晉升為海軍中將軍銜，在中共「十七
大」上，當選為中央候補委員。2006年12月，出任總參謀長助理，作為海
軍方面代表，參與總參謀部的領導工作。汶川大地震時，他還曾擔任國務
院抗震救災指揮部救援組組長、軍地聯合前線指揮部指揮等職務，獲得指
揮陸軍、武警的經驗，表現也不錯。

　　觀察章沁生從國防大學戰役教研室主任、總參謀長助理、到出任副總
參謀長，之後到廣州軍區獨當一面，再重回總參謀部；童世平從海軍將領

---

[13] 「軍報：內耗現象影響解放軍聯合作戰近程推進」，新華網（北京），2009年4月23日，
　　　http://news.xinhuanet.com/mil/2009-04/23/content_11240287.htm。

[14] 「常萬全簡歷」，中國網，2011年4月4日，http://big5.china.com.cn/gate/big5/guoqing.china.
　　　com.cn/2011-11/02/content_23793657.htm。

到國防大學，再到總政；還有二砲政委張海陽從戍衛西南的成都軍區，到敏感的戰略導彈軍種，孫建國則從海軍調任總參，馬曉天從空軍到國防大學再到副總參謀長，在在顯示解放軍有意培養跨軍兵種、跨領域、理論與實踐結合、總部與戰區經驗兼備，具有聯合作戰認識和經驗的全能型將軍。

　　以近兩任的總參謀長而言，梁光烈先後擔任過瀋陽軍區和南京軍區的司令員、陳炳德擔任過南京軍區和濟南軍區的司令員，都是出任過兩個不同的大軍區的司令員，其中南京軍區肩負對台戰備的重任。由於對台軍事準備中海空軍必然扮演重要角色，這和其他內陸軍區不會面臨海上作戰不太一樣。在經歷1996年台海飛彈危機後，南京軍區的聯戰指參能量可能是解放軍重點強化的部分，因此擔任過南京軍區司令員的資歷就特別具有重要性。

　　除了重視聯參之外，海空軍是否能在國防部和四總部中扮演更大角色也備受關注。1989年以來，共有四位資深高級將領先後擔任國防部部長。他們分別是：秦基偉（1988年4月至1993年3月）、遲浩田（1993年3月至2003年3月）、曹剛川（2003年3月至2008年3月）、梁光烈（2008年3月至今）。其中遲浩田、梁光烈在擔任國防部部長之前，都曾擔任過五年之久的中國人民解放軍總參謀長；曹剛川在擔任國防部部長之前，擔任過四年的中國人民解放軍總裝備部部長；秦基偉在擔任國防部部長之前，雖然沒有擔任過三總部首長，但是他早在朝鮮戰爭時就是正軍級，舉世聞名的上甘嶺戰役的志願軍前線指揮官。1955年首次授階時就已官拜上將，並且長時間擔任昆明軍區、成都軍區、北京軍區司令員，當時的黨內職務也相當高，位至中共中央政治局委員。

　　和這幾位前任國防部長相比，現任的非中共中央軍委委員的正大軍區職將領，顯然資歷上都有所不足，直接從大軍區司令員升任國防部長的可能性不大。因此，新一屆的國防部部長有可能會從本屆留任的常萬全、吳勝利、許其亮三人中產生。吳勝利到2012年時已經67歲，能否留任還是個

未知數，常萬全的年齡也偏大，頂多只能夠再任一屆。所以，常萬全不大可能擔任常務副主席。而在中國，國防部部長這一職務通常情況下又由陸軍資深高級將領擔任，因此可以說，常萬全將可能是新一屆國防部部長的人選。但許其亮的專業評價相當高，因此有可能擔任中央軍委副主席或國防部部長，如果他真的升任此一職位，代表解放軍空軍在整體的建軍中重要性將大幅提升。

近年來，美國戰略學者特別關注中國「反介入戰略」的運用。從許多刊物中可以隱然看出，「反介入戰略」或將成為中共未來與美國發生衝突時所運用的主要策略，這些策略若能成功，將影響美國的軍事行動和降低其效果。依照美國蘭德公司對「反介入戰略」的概念所做的界定，就是「敵方所採取任何可以阻礙、減緩我方與盟軍的軍事部署、阻滯我方在作戰區內某些地區的作戰行動，或是迫使我方必須在較為遙遠且陌生的地區，而非在平常所習慣且對我方有利的區域進行作戰的任何手段」。[15]

在1997年美國定期公布的《四年期國防總檢報告》，「反介入」觀點首次出現在美國官方文件。內容特別提到「反介入」將會是未來美軍的重大挑戰之一；如敵人可能會使用配備核生化彈頭的彈道或巡弋飛彈，來攻擊美軍的機場、港口、前線基地，或運用水雷與攻船飛彈來阻止美軍艦隊進入作戰海域。也就是說，美國的敵人將運用一種非對稱的威脅，運用非對稱的方式延誤或者阻止美軍關鍵軍事力量的介入，使美軍的指揮、控制、通信和情報網域紊亂，以有效阻止美軍及其相關聯盟的干涉與介入戰場，降低或減弱美軍介入的決心與意志。[16]在運用「反介入戰略」的手段

---

[15] Roger Cliff, Mark Burles, Michael S. Chase, Derek Eaton, and Kevin L. Pollpeter, *Entering the Dragons Lair-Chinese Antiaccess Strategies and Their Implications for the United States* (Santa Monica: RAND, 2007), p. 2.

[16] 美國國防部編，國防部史政編譯局譯，1997美國四年期國防總檢報告（台北：國防部史政編譯局，1997），頁28。

上，可使用戰略武器及精準彈藥等武器系統，對敵人之戰略要地、主要武器裝備載台、後勤設施及指揮控制系統進行攻擊。

對中國來說，以飛彈執行「反介入戰略」特別具有吸引力。原因在於：一、能夠配合中國的軍事和技術能力；二、能夠利用美國軍事計畫中某些明顯的缺點以產生直接的軍事效應；三、能夠對可產生最大政治效應的目標發動攻擊，藉以形成對中方可能有利的戰略環境。[17]

目前，解放軍第二砲兵部隊在大陸擁有許多發射基地，戰場經營甚為確實，任何國家的先制打擊力量（姑且不論政治上能否對中國實施先制打擊），都不易在第一波摧毀所有的飛彈基地。同時，飛彈部隊可自力發動攻擊，對於多年未有實戰經驗的解放軍來說，可以降低聯合作戰的難度與準備時間，其所需的後勤補給與運輸需求也比海空軍要少。

此外，美國在西太平洋能用以支撐大規模軍事行動的基地有限，且它們的位置也固定不變。雖然說如不使用核子武器，光以傳統彈頭的彈道或巡弋飛彈要徹底摧毀這些基地並非易事，但是解放軍的這類作戰方式已經足以讓美軍計畫人員正視這種威脅，因此可能大幅降低將主要軍事資產部署在易遭受攻擊地點的意願，這會影響美國的軍事計畫。軍事基地可能需要更多的防禦，這將加重後勤的負擔與拉長部署兵力的時間。

位於他國的美國空軍基地或海軍航空站，也可能因為地主國不願意讓其國土暴露在遭中國飛彈攻擊的風險之下，而要求美國限制其軍事行動。因此，若中國真的動用飛彈，在戰鬥中可能獲致以下幾種利益：一、可能直接對主要目標（如機場、港口或指管通情設施）造成損毀，在衝突初期破壞敵方的軍事行動；二、迫使其運用有限的監偵與分析資源以標定和追蹤威脅；三、迫使對方動用有限的飛彈防禦系統來攔截。這些都會占用美國和其盟國的軍事資源，遲滯其戰爭步調。

---

[17] 參閱James C. Mulvenon, *Chinese Responses to U.S. Military Transformation and Implications for the Department of Defense* (CA: RAND, 2006), pp.105~115。

　　由以上的分析顯示，飛彈是解放軍用來從事「反介入戰略」非常重要的軍事資產，從兩任總參謀長都曾擔任南京軍區司令員看來，足以顯示解放軍高層對這種作戰方式有一定程度的重視。因為南京軍區所屬部隊和參謀機關，都是1996年對台試射飛彈及相關聯合軍演的重要執行和支援單位。人員雖物換星移，但相關的準則、作戰計畫、後勤計畫可能最為完備。不過可惜的是，還未有二砲司令員能夠成為四總部總長，或是有大軍區副職調為二砲擔任司令員，若解放軍能有這樣的人事變動，將可證明「反介入作戰」已經上升到解放軍的首要建軍和作戰目標。但無論如何，十八屆中央軍委仍以陸軍且擔任過大軍區司令員職位的將領居多數，所以解放軍立足以軍區為基礎、陸軍為主的建軍備戰走向不會有根本性的改變。

伍、和周邊國家相比，解放軍高層人事甄拔的途徑有哪些可以研究的地方？

　　1. 高幹將門之後續獲拔擢，如第二砲兵政治委員張海陽是中央軍委前副主席張震之子、[18] 總後勤部政治委員劉源是劉少奇之子、四十二集團軍軍長尤海濤是廣州軍區前司令尤太忠之子。[19] 顯然中共在保證「黨指揮槍」的前提下，還有保證人民子弟兵「不變色」的考慮。亦反映出「十八大」之後，無論是胡錦濤、習近平，對軍中元老的尊崇都不會少。

　　2. 從近年來新任上將者年齡來看，整體解放軍將領的年輕化步伐有所加快。新上任者都較前任年輕四至五歲，除章沁生、童世平、張海陽三人

---

[18] 「張震之子調任二砲政委，成首位父子上將」，福建國防教育網，2009年12月30日，http://mil.fjsen.com/2009-12/30/content_2577059.htm。

[19] 「解放軍：『紅色後代』群體接班」，新華澳報，http://www.waou.com.mo/detail.asp?id=45702。

外，其他將領都是1950年後出生。

3. 並非需要擔任某些特定軍職方能更上層樓。在日本和台灣，要擔任海空軍總司令，通常都必須先行出任軍內最重要單位的領導職，如要出任海上自衛隊幕僚長，必先出任自衛艦隊司令；出任航空自衛隊幕僚長，則必先出任航空總隊司令官。但在中國，領導人有破格提拔將領，為新一屆中央軍委預作布局的情況，一如瀋陽軍區參謀長侯樹森跳過軍區副司令員、司令員、總參謀長助理等職級，直升副總參謀長。另一個例子是1989年以來，共有四位海軍資深高級將領先後擔任海軍司令員。這四位海軍高級將領分別是：張連忠（1988年1月至1996年11月）、石雲生（1996年11月至2003年6月）、張定發（2003年6月至2006年8月）、吳勝利（2006年8月至今）。其中，張連忠和張定發均出身於海軍潛艇部隊，石雲生出身於海軍航空兵部隊，吳勝利則出身於海軍水面艦艇部隊，而張連忠和石雲生均無艦隊主官經歷。可見，有無艦隊主官經歷，並非是決定解放軍海軍司令員人選的關鍵因素。

4. 指參教育雖列為重點，但國防大學校長名列正大軍區職，卻不是中央軍委成員。1989年以後除了張震，也無國防大學校長更上層樓，出任四總部首長，甚至國防部長、中央軍委副主席。這點和台灣各軍種司令，多有擔任過官校校長和國防大學內部系所、學部教官或領導的資歷有很大不同。國軍、韓國和日本自衛隊都將軍事院校視為一定層級的軍事單位，因此軍事院校校長被列為重要軍職，[20] 而解放軍則將院校視為訓練和教研單位。另一方面，無論台美日都將國防大學指參教育視為晉升將領的必備條件，但是畢業於解放軍國防大學國防研究班（約略相當於國軍的國防大學

---

[20] 如國軍的陸軍步兵學校除了作為兵科教育的單位之外，同時也是一個軍團級單位（陸軍步兵訓練指揮部），因此在將領經管上，擔任院校校長只是去「擔任主官」，作為經歷的一部分，而非去辦教育；解放軍就無此一作法，因此院校的教研角色反倒更濃。

戰爭學院），似乎還不是晉升高階職務和參謀的絕對必要條件。[21]

　　5. 許多西方國家都面臨軍費裁減的問題，國防部長和軍事將領的一大工作重點就是，說服國會不要刪減既有預算或爭取新的預算，但對中國來說，軍隊領導人從來不需要擔心這個問題。2011年中國國防軍費持續增加，特別是軍人待遇大幅調整，顯現中國對軍人的重視，也有利於新任軍隊領導人鞏固威信。事實上，對習近平和其他新一屆中央軍委來說，他們手上的軍費是有史以來最多的。

　　中國軍費增加被許多學者認為是江澤民與胡錦濤增加對軍隊的領導所致，其實有諸多目的。首先，中國物價上漲飛快，消費者物價指數（CPI）從2010年5月漲為3.1%之後，就沒有低於3%過，其中6月3.1%、7月3.3%、8月3.5%、9月3.6%、10月4.4%，終於一路上揚到了11月的5.1%，12月的4.6%和2011年元月新權重數據的4.9%──長達九個月的CPI都在高位。[22] 而且就如其他的數據一樣，中國統計局的數據向來為人質疑。即使這數據為真，4.9%也代表了相當的通貨膨脹。而大部分的中國消費者都因為食品、能源和住房價格的不斷上漲，被壓迫得喘不過氣。軍人雖說食衣住由國家供應，但是家屬仍須面臨生活壓力，因此解放軍調高官兵薪俸，對於穩定軍心自然有一定程度的幫助。

　　中國有一項相當具特色，和其他國家非常不同的國情，就是將「維穩」視為最重要的政策目標之 一，並且具體形諸文字，而用於維穩的經費之高也是大國中罕有的。在這中間，提升軍隊待遇是維穩的重要關鍵。首先，軍隊是維穩的重要力量和後盾；其次，軍隊是受過訓練又有武裝的團體，一旦不穩就是政權的直接威脅。且軍中對當前社會的諸多不公現象也

---

[21] 根據高德溫（Godwin）的研究，喬清晨和吳勝利都不是國防大學的畢業生。參閱Roy Kamphausen, Andrew Scobell and Travis Tanner eds., *The "People" in the PLA: Recruitment, Training and Education in China's Military* (U.S.: US Army War College, 2008), pp. 338~340。

[22] 參閱中華人民共和國國家統計局各月分統計公報，http://www.stats.gov.cn/tjsj/。

並非如此滿意，畢竟參軍的人多來自農村，軍隊也不是生活在真空中。第三是軍隊也是一個巨大的雇主。目前中國也在逐步提高部隊人員的素質，吸收更多的高教育程度人員入伍，待遇提高形式上也有助於吸引較好的人才。透過加薪改善軍隊的就業環境，也是直接對解決中國的失業待崗問題做出貢獻。而這類問題的緩解，對「維穩」來說甚為重要。

　　未來新任解放軍領導階層如何一方面搞好軍事建設，拿出成績來鼓舞民心；另一方面搞好軍隊作風和紀律，降低軍地之間的矛盾，都是中央能否成功維穩的重要關鍵，重要性絕不低於中國所面臨的任何一項外部戰略挑戰。這也是出身大軍區司令員的陸軍將領，必然還需要扮演重要角色的一項原因。

陸、結論

　　從以上的探討中，我們可以發現年齡是決定高層人事的主要因素。判斷將領升退的因素幾乎完全在於年齡，這可說是解放軍的一大特色。在目前解放軍高階將領逐漸年輕化、專業化下，誰到了離休年齡就必須下馬，不能依賴他和政治領袖的關係而繼續留在位置上，所以很難特別將誰歸類為某位政治領導人的人馬，這點對於未來研究中國的黨軍關係將別具意義。

　　從歷屆中央軍委委員的任命過程中可以發現，無論誰出任中央軍委委員或軍種司令員，都很難看出他對國防事務有何特殊見解或政策，或是因何種理念而出任此職。換言之，解放軍高階將領對於解放軍建軍備戰所持的理念，至少對外是以相當模糊的面貌示人。因此從人事的更迭，不容易看出解放軍的建軍方向將特別朝向哪個方向，但另一方面，也可以判斷解放軍的建軍備戰，可能也不太容易受到人事更迭的影響。[23]

　　另外，十八屆中央軍委和國防部，除了軍委主席胡錦濤和副主席習近

平以外，完全由職業軍人組成。他們雖不會反對或抵觸黨的領導，但他們的思考模式可能仍集中在戰爭的軍事面，而不是從政治、外交的觀點來探討衝突或防止衝突。

在軍種人選和戰略設計上，解放軍高層領導仍以陸軍將領為主，但是由於已經多年沒有地面戰鬥，且不是每個人都必須在晉任某個職位前，都得有國防大學國防研究班之類的經管資歷（雖然高級將領有這一資歷的人數逐步增加），他們的指參計畫能力、對聯合作戰的認識仍然值得觀察。尤其是大軍區司令員，雖然他們的階級崇高，但每個軍區都是一個很大的區域，加上軍區內機關龐雜，大軍區司令員可能更像是一個行政管理者而非打仗的將領。以現有資料看來，解放軍很少安排軍區內所有陸海空部隊成建制性地一起演訓，跨軍區的演訓也不是很頻繁，某種程度上反映聯合作戰能力仍是需要發展的領域。

從客觀環境上看，目前中國遭受大規模地面入侵的可能性相當低，中國潛在敵人都不太可能犯下日本在1930年代的錯誤——派遣大批地面部隊進入中國。有些美國學者如毛文傑（James C. Mulvenon）就認為，陸軍非解放軍內部有關軍事事務革命爭論中的要角，對於解放軍未來思想與準則發展方向的影響，「變得微乎其微」。[24] 另外，關心「超限戰」和「反介

---

[23] 例如2010年9月，中共中央黨校的機關刊物《求是》雜誌刊出第二砲兵司令員靖志遠、第二砲兵政治委員彭小楓的署名文章「建設中國特色戰略導彈部隊」提出：「要努力構建與國家安全和發展利益相適應、與打贏信息化戰爭要求相適應的核常導彈作戰力量……改革開放三十年是我國經濟社會大發展大跨越的三十年，也是戰略導彈部隊大發展大跨越的三十年。三十年來，在黨中央、中央軍委的正確領導下，第二砲兵堅持以鄧小平理論和「三個代表」重要思想為指導，深入貫徹落實科學發展觀，順應改革大勢，推進跨越發展，部隊建設取得了巨大成就，為保衛國家安全、維護世界和平做出了應有貢獻。回顧總結部隊建設發展的生動實踐，深刻認識戰略導彈部隊在國家安全與發展戰略中的地位作用，對於建設一支中國特色戰略導彈部隊，有效履行新世紀新階段歷史使命，具有十分重要的意義。」但從這類文章中並沒法從其中真正瞭解司令員個人的治軍理念和思想。

[24] 參閱James C. Mulvenon, "The PLA Army's Struggle for Indentity," in Stephen J. Flanagan and Michael E. Marti eds., *The People's Liberation Army and China in Transition* (U.S.: National Defense University Press, 2003), p.136.

入作戰」的人士，也很容易將眼光集中在解放軍的少數殺手鐧兵力，而忽略了解放軍的地面部隊。但從陸軍將領仍占主要領導地位、陸軍仍然是最大的軍種、將領的數量也最多，且七大軍區司令員都還是陸軍。要認為他們欠缺對解放軍建軍方向的影響力，並不符合實際。從《解放軍報》的報導也可約略看出，解放軍仍有對海空軍壯大後，可能形成軍種本位主義，產生「內耗」的疑慮。

　　預料在「十八大」之後，解放軍仍將在一定期間內維持陸軍獨大的格局，但是會逐漸強調以軍區為基礎、陸軍為主的聯合作戰，而非完全各軍種單打獨鬥。空軍因為能支援陸軍，提供火力支援、縱深打擊和防空掩護，再加上空軍將領獲重要軍職者多，整體重要性將會逐漸提升。這種漸進、逐步的改革和進化，符合中國的政治情勢、解放軍的傳統與既有結構，是理智的抉擇。

參考書目

一、書籍及期刊

丁樹範，「1990年代以來的中國黨軍關係」，中國大陸研究，第46卷第2期（2003年3月），頁
57~80。

中華人民共和國國家統計局，統計公報，2011年3月1日，http://www.stats.gov.cn/tjsj/。

美國國防部編，國防部史政編譯局譯，1997美國四年期國防總檢報告（台北：國防部史政編譯
局，1998）。

Cliff, Roger, Mark Burles, Michael S. Chase, Derek Eaton and Kevin L. Pollpeter eds., *Entering the
Dragons Lair-Chinese Antiaccess Strategies and Their Implications for the United States* (Santa
Monica: RAND, 2007).

Godwin, Paul B., "Professionalism and Politics in the Chinese Armed Forces: A
Reconceptualization," in Dale R. Herspring and Ivan Volgyes eds., *Civil-Military Relations in
Communist Systems* (Boulder: Westview Press, 1978).

_____, "The Cradle of Generals: Strategists, Commanders and PLA-National Denfense
University," in Roy Kamphausen, Andrew Scobell and Travis Tanner eds., *The "People" in the
PLA: Recruitment, Training and Education in China's Military* (U.S.: US Army War College,
2008).

You, Ji, "Changing Consequences: The Domestic Context of War Games," in Suisheng Zhao ed.,
Across the Taiwan Strait-Mainland China, Taiwan, and the 1995-1996 Crisis (New York/
London: Routledge, 1999).

Joffe, Eills, "The Chinese Army in Domestic Politics: Factors and Phrases" in Nan Li ed., *Chinese
Civil-Military Relations: The Transformation of the People's Liberation Army* (New York:
Routledge, 2006).

Kolkowitz, Roman, *The Soviet Military and the Communist Party* (Princeton: Princeton University
Press, 1967).

Kamphausen, Roy, Andrew Scobell and Travis Tanner eds., *The "People" in the PLA: Recruitment, Training and Education in China's Military* (U.S.: US Army War College, 2008).

Mulvenon, James C., "The PLA Army's Struggle for Identity," in Stephen J. Flanagan and Michael E. Marti eds., *The People's Liberation Army and China in Transition* (U.S.: National Defense University Press, 2003).

_____, *Chinese Responses to U.S. Military Transformation and Implications for the Department of Defense* (CA: RAND, 2006).

Perlmutter, Amos and William M. LeoGrande, "The Party in Uniform: Towards in a Theory of Civil-Military Relations in Communist Political System," *The American Political Science Review*, Vol. 76, No. 4 (December 1982), pp. 778~789.

Shambaugh, David, "China's Post-Deng Military Leadership" in James R. Lilley and David Shambaugh eds., *Chinese Military Faces and Future* (U.S.: American Enterprise Institute, 1999).

Tanner, Murray Scott, "Hu Jintao as China's Emerging National Security Leader," in Andrew Scoball and Larry Wortzel eds., *Civil-Military Relations in China: Elites, Institutes and Ideas after the 16th Party Congress* (Carlisle, PA: Strategy Studies Institute, 2004).

二、新聞報導

「常萬全簡歷」，中國網，2011年4月4日，http:// big5.china.com.cn/gate/big5/guoqing.china.com. cn/2011-11/02/content_23793657.htm。

「『鐵艇長』孫建國升任副總參謀長」，南都網（廣州），2009年1月8日，http://epaper.oeeee. com/A/html/2009-01/08/content_680244.htm。

「張震之子調任二砲政委，成首位父子上將」，福建國防教育網，2009年12月30日，http://mil. fjsen.com/2009-12/30/content_2577059.htm。

「軍報：內耗現象影響解放軍聯合作戰近程推進」，新華網，2009年4月23日，http://news. xinhuanet.com/mil/2009-04/23/content_11240287.htm。

「解放軍：『紅色後代』群體接班」，新華澳報，2009年12月23日，http://www.waou.com.mo/

detail.asp?id=45702。

「中央軍委晉升十一位上將，胡錦濤頒布命令狀」，網易新聞，2010年7月20日，http://news.163.com/10/0720/03/6C0N671L0001124J.html。

共軍「十八大」後面臨之挑戰

鄭大誠

（台灣科技大學通識中心兼任助理教授）

摘要

　　從現在開始到2012年秋「十八大」舉行前，共軍將陸續會有大幅度的人事變動。除了1950年後出生的將領已逐漸開始躍上檯面擔任重要軍職外，共軍對於將領的培養也強調其專業性，特別是有無能力進行信息化戰爭及區域現代化戰爭（如台海戰爭）的指揮。此外，「十八大」的政治繼承仍將凸顯政治忠誠及個人關係之重要性。鑑於第五代儲君習近平本身也是「太子黨」，預料具有「太子黨」背景之將領未來在升遷與培養上必然會有較多機會。

　　至於共軍在「十八大」後所面臨之挑戰，莫過於來自美國的「兩手策略」：一方面在外交上增加兩軍軍事交流的壓力；另一方面又在軍事上加強對共軍「反介入」與區域拒止能力的圍堵。除了美國的因素外，台灣問題的不確定性仍是新一代將領所必須面臨之棘手議題。此外，共軍新領導班子還得面對來自國內非傳統軍事威脅的壓力，諸如恐怖主義、天然災害、人道災難、傳染病流行、走私販毒等問題，將迫使共軍必須在傳統建軍過程中有所讓步。諸如此類的新舊挑戰，都將是新一代共軍將領所必須認真思考與因應的嚴肅課題。

關鍵詞：共軍、人事變動、「十八大」、習近平

壹、前言

在中國大陸，黨、政、軍權位最高的三個職位分別是：中共中央總書記、國家主席，以及中央軍委主席。但對於堅信「槍桿子出政權」的中共政權來說，軍委主席才是中國大陸權力最高的人。沒能坐穩軍委主席之位，無論是擔任共黨中央總書記或是國家主席都是空的。[1] 胡錦濤在1999年9月中共「十五屆四中全會」時，進入中央軍委會擔任副主席。能擔任軍委副主席不僅代表胡正式走進軍隊，更是在政治上獲得接替江澤民的「儲君」地位。2002年11月，胡錦濤成為中央委員會總書記；2003年3月，胡擔任中共國家主席，但仍然只是軍委副主席。江澤民直到2004年9月「十六屆四中全會」，才將最重要的軍委主席一職讓給胡錦濤。至此，胡才真正成為中國大陸黨、政、軍的「一把手」。

自出任中央軍委主席後，胡錦濤在提拔將領、頒授軍階方面，較諸江澤民時期似乎更給人一種「不按牌理出牌」之感覺，尤其是在晉升將領的速度及方式上屢破常規。如胡錦濤把少將晉升由一年一次改為一年兩次；二是軍中副職超編（即副手人數超過常規編制）驟增，包括海軍、二砲、北京軍區等新增副司令人選。在2010年10月的中共「十七屆五中全會」當中，現任政治局常委及國家副主席（同時兼任中央黨校校長）習近平被增補為中央軍委副主席。但在三個月前（2010年7月），胡錦濤卻一口氣宣布晉升十一名上將（胡也曾在2006年時晉升過十名上將），包括副總長章沁生、總政副主任童世平、總裝備部副部長李安東、軍科院長劉成軍、國防大學校長王喜斌、北京軍區司令房峰輝、蘭州軍區司令王國生、南京軍區司令趙克石、政委陳國令、廣州軍區政委張陽、成都軍區司令李世明等

---

[1] 如文革後兩任中共總書記胡耀邦、趙紫陽都不是軍委主席，這兩位無法插手軍隊的總書記後來都下台。

人。在習被確認為第五代領導「儲君」前大封諸侯，胡錦濤的作法似乎又有點像是當年江澤民的「下馬威」（在2004年胡成為軍委主席的前三個月，江澤民也一次晉升十五名上將）。特別是2008年以後，在正大軍區職的上將員額被壓縮到不超過總數的一半，即十六至十七名。[2] 在現役上將幾乎全是由胡錦濤晉升的情況下，習近平即使想要用冊封上將來鞏固軍權，恐怕也是要在擔任軍委主席好幾年後的事。

　　雖然如此，從現在開始到2012年秋「十八大」舉行之前，還是會有一大批共軍軍頭異動。胡錦濤是否會卸下中央軍委乙職雖仍不得而知（不少人認為渠將留任兩年），但根據中共人事慣例，中央軍委在2012年滿68周歲及以上者將退出。如此一來，在軍委會十名職業軍人當中，有七位（包括郭伯雄、徐才厚、梁光烈、陳炳德、李繼耐、廖錫龍及靖志遠）符合此一條件，中央軍委會勢將面臨大換血。[3] 此外，七大軍區司令、政委、各總部、軍兵種以及相關軍事院校的高層，也會陸續展開人事調整。這些新人會將共軍帶到什麼方向？「十八大」後又會面臨怎樣的新環境與新挑戰？的確值得關心中共政治繼承的人士多加注意。

貳、共軍將領之培養

　　一般來說，一名共軍少尉如果要能晉升到大校，至少需花上二十年。「大約每三個上校能出一個大校；但十個大校中不見得能出一個少將」。

2　軍委副主席和軍委委員的編制軍銜為上將，因此，其晉升原則上不受名額限制。但對於正大軍區職領晉升上將軍銜，除了須具備「擔任正大軍區職滿二年，同時晉升中將軍銜滿四年」兩個基本條件，還有總員額限制。2000年以後，在任正大軍區職上將的數目不超過總數的三分之二，也就是二十三至二十四名。每次正大軍區職中將晉升上將軍銜的名額以此為限。2008年以後，這一比例被壓縮到不超過一半，即十六至十七名。

3　薄智躍，「中共十八大：人事變動與政策調整」，中共研究，第46卷第1期（2012年1月），頁55。

4 若要晉升為將軍，則除了本職學能外，還必須受到更多、更複雜的因素制約。不同於戰爭時期，目前共軍將領培養與拔擢不再是基於戰功，承平時期的晉升採用的是另一套機制。主要是「年齡」、「政治忠誠」，以及「軍事專業性」等因素使然。

一、拔擢青壯將領

近年來，年齡限制已成為共軍接班將領的重要條件。關於年限的「一刀切」或許仍有反彈聲浪，部分保守人士認為很多優秀將領因為年齡限制而失去晉升機會，而必須讓其他能力與經歷相對不足的年輕將領出線。不過，「年輕化」似乎已成共軍發展的既定趨勢，再多的反彈恐也無濟於事。有評論認為，相較之下，江澤民較遵守共軍傳統慣例，胡錦濤則打破「論資排輩」的傳統慣例，大幅晉升年輕將領，只要有能力、有實力的年輕軍官，就有可能「二級跳」、「三級跳」被拔擢和提升。[5] 舉例而言，在「十六大」時，胡錦濤就以所謂的「四二現象」，讓一批1942年出生的將領占軍方重要職位。在五年後的「十七大」，胡又提拔一批1947年前後出生的將領，或總部下調，或跨區異動，或越級交流，讓他們歷練不同軍職，這批菁英包括王國生（蘭州軍區司令）、鄧昌友（空軍政委）、楊志琦（原總長助理，已退）、黃獻中（原瀋陽軍區政委）、趙克石（南京軍區司令）、范長龍（濟南軍區司令）、馬曉天（副總參謀長）、常萬全（總裝備部長）、張海陽（二砲政委）等。據稱胡之作法，深得鄧小平時期重臣王瑞林之協助，王現時為胡在軍方之首席顧問，對軍方人事升遷有舉足輕重之建議權。[6]

4 吳晨光、徐卓君、潘曉凌，「一百單八上將將星閃耀」，南方周末，2006年7月6日，http://culture.people.com.cn/BIG5/22219/4572341.html。

5 汪莉絹，「建軍八十年胡氏治軍理念：備戰慎戰敢戰」，聯合報，2007年8月2日，http://udn.com/NEWS/WORLD/WOR1/3953578.shtml。

6 金千里，解放軍現役將領評傳（香港：夏菲爾出版社，2010），頁348。

表一：共軍退職年限表

級別	等級名稱	退職年限
1	中央軍委主席、副主席	無
2	中央軍委委員	70
3	大軍區正職	65
4	大軍區副職	63
5	正軍職	55
6	副軍職	
7	正師職	50
8	副師職	
9	正團職	45
10	副團職	
11	正營職	40
12	副營職	
13	正連職	35
14	副連職	
15	排職	30

資料來源： "PLA Officer Corps," Global Security Organization, http://www.globalsecurity.org/military/world/china/plan-personel-officercorps-promo.htm以及《中華人民共和國現役軍官法》。

　　從「十六大」的「四二現象」到「十七大」的「四七當旺」，「十八大」時預期將可看到更多1950年代梯次的第五代接班群（也有人稱「四九六八後」，指的是1949年後出生，及1968年後參軍之將領）。「十六大」時，中共七大軍區司令員的平均年齡約63歲。[7]但到「十七

---

[7] 劉明，「陸委會研判報告」，陸委會，2002年3月，http://www.mac.gov.tw/big5/cnrpt/9104/2.pdf。

大」時，七大軍區司令員平均年齡只有58.6歲。到「十八大」時，恐怕這個平均數還會再降低。現役上將中，年紀較輕的包括總裝備部長常萬全（1949年出生）、空軍司令員許其亮（1950年出生）、副總長馬曉天（1949年出生）、總後政委劉源（1951年出生）、二砲政委張海陽（1949年出生）、軍科院長劉成軍（1950年出生）、北京軍區司令房峰輝（1951年出生）、廣州軍區政委張陽（1951年出生）等，預料渠等在「十八大」時必然有人會擔任更重要的角色。其他受到外界注意的，還包括瀋陽軍區司令張又俠（1951年出生）、蘭州軍區副司令員劉粵軍（1954年出生）、廣州軍區司令徐粉林（1953年出生）、成都軍區參謀長艾虎生（1951年出生）、總長助理戚建國（1953年出生）、國防大學副校長王西欣（1954年出生）、南京軍區副司令員秦衛江（1953年出生）等人。在中共加緊選拔「十八大」後的接班梯隊之同時，軍方「幹部部」、「組織部」、「紀檢部」也加快甄選審核「五〇、六〇、七〇」後出生的人才工程，讓30至50歲左右的軍官依次提拔到團、旅、師、軍四級領導位置。[8] 預計到「十八大」前，共軍大換血的程度與幅度將持續擴大。

二、政治忠誠

在「黨指揮槍」的原則下，對於「黨」之政治忠誠度當然為晉升將領之重要考量。不過在承平時期，軍隊對於「黨」之忠誠往往會體現為，對掌有人事大權的軍政領導之個人效忠。這樣的情況，無論是在江澤民或胡錦濤時期均屢見不鮮，習近平上台後應該也是如此。

以胡錦濤為例，在1990年代兼任中央黨校校長時，胡錦濤就曾挑選一批軍、師級幹部進入黨校「鍍金」培訓，同時舉辦專業函授班，以建立起自己的班底。[9] 在全面掌權後，胡錦濤便大為重用曾進入黨校「進修」的

8　金千里，解放軍現役將領評傳，頁349。

9　金千里，解放軍現役將領評傳，頁9。

幹部。據稱在這些學員當中，有五十位「將軍班」（又稱「龍班」）成員被稱為胡嫡系，也就是俗稱的「天子門生」，包括副總長章沁生、軍科院院長劉成軍、總政副主任童世平、國防大學校長王喜斌、蘭州軍區政委李長才等，目前都已是共軍之當權派。其中，副總長章沁生不但具有年齡優勢，又懂信息戰與外語，更重要的是曾當過「龍班」的班頭。章雖然沒有擔任過軍、師、旅長職務，但2007年曾接替劉鎮武擔任廣州軍區司令，算是在某程度上補足指揮職之經歷。2009年後，章又重新調任為副總長（章於2006年底曾短暫擔任過副總長），2010年7月順利晉升上將。外界推論章極有可能在未來升任總參謀長。[10]

除了晉封將軍外，胡錦濤也學前面幾代領導人一樣提出個人政治理論，以確保在意識型態方面增強對軍隊的控制。2003年10月，胡錦濤在「十六屆三中全會」上，明確提出「堅持以人為本，樹立全面、協調、可持續的發展觀，促進經濟社會和人的全面發展」，並提出「五個統籌」。[11] 該次會議將胡錦濤的講話精神寫入最後決議，這可視為「科學發展觀」的首次完整闡述。[12] 自此之後，在強調軍隊堅持高舉毛鄧理論和「三個代表」重要思想旗幟之時，胡錦濤總不忘記一再提醒他的「科學發展觀」，才是目前加強國防和軍隊建設的重要指導方針。2007年11月21日，「科學發展觀」終於在「十七大」中被寫入黨章，正式成為共黨發展史的一部分。

這幾年來，胡錦濤就靠著人事權及意識型態在共軍打下穩固基礎，可以說除了「胡家班」外，共軍內部難有其他山頭存在。在2007年中共測試

---

[10] 金千里，解放軍現役將領評傳，頁55~65。

[11] 「五個統籌」是「統籌城鄉發展」、「統籌區域發展」、「統籌經濟社會發展」、「統籌人與自然和諧發展」，以及「統籌國內發展和對外開放」。在「十七大」上，胡錦濤在其報告中又加上第六個統籌：「統籌國內國際兩個大局」。

[12] 「科學發展觀」，新華網，2005年3月16日，http://news.xinhuanet.com/ziliao/2005-03/16/content_2704537.htm。

反衛星飛彈、2011年試飛殲-20戰機時，部分外媒質疑胡錦濤是否被軍方蒙在鼓裡？其實倘若深入瞭解共產黨控制軍隊的程度，就應該知道胡錦濤不可能放任共軍失控，「胡家班」將領也不可能在這樣具有戰略性、政治性的議題上「蒙蔽」三軍統帥。對此，《詹氏國防周刊》（*Jane's Defence Weekly*）專文曾用「共產黨」與「共軍」乃是一個硬幣的正、反面，來形容兩者之間的密切關係（該文並稱習近平與吳邦國均曾參觀殲-20試飛，胡錦濤絕不可能被蒙在鼓裡）。[13] 誠然，中共所謂的「黨指揮槍」，乃是最嚴密的一種「文人管制」（civilian control），絕非一般民主國家所能想像。

　　除了進黨校「鍍金」以及高舉黨政領導之教條外，倘能擁有「太子幫」的背景，則在升遷上又能更占優勢。對於許多共黨人士來說，「根正苗紅」就是一種政治忠誠的最好印記（birthmark）。近一、兩年以來，共軍「太子黨」（有人稱為「裙帶黨」）崛起的速度與幅度相當驚人。在2009年7月晉升的三名上將當中，包括總後勤部政委劉源（劉少奇之子）、二砲政委張海陽（張震之子）、副總長馬曉天（父馬載堯曾任政治學院教育長），就全是「太子黨」。其中，副總長馬曉天乃是共軍近年冒出之外交新星。馬生於1949年，是高幹子弟中的「準五代」將領，也是所謂的「與共和國同齡的新生代」。2003年，馬曉天在胡錦濤賞識下，曾以黑馬姿態晉升空軍第一副司令員。自2007年擔任副總長以來，馬曉天主管對外軍事交流及國防外交，並籌劃與外軍舉行聯合演習，鋒芒畢露。[14] 外界推斷馬有可能成為空軍司令員。除此之外，國防大學政委劉亞洲（李先念女婿）、總長助理陳勇（父為山東軍區前司令陳坊仁）等太子黨成員，也都是在胡錦濤時期被特別拔擢之代表人物。另一個受到注意的太子黨為

---

13 Trefor Moss, "Rumours of PLA Dissent are Greatly Exaggerated," *Jane's Defence Weekly* (UK), February 23, 2011, p. 24.

14 金千里，解放軍現役將領評傳，頁67~75。

武警司令王建平（接替吳雙戰），他是前武警副司令王福中之子，據說胡錦濤對其相當信任。[15] 此外，原第二十七集團軍軍長、現任南京軍區副司令員秦衛江為前國防部長秦基偉之子，又是畢業於國防大學研究院之軍事學碩士，一般認為秦乃是軍委高層培養之重點人物。

　　相對於此，習近平也在「十八大」前積極加緊建立自己的班底，包括同樣在黨校（習近平為現任校長）親自主持「將軍班」。據說習近平之所以不願在2009年中共「十七屆四中全會」時擔任中央軍委副主席，就是擔心自己班底不夠，因此希望推遲一、兩年深入軍隊組織人事，並透過中央黨校等機關來建立班底。[16] 在眾多新星中，二砲前任參謀長魏鳳和曾在習近平的黨校進行短期輪訓，這段鍍金過程（天子門生）無疑將增加他的政治資本。魏是現任二砲司令靖志遠之愛將，又獲得前任司令李旭閣、楊國梁、隋明太之青睞，所以才擊敗其他對手，成為二砲的第三把手。魏鳳和又在2010年升為副總參謀長，外界預估魏鳳和很可能在「十八大」晉升為中委（目前為候補委員），並有機會成為二砲新任司令。[17] 此外，原軍事科學院政委劉源接替孫大發，出任總後勤部政委。先前有報導指出，劉源和習近平交情甚篤，外界猜測劉源亦有可能在「十八大」中晉升中央軍委會。總的來說，鑑於習近平不僅本身是「太子黨」，其父習仲勛之軍旅背景（習仲勛曾任西北野戰軍副政委，中共建政後曾任一野及西北軍區政委，長期掌握西北黨政軍，亦是鄧小平時期之「八大元老」之一）更強化習近平在軍中「太子黨」的「共主」地位，預料習可很快取得軍中大多數「太子黨」之支持，未來「太子黨」在軍中的發展亦不可限量。

---

[15] 金千里，解放軍現役將領評傳，頁432。

[16] 金千里，解放軍現役將領評傳，頁464。

[17] 金千里，解放軍現役將領評傳，頁185~194。

三、專業化之強調

　　除「年紀」與「忠誠」外，共軍對於新一代將領也強調其「專業性」。「專業性」的第一個特色在於強調軍事教育的重要性。相較於過去的「土八路」，新一代將領接受許多專業化、現代化的軍事教育與薰陶。在2007年曾有統計資料顯示，作戰部隊軍級領導班子成員中，大學以上文化程度已經占81.7%，本級培訓率74.3%，其中有出國留學經歷的占10%（以上數據沿用至今仍未更改）。[18] 共軍公布的數字雖不能盡信，但的確有越來越多將官畢業於軍事院校，會外語，懂指揮，對軍事現代化與信息化戰爭有較深刻的認識，而被稱為所謂「複合型指揮人才」（multi-talented military commanders），顯示共軍強化培養軍事指揮員主管協同作戰與綜合作戰指揮能力的決心。

　　為了培養「軍政通才」、「技指合一」之指揮員，共軍除安排由軍方最高學府的「國防大學」、「國防科技大學」輪流培訓，中央黨校亦定期舉行進修班或函授班。以「國防大學」為例，國防大學的黨委會曾訂立五項教學優先目標，包括對軍事技術發展之瞭解、強化學員的戰略分析能力、專注於實用教學、提高指揮高技術聯合作戰的能力，以及在中共建立社會主義市場經濟的環境中管理軍隊。許多軍事院校也開設新科目，如聯合作戰、信息戰、模擬兵推、戰略後勤、太空戰、心理戰、法律戰、維和法等，另專門訓練軍種接受軍種交叉任職（cross-service appointments）之課程設計，亦已列入教育方案。共軍預計達成之短期目標是：60%的團級（含）以上軍官擁有四年制大學學位，在擔任指揮職之前，全部曾在指揮院校受過高等科學及專業訓練。[19]

---

[18] 馬驚濤，「將星閃耀五○後　解放軍四代將領悄然成形」，中新網，2007年8月1日，http://www.chinareviewnews.com/doc/1004/2/1/1/100421124.html?coluid=4&kindid=21&docid=100421124&mdate=0911123430。

[19] Roy Kamphausen、Andrew Scobell、Travis Tanner著，高一中譯，共軍的招募與教育訓練(*The People in the PLA: Recruitment, Training, and Education in China's Military*)（台北：國防部史編室，2010），頁16、18。

　　除了學校教育外，專業化的另一個要求就是增加將官資歷之完整性，也就是讓其在不同性質的單位「歷練」，特別是在總部與大軍區、不同大軍區之間的經歷要補足，以培養全方位、廣視野、現代化的「複合型指揮人才」。第一種情況是將將官從總部外放至大軍區，如前述副總長章沁生過去曾從總參被外放到廣州軍區擔任司令員。一般認為這樣的安排是要增加章沁生指揮經驗，甚至就其聯合戰役理論加以實驗。其他例子還包括空軍副參謀長乙曉光在2011年被外放至南京軍區擔任空軍司令員；另一位空軍副參謀長張建平則出任濟南軍區空軍司令員。

　　另一種情況則是由各大軍區、各軍兵種和軍事院校調進總部領導層。例如現任副總參謀長魏鳳和來自二砲，總後勤部政委劉源來自軍事科學院，總後副政委兼紀委書記劉曉榕來自蘭州軍區，來自總裝某基地的新任副部長劉國治則成為罕見的「六〇後」副大軍區級將領。第三種情況則是軍區之間互調，如2011年「兩會」前，各大軍區即進行大規模人事調動。除北京軍區外，其餘六大軍區均調整副大軍區將官。如南京軍區下轄的福建省軍區司令員劉沈揚調升濟南軍區副司令員，而濟南軍區下轄的陸軍第五十四集團軍軍長宋普選則調升南京軍區副司令員，成都軍區空軍政委賈延明轉任為南京軍區空軍政委。

　　專業化的第三個特色就是科技軍官（特別是信息戰與戰略高科技專長）拔擢管道增多。如原總裝備政委遲萬春是「哈軍工」（現改制為「國防科技大學」）畢業生，長年從事航太研發，並曾在第一線衛星遙測站任職多年，之後又擔任國防科技大學政委，為共軍公認之航天科技之領域專家。[20] 此外，如艾虎生（成都軍區參謀長）、蔡英挺（副總參謀長）、趙宗岐（濟南軍區參謀長）、劉粵軍（蘭州軍區副司令員）、徐粉林（廣州軍區司令）等「五〇後」的將領，也都是被越級從集團軍長直升大軍區參

───────────────

[20] 金千里，解放軍現役將領評傳，頁132。

謀長，蔡英挺、劉粵軍、艾虎生甚至當選「十七大」中央候補委員，這些將領被拔擢之因，正是因為渠等具有信息化聯合指揮軍事專才。[21]

　　培養「專業化」的另一個重點是必須瞭解台灣問題與台海作戰。共軍向來不敢輕視現代條件下對於台海戰爭的準備。因此不令人意外地，目前當權的不少將領都有台海備戰的相關經驗。如現任南京軍區司令趙克石曾任三十一集團軍軍長，駐防廈門第一線，相當熟稔台灣軍情，尤其他還擔任過梁光烈及朱文泉（前任南京軍區司令）主編的《渡海登陸作戰》一書之首席編委，對「跨海謀攻」作戰甚有心得，獲軍委高層重視。[22] 另外，趙也屬當年參與1996年台海危機之「南京幫」將領之一，該批將領大都已受到軍委提拔。除當時司令陳炳德以稍長年齡（67歲）掌總參謀部外，其他如馬曉天（副總長）、戚建國（總長助理）、許其亮（空軍司令）、靖志遠（二砲司令）、蔡英挺（副總長）等，都已是目前共軍重要角色。

參、共軍「十八大」後面臨之挑戰

　　「十八大」後，共軍究竟會面臨怎樣之環境及挑戰？這當然不只牽涉到共軍內部之問題，外在因素也很重要，特別是美「中」關係以及兩岸關係之發展與趨勢。在這樣的大環境下，共軍所要面臨的明顯挑戰可能包括：

一、美日企圖制衡中共「反介入」能力

　　隨著中共軍力的日益上升，共軍「反介入」（anti-access）／「區域拒止」（area-denial）之能力，顯然已對美軍在此區之活動造成了極大限

---

[21] 金千里，解放軍現役將領評傳，頁515~516。

[22] 金千里，解放軍現役將領評傳，頁389。

制。除「軍力報告」之評估外,美國智庫蘭德公司(RAND)的柯瑞傑
(Roger Cliff)亦稱,中共所發展之新型戰機、飛彈、艦艇等,多具有攻
擊大陸以外1,500公里之能力,已能涵蓋美軍大多數之西太平洋基地及兵
力。柯氏研判,中共已有能力抵禦美軍進入第一島鏈之內,其軍事決策者
勢必會將注意力擴及第二島鏈之外。[23] 針對此點,在2010年版之「四年期
國防總檢」(Quadrennial Defense Review, QDR)中,美國國防部長蓋茨
(Robert Gates)遂要求美軍發展新的「空海作戰」(Air-Sea Battle)計畫
作為因應,其中將包括運用新一代轟炸機、航空母艦上的飛彈與無人載
具,以及水下無人載具來保衛美軍基地與人員安全。[24]

　　學者認為,「空海作戰」主要是考量到西太平洋特性,也就是(1)前
進部署基地少;(2)面積大;(3)防禦力不足;(4)重要目標皆在中共彈道飛
彈範圍之內。與過去準則相比,「空海作戰」不是要「打贏戰爭」,也不
是專為特定作戰想定(如台海戰爭),而是要維持一個更穩定的環境,要
能嚇阻中共進行侵略及強制手段,必要時能有效回應。在這樣的規劃中,
美國之盟國如日本與澳洲,將需要扮演重要角色。[25]

　　無獨有偶,日本也於2010年12月17日公布最新一版《防衛計畫大綱》
(自1976年至今的第四份)。在冷戰時期,《防衛計畫大綱》的內容主
要乃是針對蘇聯威脅,但在小泉內閣2004年的《防衛計畫大綱》當中,
日本已將主要防禦對象由俄羅斯改為北韓與中共。2010年版的《防衛計

---

[23] 柯瑞傑的評論取自 "China's Active Defense Strategy and its Regional Impacts," *The US-China Economic and Security Review Commission*, January 27, 2011, http://www.uscc.gov/index.php。

[24] "Quadrennial Defense Review 2010," *Department of Defense*, February 1, 2010, p. 32, http://www.defense.gov/qdr/images/QDR_as_of_12Feb10_1000.pdf.

[25] Jan van Tol, Mark Gunzinger, Andrew Krepinevich and Jim Thomas, *Air-Sea Battle: A Point-of-Departure Operational Concept* (Washington DC: Center for Strategic and Budgetary Assessments, 2010), pp. ix~xvi.

畫大綱》更改變戰後所謂「有必要而最小限度的基礎防衛力量」（Basic Defense Force, BDF）構想，進一步提出所謂「動態防禦」（dynamic defense）的概念。強調為穩定和改善亞太及全球的安全環境，日本應建立具有迅即性、機動性、靈活性、持續性及多種目的性的機動防衛力量。[26] 新《防衛計畫大綱》強調，要維持以美日安全體制為核心的同盟關係，同時應強化與擁有共同基本價值及諸多共同安全利益的韓國，以及澳洲之合作。[27]

　　面對東亞地區以美日同盟為主（擴及南韓、澳洲）安全體系之強化，未來共軍所面臨的將是更嚴峻的戰略包圍。因此，第五代共軍領導班子的首要之務，就是要發展出更現代化、更先進的軍事能力來加以因應，這其中關鍵就在於是否能取得足夠之國防科技能力。一般來說，目前中共國防科技來源大致有四，包括：(1)技術轉移加上逆向工程（reverse engineering）；(2)改良並更新現有自製武器系統；(3)運用現有民用技術與科技；(4)由政府資助研發等。俄羅斯過去一直是中共最大的武器供應國及先進技術來源，但由於歷經1990年代的「黑暗時期」，俄羅斯的軍品研發幾乎陷入停頓，致使中共必須另外尋找其他技術來源，包括擴大國內研發投資等。不過，中共國防工業發展向來問題重重，研發效率欠佳，品管也有問題，特別是高技術的武器裝備方面，中共國防工業的研發相對緩慢，關鍵技術突破困難。舉例來說，中共的殲-10戰機、地對空飛彈等武器，在發展時都不甚順利。[28] 由於以上問題既具急迫性又非短期內能夠解決，對於新一代共軍領導來說無疑是加重許多負擔。

---

[26] 「日本新防衛大綱的危險傾向」，人民日報（海外版），2010年12月24日，http://big5. xinhuanet.com/gate/big5/news.xinhuanet.com/world/2010-12/24/c_13662193.htm。

[27] 陳世昌，「日本新防衛大綱，中國、北韓假想敵」，聯合報，2010年12月18日，http://udn. com/NEWS/WORLD/WOR3/6041722.shtml。

[28] Keith Crane, Roger Cliff, Evan Medeiros, James Mulvenon, and William Overholt, *Modernizing China's Military* (Santa Monica, CA: RAND, 2005), p.144.

二、美「中」軍事交流

　　除了軍事方面的圍堵外，美國還運用「兩手策略」，以外交方式強迫中共就範。對於共軍來說，最明顯的外交壓力莫過於來自增加美「中」兩軍軍事交流。美方對於兩國軍事交流之興趣，向來遠高過「中」方。過去「中」方常強調兩國軍事交往的「障礙」，並將兩軍交流作為雙邊關係之一重要籌碼。如2009年徐才厚訪美時，就曾直言不諱地提到，美方的「四大障礙」阻礙美「中」軍事關係的發展，其中包括：(1)美對台軍售問題：徐才厚要求美方嚴格遵守美「中」三個聯合公報，特別是「八一七」公報，美方應逐步減少直至最終停止對台軍售。「中」方認為，對台軍售涉及中共核心利益，是阻礙兩軍關係積極發展的一個核心因素。(2)美國艦機在中共專屬經濟區（EEZ）的活動問題。徐才厚要求美方嚴格遵守《聯合國海洋法公約》和中共國內有關法律，不要做有損中共安全和利益的事情。(3)兩軍交流的法律性障礙。美國國會在1999年所通過的《2000年國防授權法》在許多領域阻礙兩軍關係的正常發展。(4)美國對中共的戰略信任問題。「中」方希望美方能夠理性看待中共軍力發展，不要炒作「中共威脅論」。2009年6月當時美國國防部主掌政策的次長佛洛諾伊（Michèle Flournoy）訪問大陸時，中共也曾將一份「七項障礙」的清單交給她。「中」方指出，如果沒有排除這些障礙，美「中」軍事關係將難以改善，其中最大的障礙包括：(1)對台軍售、(2)美軍在大陸沿海200海里進行偵查、(3)中共軍方入境美國時須接受按指紋等安檢，以及(4)美國將中共列入核武打擊目標等。[29]

　　就目前及可見之未來而言，美國自然不可能移除美「中」軍事交流的

---

[29] John Pomfret, "U.S. Hopes to Strengthen Ties with China's Expanding Military," *Washington Post*, October 15, 2009, http://www.washingtonpost.com/wp-dyn/content/article/2009/10/14/AR2009101403715.html.

所有「障礙」。但自2010年起，美國政府將《2000年國防授權法》中所規定每年需向國會提交之《中共軍力報告》（Annual Report on the Military Power of the PRC），更名為《有關中共之軍事與安全發展》（Military and Security Developments Involving the PRC），說明美方確有「誠意」改善兩國軍事關係。[30] 但不可諱言地，軍事關係是美「中」關係當中最難突破的一部分。兩國雖然在軍事交流上已行之多年，但彼此仍認為困難重重。主要由於雙方在政治上缺乏互信，造成彼此以不同方式阻撓軍事層面的進一步交流。2011年1月蓋茨訪問大陸時，共軍突然試飛殲-20戰機，就是兩國明顯缺乏互信的一個好例子。在眾多不滿因素當中，美國對台軍售顯然是影響美「中」軍事關係的關鍵議題。美國只要一天不停止對台軍售，美「中」之間就不可能有足夠的政治互信，突破雙方（特別是中共）在軍事交流上最重要的心理障礙。

三、兩岸關係的不確定性

　　對中共而言，台灣問題牽涉到國家主權及領土完整之「核心利益」，是不可退縮與讓步的。美國國防部2011年版的《中共軍力報告》指出，儘管馬英九總統上任後，北京領導階層發表兩岸關係正面談話，兩岸經濟及文化交流也日益熱絡，但大陸對台軍事部署沒有減少，台灣雖然發展特定軍事項目及改善整體戰力，台海兩岸軍力平衡仍持續向大陸方面傾斜。以具體數據來說，兩岸軍力平衡持續向中共傾斜（陸軍部分，對台共軍為四十萬人，台灣則為十三萬人。空軍部分，對台戰鬥半徑內共軍有330架戰機，160架轟炸機，40架運輸機，反之台灣則有388架戰機，22架攻擊兼

---

[30] 在內容上，新「報告」除了要求國防部提供有關共軍未來二十年之戰略（含大戰略及安全戰略）、軍事行為、組織、訓練、準則，最特別的是必須列入美「中」兩軍接觸交往（mil-to-mil contacts）之情況（含「報告」公布後十二個月之規劃）。

轟炸機，21架運輸機。海軍部分，中共東海與南海艦隊與台灣海軍數目分別為，驅逐艦16：4，巡防艦44：22，兩棲登陸艦25：12，核子攻擊潛艦2：0等等。[31]

　　該報告還列入大陸武力攻台的時機，包括「台灣正式宣布獨立」、「相關事證說明台灣朝向獨立意圖」、「台灣內部發生動亂」、「台灣獲得核子武器」、「兩岸和平統一對話延遲」、「外國勢力介入台灣島內事務」和「外國兵力進駐台灣」等。我國防部的《中共軍力報告書》雖無提到「外國兵力進駐台灣」，但加上了「國際形勢有利大陸武力解決台灣問題」和「兩岸軍力對比嚴重失衡」等選項。美方列舉的「相關事證說明台灣朝向獨立意圖」，也改為「台灣政府推動與獨立有關之制憲、公投或其他政策」，並列為大陸武力攻台時機的第一條。[32]

　　對大陸而言，台灣問題是結構性的。在可預見的將來，若國民黨繼續執政，預判中共仍將延續「軟的更軟、硬的更硬」的作法，對於台灣的軍事威脅也不會減少。五角大廈曾列出中共最可能的四大攻台選項，包括「海上隔離或封鎖」（maritime quarantine or blockade）、「有限兵力或強制行動」（limited force or coercive options）、「空襲與飛彈攻擊」（air and missile campaign），以及「兩棲入侵」（amphibious invasion）。[33] 其中，「局部軍事行動」與「空襲與飛彈攻擊」這兩種情況，有可能影響到台灣的抗敵行動與作戰意志。中共積極的軍事準備，顯然為台海兩岸的政治互信帶來很大阻礙，而短期內似乎也沒有減緩之情況。唯一可能改變的，或許是因為政治力的介入。共軍在「十八大」後很可能被要求配合兩

---

[31] DoD, *Military and Security Developments Involving the People's Republic of China, 2011*, Aug. 2011, pp. 72~76, http://www.defense.gov/pubs/pdfs/2011_CMPR_Final.pdf.

[32] DoD, *Military and Security Developments Involving the People's Republic of China, 2011*, pp. 48~49.

[33] DoD, *Military and Security Developments Involving the People's Republic of China, 2011*, pp. 50~52.

岸政治談判，而必須對「信心建立機制」（Confidence Building Measures, CBMs）以及台灣要求大陸撤飛彈等議題，做出讓步。相較於「國台辦」，共軍對於台灣問題向來是「鐵板一塊」，鷹派立場難以撼動。以上兩個議題如何能在共軍內求取共識就已是困難重重，更遑論要配合政治談判的步伐逐步進行，最後很可能都要由中共黨政高層對共軍施加壓力來解決。若從這個角度來看，倘台灣未來再度發生政權輪替，民進黨重獲政權後又回歸以往「一邊一國」的老路，對於共軍來說或許還比較容易因應。

四、國內非軍事層面之安全威脅

　　在後冷戰時期，中共所受到的安全威脅是多重的。在這樣的「威脅光譜」（spectrum of threats）下，共軍所需面對的安全環境至少包括兩大類型：一個是「戰爭和衝突」類，指「強度」（intensity）較強的軍事威脅下所產生的危機（如前述有關「反介入」之戰爭準備）；另一類危機則包括不屬於「戰爭和衝突」類，也就是其他「強度」較弱的非傳統威脅，包括恐怖主義、天然災害、人道災難、傳染病流行、走私販毒、重大組織犯罪等問題。[34] 在久無戰事的情況下，大陸國內對於第二類威脅反應的要求將日益增加，這不可避免地將影響到共軍對於第一類威脅的建軍準備。

　　其次，中國大陸目前雖然在經濟發展上成績亮眼，但有關貧富差距、環境破壞、官員腐敗等問題仍然層出不窮，未來也有可能影響到共黨統治的正統性與持續性。如美國學者史文（Michael Swaine）所說，中共在與敵方對抗時，往往會有「製造危機」的可能性。回顧歷史，中共在危機發生之時奪取政權。自掌政以來，共產黨也常在高度危機的狀態下操控著政治權力。這種情況迫使大陸人民誤以為只有共產黨才能化解危機，這個迷

---

[34] 歐陽維，「國家安全與危機處理中的中國軍隊」，新華網，2008年5月22日，http://www.nihaotw.com/gfxgx/zjft/200805/t20080522_357741.htm。

思不僅成為共產黨爭取民眾支持的一個重要籌碼，共黨領導人也因此認為他們必須要靠創造危機來爭取人民的支持。[35] 目前中國大陸早已不同於1989年發生「天安門事件」之環境。在這樣的情況下，軍隊要扮演何種角色？亦將是一嚴肅而敏感之政治議題。

肆、結論

在「十八大」之前，共軍將會陸續進行一連串人事調動。在中央軍委成員方面，預計「十八大」中央軍委會員額仍將維持十一至十二名（軍委主席、二至三名軍委副主席、國防部長、四總部首長及海、空軍、二砲司令員），軍委副主席可望從留任的常萬全、許其亮、吳勝利中選出，並以常、許兩人可能性較高；馬曉天、孫建國、魏鳳和則可能分別出任空軍、海軍、二砲司令員，國防部長及四總部首長人選尚未確定；另胡錦濤留任軍委主席機率甚高，政局穩定（大陸內部、國際事務、兩岸關係）與否、人事安排是否得宜及歷史評價將左右其去留。

正如同大陸軍中所流行的一則順口溜：「年齡是個寶，學歷最重要；參戰（越戰）誠可貴，關係不可少。」[36] 在政治繼承的特色及趨勢上，預判共軍在「十八大」的變動仍然延續近年來之調動或升遷原則，包括「年輕化」、「忠誠度高」、「專業化」等。不過，由於承平時間過久（共軍自1979年後就未正式打過仗），文人領導又掌握升遷大權，共軍將領要「作怪」的可能性已大為降低。幾個明顯的例子是：目前中共中央軍委會

---

[35] Michael D. Swaine, "Chinese Crisis Management: Framework for Analysis: Tentative Observations, and Questions for the Future," in Andrew Scobell and Larry M. Wortzel eds., *Chinese National Security Decision Making Under Stress* (Carlisle, PA: U.S. Army War College, Strategic Studies Institute, 2005), p.18.

[36] 金千里，解放軍現役將領評傳，頁442。

的軍頭們沒有一個是政治局常委（過去二十年內，只有劉華清曾經當過政治局常委）。「十七大」所選出的204名中央委員中，共軍只有四十一名將領當選，約占全體中委總數的20.1%，比「十六大」的21.7%還要低。[37] 換言之，共軍在決策過程上早已不能發揮「干政」的功能，僅能算是共產黨國家安全政策的「執行者」。在共產黨的嚴格管制下，共軍必須向中央軍委，更明確地說是中央軍委主席效忠，才能在固定的遊戲規則當中獲得培養與晉升。一種更為可能的情況是，只要中央軍委（尤其是軍委主席）做了決定，將領們即使不能完全接受，但應該也只有聽命的份。由這個角度來看，中共目前不但沒有「黨不能指揮槍」的問題，而且政治控制也沒有減緩（如果不是強化的話）之可能。從這個角度來看，吾人不難瞭解為何缺乏軍事背景的江澤民與胡錦濤都能夠一步一步掌握軍權之故。預料習近平在全面掌權後，亦將循此模式逐步鞏固自己地位。

　　與現在相比，共軍在「十八大」後所面臨的挑戰只會比現在多，而不會少。包括來自美國的軍事與外交壓力、兩岸問題的不確定性，以及因應來自國內非傳統軍事威脅等之要求，在在都需要共軍與新一代國家領導人密切配合。有觀察家認為，胡錦濤是技術官僚出身，重視的是把「和諧」當成對內與對外行事的標準。相較之下，習近平太子黨的身分讓渠會更有歷史使命感，要達到或完成父執輩或前任領導人所無法達成的目標，也就是讓中共在各方面都能成為一個能與列強平起平坐的國際大國。[38] 對於習近平較為強硬之態度，共軍的角色與功能就會變得更重要，值得外界密切注意相關情勢發展。

---

[37] 「軍系人馬占中共十七大中委五分之一」，中央社，2007年10月21日，http://www.rti.org.tw/News/NewsContentHome.aspx?NewsID=87465&t=1。

[38] 「剖析中共第五代領導人習近平」，大陸情勢雙周報，第1592期（2011年2月），頁8~10。

參考書目

一、書籍及論文

金千里，解放軍現役將領評傳（香港：夏菲爾出版社，2010）。

劉明，「陸委會研判報告」，陸委會，2002年3月，http://www.mac.gov.tw/big5/cnrpt/9104/2. pdf。

"China's Active Defense Strategy and its Regional Impacts," *The US-China Economic and Security Review Commission*, January 27, 2011, http://www.uscc.gov/index.php.

"Quadrennial Defense Review 2010," *Department of Defense of the USA*, February 1, 2010, http:// www.defense.gov/qdr/images/QDR_as_of_12Feb10_1000.pdf.

Crane, Keith, Roger Cliff, Evan Medeiros, James Mulvenon, and William Overholt, *Modernizing China's Military* (Santa Monica, CA: RAND, 2005).

DoD, *Military and Security Developments Involving the People's Republic of China, 2011*, August 2011, http://www.defense.gov/pubs/pdfs/2011_CMPR_Final.pdf.

Jan van Tol, Mark Gunzinger, Andrew Krepinevich and Jim Thomas, *Air-Sea Battle: A Point-of-Departure Operational Concept* (Washington DC: Center for Strategic and Budgetary Assessments, 2010).

Roy Kamphausen、Andrew Scobell、Travis Tanner著，高一中譯，共軍的招募與教育訓練 (*The People in the PLA: Recruitment, Training, and Education in China's Military*)（台北：國防部史編室，2010）。

Swaine, Michael D., "Chinese Crisis Management: Framework for Analysis: Tentative Observations, and Questions for the Future," in Andrew Scobell and Larry M. Wortzel eds., *Chinese National Security Decision Making Under Stress* (Carlisle, PA: U.S. Army War College, Strategic Studies Institute, 2005).

二、新聞報導

「科學發展觀」，新華網，2005年3月16日，http://news.xinhuanet.com/ziliao/2005-03/16/content_2704537.htm。

「軍系人馬占中共十七大中委五分之一」，中央社，2007年10月21日，http://www.rti.org.tw/News/NewsContentHome.aspx?NewsID=87465&t=1。

「日本新防衛大綱的危險傾向」，人民日報（海外版），2010年12月24日，http://big5.xinhuanet.com/gate/big5/news.xinhuanet.com/world/2010-12/24/c_13662193.htm。

「剖析中共第五代領導人習近平」，大陸情勢雙周報，第1592期（2011年2月），頁8~10。

吳晨光、徐卓君、潘曉凌，「一百單八上將將星閃耀」，南方周末，2006年7月6日，http://culture.people.com.cn/BIG5/22219/4572341.html。

汪莉絹，「建軍八十年胡氏治軍理念：備戰慎戰敢戰」，聯合報，2007年8月2日，http://udn.com/NEWS/WORLD/WOR1/3953578.shtml。

馬驚濤，「將星閃耀五〇後　解放軍四代將領群悄然成形」，中新網，2007年8月1日，http://www.chinareviewnews.com/doc/1004/2/1/1/100421124.html?coluid=4&kindid=21&docid=100421124&mdate=0911123430。

陳世昌，「日本新防衛大綱，中國、北韓假想敵」，聯合報，2010年12月18日，http://udn.com/NEWS/WORLD/WOR3/6041722.shtml。

歐陽維，「國家安全與危機處理中的中國軍隊」，新華網，2008年5月22日，http://www.nihaotw.com/gfxgx/zjft/200805/t20080522_357741.htm。

薄智躍，「中共十八大：人事變動與政策調整」，中共研究，第46卷第1期（2012年1月）。

Trefor Moss, "Rumours of PLA Dissent are Greatly Exaggerated," *Jane's Defence Weekly (UK)*, February 23, 2011.

John Pomfret, "U.S. Hopes to Strengthen Ties with China's Expanding Military," *Washington Post*, October 15, 2009, http://www.washingtonpost.com/wp-dyn/content/article/2009/10/14/AR2009101403715.html.

論 壇　13

INK PUBLISHING

中共「十八大」政治繼承：
持續、變遷與挑戰

主　　　編	徐斯勤、陳德昇

發 行 人	張書銘
出　　　版	**INK** 印刻文學生活雜誌出版有限公司
	23586新北市中和區中正路800號13樓之3
	電話：(02) 2228-1626　　　傳真：(02) 2228-1598
	e-mail：ink.book@msa.hinet.net
	網址：http://www.sudu.cc
法 律 顧 問	漢廷法律事務所 劉大正律師

總 經 銷	成陽出版股份有限公司
	電話：(03) 358-9000（代表號）　傳真：(03) 355-6521
郵 撥 帳 號	1900069-1 成陽出版股份有限公司
製 版 印 刷	海王印刷事業股份有限公司
	電話：(02) 8228-1290

港澳總經銷	泛華發行代理有限公司
地　　　址	香港筲箕灣東旺道3號星島新聞集團大廈3樓
	電話：(852) 2798-2220　　　傳真：(852) 2796-5471
	網址：www.gccd.com.hk

出 版 日 期	2012年7月
	2012年11月初版二刷
定　　　價	360元

ISBN　978-986-6135-92-7

國家圖書館出版品預行編目（CIP）資料

中共「大八大」政治繼承：持續、變遷與挑戰／
徐斯勤, 陳德昇主編. --新北市：INK印刻文學,
2012.05
　336面；17×23公分. --（論壇；13）

　ISBN 978-986-6135-92-7（平裝）

　1.政治權力　2.中國大陸研究　3.文集

574.107　　　　　　　　　　101008461